한국 한시의 분석과 해석

저 자 **하 정 승(河政承)**

1969년 정읍의 내장산 밑자락에서 나다.

성균관대학교와 동대학원에서 공부하고 「고려후기 한시의 품격 연구」로 문학 박사학위를 받다. 학위 취득 후 계속해서 우리 한시의 미적 특질과 미의식, 그리고 한시 비평에 관심을 가지고 공부해 오고 있다.

현재 한림대학교 기초교육대학 조교수로 재직 중이다.

그동안 쓴 책으로는 『고려조 한시의 품격 연구』, 논문으로는 「정추 시에 나타난 자유지향의 정신과 관조의 미」, 「염정시의 면모와 미적특질」 등이 있고, 역서로 『역주 이옥전집』(공역)이 있다.

한국 한시의 분석과 해석

초판 인쇄 2011년 8월 24일
초판 발행 2011년 8월 31일

저　자 하정승
펴낸이 이대현
편　집 권분옥

펴낸곳 도서출판 역락
주　소 서울 서초구 반포4동 577-25 문창빌딩 2층
전　화 02-3409-2058, 2060
팩　스 02-3409-2059
등　록 1999년 4월 19일 제303-2002-000014호
이메일 youkrack@hanmail.net

값 26,000원
ISBN 978-89-5556-936-0 93810

* 파본은 교환해 드립니다.

한국 한시의 분석과 해석

하정승

역락

머리말

　필자는 첫 저서『고려조 한시의 품격 연구』를 낸 이후로 계속해서 주로 고려시대 시인들과 문학비평에 관심을 가지고 공부해 오고 있다. 공부를 하면 할수록 스스로에게 찾아드는 질문거리가 있다. 시란 무엇인가? 그런데 곰곰이 생각해보면, 이 질문은 다음 두 가지로 나눠서 따져볼 수 있다. 첫째 시를 어떻게 쓸 것인가? 둘째 시를 어떻게 읽을 것인가? 전자가 시인의 입장이라면, 후자는 비평가의 입장이다. 문학연구자의 입장에선 우선 시를 어떻게 읽고 해석할 것인가에 관심을 가질 수밖에 없다. 시를 어떻게 읽어낼 것인가라는 문제는 간단하지 않다. 시의 전체적인 구조나 짜임, 시어의 의미는 물론 시인의 삶과 사상, 시가 창작된 배경까지도 고려하여 읽어야 한다. 특히나 한시는 이제 더 이상 창작이 되지 않기에(물론 아직도 한시를 짓는 사람도 있고, 또 한시 동호 모임 등을 만들어 활발하게 활동하는 경우도 있지만, 문학 창작의 주영역이라고 할 수는 없을 것이다.), 다시 말해 창작과 비평이 동시대에 이뤄지는 것이 아니기에, 연구하는 데에 있어 어려움이 생길 수밖에 없다.

　현재 우리가 쓰는 문자가 한자·한문이 아니라는 점도 큰 어려움이다. 가령 한문을 일상에서 자연스럽게 쓰는 사람들이라면 별 문제 없이 넘어갈 것도, 한글 문화권에 있는 사람에게는 그것을 해석하는 것이 일차적 곤혹이 된다. 그러나 이 모든 어려움에도 불구하고 현재를 살아가는 우리가 옛 한시를 읽고 분석하고 감상하는 것은 얼마든지 가능하다. 왜냐하면 한시도 시이기 때문이다. 시를 보는 눈과 감수성, 시인과 시대상황에 대한 배경지식만 있다면 한시도 얼마든지 재미있게 읽을 수가 있는 것이다. 그것은 우리가 현대 시인의 시를 읽는 것과 본질적으로 다르지 않다. 어떤 면에서 보면, 한시는 지금 더 이상 창작이 되지 않는 장르이기에 오늘날 문학을 하는 사람에게 꼭 필요한 공부거리가 될 수도 있다. 더구나 한시가 중세시대 문학을 대표하는 핵심적인 영역이었음을 기억한다면, 한시 속에 감추어진 무궁한 문학적 자양분들이 더욱 소중하게 느껴질 것이다. 이러한 관점에서 보자면, 한시 연구는 가능할 뿐만 아니라 반드시 해야 하는 중요하고도 매우 의미 있는 작업이 된다.

사실, 시를 읽고 분석하기란 말처럼 쉬운 일이 아니다. 시 비평은 시인이 시를 창작하는 것과는 또 다른 의미에서의 창작이다. 비평가는 제한된 텍스트를 통해 작가의 의도, 심리, 감수성 등은 물론이고 작가가 처한 환경적 요인까지도 파악하여 평자만의 프리즘을 통해 그것을 여과시키고 확대 재생산해야 한다. 즉 작가가 갖고 있는 그 수많은 미세한 떨림들을 평자의 떨림으로 얼마나 온당하게 수용할 수 있느냐의 문제라고 말할 수 있을 것이다.

이는 오늘날의 한시 연구자에게도 그대로 적용된다. 보는 시각에 따라 다른 의견이 있을 수 있겠지만, 필자가 보기에 지금 우리 학계는 연구의 진전을 위한 새로운 모색이 절실한 때인 것 같다. 여기에서 새로운 모색이란 좀 더 구체적으로 말해보면 다음 몇 가지로 정리할 수 있다.

첫째, 연구방법론의 다각화이다. 작품 분석의 주요한 틀은 무엇보다도 작품을 대하는 연구자의 시각이라 할 수 있다. 연구자의 시각을 예각화하고 그 편폭 또한 넓고 다양하게 했을 때 새로운 방법론을 기대할 수 있다. 한 가지 더 말하자면, 한문학은 문·사·철을 기본으로 하고 있기에 좋은 방법론을 만들어 내기 위해서는 인문학적 소양이 절실히 요구된다. 문·사·철은 물론이고 예술, 미학, 사회학 등에 이르기까지 인접 학문과의 다양한 교류가 필요하다.

둘째, 자료의 발굴, 즉 새로운 텍스트를 찾아내고 정리하는 일이다. 저명한 시인이지만 그 명성에 비해 미처 주목받지 못했던 참신한 시나, 혹은 훌륭한 시인이지만 그 존재 자체가 문학사에서 잊혀졌던 시인을 발굴하여 한국한시사에 새롭게 편입시키는 것은 결국 우리문학사를 살찌우는 작업이 될 것이다.

셋째, 글쓰기 방법의 다양화이다. 현재 연구논문에서 쉽게 볼 수 있는 천편일률적인 목차나 문체 등에서 벗어나 좀 더 자유로워져야 한다. 연구의 대상이 되는 작가와 그들의 작품은 너무나 다채롭고 개성이 강한데 비해 연구자들의 논문은 너무나 비슷하다. 아니 더 정확히 말하면, 서로 비슷하기를 추구하고 또 비슷하지 않으면 견디지 못해한다. 당연한 말이지만, 글 또는 문체는, 그 글을 쓰는 사람의 정신이나 세계관과 밀접히 관계되어 있다. 다시 말해 연구자들이 작품을 바라보고 분석하는 시각이 자유로워져야 결국에는 다양한 글쓰기가 이루어질 수 있다. 여기에서 필자가 말하는 다양한 글쓰기란, 재미있고 감동적인 문학연구 또는 문학비평을 의미한다. 사실 좋은 문학연구자 또는 문학비평가가 되기 위해서는 개성 있고 창조적인 작가만큼이나 섬세한 감수성과 예리한 통찰력이 요구되는 것이다.

시를 읽는다는 것은 달리 말하면 시인을 읽는 것이고, 이는 결국 그 시인의 인생을 읽는 것이 아니겠는가. 시는 시인의 정신과 꿈의 결정체이다. 때문에 좋은 비평가는, 좋은 문학연구가는, 시인의 내면풍경과 그 상처의 흔적들까지도 섬세하게 읽어낼 수 있어야 한다.

첫 번째 저서를 출간한 이후 그동안 써왔던 글들을 모아 책으로 엮는다. 길게는 8~9년 전에 썼던 글에서부터 작년에 쓴 글까지 그 시간의 편폭이 작지 않다. 내용은 고려시대 시인과 시론에 대한 것이 가장 많고, 그 외에 특정한 시체詩體나 시 장르에 대해 문학사적 관점에서 논한 것, 기타 조선조 시인을 다룬 것까지 다양하다. 그간 써놓은 글들 중에 시화집詩話集에 나타난 문학론과 한시 비평에 대한 글들도 더러 있는데, 이것들은 추후 좀 더 보충해서 책을 달리하여 출간하려고 이번 책에서는 제외시켰다. 끝으로 책을 예쁘게 내주신 역락의 이대현 사장님과 편집부 식구들에게 고마움을 전한다.

2011년 여름, 봉의산이 바라보이는 춘천의 연구실에서

하 정 승

차례

머리말 • 5

제1부 한시론

연아체 한시의 개념과 미적 특질 __ 15
—15·16세기를 중심으로

1. 문제제기 ··· 15
2. 연아체의 개념과 유래 및 작품개황 ································· 17
3. 연아체 시의 내용과 미적 특징 ··· 26
4. 결어 ··· 38

염정시의 면모와 미적 특질 __ 41
—고려시대의 시를 중심으로

1. 문제제기 ··· 41
2. 염정시의 사적 전개과정과 문학사적 의미 ··················· 44
3. 염정시의 표현기법과 미의식 ··· 54
4. 결어 ··· 70

제2부 고려시대 시인론

도은 이숭인 시의 의상과 미의식의 표출양상 __ 75

1. 문제제기 ··· 75
2. 임천의 의상과 청정한 의경을 통한 탈속의 추구 ········· 78
3. 시어의 조탁 및 정련을 통한 회화성과 의상의 운용 ··············· 89
4. 결어 ··· 97

최해 시에 나타난 졸박과 비개의 미 __ 101

1. 문제제기 ·· 101
2. '사' 의식과 은거 ·· 106
3. 질박한 삶의 추구와 졸박미 ·· 119
4. 꿈과 현실의 괴리와 비개미 ·· 132
5. 결어 ·· 144

안축 시의 표현 양식과 미적 특질 __ 147

1. 문제제기 ·· 147
2. 임천의상을 통한 처완한 의경의 생성 ·· 150
3. 종용자득한 의경과 감각적인 이미지의 구사 ······························ 160
4. 결어 ·· 168

김극기 시에 나타난 감각적 의상과 비개미 __ 171

1. 문제제기 ·· 171
2. 삶의 태도와 시의 지향점 ·· 174
3. 표현기법과 애상적 정조 ·· 187
4. 결어 ·· 195

정추 시에 나타난 자유지향의 정신과 관조의 미 __ 197

1. 문제제기 ·· 197
2. 소야의 시품과 불구의 시정신 ·· 200
3. 관찰과 응시, 그리고 거리두기를 통한 관조의 미 ···················· 221
4. 결어 ·· 230

제3부 조선시대의 시

『반중잡영』에 형상된 성균관과 유생들의 생활상 __ 235

    1. 문제제기 ·············· 235

    2. 성균관의 시설과 행사 및 제도 ·············· 239

    3. 유생들의 학습활동과 다양한 생활상 ·············· 247

    4. 유생들의 자치활동 ·············· 255

    5. 결어 ·············· 261

김삿갓 시에 나타난 비개와 표일의 정신 __ 263

    1. 문제제기 ·············· 263

    2. 삿갓의 의미와 당대의 유랑지식인 ·············· 267

    3. 김삿갓 시의 형식적 특징 ·············· 272

    4. 김삿갓 시의 내용적 특징 ·············· 281

    5. 결어 ·············· 288

제4부 유배시의 면모와 미적 특질

여말선초 사대부의 운남 유배와 유배시의 미적 특질 __ 293

    — 김구용과 정총을 중심으로

    1. 문제제기 ·············· 293

    2. 김구용과 정총의 운남 유배 경위 ·············· 296

    3. 유배시에 나타난 의경과 품격 ·············· 312

    4. 결어 ·············· 335

척약재 김구용의 여흥 유배시 __ 337

    1. 문제제기 ·············· 337

    2. 유배기 시의 두 양상 ·············· 340

    3. 결어 ·············· 352

제1부

한시론

연아체 한시의 개념과 미적 특질

─15·16세기를 중심으로─

1. 문제제기

　근래에 한시의 소재나 제재 및 작시의 바탕이 되는 문화 예술적 현상들에 대한 연구가 늘어나고 있는 것은 한시 연구에 대한 편폭을 넓혀준다는 의미에서 다행한 일이 아닐 수 없다.[1] 상식적인 말이지만 한시의 소재나 제재는 참으로 다양하다. 우리 일상의 모든 것이 시의 소재라고 해도 과언이 아닐 것이다. 그중에서도 특히 '초목草木·화훼花卉·충어蟲

---

[1] 근래에 보고된 이 같은 성격의 대표적 연구물로는 김완진의 「고려가요의 식물명 두 세 문제」(『문헌과 해석』 3호, 태학사, 1998), 김성언의 「賞花詩에 나타난 植物 상징에 대하여」 (『한국한시연구』 7집, 한국한시학회, 1999), 신익철의 「李鳳煥의 椒林體와 落花詩에 대하여」(『한국한문학연구』 24집, 한국한문학회, 1999), 심경호의 「閔思平의 牧丹詩」(『한국한시의 이해』, 태학사, 2000), 유영봉의 「고려시대 문인들의 花卉에 대한 趣向과 文人畵」(『한문학보』 3집, 우리한문학회, 2000), 김종서의 「李德懋가 밀랍으로 만든 輪回梅 이야기」 (『문헌과 해석』 12호, 태학사, 2000), 정민의 「禽言體詩 硏究」(『한국한문학연구』 27집, 한국한문학회, 2001), 안대회의 「한국 蟲魚草木花卉詩의 전개와 특징」(『한국문학연구』 2호, 고려대 한국문학연구소, 2001) 등이 있다.

魚·금수禽獸’ 등 우리 주변의 동식물들을 포함한 자연물은 예부터 한시의 중요한 소재로 쓰여 왔다. 예컨대 ‘약초와 나무[藥草樹名體]’, ‘새와 짐승[鳥獸名體]’, ‘별자리[星宿名體]’ 등이 그것인데,[2] 금언체禽言體·약명체藥名體·성명체星名體 따위의 시체詩體는 모두 특정한 소재나 제재에 따라 분류된 잡체시雜體詩의 형식으로 지어진 것들이다. 특히 금언체는 새의 울음소리를 음차 또는 훈차하여 이중의미를 담아 노래함으로써 표면진술과 이면진술 사이에 긴장과 함축을 머금게 하는 독특한 형식의 시체로 여러 문인들에 의해 즐겨 창작되어졌다.[3]

‘초목草木·화훼花卉·충어蟲魚·금수禽獸’를 소재로 한 시에는 탁물우흥託物寓興의 전통적 기법에 의해 시인의 우의寓意가 담겨 있는 것이 일반적이다. 그것은 사물에 우의하는 정도에 따라 대체로 첫째 작가의 신세지감身世之感이나 의지를 ‘초목화훼충어금수’에 투영하는 작품, 둘째 ‘초목화훼충어금수’의 생태를 통하여 인정물태人情物態를 현시하는 작품, 셋째 ‘초목화훼충어금수’를 통해 사회현실을 풍자한 작품 등으로 나눌 수 있다.[4]

본고에서 소개하고자 하는 연아체 시 역시 위에서 언급한 ‘금언체’나 ‘충어금수화훼’를 제재로 한 영물시와도 밀접한 관련이 있다. 연아체 시는 중국에서는 송대宋代의 황정견黃庭堅·진사도陳師道 등 소위 강서시파江西詩派에 의해 주로 창작되었으며, 우리나라에서는 이들의 영향을 받아 고려 후기에 가정稼亭 이곡李穀 등의 문인들이 짓기 시작하였다. 연아체는 그 이후로 조선 후기까지 꾸준히 계속해서 지어졌는데, 특히 고시古詩나 잡체시, 희작시戲作詩 등 다양한 시체를 즐겨 썼던 시인들의 문집에 많이 나타난다. 이들은 개인적으로뿐만 아니라 비슷한 취향을 가진 시우詩友들과 시

---

2) 徐師曾, 『文體明辯』, 「雜名詩」 참조.
3) 정민, 앞의 논문, 66면 참조. 禽言體詩의 특징 및 漢詩史的 고찰에 대해서는 정민의 연구가 대표적이다.
4) 안대회, 앞의 논문, 152면 참조.

회詩會 등을 통해 서로 화답하는 경향을 보이고 있다.5) 연아체는 '초목화훼충어금수'를 시적 제재로 사용하는 한시 작법의 오랜 전통과 맥이 닿아 있으며, 직접적으로는 조탁彫琢과 전고典故의 사용을 중시하는 송대 강서시파의 기법을 받아들인 결과의 산물이다.

2. 연아체의 개념과 유래 및 작품개황

(1) 연아체의 개념과 유래 및 전개과정

연아체 시란 각 시구詩句마다 『이아爾雅』에 나타난 '충어蟲魚·금수禽獸'의 이름을 그대로 기록하거나, 혹은 『이아』에 나타나 있지 않은 '충어·금수'의 이름이라 하더라도, 매 시구에서 사용된 시어가 『산해경山海經』 등 다른 책을 통해서, 또는 시인 스스로 창조해내어 간접적으로 충어·금수를 가리키는 형태의 시체詩體를 말하며, 이 두 가지 형태를 겸하는 경우도 있다. 남송南宋 효종孝宗 년간의 문인 허급지許及之는 연아체에 대해 설명하기를, "벌레와 물고기를 읊조려서 물物의 본성을 밝히는데, 사손沙噀(흑갈색의 몸을 가진 해삼海蔘의 일종—필자 주)조차도 영물의 대상이니 진실로 번잡하고 잡다하여 '연아演雅'라고 한다."6)라고 하였다. 일반적으로 널리 알려진 '충어·금수'가 아닌 '사손'과 같은 해산물까지도 모두 영물의 대상이 되

---

5) 演雅體 詩를 즐겨 지었던 우리나라의 대표적 시인들로는 李穀 이후로 麗末鮮初의 李穡·徐居正, 16세기의 申光漢·崔演·林亨秀·嚴昕, 17~18세기의 崔錫鼎·趙顯命·蔡彭胤 등을 들 수 있다. 특히 崔演·嚴昕·蘇世讓·林亨秀 등은 서로 화답하며 演雅體 詩를 긴밀하게 주고받았다.

6) 許及之, 「再用韻謝德久見和」 『涉齋集』 권4. "詠蟲魚, 明物性, 沙噀入詠, 誠蠢蠢, 因之演雅."

므로, 그 잡다한 성격을 가리켜 '연아'라고 이름하였다는 설명이다. 조선조 중기의 문인 조위한趙緯韓(1558~1649)은 연아체의 개념을 더욱 구체적으로 밝히고 있다.

> '연아演雅'라는 것은 『이아爾雅』를 연출演出한 것이다. 『이아』는 '충어·금수'의 이름을 기록한 것인데, 여전히 빠뜨리고 잃어버린 것이 있다. 그러므로 옛사람들이 시를 지을 때 누락된 벌레나 새의 이름을 가지고 엮어서 말을 만들어 '연아체演雅體'라고 이름하였다. 그런데 고금의 시인들 중에 '우牛마馬귀龜용龍'의 글자로 구차하게 채워서 편을 이룬 자가 많으니 이것은 집위에 집을 짓는 것[屋上屋]이다. 어디에 확대·부연[演出]의 뜻이 있겠는가? 이에 내가 『산해경』과 다른 책들을 고찰하여 『이아』의 명목名目에 실려 있지 않은 것 중에서 흡사 벌레나 새의 이름이 아닌 것 같은 것들을 끄집어내어 드디어 한 편을 완성하고 황산곡黃山谷을 계승한다.[7]

위 인용문을 통해 우리는 연아체 시의 개념 및 그 전개과정을 짐작해 볼 수 있다. 연아체는 『이아』에 나타나 있지 않은 각종 충어·금수의 이름을 가지고 엮어 만든 시체라는 것이다. 주지하다시피 『이아』에는 갖가지 동식물의 이름이 망라되어 있는데, 거기에 빠진 동식물의 이름을 다른 책 등을 통해서 찾아내어 시를 짓고 '연아체'라고 이름하였으니, 연아체란 곧 『이아』를 확대·부연[演出]한 시체라는 뜻이다. 그런데 시간이 흐를수록 여러 시인들이 『이아』를 확대·부연한다는 본래의 취지와는 상관없이 '우마귀용'의 글자로 구차하게 채워서 시편을 이룬 자가 많게 되었다.

---

7) 趙緯韓, 「演雅體長律二十韻寄梁鄭二友 幷引」, 『玄谷集』 卷10 雜體. "演雅者, 演出爾雅也. 爾雅, 記蟲魚禽獸之名, 而猶有闕失, 故古人作詩, 以遺落蟲鳥之名, 綴以爲辭, 命之曰演雅體. 而古今詩人, 多以牛馬龜龍字, 苟充成篇, 此則屋上架屋也, 安在演出之義乎? 余考山海經及他書, 提出不載爾雅之名目, 若不似蟲鳥者, 遂成一篇, 以繼山谷焉."

조위한은 이것을 '집위에 집을 짓는 것[屋上屋]'이라 비판하고, 『이아』를 확대·부연한다는 본래의 취지에 맞게 『산해경』 등의 책을 통해서 마치 벌레나 새의 이름이 아닌 것 같은 것들을 찾아내어 시를 짓는다고 했다.

조위한은 위 인용문의 마지막에서 자신이 연아체 시를 짓는 것은 황정견黃庭堅을 계승하는 것이라 밝히고 있다. 황정견은 진사도陳師道와 함께 소위 강서시파江西詩派의 양대산맥이다. 위 인용문에서 조위한이 자신이 지은 연아체 시의 서문에 스스로 황정견의 후계자임을 자처한 것에서 알 수 있듯이, 연아체를 표방한 시는 황정견에 의해 처음 지어진 것으로 보인다.8) 중국에서는 이후 송宋나라의 양만리楊萬里·방악方岳·진저陳著·진기陳起, 원元나라의 백정白珽·진식陳植, 명明나라의 탕윤적湯允勣· 수인守仁(승려) 등에 의해 연아체 시가 지어졌다.9)

강서시파의 대표격인 황정견의 연아체 시는 우리나라에도 그대로 전해져 황정견이나 진사도를 본받으려 했던 일군의 고려·조선조의 시인들에 의해, 한시 작법의 수련과정 또는 갈고 닦은 한시의 솜씨를 과시하려는 차원에서 주로 창작되어진 것으로 보인다.

주지하다시피 한국의 한시는 고려시대부터 송대의 소식·황정견을 모범으로 하는 법송法宋의 풍조가 주류를 이루었다. 특히 이미 13세기 초엽에 이인로李仁老나 이규보李奎報와 같은 대시인들은 황정견의 시를 탐독했던 것으로 보인다. 13세기 중엽의 비평가 최자崔滋의 다음 글을 보자.

---

8) 본고의 서두에서 이미 밝혔듯이 '草木花卉蟲魚禽獸'를 제재로 하는 시는 이미 오래전 『詩經』·『楚辭』부터 있어 왔지만, 연아체를 직접 표방하며 창작한 것은 황정견이 최초인 듯하다. 필자가 『四庫全書』를 조사한 결과 '연아'와 관련된 제목을 가진 시는 『山谷集』에 실린 총 40구의 장편 7언고시 「演雅」가 가장 이른 시기의 작품이었다. 황정견의 이 작품은 이후 『宋詩鈔』 등의 詩選集이나 기타 여러 詩話集에 연아체의 대표적인 작품으로 거론되어 있다.

9) 이들 중 특히 白珽의 「演雅十詩」 「續演雅詩十首」, 楊萬里의 「演雅六言」, 方岳의 「演雅」 「效演雅」, 陳起의 「演雅十章」, 守仁의 「螺山隱士歌」가 여러 詩話集에 소개되어 있다.

학사 이미수李眉叟가 말하기를, "나는 방문을 걸어 잠그고 황정견과 소
식의 두 문집을 읽고 난 뒤에야 시어가 굳세지고 운율이 영롱해져서 시
를 지으면 삼매에 들 수 있었다."라고 했다. 문순공이 말하기를, "나는
옛사람의 말을 그대로 본받지 않고 나름의 새로운 뜻을 지어낸다."라고
하니, 당시의 사람들이 이들의 말을 듣고는 양공의 문학에 들어선 길이
다르다고 하였으나 이것은 옳지 않다. 그 깊고 오묘함에 있어서는 비록
다르다고 할 수 있겠으나, 문학에 들어선 길은 모두 하나의 문이니 어째
서인가.10)

위 인용문은 이인로와 이규보를 두고 문학적 노선이 서로 다르다고 평
가하는 당시 사람들에 대한 최자의 반론이다. 어쨌든 우리는 위에 소개된
이인로의 언급을 통해서 그가 소식이나 황정견의 시에 심취해 있었음을
알 수 있다. 뿐만 아니라 이규보도 역시 황정견의 시를 읽고 차운시를 지
었으며,11) 이제현李齊賢의 부친으로 13세기 말엽에 활동한 동암東庵 이진李
瑱도 『산곡집山谷集』을 읽었다는 기록이 보일 정도로,12) 고려중기 이후 황
정견이 우리 문단에 끼친 영향은 매우 컸다. 이 같은 당대當代의 문풍에
힘입어 연아체 시는 이제현의 문인인 가정稼亭 이곡李穀에 이르러 처음 지
어졌고, 그의 아들인 목은牧隱 이색李穡은 8수의 연아체 시를 창작하였다.
조선전기에는 황정견·진사도의 시집이 간행되었으며 그들과 관련된
많은 선집류選集類까지 유통되고 있었다.13) 특히 유호인兪好仁은 황정견의

---

10) 崔滋, 『補閑集』 卷中. "李學士眉叟曰, 杜門讀黃蘇兩集, 然後語遒然, 韻鏘然, 得作詩三昧. 文
　　順公曰, 吾不襲古人語, 創出新意. 時人聞此言, 以爲兩公所入不同, 非也. 其壺奧雖異, 所入皆
　　一門, 何也."
11) 『東國李相國集』에 이규보가 황정견의 시를 읽고 차운한 시가 실려 있다. 참고로 全詩를
　　소개한다. "斜風製斷乍如稀, 亂下翻欺繭緖微, 未補碧羅天忽遠, 欲成纖縠霧交飛, 漁翁誤喜縫
　　踈網, 貧婦虛驚緯廢機, 收得一番歸紡績, 四方何處嘆無衣."(「偶讀山谷集次韻雨絲」 『東國李相
　　國集』 권18)
12) 李齊賢, 『櫟翁稗說』 후집 1. "先君覽山谷集因言, (…下略…)"
13) 安平大君은 『山谷精粹』라는 황정견의 시선집을 편찬하였고 崔恒은 문집의 序文을 썼다

시에 깊이 매료돼 성임成任·성현成俔 형제와 더불어 몇 년 동안 사비를 모아가며 황정견의 시집을 간행하여 유통시키고 발문을 쓰는 정성을 쏟기도 하였다.14) 당시 황정견의 시는 수천편이 선비들 사이에 회자될 정도로 문단의 큰 유행이었다.15) 당시의 저명한 시인들 중에 황정견의 시에 차운하지 않은 사람이 드물 정도였다.16) 그와 더불어 진사도의 시도 역시 많이 읽혔으니,17) 당대에 시를 공부하는 이들에게 그들의 시집은 필독서였다. 이와 같이 누적된 강서시파에 대한 학습의 결과 선초鮮初의 대표적인 시인인 서거정徐居正에 이르러 연아체 시는 꽃을 피우게 되었다. 서거정은 조선전기 강서시풍을 크게 진작시킨 인물이고, 특히 『동인시화東人詩話』에서 강서시파의 시론을 수용하여 자기의 시론으로 발전시켰다.18) 그가 연아체 시를 적극적으로 창작하고 유포시킨 것 또한 이 같은 맥락에서 해석할 수 있을 것이다.

강서시파를 추숭하던 일련의 경향은 조선중기 선조대宣祖代에 이행李荇·박은朴誾을 대표로 하는 소위 해동강서시파海東江西詩派의 출현으로 절정에 이르게 되고, 이들은 목릉성세穆陵盛世의 문단을 이끌어갔다.19) 16세기에 이르러서도 연아체 시는 해동강서시파의 문인門人이나 후배들을 통해

(崔恒, 「山谷精粹序」, 『太虛亭集』 참조). 또 湖陰 鄭士龍이 宋寅에게 『后山集』을 주며 이 시를 배우라고 권했다는 기록 등으로 보아, 진사도의 시집도 선비들 사이에 널리 퍼져 있었던 것으로 보인다(宋寅, 「湖陰贈后山集勸學此詩題此奉謝」, 『頤庵遺稿』 참조).

14) 兪好仁, 「黃山谷集跋」, 『潘谿集』 권7 참조.

15) 徐居正의 시에 "太史詩名萬古傳, 至今膾炙幾千篇"이라는 구가 보인다(『四佳集』 권52, 「謝咸陽曹太守贈山谷詩集」 참조).

16) 黃山谷의 시에 차운한 대표적인 시인들을 살펴보면 다음과 같다. 崔恒, 徐居正, 申叔舟, 兪好仁, 鄭壽崗, 權五福, 李胄, 金克成, 金安老, 申光漢, 宋純 등.

17) 陳師道의 시에 차운한 대표적인 시인들을 살펴보면 다음과 같다. 崔演, 盧守愼, 宋寅, 李海壽, 李純仁, 鄭經世 등.

18) 송희준, 「演雅體 漢詩에 대하여」, 『안동한문학논집』 6집, 안동한문학회, 1997, 43면 참조.

19) 이종묵, 『海東江西詩派 硏究』, 태학사, 1995, 361면 참조.

계속 지어졌는데, 이들은 개인적으로뿐만 아니라 비슷한 취향을 가진 시우詩友들과 시회詩會 등을 통해 서로 화답하며 긴밀하게 주고받는 경향을 보이고 있다. 그 대표적 인물들이 최연崔演·엄흔嚴昕·소세양蘇世讓·임형수林亨秀 등인데, 최연과 엄흔은 해동강서시파의 대표자라 할 수 있는 용재容齋 이행李荇의 문인이니,[20] 황정견을 쫓아 연아체를 짓던 여말선초麗末鮮初의 전통을 계승한 것으로 볼 수 있겠다. 16세기 후반에 들어서는 주지하다시피 소위 삼당시인三唐詩人의 등장으로 조선의 전반적인 시풍에 법당法唐의 유행이 일게 되면서 강서시파를 쫓던 기운은 한풀 꺾여졌고, 이에 따라 연아체 시의 창작도 뜸하게 되었다. 17~18세기의 대표적 연아체 작가들로는 최석정崔錫鼎·조현명趙顯命·채팽윤蔡彭胤 등을 들 수 있는데, 이들은 전 시대처럼 황정견·진사도를 추숭하던 집단적 풍조가 아닌 지극히 개인적이고 개별적인 기호의 차원에서 연아체 시를 지었던 것으로 보인다.

(2) 연아체 시의 작품개황

전술했다시피 우리나라에서 연아체는 송대의 소식이나 황정견·진사도 등 강서시파의 영향을 받아 고려후기 가정 이곡 등의 문인들에 의해 지어지기 시작하였다. 다소 번잡한 감이 있지만 연아체 시의 자료를 정리하는 의미에서 역대 문집을 통해 필자가 조사한 작가와 작품을 일별해 본다.

---

20) 최연·엄흔·임형수는 모두 1539년 소세양이 중국사신을 맞이하는 원접사의 자격으로 義州에 갈 때 종사관으로 함께 旅館에 머물었다. 이들 중 먼저 최연이 「宿鳳山郡夢歸京國趣早朝起而有作用演雅體」라는 시를 짓자, 나머지 3명이 모두 이에 차운하여 연아체를 남기고 있다. 이행과 최연·엄흔의 사승관계에 대해서는 송희준의 앞의 논문 46면 참조.

(1) 李穀：「演雅一首」, 『稼亭集』(『韓國文集叢刊』 3, 218면)

(2) 李穡：「演雅三首」, 『牧隱藁』 2(『韓國文集叢刊』 4, 75면), 「演雅」(앞의 책, 75면), 「演雅二首」(앞의 책, 102면), 「演雅」(앞의 책, 160면), 「演雅」(앞의 책, 351면)

(3) 元天錫：「薄演雅」, 『耘谷行錄』(『韓國文集叢刊』 6, 137면)

(4) 權近：「演雅次鄭摠郞韻」, 『陽村集』(『韓國文集叢刊』 7, 55면)

(5) 鄭摠：「書懷示李侍制詹演雅體」, 『復齋集』(『韓國文集叢刊』 7, 471면)

(6) 柳方善：「演雅」, 『泰齋集』(『韓國文集叢刊』 8, 587면), 「演雅」(앞의 책, 645면)

(7) 崔恒：「效演雅體三首」, 『太虛亭集』(『韓國文集叢刊』 9, 167면), 「次翰林韻呈仁山四首演雅體」(앞의 책, 168면), 「奉別尹府尹之全州演雅」(앞의 책, 169면), 「效演雅贈朴延城」(앞의 책, 178면)

(8) 徐居正：「演雅贈幾仲四首」, 『四佳集』 1(『韓國文集叢刊』 10, 263면), 「幾仲見和次韻」(앞의 책, 264면), 「演雅回文六言贈李次公」(앞의 책, 417면), 「李次公用演雅賀拜憲長依韻奉寄」(앞의 책, 429면), 「演雅又用前韻」(앞의 책, 429면), 「閑中演雅一首錄奉玉如」(앞의 책, 483면), 「演雅」(앞의 책, 499면), 「演雅」, 『四佳集』 2(『韓國文集叢刊』 11, 116면), 「演雅」(앞의 책, 130면), 「演雅」(앞의 책, 157면)

(9) 李承召：「演雅一首奉送李民曹赴嶺南幕」, 『三灘集』(『韓國文集叢刊』 11, 438면)

(10) 成侃：「春雨寄伯氏演雅」, 『眞逸遺稿』(『韓國文集叢刊』 12, 181면)

(11) 金宗直：「孫鳳山用前韻作演雅以寄復和」, 『佔畢齋集』(『韓國文集叢刊』 12, 253면), 「孫鳳山吳敎授復和演雅次韻與仲兄同賦」(앞의 책, 254면), 「次李節度使赴鎭韻―卽前濟州牧使李公約東也後爲慶尙左道水軍節度使鎭蔚山開雲浦演雅可笑」(앞의 책, 302면)

(12) 洪貴達：「演雅近體錄示書狀」, 『虛白亭集』(『韓國文集叢刊』 14, 12면), 「有感效演雅」(앞의 책, 33면)

(13) 孫肇瑞：「孫鳳山用前韻作演雅以寄復和」, 『格齋集』(『韓國文集叢刊』 15, 86면), 「孫鳳山吳敎授復和演雅次韻」(앞의 책, 86면)

(14) 李湜：「懷舊遊效演雅體寄德優」,『四雨亭集』(『韓國文集叢刊』 16, 514면),
　　　「自詠作演雅別體」(앞의 책, 524면), 「春晚眺望作演雅體」(앞의 책, 532면)

(15) 申用漑：「仲倫琴右演雅體」,『二樂亭集』(『韓國文集叢刊』 17, 151면)

(16) 權五福：「再別演雅體」,『睡軒集』(『韓國文集叢刊』 17, 341면)

(17) 沈義：「演雅」,『大觀齋亂稿』(『韓國文集叢刊』 19, 143면)

(18) 申光漢：「次崔從事演之演雅韻」,『企齋集』(『韓國文集叢刊』 22, 286면),「復
　　　用前韻效演雅體」(앞의 책, 345면)

(19) 蘇世讓：「曉坐感舊演雅體」,『陽谷集』(『韓國文集叢刊』 23, 414면),「宿鳳山
　　　郡夢歸京國趨早朝起而有作用演雅體次演之」,『艮齋集』(『韓國文集叢刊』 32,
　　　88면)

(20) 崔演：「次黃山谷韻演雅體」,『艮齋集』(『韓國文集叢刊』 32, 19면),「桃源演雅」
　　　(앞의 책, 28면),「宿鳳山郡夢歸京國趨早朝起而有作用演雅體」(앞의 책, 88
　　　면),「秋夜寓直摠府演雅」(앞의 책, 135면)

(21) 林亨秀：「宿鳳山郡夢歸京國趨早朝起而有作用演雅體次演之」,『錦湖遺稿』(『韓
　　　國文集叢刊』 32, 223면),「旅館無聊得演雅體次演之二首」(앞의 책, 227면)

(22) 嚴昕：「旅館無聊得演雅體二律次演之」,『十省堂集』(『韓國文集叢刊』 32, 533
　　　면),「宿鳳山郡夢歸京國趨早朝起而有作用演雅體」,『艮齋集』(『韓國文集叢刊』
　　　32, 88면)

(23) 鄭惟吉：「義順館待詔密雲效演雅」」,『林塘遺稿』(『韓國文集叢刊』 35, 538면)

(24) 黃俊良：「沿牒赴永春路中效演雅」,『錦溪集』(『韓國文集叢刊』 37, 19면)

(25) 權文海：「憶家山有感而作演雅」,『草澗集』(『韓國文集叢刊』 42, 308면)

(26) 沈喜壽：「演雅體一絶」,『一松集』(『韓國文集叢刊』 57, 336면)

(27) 林慶世：「效演雅體贈趙安仲赴晉陽體察幕」,『黔澗集』(『韓國文集叢刊』 61,
　　　273면)

(28) 金涌：「次舍弟演雅韻以寓觀物之感」,『雲川集』(『韓國文集叢刊』 63, 26면)

(29) 李埈：「寄龜城守效演雅體」,『蒼石集』 1(『韓國文集叢刊』 64, 241면)

(30) 鄭經世：「演雅效康節首尾吟體」,『愚伏集』(『韓國文集叢刊』 68, 37면)

(31) 申欽：「用演雅體次杜甫屛迹韻」,『象村稿』 1(『韓國文集叢刊』 71, 390면)

(32) 趙緯韓：「演雅體長律二十韻寄梁鄭二友幷引」,『玄谷集』(『韓國文集叢刊』 73,

268면)

(33) 洪瑞鳳：「演雅體呼韻」，『鶴谷集』(『韓國文集叢刊』 79, 486면)

(34) 朴長遠：「戲效演雅體」，『久堂集』(『韓國文集叢刊』 121, 67면)

(35) 金萬基：「次韻效黃山谷演雅體此下四首課製」，『瑞石集』 1(『韓國文集叢刊』 144, 369면)

(36) 崔錫鼎：「和北溟趙世彙用佔畢齋演雅體兼呈老仙鄭淹」，『明谷集』 1(『韓國文集叢刊』 153, 435면), 「用前韻演雅」(앞의 책, 435면), 「別用名字演雅呈兩丈求和」(앞의 책, 435면), 「和尹學士邦瑞德駿演雅二首」(앞의 책, 449면), 「次韻演雅」(앞의 책, 516면), 「次羅童子沈演雅」(앞의 책, 546면)

(37) 李寅燁：「和崔甥演雅體」，『晦窩詩稿』(『韓國文集叢刊』 172, 21면)

(38) 李宜顯：「過駒峴演雅體」，『陶谷集』(『韓國文集叢刊』 180, 359면)

(39) 蔡彭胤：「朝來病起有懷戲成演雅三首求和凡七疊三首」，『希菴集』(『韓國文集叢刊』 182, 266면), 「演雅八疊奉答巡相前篇之意」(앞의 책, 267면), 「演雅九疊次漫興」(앞의 책, 267면)

(40) 趙顯命：「次山谷集演雅體韻與錫汝聯句凡物名毋犯原韻令也癸巳」，『歸鹿集』 1(『韓國文集叢刊』 212, 7면), 「翰苑上番出韻使之賦呈演雅體壬寅」(앞의 책, 14면), 「演雅體上墨沼」(앞의 책, 109면), 「感懷演雅體」(앞의 책, 163면)

(41) 趙龜命：「次山谷集演雅體韻與稚晦聯句癸巳」，『東谿集』(『韓國文集叢刊』 215, 247면)

이상에서 살펴본 바와 같이 연아체 시를 남긴 작가는『한국문집총간韓國文集叢刊』만 놓고 보더라도 총 41명이고, 그들이 남긴 시는 78제 100여 수에 달한다.21)

---

21) 필자는 민족문화추진회에서 發刊한 『韓國文集叢刊』 1권부터 260권까지를 조사하였다. 기타 다른 문집은 아직 다 살펴보지 못하였고, 또 문집총간에서도 필자가 꼼꼼히 조사한다고 했지만, 미처 빠뜨리고 넘어간 작품이 있을 것이다.

3. 연아체 시의 내용과 미적 특징

연아체 시는 '충어·금수'의 이름을 쓰는 방법에 따라 크게 두 가지로 분류된다. 하나는 각 구마다 『이아』에 나타난 '충어·금수'의 이름을 그대로 기록하는 것이고, 다른 하나는 『이아』에 나타나 있지 않은 '충어·금수'의 이름이라 하더라도, 매 시구에서 사용된 시어가 『산해경』 등 다른 책을 통해서, 또는 시인 스스로 창조해내어 간접적으로 '충어·금수'를 가리키는 형태의 연아체를 말한다. 황정견의 「연아」나 이색의 「연아」를 비롯한 다수의 작품이 전자에 속하며, 조위한의 시와 같이 후자에 속하는 작품은 상대적으로 소수이다. 전술했다시피 조위한은 후자에 속하는 시를 '연출이아演出爾雅'라 이름하였다.

연아체 시의 형식으로는 오언고시, 칠언고시, 오언율시, 칠언율시, 칠언절구, 육언六言의 잡체시 등 실로 다양하여 특별히 정해진 체제는 없으나, 고시나 잡체시·희작시戱作詩 등 다양한 시체를 즐겨 썼던 시인들의 문집에 주로 나타나는 점이 주목된다. 연아체 시를 내용상 분류해 보면 당대 현실에 대해 풍유諷諭한 것, 현학衒學과 유희遊戱의 수단으로 지어진 것, 관물觀物을 통한 격물치지格物致知의 깨달음을 형상화한 것 등으로 나누어진다. 이제 표현기법을 중심으로 하여 연아체 시의 내용을 살펴보기로 하자.

(1) 비유와 상징과 풍자

비유와 상징과 풍자는 『시경』의 '육의六義'에서부터 쓰여왔던 고전적 수사법으로 특히 영물시와 밀접한 관련이 있음은 주지의 사실이다.[22] 연아체 시의 주된 수사법 역시 비유와 풍자를 들 수 있는데, 이 같은 기법은 특히 당대 현실을 풍유한 시에서 많이 나타난다. 우리 문헌에 보이는 최초의 연아체 작품인 가정 이곡의 다음 시를 보자.

사마귀 매미 잡으려 하면 어찌 뒤를 돌아보겠으며	螳欲捕蟬寧顧後
매가 참새를 쫓으려 하면 마땅히 앞으로 나가야 하지	鷹如逐雀要當前
사자의 한번 울음에 모든 짐승 두려워 엎드리는데	一聲師子百獸廢
사당의 쥐와 성의 여우 더욱 가련하구나	社鼠城狐尤可憐[23]

매 시구마다 '충어·금수'가 등장하고 있으니 제1구의 '螳'과 '蟬', 2구의 '鷹'과 '雀', 3구의 '師子'와 '百獸', 4구의 '鼠'와 '狐'가 그것이다. 다산茶山 정약용丁若鏞의 풍자적 우화시寓話詩에는 호랑이와 양, 소나무와 송충이, 구렁이와 까치 등 본질적으로 대립 관계에 있는 것들이 시의 소재로 등장하여 대립적 구조를 이루고 있는데,[24] 위의 인용 시 역시 '사마귀'와 '매미', '매'와 '참새', '사자'와 '쥐·여우' 등 대립적 동물이 등장하여 강한 풍자성을 갖게 되었다. 여기서 물론 '사마귀', '매', '사자' 등은 사회적 강자를 상징하고, '매미', '참새', '쥐·여우' 등은 약자를 나타내는 말이다. 그런데 '사자의 한번 울음에' 하필이면 왜 '사당의 쥐와 성의 여우'가 더욱 가련하다고 했을까? 다산시에는 어린 양을 잡아먹는 호랑이와 그 호랑이를 찬양하는 여우·토끼가 등장한다. 호랑이는 지배층을, 어린 양은 힘없는 백성을, 여우와 토끼는 지배층에게 아첨을 일삼는 간신배를 가리킨다고 볼 때,[25] 위의 사당 쥐와 성의 여우도 다산시의 여우·토

---

22) 『詩經』에 실린 시들 중 상당수가 六義의 하나인 '比'의 수법을 쓰고 있다. 예컨대 『詩經』, 「周南」의 앞부분에 나오는 〈螽斯〉를 비롯한 많은 시에 동식물을 사용한 비유와 상징의 수법이 쓰여 있다.

23) 李穀, 「演雅一首」, 『稼亭集』 권19.

24) 송재소, 『茶山詩研究』, 창작과 비평사, 1986, 158면 참조.

끼 같은 존재가 아닐까? 가정의 인용 시는 지배층의 호통에 일반 백성보다는 중간 관리들이 더욱 벌벌 떠는 속성을 풍자한 것으로 보인다.

비둘기나 개미로 흐리고 맑음 점치지 마라	休從鳩蟻卜陰晴
한번 쪼는 것도 모름지기 모두 조물주의 경영함이지	一啄要皆造物營
대낮의 물시계 소리 도리어 한밤중처럼 들리고	午漏纔聞還夜漏
원숭이 소리 끊어지려 하니 학 울음 들려오네	猿聲欲斷又鶴聲
옥당과 금마문의 명성이 무슨 이로움 되리요	玉堂金馬名何益
학 털로 만든 옷이며 토끼 갖옷 계산은 이미 분명해졌네	鶴氅兎裘計已明
호수濠水의 다리 향해 고기의 즐거움 물어보고자 해도	擬向濠梁問魚樂
고담준론 펼칠 칠원생26) 만나지 못했다네	未逢高論漆園生27)

이 시는 최항崔恒의 연아체 연작시 세 수 중 두 번째 작품이다. 각 구에 등장한 '충어·금수'는 '鳩·蟻·猿·馬·鶴·兎·魚'가 있고, 3구의 '午'와 8구의 '未'는 인용 시에서는 동물의 뜻으로 쓰이지 않았지만 간지에서 말과 양의 뜻으로 쓰인다. 2구의 물物도 '충어·금수'를 포함하는 시어로 이해할 수 있다. 수련首聯에 등장하는 '비둘기'와 '개미'는 울음이나 이동을 통해서 예부터 인간들에게 날씨를 알려주는 동물로 널리 알려져 있다. 그러나 시인은 이 모든 것을 조물주의 경영에 속하는 것으로 파악하고 인위적으로 동물을 이용해 점치는 행위를 부정한다. 때가 되면 비가 내릴 것이요, 개일 때가 되면 맑아질 것이라는 자연에 순응하는 삶의 태도가 담겨 있다.

함련頷聯의 '원숭이'와 '학'의 울음은 한시에서 시적화자의 객창감이나 고독을 나타내는 비유와 상징으로 많이 쓰인다. 경련頸聯의 '옥당'과 '금

---

25) 송재소, 앞의 책, 171면 참조.
26) 莊子의 별칭.
27) 崔恒, 「效演雅體三首」, 『太虛亭集』 권1.

마문'은 원래 중국의 한림원翰林院을 가리키는 말인데 우리나라에서는 홍문관弘文館의 이칭으로 사용된다. 학의 털로 만든 옷이나 토끼가죽 옷은 부귀의 상징이다. '計已明'은 부귀를 누릴 삶을 살 것인지 아닌지 생각이 이미 결정되었다는 말인데, 부귀의 허무함을 은연중 암시하고 있다. 미련尾聯은 장자莊子와 혜자惠子가 호수濠水의 다리 위에서 물고기의 즐거움을 아는지에 대해 토론한 고사28)를 끌어와 부귀공명에 얽매이지 않으려는 인생관을 가진 시인이 자기와 더불어 논의를 할 사람이 없음을 안타까워하고 있다.

노새의 행적이 더디다 괴이히 여기지 마소	莫怪磨驢行跡遲
마침내 굽혔던 자벌레도 펼칠 때가 있으리라	終然蠖屈有伸時
왕개미가 나무 흔들려 해도 원래 힘이 없으며	蚍蜉撼樹元無力
난새와 봉황이 오동에 깃드는 것도 본래 바탕이 있어서이지	鸞鳳棲梧本有姿
천하에 어찌 말에 뿔이 나는 이변이 생기랴	天下何生馬角異
세상에서 호랑이 수염 뽑는 위험한 일 하지 말라	世間莫捋虎鬚危
십년간 시 짓느라 야위고 꾸부정한 나그네 되었는데	十年詩瘦龍鍾客
거울 속에서 흰머리털 보고 새삼 놀라네	鏡裏新驚鶴鬢絲29)

이 시는 서거정이 지은 네 수의 연작시 중 한 수이다. 증정의 대상인 기중幾仲이 누구인지는 확실치 않다. 시에 사용된 '충어·금수'는 '驢·蠖·蚍蜉·鸞·鳳·馬·虎·龍·鶴'이다. 이 중 제7구의 '龍'과 8구의 '鶴'은 실제 동물의 의미로 쓰인 것이 아니고 '龍鍾'과 '鶴鬢'이라는 단어로 쓰였다. 수련의 '노새'나 '자벌레'는 기중에 대한 비유이다. 아마도 기중은 현재 힘들고 어려운 처지에 놓인 것 같다. 서거정이 이 시를 기중에

---

28) 『莊子』「外篇」 <秋水> 참조.
29) 徐居正, 「演雅贈幾仲四首」, 『四佳詩集』 권3.

게 보내자 그가 차운해왔고 이에 다시 기중에게 시를 써서 보냈는데, 그 시의 "구절양장九折羊腸처럼 인생 길 험난함을 탄식하고"라든가 "용호龍虎와 분쟁하느라 그 몇 번이나 안전하고 위험했던가"라는 말30)을 보면 기중의 처지를 짐작할 수 있다. 그러나 시인은 노새처럼 더딘 걸음으로 인생길을 걷고 있다 해서 실망할 필요가 없으니, 자벌레가 몸을 굽혔다 다시 펴는 것처럼 언젠가는 뜻을 펼칠 날이 올 것이라 말한다.

함련의 '나무'·'난새'·'봉황'은 모두 기중을 비유하는 말이고, '왕개미'는 기중을 비판하는 당시의 사람들을 가리킨다. 왕개미가 나무를 흔들려 해도 원래 그만한 힘이 없는 것처럼 기중을 흔드는 사람들도 마찬가지이다. 제4구에서는 난새와 봉황이 절로 오동나무에 깃드는 것처럼 기중의 본래 타고난 바탕과 자질이 뛰어남을 기리고 있다. 결국 함련은 좋은 재목을 알아보지 못하고 비판하는 당대인當代人들에 대한 풍자라고 할 수 있다. 경련에서 호랑이의 수염을 뽑는 것과 같은 위험한 일을 하지 말라고 했는데, 이는 현재 어려운 상황에 놓인 기중을 더 이상 괴롭히지 말라는 뜻으로 해석된다.

(2) 전고의 활용과 조탁

강서시파의 대표적인 시론은 '점철성금點鐵成金'과 '탈태환골奪胎換骨'이고, 전고의 활용과 조탁은 '점철성금'과 '탈태환골'을 이루는 핵심적 기법이라 할 수 있다.31) 황정견이 남긴 연아체 시는 용사와 점화點化의 전형이라 할 정도로 40구 모두가 전고로 이루어져 있다.32) 서거정의 다음 시를

---

30) 徐居正, 「幾仲見和次韻」, 『四佳詩集』 권3. "羊腸自嘆難行路" 및 "分爭龍虎幾安危" 참조.
31) 王運熙 主編, 『中國文學批評史』 卷中, 上海古籍出版社, 70~80면 참조.
32) 『山谷內集詩注』에 실린 그의 시 「演雅」에는 전체 40구를 나누어 各 句마다 일일이 인용된 典故를 설명하고 있는데, 『孟子』, 『荀子』, 『莊子』, 『淮南子』, 『詩經』 등의 經書는 물론

보자.

곤어와 붕새는 능히 바다의 기운을 타고	鯤鵬能海運
봉황은 높은 산에서 우네	鳳凰自岡鳴
이미 소 잡는 법을 알았고	已識屠牛法
일찍이 말 보는 책 전해졌다네	曾傳相馬經
전사는 공교롭게 물을 이롭게 하고	蠶絲工利物
거미줄은 잘못되이 생명을 상하게 하네	蛛蝄33)誤傷生
개미 구멍에도 항오가 있고	蟻穴有行伍
벌집도 문이 나눠져 있다네	蜂房分戶扃
가련하다! 개구리 노한 것	可憐蛙黽怒
우습구나! 달팽이 끝에서 싸우는 것	堪笑蠻觸爭
구름 뚫고 나는 송골매를 보니 기쁘고	喜見穿雲鶻
골짜기에서 나온 꾀꼬리 자랑할 만하네	堪誇出谷鶯
매는 목야의 싸움에서 드날리고	鷹揚牧野戰
용은 초가집에서 밭 갈다가 일어났네	龍起草廬耕
함께 궁전의 섬돌을 향해	共向螭陛下
공손히 축하하는 정성을 베풀자	恭陳燕賀誠34)

이고 『後漢書』 등의 史書, 司馬相如, 杜甫, 白樂天, 梅聖兪 등 수많은 시인들의 시가 사용되었음을 알 수 있다. 참고로 原詩를 살펴보면 다음과 같다. "桑蠶作繭自纏裹/ 珠蚝結網工遮邏/ 燕無居舍經始忙/ 蝶爲風光勾引破/ 老鸛銜石宿水飲/ 穉蜂趨衙供蜜課/ 鵲傳吉語安得閒/ 雞催晨興不敢臥/ 氣陵千里蠅附驥/ 枉過一生蟻旋磨/ 蟁聞湯沸尙血食/ 雀喜宮成自相賀/ 晴天振羽樂蜉蝣/ 空穴祝兒成蜾蠃/ 蛣蜣轉丸賤蘇合/ 飛蛾赴燭甘死禍/ 井邊蠹李蟳苦肥/ 枝頭飲露蟬常餓/ 天螻伏隙錄人語/ 射工含沙須影過/ 訓狐啄屋眞行怪/ 蟷蛸報喜太多可/ 鸕鷀密伺魚蝦便/ 白鷺不禁塵土浣/ 絡緯何嘗省機織/ 布穀未應勤種播/ 五枝鼯鼠笑鳩拙/ 百足馬蚿憐鱉跛/ 老蚌胎中珠是賊/ 醯雞瓮裏天幾大/ 螳蜋當轍恃長臂/ 熠燿宵行矜火照/ 提壺猶能勸沽酒/ 黃口只知貪飯顆/ 伯勞饒舌世不問/ 鸚鵡纔言便關鎖/ 春蛙夏蜩更嘈雜/ 土蚓壁蟫何碎瑣/ 江南野水碧於天/ 中有白鷗閒似我"

33) '蛛蝄'은 '蛛網'의 잘못인 듯.

34) 徐居正,「演雅」,『四佳詩集補遺』1(『韓國文集叢刊』11, 157면).

이 시는 총 16구의 고시인데, 매 구마다 고사가 인용되어 있다. 우선 시에 쓰인 '충어·금수'를 살펴보면 '鯤·鵬·鳳凰·牛·馬·蚕·蛛·蟻·蜂·蛙·黽·蠻·鶻·鷺·鷹·龍·螭·燕' 등이다. 다만 16구의 '螭'와 '燕'은 이 시에서는 교룡이나 제비라는 뜻으로 쓰인 것은 아니다. '螭陛'는 궁궐의 섬돌을 의미하고, '燕賀'는 원래 새로 지은 건물의 낙성落成을 축하한다는 뜻인데 여기서는 축하의 의미로 쓰였다.

시에 활용된 전고를 보면, 제1구의 '鯤鵬能海運'은 『장자』에서 따온 것이고,35) 2구의 '鳳凰自岡鳴'은 『시경』에서 인용한 것이다.36) 제3구의 '屠牛'는 『장자』,37) 4구의 '相馬'는 『한비자』38)에서 따온 고사이다. 제9구의 '蛙黽怒'는 『한비자』,39) 10구의 '蠻觸爭'은 『장자』에서 따왔다.40) 제13구의 '鷹揚牧野戰'은 『시경』에서,41) 14구의 '龍起草廬耕'은 『삼국지』에서42) 따온 것이다. 이 시에서 보듯이 황정견이 연아체 시를 쓰면서 매 구마다 전고를 활용한 이래로 고사의 사용은 연아체 시의 일반적인 현상이 되어

---

35) 『莊子』「內篇」<逍遙遊>에 "鯤이라는 물고기가 鵬이라는 새로 변하여 바다의 기운을 타고 남쪽 바다로 옮겨간다."는 구절이 있다.

36) 『詩經』「大雅」<卷阿>에 "鳳凰은 저 높은 언덕 위에서 울고/ 梧桐은 저 아침 햇살 속에서 자라나네(鳳凰鳴矣, 于彼高岡, 梧桐生矣, 于彼朝陽)"이라는 구절이 있다.

37) 『莊子』「內篇」<養生主>에 料理의 名人인 庖丁이 梁나라 惠王을 위해 소를 잡는[解牛] 이야기가 나온다.

38) 『韓非子』「說林篇」에 말의 감정사로 유명한 伯樂이 그가 미워하는 사람에게는 천리마를 보는[相千里之馬] 기술을 가르치고 사랑하는 사람에게는 駑鈍한 말을 보는[相駑馬] 기술을 가르쳤다는 이야기가 있다.

39) 『韓非子』「內儲說上篇」에 "越王屢欲伐吳, 欲人之輕死也, 出見怒蛙, 乃爲之式."이라는 구절이 있다.

40) 『莊子』「雜篇」<則陽>에 달팽이의 오른쪽 뿔에 사는 蠻氏와 왼쪽 뿔에 사는 觸氏가 영토 때문에 서로 전쟁을 벌이는 이야기가 있다.

41) 『詩經』「大雅」<大明>에 "네 마리 말은 씩씩도 하구나/ 太師인 太公望이/ 이때에 매처럼 떨쳐 일어나/ 武王을 도와드리네(駟騵彭彭, 維師尙父, 時維鷹揚, 涼彼武王)"라는 구절이 있다.

42) 『三國志』에 劉備가 시골에 파묻혀 있던 諸葛亮을 三顧草廬해서 모시고 온 이야기가 있다.

버렸다. 16세기 말에서 17세기 초에 활약한 정경세鄭經世의 다음 시는 전술했던 연아체의 표현기법인 비유와 전고의 활용이 함께 나타나 있다.

시를 읊는 것은 소옹을 본받고자 함이 아니요	吟詩非欲效堯夫
만물을 그윽히 살핌이 각각 지혜롭고 어리석다네	萬物冥觀各智愚
들꿩은 숲에 다가가면 항상 꼬리를 떨고	野雉近林常畏尾
산닭은 물에 비치면 필경 몸을 망친다네	山鷄照水竟亡軀
날씨가 추우면 큰 연못에 용과 뱀이 칩거해 있고	天寒大澤龍蛇蟄
날이 따뜻하면 물가에서 오리와 기러기가 운다네	日暖平洲鳧雁呼
베개에 기대 우연히 한번 웃고자 함이지	欹枕偶然成一莞
시를 읊는 것 소옹을 본받고자 함이 아니네	吟詩非欲效堯夫[43]

이 시는 송나라의 학자인 소강절邵康節의 수미음체首尾吟體를 본받아 쓴 것으로, 제1구와 8구의 ‘堯夫’는 소강절의 자字이다. 사용된 ‘충어금수蟲魚禽獸’는 野雉·山鷄·龍·蛇·鳧·雁이다. 제5구는 춘추시대 진晉나라 개자추介子推의 고사를 끌어온 것이다. 개자추는 진문공晉文公을 따라 19년 동안 망명하였는데 문공이 즉위한 후 다른 공신에게는 상을 내렸으나 자기는 누락되자 어머니를 모시고 산에 은거하였다. 뒤에 문공이 그를 찾으려고 산에 불을 질렀으나 끝내 나오지 않고 불에 타 죽었다는 이야기이다. ‘龍蛇蟄’은 개자추의 종자從者가 불렀다는 「용사가龍蛇歌」[44]에서 따온 것인데, ‘龍’은 진문공을 비유하고 ‘蛇’는 개자추를 가리킨다. ‘天寒’과 ‘蟄’은 문공이 아버지 헌공獻公에 의해 쫓겨났던 19년 간의 망명생활을 비유한

---

43) 鄭經世, 「演雅效康節首尾吟體」, 『愚伏集』 권2(『韓國文集叢刊』 68, 37면).

44) 「龍蛇歌」는 다음과 같다. “용이 하늘로 오르려 하여/ 다섯 마리 뱀이 보필하였네/ 용은 이미 구름 위로 올라갔고/ 네 마리 뱀은 각각 자기 집으로 들어갔는데/ 한 마리 뱀만 홀로 원망하며/ 끝내 處所에서 보이지 않네(龍欲上天, 五蛇爲輔, 龍已升雲, 四蛇各入其宇, 一蛇獨怨, 終不見處所).”(『史記』 권39, 「晉世家」9 참조).

것이다.

지금까지 살펴본 비유와 상징과 풍자, 전고의 활용과 조탁의 기법을 쓴 시 이외에도 자연 속에서 느끼는 한가롭고 그윽한 정취를 평담平淡하게 써 내려간 연아체도 있다. 유방선柳方善의 다음 시를 보자.

문을 걸어 잠그니 찾아오는 이도 드물고	杜門車馬少
검정 두건을 젖혀 쓰고 홀로 앉았네	獨坐岸烏巾
대나무 집은 닭 우는 한낮이요	竹屋雞鳴午
꽃마을은 개 짖는 봄이로구나	花村犬吠春
울타리 성글어 여우가 객을 살펴보고	籬疎狐試客
처마는 낮아 새들이 사람을 엿보네	簷短鳥窺人
하루종일 오두막 집 고요하기만 하니	盡日蝸廬靜
오직 들리는 것은 제비 소리 새롭게 지저귀는 것	惟聞鷰記新45)

이 시는 유방선이 은거하던 시절의 작품으로 여겨지는데,46) 시인이 자연과 동화된 상태에서 느끼는 한가롭고 그윽한 정취를 읊은 것이다. 송의 문인 서악상舒岳祥은 부귀영화를 추구하는 속세의 욕망에서 벗어나 조용한 산집[山齋]에서 벌·닭·참새·제비 등을 관물觀物함으로써 황정견의 시를 보충하여 한가로이 연아체를 짓기도 하였다.47) 물론 서악상의 시가 격물치지의 높은 깨달음을 형상화한 것인가는 좀 더 깊게 따져봐야 할 문제이지만, 적어도 두문불출한 채 서재에서 관물을 하고 격물치지를 추구하

---

45) 柳方善,「演雅」,『泰齋集』권1.
46) 유방선의 문집인『泰齋集』권1 중「辛卯元日獨坐次古人韻」등 인용 시의 앞뒤로 실린 여러 시들을 살펴볼 때, 이 시는 1411년(辛卯年) 永川 유배 중에 지어진 것이 틀림없어 보인다. 유방선은 1409년 淸州에 유배되었다가 이듬해 1410년 永川으로 移配되었고, 1415년 解配되었다(『泰齋集』권5 年譜 및 行狀 참조).
47) 舒岳祥,「山齋觀物」,『閬風集』. "自古詩人皆格物, 山齋觀物意如何. 額塗金粉蜂歸穴, 腹吐銀絲蟢布羅. 雞母載雛行啄黍, 雀羣欺燕坐爭窠. 紛紛擾擾爲形役, 閒補涪翁演雅歌." 참조.

며 지은 시임에는 틀림없다. 이처럼 관물을 통한 격물치지의 깨달음을 형상화하는 것도 연아체 시의 주목적 중 하나였다.

이 시에 사용된 '충어·금수'는 '馬·烏·雞·犬·狐·鳥·蝸·鷰'이다. 제2구의 '烏巾'은 은자들이 쓰는 검은 두건이다. 경련은 독특하고 재미있는 표현인데 '여우와 새들이 사람을 엿본다'고 함으로써 소박한 오두막집의 살림살이를 나타내고 있을 뿐만 아니라, 아무도 찾지 않고 짐승만이 어슬렁거리는 가운데 느끼는 시인의 고독감을 암시하고 있기도 하다. 미련은 고요함 속에 유난히 크게 들리는 제비 소리를 묘사하고 있는데, 평상시에는 잘 들리지도 않고 느껴보지도 못했던 제비 소리이니 그 지저귐을 새롭다고 말한 것이다.

이외에도 '연출이아演出爾雅'한 시의 대표작으로 조위한趙緯韓의 「演雅體長律二十韻寄梁鄭二友幷引」 시가 있다. 전술했다시피 조위한의 이 시는 『이아』에 실려 있지 않은 충어·금수의 이름으로 각 구를 이루고 있어 매우 독특하다. 즉 이 시는 총 40구의 장편시인데, '囂', '谿邊', '親客', '十朋', '王爵', '蒲蘆', '夷由', '淘河', '繼英', '促織' 등의 시어가 매 구마다 등장하므로 시 전체를 통해 40개의 충어·금수의 이름이 등장하는 셈이다. 이 용어들은 일반적으로 알려진 충어·금수의 이름이 아니고 저자가 『산해경』과 같은 책들 속에서 찾아낸 것이기에 주가 없이는 해독하기 힘들다. 다행히 조위한은 매 구마다 자주를 달아놓아 이들의 정체를 밝혀주고 있다. '연출이아'한 연아체 시의 이해를 돕기 위하여 조위한이 매 구마다 자주에서 밝힌 충어·금수들을 살펴보기로 한다.48)

---

48) 참고로 原詩는 다음과 같다. "半生奔走厭塵囂/ 小築谿邊管寂廖/ 地僻斷無親客到/ 山深寧有十朋招/ 心灰王爵宜休野/ 政味蒲蘆恥入朝/ 斲木爲農學炎帝/ 淘河作器避唐堯/ 材如樗櫟難爲用/ 節似夷由詎見調/ 酒特忘憂非取酸/ 琴猶解慍不關韶/ 晨風乍起金梧隕/ 宵燭微明翠幕搖/ 墻菊繼英當晩節/ 隣姬促織坐通宵/ 連錢滿壁蒼苔厚/ 玉珧穿階錦籜驕/ 燈爲竊脂資夜讀/ 腹將搏黍免朝枵/ 雄圖落落誰能會/ 羈恨綿綿久未銷/ 宦味飽更酸與苦/ 危機蹈盡竦斯翹/ 詩篇漸似夔州後

제1구 : ‘猱’ — 원숭이 비슷한 동물[似猴].

제2구 : ‘谿邊’ — 짐승의 이름[獸名].

제3구 : ‘親客’ — 작은 거미[蜘蛛].

제4구 : ‘十朋’ — 거북이[龜].

제5구 : ‘王爵’ — 복숭아 벌레[桃虫].

제6구 : ‘蒲蘆’ — 나나니벌[蠮螉].

제7구 : ‘斲木’ — 새[鴷].

제8구 : ‘淘河’ — 새 이름[鳥名].

제9구 : ‘櫟’ — 새 이름[鳥名].

제10구 : ‘夷由’ — 날다람쥐[鼯].

제11구 : ‘特’ — 소[牛].

제12구 : ‘猶’ — 개와 비슷한 동물[似犬].

제13구 : ‘晨風’ — 새매[鸇].

제14구 : ‘宵燭’ — 반딧불[螢].

제15구 : ‘繼英’ — 새 이름[鳥名].

제16구 : ‘促織’ — 곤충 이름[沙鷄].

제17구 : ‘連錢’ — 할미새[鶺鴒].

제18구 : ‘玉姚’ — 미상[唇].

제19구 : ‘竊脂’ — 뻐꾹새[布穀].

제20구 : ‘搏黍’ — 꾀꼬리[鶯].

제21구 : ‘能’ — 짐승 이름[獸名].

제22구 : ‘未’ — 염소[羔].

제23구 : ‘酸與’ — 뱀 비슷한 동물[似蛇].

제24구 : ‘竦斯’ — 꿩의 일종[雉屬].

제25구 : ‘夔’ — 외발 짐승[一足獸].

/ 世路難於蜀道嶢/ 喜子襟期多韻格/ 窮奇山水共招邀/ 狂歌寡和人誰愛/ 蠻俗難諧路轉遙/ 左海文章催巨擘/ 臨邛宵夢感招潮/ 孤村晚雨森長脚/ 別浦垂楊舞細腰/ 剖葦庶從河上恃/ 守瓜將學故侯饒/ 時聞朱厭臨風嘯/ 每愛離留向曉嬌/ 金紫雖榮吾不願/ 端居非爲事漁樵”(趙緯韓, 「演雅體長律二十韻寄梁鄭二友幷引」, 『玄谷集』 권10).

제26구 : '蜀' - 벌레 이름[虫名].

제27구 : '喜子' - 푸른 거미[靑蛛].

제28구 : '窮奇' - 소와 비슷한 동물[似牛].

제29구 : '狂' - 원숭이의 일종[猩屬].

제30구 : '蠻' - 암수의 눈과 날개가 하나씩이라서 짝을 짓지 않으면 날지 못
한다는 전설상의 새[比翼鳥].

제31구 : '巨擘' - 지렁이[蚓].

제32구 : '招潮' - 게[蟹].

제33구 : '長脚' - 거미[蛛].

제34구 : '細腰' - 벌의 일종[蜂屬].

제35구 : '剖葦' - 새 이름[鵬原鳥].

제36구 : '守瓜' - 매미의 일종[노린재 : 蠜].

제37구 : '朱厭' - 원숭이[猿].

제38구 : '離留' - 꾀꼬리[鸎].

제39구 : '雖' - 벌레 이름[虫名].

제40구 : '爲' - 짐승 이름[獸名].

이상에서 고찰해본 것처럼 연아체 시의 주된 표현기법은 비유와 상징
과 풍자, 그리고 전고의 활용과 조탁인데, 이것은 원래 황정견을 비롯한
강서시파의 두드러진 시론이자 시작법이었다. 그러다가 여말선초에 이르
러 강서시파를 추숭하는 풍조가 확산되었고, 우리의 시인들도 강서시파
의 일반적 시작법인 비유와 풍자, 용사와 점화의 기법으로 연아체 시를
짓게 되었다.

4. 결어

'초목·화훼·충어·금수' 등 우리 주변의 동식물들을 포함한 자연물은 예부터 한시의 중요한 소재로 쓰여 왔다. 본고에서 다룬 연아체 시 또한 '영물'이라는 원초적인 한시 작법과 맥이 닿아 있으며, 좀 더 직접적으로는 황정견을 대표로 하는 송대 강서시파의 영향을 받아 형식적이고 기교적인 특징을 지니고 있다.

우리 문헌에서 연아체를 표방하며 지어진 시는 여말의 가정 이곡에게서 처음 보이며, 그의 아들인 목은 이색을 거쳐 조선전기와 중기의 일군의 시인들에 의해 연아체 시가 많이 창작되었다. 한국의 한시는 이미 고려시대부터 송대의 소식·황정견을 모범으로 하는 법송의 풍조가 주류를 이루었고, 선초에는 황정견·진사도의 시집이 간행되기에 이르렀다. 특히 황정견의 시는 수천 편이 선비들 사이에 회자되었으며, 그들과 관련된 많은 선집류까지 유통되고 있었다. 조선중기까지 계속된 연아체 시의 유행은 넓게 보면 이 같은 여말선초의 강서시파에 대한 추숭과 밀접한 관련이 있다. 연아체 시는 이러한 문학사적 흐름 속에서 특히 고시나 잡체시, 희작시 등 다양한 시체를 시도하기를 즐겨했던 시인들의 문집에 많이 나타나며, 개인적으로 지을 뿐만 아니라 비슷한 취향을 가진 시우들과 시회 등을 통해 서로 화답하는 경향을 보이고 있기도 하다.

연아체 시를 내용상 분류해 보면 당대 현실에 대해 풍유한 것, 현학과 유희의 수단으로 지어진 것, 관물을 통한 격물치지의 깨달음을 형상화한 것 등으로 나누어진다. 연아체 시의 주된 표현기법으로는 비유와 상징과 풍자, 그리고 전고의 활용과 조탁을 들 수 있는데, 이것은 황정견을 비롯한 강서시파의 두드러진 시론이자 시작법이었으니, 이들이 후대 연아체 시의 작가들에게 끼친 영향은 가히 절대적이라 말할 수 있겠다. 본고는 주로 여말부터 조선조 중기까지의 연아체 시를 다루었다. 일반적으로 16세기 후반에 소위 삼당시인의 등장 이후로 시풍이 일변했다고 말을 하는데, 강서시파의 영향 하에서 이루어진 연아체 시의 창작과 작법의 전통이, 조선후기에 한시의 희작화 경향 등 다양한 시도와 변화 속에서 어떻게 변모되고 변용되었는가라는 문제는 필자의 관심사 중 하나이나 본고에서 다루지 못했다. 이는 다음의 과제로 남겨둔다.

염정시의 면모와 미적 특질
─고려시대의 시를 중심으로─

1. 문제제기

> 사랑은 폭풍우가 몰아쳐도 결코 흔들리지 않고
> 영원히 고정된 이정표다
>
> ― 셰익스피어, 「사랑과 세월」 중에서

셰익스피어의 이 유명한 사랑의 시에도 나타나 있듯이, 사랑은 그 어떤 외물에도 흔들리지 않는 인생에서 가장 숭고하고 아름다운 이정표다. 그리고 그것은 사랑에 빠져본 사람만이 경험할 수 있는 황홀한 기쁨이기도 하다. 동서고금을 막론하고 사랑은 문학의 영원한 주제다. 인류가 남겨놓은 문학작품 중에서 가장 일반적이고 보편적인 주제를 하나만 꼽으라고 한다면, 아마도 사랑이 될 것이다. 이는 물론 비단 문학의 영역만 그러한 것이 아니라 음악, 미술, 연극, 영화, 드라마 등 모든 예술의 전반적인 현상이라고 할 수 있다. 특히 한시에는 이러한 사랑의 황홀한 기쁨과 지독한 슬픔을 다룬 것들이 더더욱 많다. 단지 양적인 면에서뿐만 아니라 질적인 면에 있어서도 역시, 사랑의 아픔이나 고뇌 그리고 기쁨을 노래한 시들은 오랜 세월 동안 많은 이들을 감동시키며 영원한 현재형으로 그 영향력을 발휘하고 있다.

중국이나 우리 학계에서는 특별히 이러한 사랑을 주제로 한 한시를 '염정시艶情詩'·'애정시愛情詩'·'향렴체시香奩體詩' 등으로 부르며,1) 한시의

---

1) 한시사에서 염정시나 애정시는 남녀간의 사랑의 감정을 읊은 시를 지칭하는 말로 쓰였는데, 두 용어 사이의 차이점은 거의 없다고 보인다. 중국 문학사에서 '염정시'라는 용어로 처음 시를 쓴 사람은 필자가 조사한 바로는 初唐의 저명한 시인 駱賓王이다. 그는 王勃·楊炯·盧照鄰과 함께 '初唐四傑'이라고 불려질 정도로 시에 뛰어났다. 그의 문집에 보면 '艶情'이라는 제목의 시가 보이는데, "곽씨를 대신해서 노조린에게 답한다"라고 되어 있다(『駱丞集』 권2). 이후에도 '艶情'이라는 제목을 단 시는 많이 나타나는데, 예컨대 청나라의 문인 彭孫遹의 문집(『松桂堂全集』 권38)이라던가 黃之雋의 문집(『香屑集』 권6), 그리고 寧孫默이 청나라의 詞를 모아 편찬한 詞集인 『十五家詞』 등에 등장하는 '艶情詩'가 대표적인 예라고 할 수 있겠다. 반면 우리 문학사에서는 뿌리깊은 儒家的 문학관 때문인지 '艶情' 또는 '艶情詩'에 대한 언급이 매우 적다. 17세기의 문인 崔錫恒이 晚唐의 시인 李商隱의 시를 평가하며 "艶情에서 感發되어 나온 것이 대부분이다"(『損窩遺稿』 권12, 「題朱長孺玉溪集序」)라고 한 언급이나, 또는 18세기 전반에 활약했던 東谿 趙龜命이 明나라의 문인 袁宏道를 평가하며 "대개 艶情의 글이 많다"(『東谿集』 권7, 「書花陣綺言袁中郞序後」) 라는 정도가 필자가 찾을 수 있었던 한국한시비평사에서의 '염정'에 대한 언급들이다. 그리고 '애정시'라는 용어는 '염정시'에 비해 더더욱 찾기 힘든데, 이것은 아마도 '애정시'라는 용어가 근대에 접어들어 주로 서구의 시문학에 등장하는 사랑의 노래들을 소개하고 번역하는 과정에서 쓰였기 때문이라고 할 수 있다. 그렇지만 '애정시'라는 용어가 중국고전문학사에 아주 없었던 것은 아니다. 명나라의 저명한 문장가 王世貞의 동생으로, 형만큼이나 문명을 떨쳤던 王世懋는 그의 문집 『秖園續餘』에서 "소년배들이 愛情詩를 매우 좋아한다"라고 하였다. 우리나라의 자료 중에서는 남녀간의 사랑을 노래한 시들에 대한 언급은 많이 있었지만, '애정시'라고 직접적으로 말한 것을 찾을 수 없었다. '염정시'나 '애정시'에 비해 '香奩體' 또는 '香奩體詩'는 문학사에 비교적 많이 등장한다. 이에 대해서는 뒤의 제2장에서 상술하기로 하겠다. 사실 '향렴체'는 원래 곱게 단장하고 옷을 꾸며 입은 여인들의 생활과 감정을 읊은 시를 지칭하는 말이었기 때문에, 남녀간의 사랑에 초점을 맞춘 염정시나 애정시와는 약간 성격이 다르다고 할 수 있다. 그럼에도 불구하고 본고에서 사랑을 노래하는 시로 향렴체 시까지 같이 언급하는 이유는, 소위 향렴체로 불리는 시들의 상당수가 여인의 사랑의 감정을 노래하고 있기 때문이다. 이것은 아마도 여인들의 삶과 일상생활에서 사랑이 차지하는 비중이 매우 크기 때문

중요한 한 갈래로 인식하고 이에 대한 연구를 계속해 오고 있다.[2] 한시사를 살펴보면 사랑을 노래한 시들은, 남성화자의 시와 여성화자의 시, 크게 두 가지로 나눠볼 수 있다. 남성화자의 시는 작자가 대부분 남성이지만, 여성화자의 시는 작자가 남성인 경우와 여성인 경우로 나누어진다. 그리고 남성작가에 의해 지어진 여성화자 시의 경우에도, 화자가 시에 나타난 여주인공 자신인 경우와 작가의 객관적 시점에 의한 묘사의 경우로 또 나눌 수 있다.[3] 사실 여성작가에 의한 여성화자시와 남성작가에 의한 여성화자시는 여성화자를 바라보는 시각 자체에서 차이가 나는 경우가 많다. 즉 여성화자의 존재론적 기반에 대한 인식의 차이인데, 남성작가들은 대부분 여성의 고난이나 연정을 형상화하면서도 매우 전형적이고 유형적인 여성화자를 반복적으로 등장시키는 특징이 있다. 이것은 물론 시인의 여성의 삶에 대한 인식이 개인적인 경험을 토대로 한 지극히 사적이고 편협하며 수동적이라는 사실에 기인한다.[4]

일 것이다. 향렴체 시에 등장하는 여성화자, 또는 남성화자에 의해 소개되는 여성 주인공은 상당 부분 사랑의 열병을 앓고 있는 사람들인 것이다. 따라서 여인네들의 삶을 노래한 향렴체 시 역시 필연적으로 사랑노래가 주류를 이루게 되었기 때문에 염정시·애정시와 함께 다루는 것이 타당하다고 여겨진다.

2) 필자가 조사한 염정시를 다룬 대표적인 논문과 저서는 다음과 같다. 이혜순, 「여성화자시의 한시전통」, 『한국한문학연구』특집호, 한국한문학회, 1996; 전경원, 「고려시대 한시의 여성 형상에 대한 연구」, 건국대학교 석사학위논문, 1998; 박영민, 「사대부 한시에 나타난 여성정감의 사적 전개와 미적 특질」, 고려대학교 박사학위논문, 1998; 민병수, 「한국한시와 애정」, 『한국한문학산고』, 태학사, 2001; 이종묵, 「애정한시의 전통과 미학」, 『국문학연구』 5호, 2001; 안대회, 「18세기 여성화자시 창작의 활성화와 그 문학사적 의의」, 『한국고전여성문학연구』 4집, 한국고전여성문학회, 2002; 박영민, 『한국한시와 여성인식의 구도』, 소명출판, 2003; 장준영, 「한악 향렴시 소고」, 『중국학연구』 27호, 중국학연구회, 2004.

3) 남성작가가 지은 여성화자 시의 분류와 분석은 이혜순의 앞의 논문에서 자세히 다뤄져 있다.

4) 박영민, 「여성화자의 유형과 존재론적 의미－고려시대 한시를 중심으로」, 『한국고전여성문학연구』 4집, 한국고전여성문학회, 2002, 95~96면 참조.

본고에서는 고려시대의 시를 중심으로, 사랑을 노래한 남성화자와 여성화자의 염정시를 비교 검토해 봄으로써, 초창기 한국한시사에서 염정시의 출발과 전개과정 및 그것이 한시사에서 갖는 문학적 의미를 밝혀보고자 한다. 아울러 염정시만의 독특한 표현기법과 미의식을 고찰해 보면서, 특히 남성화자 시와 여성화자 시의 차이점에 주목하여 논의를 전개해보기로 하겠다. 본고에서 특별히 고려시대의 한시로 논의를 국한한 것은, 조선조 염정시까지 모두 다 다루기에는 그 양이 너무 많아져서 자칫 논지의 전개가 범범해지거나 또는 주마간산으로 흐를 가능성이 있기 때문이다. 하지만 시의 분석에 있어서 필요할 경우에는 조선조의 시는 물론 중국시나 국문시가 등도 함께 거론하며 살펴보기로 하겠다.

2. 염정시의 사적 전개과정과 문학사적 의미

중국문학사에서 남녀간의 사랑을 읊은 노래는 이미 『시경』에서부터 보이기 시작한다. 『시경』에 나타난 사랑노래는 대체로 두 종류로 나눠볼 수 있다. 하나는 미혼 남녀의 연정을 노래한 것이고, 다른 하나는 부부간의 친밀하고 따뜻한 정을 읊은 것이다. 하지만 그 어느 쪽이든 이들 노래는 고대 중국인의 순박한 서정을 읊조린 것으로, 그 속에는 중국문학사에서 사랑의 정서를 표현해내는 원풍경原風景과 중국인이 감정을 표출하는 방법을 시화詩化한 문학적 원형이 나타나 있다.[5] 사랑을 노래했던 『시경』의 전통은 중국 시가사에서 그대로 계승되어 한나라와 육조六朝의 민요집으

---

5) 장징 지음, 임수빈 옮김, 『근대 중국과 연애의 발견』, 소나무, 2007, 32면 참조.

로 이어진다. 그러다가 만당晩唐의 한악韓偓에 이르면 향렴체香奩體라는 새
로운 형태의 시체가 만들어지게 된다.6) 향렴체 시에 대한 전반적인 이해
를 위해서 다소 길지만, 한악이 쓴『향렴집香奩集』자서自序를 살펴보자.

> 내가 장구章句에 빠진 것이 참으로 여러 해가 되었다. 진실로 대장부가
> 할 일이 아니라는 것은 알지만, 정을 잊을 수 없는 것은 하늘이 부여한
> 바이기 때문이다. 경진 신사년으로부터 신축 경자년에 이르기까지 지은
> 가시歌詩가 천 수를 넘었다. 그동안 아름답고 고와 마음에 들었던 것 역
> 시 수백 편이어서 왕왕 사대부들의 입에 오르내리거나 악공들의 음악에
> 맞추고, 하얗게 칠한 담이나 산초열매 섞어서 바른 벽에 기울어진 작은
> 글씨로 써두거나 몰래 노래한 시들을 이루 다 기록할 수 없을 정도였다.
> 큰 도적이 관문 안으로 들어오면서 책상자가 모두 없어진데다 옮겨
> 다니면서 거처도 일정치 않고 풀 더미에서 삶을 도모하였으니, 어찌 다
> 시 음풍할 생각을 했겠는가? 때로 하늘 끝에서 예전에 알고 지내던 사람
> 을 만나거나, 피난처에서 친구를 만나 취하여 읊을 틈이 날 때면, 이따금
> 내 시도 언급되었다. 그로부터 모아서 다시 백 수를 얻었으며, 차마 버리
> 지 못하고 때때로 기록해 엮었다.
> 저 멀리로 궁체宮體를 생각해보면 감히 유신庾信을 칭하지는 못하고,
> (당시의) 문장을 공격하더라도 도리어『옥대신영玉臺新詠』의 문체를 꾸짖

---

6) 香奩體란 주로 여자들의 신변과 관계된 제재를 詩化한 것으로, 예컨대 여성이 곱게 옷 입
은 모습이나 예쁘게 화장한 모습 따위를 시의 소재로 등장시켜 붙여진 이름이다. 하지만
후에는 의미가 더욱 확산되어 분칠한 여인들이 읊은 사랑의 노래, 또는 남성이 지은 작
품이라 하더라도 여인의 사랑을 주제로 한 시를 통칭하는 말로 쓰이게 되었다. 중국 한
시사에서 이러한 경향의 시를 지칭하는 말로 '향렴'이란 말을 처음 쓴 사람은 唐의 시인
한악으로 그는 자신의 시집의 명칭을「香奩集」이라고 했을 뿐만 아니라, 향렴체 시에 관
심을 기울이고 여러 편의 시를 쓰기도 하였다. 중국비평사에서 '향렴체'시에 주목하여
주요한 詩體의 하나로 처음 언급한 사람은 宋의 비평가 嚴羽이다. 그는 자신의 시화집
『滄浪詩話』에서 '향렴체'를 언급하며, "향렴체는 한악의 시로, 주로 옷입은 모양새 또는
화장을 곱게 분칠한 모습을 노래한 시어로 쓴 것이다. 향렴집에 실려 전한다(香奩體 : 韓
偓之詩, 皆裾裙脂粉之語. 有香奩集)"라고 하였다(嚴羽,『滄浪詩話』,「詩體」참조).

을 뿐이니, 어찌 반드시 서릉徐陵이 지은 서문만 어여쁘다 할 수 있겠는
가? 처음으로 마음을 받드는 모습을 얻어 다행히 이를 가는 부끄러움은
없었다. 뒷골목이나 청루靑樓에서는 쌀겨나 쭉정이를 맛보지 않았고, 침
실의 수놓은 문에서는 비로소 풍류를 준비하였다. 오색으로 아름다운 영
지를 씹어 맛보니 향기는 아홉 구멍에서 우러나오고, 삼위三危의 상서로
운 이슬을 삼키니 봄날은 일곱 감정에서 꿈틀거린다. 만약 그 바르지 못
함을 책망할 것이 있다 하더라도 또한 좋은 점으로써 허물을 덮어버리기
를 바란다. 한림학사승지상서호부시랑지제고 한악이 서문을 쓰다.7)

이 글에서 한악(842~923)은 『향렴집』의 시들이 경진년에서 신축년 사
이에 지어진 것이라고 하였다. 서기로 계산하면 860년에서 881년이니 19
세에서 40세 사이, 그러니까 인생에서 가장 혈기 왕성하고 의욕적인 젊
은 시절에 지어진 셈이다. 시인은 서두에서 향렴체의 시를 쓰는 것은 대
장부가 할 일은 아니지만, 하늘이 부여해준 정을 잊을 수 없어서 쓴다고
하였다. 이 말은 남성으로서 여성의 신변잡기와 감정을 읊조리는 시를 쓰
는 것에 대한 자기변명처럼 보이기도 하지만, 여기에서 눈여겨볼 말은
"하늘이 부여해준 정"이다. 즉 남자로서 여성에 대해 관심을 갖고 또 사
랑을 노래하는 것은 그야말로 천부적인 자연스러움이라는 것이다. 이 점
은 향렴체 시니 염정시의 존재에 대한 당위성을 설명해 줄 수 있는 핵심
적인 사항이라고 보인다.

---

7) 韓偓,「香奩集自序」,『香奩集』(『韓內翰別集』 附) 卷首. "香奩集偓自序曰 : '余溺章句, 信有年
矣. 誠知非丈夫所爲, 不能忘情, 天所賦也. 自庚辰辛巳之際, 迄辛丑庚子之間, 所著歌詩, 不啻千
首. 其間以綺麗得意者附亦數百篇, 徃徃在士大夫之口, 或樂工配入聲律, 粉牆椒壁, 斜行小字, 竊
咏者不可勝計. 大盜入關, 緗帙都隳, 遷徙不常厥居, 求生草莽之中, 豈復以吟諷爲意? 或天涯逢
舊識, 或避地遇故人, 醉咏之暇, 時及拙唱, 自爾鳩輯, 復得百篇, 不忍棄捐, 隨時編錄. 遐思宮體,
未敢稱庾信, 攻文却誚玉臺, 何必倩徐陵作序? 麤得捧心之態, 幸無折齒之慚, 柳巷靑樓, 未嘗糠
粃, 金閨繡戶, 始預風流. 咀五色之靈芝, 香生九竅, 咽三危之瑞露, 春動七情. 如有責其不經, 亦
望以功掩過.' 翰林學士承旨行尙書戶部侍郎知制誥韓偓序."

또한 위 인용문의 세 번째 단락을 보면, 한악은 향렴체 시를 지으면서 사람들이 멀리 육조 시대 유신의 궁체나 서릉의 옥대체 등과 비교할까봐 굉장히 신경쓰고 있음을 짐작할 수 있다. 주지하다시피 궁체시는 6세기 전반 양梁나라 때 소명태자昭明太子, 간문제簡文帝 등의 왕족들이 중심이 되어 소위 '궁정문학' 활동을 하면서 생산된 시로서 궁체의 '궁宮'은 궁정문학을 지칭하는 말이다. 주로 여성의 관능적인 아름다움을 노래한 것들이 많다. 옥대체는 양梁·진陳 교체기에 활발하게 활동했던 대표적인 궁체시의 작가인 진陳나라 서릉이 편찬한 시선집인『옥대신영』에 실린 시와 후대에 이를 모방한 시들에 대한 명칭이다. '여성들이 부르는 새로운 노래'라는 책의 제목에서도 알 수 있다시피, 여성들의 생활정감과 관련된 시들만 모았다는 데 그 특징이 있다. 주로 남녀간의 사랑을 주제로 한 것들이 많다. 이로 보면 향렴체를 궁체시나 옥대체와 비슷한 것으로 보거나, 또는 향렴체의 연원을 궁체나 옥대체로 보는 것도 일면 타당한 의견이라 여겨지기도 한다.8) 하지만, 향렴체가 여성의 정감과 여성의 사랑을 다룬 시체로 후대 사詞나 곡曲의 창작에도 일정한 영향을 끼쳤다는 긍정적인 평가를 받는 반면에,9) 옥대체는 남녀간의 아름다운 애정이나 여성의 고

---

8) 우리 문학사에서 향렴체를 옥대체와 가깝게 본 사실은, 일례로 18세기 조선 최고의 염정시 작가들인 李安中, 李鈺, 金鑢 등의 시에서 보이는 여성정감의 한시들을, 옥대체의 '玉臺'와 향렴체의 '香奩'을 따서 '玉臺香奩體'라고 지칭했던 것을 통해서도 확인할 수 있다.

9) 물론 향렴체에 대한 문학사적 평가도 긍정적인 면과 부정적인 면이 모두 있다. 가령, "만당시대의 시풍을 가장 잘 대변할 수 있는 것은 한악의『향렴집』에 나오는 여인의 말이다"(楊海明 저, 송용준·유종목 역,『唐宋詞史』, 신아사, 1995)라는 견해는 향렴체의 한시사적 가치를 높게 평가한 말이다. 또 "향렴체는 詞의 단초를 열었으며, 詞集인『花間集』은『향렴집』의 장단구 형식이다"(양해명, 앞의 책)라는 견해 등은 향렴체 시가 宋詞의 태동과 발전에 일정한 영향을 끼쳤다는 것으로 모두 향렴체에 대한 긍정적인 평가이다. 반면에 "향렴집의 시들은 모두 평이하고 淺近한 시어를 써서 남녀간의 각종 사사로운 감정을 서술한 것으로 字句를 다듬은 실력 또한 언급할 만한 것이 못 된다"(張興武,『五代作家的人格與詩格』, 인민문학출판사, 2000, 212면) 등과 같은 매우 부정적인 평가도 공존한다.

민을 진지하게 토로한 것은 드물고 대체로 경박하고 가벼운 사랑이나 색
정色情을 다룬 작품들이 많다는 부정적인 평가가 중국문학사의 일반적 견
해이다. 위 인용문에서 한악이 서릉의 옥대체에 부정적인 입장을 취하면
서 향렴체를 옥대체와는 구별하려 한 것도 바로 이 때문이다.

물론 사랑노래의 전통이 양적인 면이나 질적인 측면에서 모두 중국 한
시사의 주류를 차지했다고는 말하기 힘들다. 남녀의 사랑을 직접적으로
드러내놓고 표현하는 것에 대한 거부감은 시인들로 하여금 염정시의 창
작에 소극적인 태도를 보이게 했던 것이 사실이다. 이것은 아마도 수천
년을 이어온 유가사상의 영향10) 이외에도 사랑에 대한 중국인의 전통적
인 인식과 태도,11) 그리고, 부끄러움과 수줍음, 드러내지 않는 숨김을 매
력으로 여기는 중국민족 특유의 민족성에 기인한 것이 아닌가 한다.

어찌됐던 중국의 염정시나 애정시 등 사랑을 노래하고 있는 시들은,
연인을 처음 만났을 때의 긴장감, 사랑하는 이에 대한 동경, 짝사랑의 고
민, 참사랑에 대한 환희와 기쁨, 배신에 대한 분노, 이별에 대한 원한과
쓰라림, 마지막 사별 등 인간이 사랑에 빠지면서 만날 수 있는 거의 모든

---

10) 가령 일찍이 孔子가 『詩經』의 시를 평가하면서 말한 "樂而不淫, 哀而不傷"의 경지, 즉
　　'溫柔敦厚'한 시의 품격은 이후로 특히 儒家에서 시가 지향해야 할 하나의 전범으로 인
　　식되었다. 중국은 물론 우리나라의 경우에도 퇴계나 율곡 등의 성리학자들은 '溫柔敦厚'
　　하고 '沖澹蕭散'한 품격을 지닌 시들을 높이 평가했기 때문에 남녀간의 애정을 노골적
　　으로 드러내는 염정시나 애정시들이 중국이나 우리나라에서 활발하게 창작되기에는 많
　　은 제약이 있었던 것이 사실이다.
11) 사랑에 대한 중국인들의 인식이 서양인들과 가장 다른 점은, 가령 어떤 사람이 사랑에
　　빠졌을 때 서양인들은 그 사랑을 모든 도덕적 책임으로부터 자유로울 수 있는 절대적
　　인 가치로 인식하는 경우가 많은 것에 비해, 중국인들은 사랑을 그렇게 절대적이고 높
　　은 가치로 생각하지 않는다는 것이다. 사랑에 대한 중국인들의 일반적인 태도는 지극히
　　현실적이다. 다시 말해 사랑이란 삶에 있어서 하나의 필수적이고 가치 있는 경험으로서
　　중요한 위치를 차지하고 있는 것은 분명한 사실이지만, 하지만 그 사랑이 모든 가치나
　　제도, 규범 등을 덮어버리거나 초월할만큼 절대적인 것은 아니라는 것이다. 이상에 대
　　한 사항은 劉若愚 저, 이장우 역, 『중국시학』, 명문당, 1994, 111~112면 참조.

사랑의 국면을 노래하고 있다. 물론 이러한 점은 우리나라의 염정시의 경우에도 그대로 적용된다. 중국시에 나타나는 사랑의 양상은 때로는 심각하고, 때로는 가볍기도 하며, 부드럽기도 하고, 열정적일 경우도 있고, 또 때로는 지극히 선정적이기도 하지만, 소위 말하는 정신적이고 추상적이며 관념적인 플라토닉(Platonic)한 사랑은 거의 나타나지 않는다는 점이 특징이다.12)

한악이 창도한 향렴체 시는 여성화자를 주인공으로 등장시켜 여성의 섬세한 심리를 표현하거나 또는 남녀의 연애감정을 표현하는 것을 꺼려했던 그동안의 전통적인 시문학 전통에서 벗어나, 독특하고 참신한 소재와 주제를 의식적으로 선택하여 나름대로의 미적 세계를 열었다고 할 수 있겠다.13) 사실 한악의 향렴체 시는 그동안 별로 주목을 받지 못했던, 아니 좀 더 정확히 말하자면, 사랑의 기쁨과 절절한 아픔을 말하고는 싶었지만, 그것을 드러내는 데에 인색했던 시작법 전통에 얽매여 감히 용기를 내서 써보지 못했던 후대의 시인들에게 상당한 영향력을 발휘했다는 점에서 한시사에서 매우 중요하고 의미 있는 일이었다고 여겨진다.

만당晩唐에 이르면 한악뿐만 아니라 유미적이고 개성적인 시를 즐겨 썼던 대표적인 시인들인 두목杜牧이나 이상은李商隱, 온정균溫庭筠에게서도 염정시가 지어졌고, 기타 다른 시인들도 염정시를 짓게 되었다. 따라서 사랑을 노래하는 염정시·애정시·향렴체의 시들은 만당시대 시창작에 있어서 하나의 주요한 특징이었다고 볼 수 있다.14) 또한 한악의 향렴체 시를 비롯한 만당 시대의 염정시 창작은, 그 다음 세대인 송나라나 원나라에서 지어진 남녀의 애정을 주제로 하는 사詞와 곡曲의 창작에도 일정한

---

12) 劉若愚 저, 이장우 역, 앞의 책, 112~113면 참조.
13) 장준영, 앞의 논문, 52면 참조.
14) 만당시대에 유행했던 염정시·애정시·향렴체 시에 관한 전반적인 논의는 文航生의 「晩唐艶詩槪述」(四川師範學院, 1996)을 참조할 것.

영향을 끼쳤다는 점에서 문학사적 의미가 크다고 할 수 있겠다.

우리나라의 경우에도 중국과 마찬가지로, 사랑을 노래한 시들은 보통 '염정시'나 '애정시'라는 말보다는 '향렴체'라는 용어가 훨씬 더 일반적으로 사용되었다.[15] 또 굳이 '향렴체'라는 말을 시의 전면에 표방하지는 않았다고 하더라도, 남녀의 사랑의 감정을 읊은 시들은 오랜 시간동안 꾸준히 지어져왔다. 한국한문학사에서 '향렴' 또는 '향렴체'를 말한 것은 꽤 여럿 보이는데, 필자가 조사한 바로는 조선전기의 시인 매월당梅月堂 김시습金時習이 "향렴체"라는 제목으로 쓴 네 수의 시[16]가 '향렴체'를 표방한 최초의 작품이 아닌가 여겨진다. 그 후 명종 때의 문인 권응인權應仁이 지은 『송계만록松溪漫錄』에도 이암頤庵 송인宋寅이 청주 땅의 한 기생에게 지어준 시를 소개하며 "향렴체가 매우 사랑스럽다"[17]라는 시평이 등장하고 있다.

목릉성세의 대표적 문인 석주石洲 권필權韠 역시 향렴체를 본받아 시를 지었고,[18] 허균의 형인 허성許筬도 두 수의 향렴체 시를 남겼다.[19] 재미있는 점은 허성이 향렴체 시를 지으면서 "희작戲作"이라고 한 점이다. 이 말은 허성이 활동하던 16세기 후반까지만 해도 많은 시인들이 향렴체를 비롯한 사랑을 노래하는 시들을 창작하는 데에 상당한 부담감을 느끼고 있었다는 의미로 해석할 수 있다.[20] 허성의 동생으로 조선조 최고의 시 비

---

15) 우리 문학사에서 '애정시'를 표방한 것은 발견할 수 없었고, '염정시'를 사용한 경우는 앞의 주 1)에서 서술한 것을 참조하기 바람.

16) 金時習, 「香奩體 詠花」, 『梅月堂集』 권15.

17) 權應仁, 『松溪漫錄』 권상. "其得香奩體可愛."

18) 權韠, 「效香奩體」, 『石洲集』 권7.

19) 許筬, 「次南岡香奩體」, 『岳麓集』 권1 및 許筬, 「用前韻 戲作香奩體」, 『岳麓集』 권1.

20) 이와 관련하여, 18세기 이전의 여성한시는 사랑의 욕구와 표현을 기피하는 관습적인 제약을 벗어나기 위해 '戲作'이나 '擬古'라는 이름을 빌려 사랑을 노래한 반면에, 18세기에 들어와서는 좀 더 자유롭고 역동적으로 작가의 개성을 살린 사랑노래들이 출현했다는 안대회 교수의 주장은 주목할 만하다고 여겨진다. 이에 대한 사항은 안대회, 「18세

평가 중 한 사람인 허균도 그의 시화집 『학산초담鶴山樵談』에서 매창梅窓 이성윤李誠胤의 시를 소개하며, "그의 시는 온정균과 이상은을 숭상하여 그들의 시풍을 터득하였다. 그가 지은 향렴체란 시는 다음과 같다."[21]라고 하면서 이성윤의 시에 대한 소개와 시평을 통해 향렴체 시에 대한 관심을 표명하고 있다. 허균의 평에서 주목해야 할 점은 이성윤이 향렴체 시를 쓰게 된 동기에 관한 언급이다. 허균은 이성윤이 만당의 온정균과 이상은의 시풍을 터득하고 쓴 시가 향렴체라고 했다. 즉 조선조 시인들이 쓴 향렴체 시의 연원을 온정균과 이상은에게 두고 있는 것이다. 허균의 이러한 언급은 만당의 한시사에서 염정풍의 시를 즐겨 쓴 대표적 인물이 온정균과 이상은이었음을 생각해 볼 때, 한국 염정시의 전개에 있어서 특별히 이상은과 온정균의 영향력이 절대적이었음을[22] 시사해 주는 매우 중요한 발언으로 여겨진다.

이외에도 소위 삼당시인의 한 사람인 옥봉玉峯 백광훈白光勳도 향렴체 시를 남겼고,[23] 또한 17세기 전반기에 활동했던 고용후高用厚는 여러 벗들이 지은 향렴체에 차운하여 시를 남긴다고 했으니,[24] 당시 이미 많은 시인들에게 향렴체가 관심의 대상이었음을 알 수 있다. 또한 『지봉유설芝峰類說』의 저자로 유명한 이수광李睟光 역시 향렴체의 시를 지었고,[25] 조선후

기 여성화자시 창작의 활성화와 그 문학사적 의의」(『한국고전여성문학연구』 4집, 한국고전여성문학회, 2002), 129~130면을 참조할 것.

21) 許筠, 『鶴山樵談』(『惺所覆瓿藁』 권26에 수록), "宗室錦山守誠胤字景實, 學於仲氏, 詩尙溫李, 得啼其裁. 其香奩體曰." 참조.

22) 이상은과 온정균이 한국염정시의 사적 전개에 있어서 큰 영향을 끼쳤음은, 17세기 전반기에 향렴체를 즐겨지었던 문인인 高用厚가 이상은의 詩句만을 모아서 集句詩 형태로 향렴체 시를 썼던 것에서도 확인할 수 있다. 이상에 대한 사항은 高用厚, 「香奩體 集商隱句」, 『晴沙集』 권1 참조.

23) 白光勳, 「用前韻 效香奩體」, 『玉峯詩集』 권상.

24) 高用厚, 「次友生香奩體韻」, 『晴沙集』 권1.

25) 李睟光, 「效香奩體」, 『芝峰先生集』 권3.

기 한문학 사대가 중의 한 명인 상촌象村 신흠申欽도 "향렴체"라고 제목을 단 시를 4수나 짓기도 하였다.26) 그리고 역시 한문학 사대가 중의 또 다른 한 명인 택당澤堂 이식李植도 한악의 "향렴체"에 대한 중국비평사에서의 긍정적·부정적 평가를 모두 소개하고 있다.27) 18세기에 들어와서는 향렴체가 여러 문인들에게 유행처럼 급속도로 번지게 되었는데, 이는 다산茶山 정약용丁若鏞의 다음 글을 통해서도 확인할 수 있다.

> 송곡노인松谷老人은 당시 문원文苑의 종장宗匠이었으니 감히 경솔하게 의논할 수는 없습니다. 그러나 그 분의 과시科詩는 고시와 흡사하고 고시는 과시와 흡사하니 진실로 하나의 의문점입니다.
>
> 근래에 한검상韓檢詳 어른을 통해 그의 시고詩稿를 얻었습니다. 그 분의 근체시 여러 작품은 대우對偶가 정절精切하여 『우서당집尤西堂集』(청의 문인 우통尤侗의 문집—역자 주)과 흡사했으나 그 유량瀏亮하고 유원悠遠한 의미를 찾아보고자 하면 왕유王維·위응물韋應物 등 제가諸家들의 시처럼 깊고 깊어서 다할 수 없는 뜻을 가지고 있는 것은 결코 하나도 없었습니다. 그래서 한참 동안 실망하여 한탄했습니다.
>
> 우서당의 '논어시論語詩'는 바로 향렴체인데 문인의 교활함은 너무나 심합니다. 그가 경전을 조롱하고자 하였으니 참으로 사문의 난적입니다.28)

위 인용문은 정약용이 집안의 어른뻘이 되는 당대의 저명한 문인 해좌海左 정범조丁範祖에게 올린 편지글이다. 이 글에서 논의의 중심이 되는 인

---

26) 申欽,「香奩體 爲人作 四首」,『象村集』권18.

27) 李植,「娼妓」,『澤堂先生別集』권13 참조.

28) 丁若鏞,「上海左書」,『與猶堂全書』第一集, 권18. "松谷老人, 當時文苑宗匠, 不敢輕議, 然其科詩似古詩, 古詩似科詩, 誠一疑案. 近從韓檢詳丈, 得其詩稿, 其近體諸作, 對偶精切, 恰似尤西堂集, 欲求其瀏亮悠遠, 淵然有不盡之意, 如王韋諸家者, 蓋絶無焉. 爲之悵悵移時也. 尤西堂論語詩, 直是香奩豔體, 甚哉文人狡獪, 乃欲操弄經傳, 眞斯文之賊也."

물은 첫머리에 등장하는 송곡노인인데, 그는 17세기에서 18세기 초반까지 활동했던 저명한 문인 이서우李瑞雨(1633~1709)로 송곡은 바로 이서우의 호이다. 그는 명문가의 후손으로 당대에 시문으로 이름을 떨쳤으며, 글씨로도 유명했던 인물이다. 다산은 위 글에서 이서우의 시집을 보니 대우 등 시의 형식적인 측면은 매우 뛰어나 마치 청나라의 시인 우통과도 방불했으나, 시의 의미를 보면 깊고 심원한 맛이 전혀 없어서 매우 실망스러웠다는 것이다. 그리고 우통이 지은 '논어시'를 거론하며, 이 시체는 바로 향렴체인데 경전을 가지고 조롱했으니 사문난적과 다름없다고 하였다. 물론 여기에서 다산이 직접적으로 비판을 가한 것은 청의 문인 우통과 그가 지은 향렴체시지만, 사실 정작 하고 싶었던 말은 우통의 향렴체와 같은 시풍의 시를 쓰는 이서우에 대한 비판이었던 것이다. 그리고 그것은 다산 본인이 활동하던 18세기의 동시대 시인들에 대한 경고이자 비판이기도 했다. 그만큼 17세기를 거쳐 18세기에 이르러서는 향렴체를 비롯한 염정풍의 한시가 유행했던 것이다.

동시대의 또 다른 문인 이덕무李德懋도 그의 저서 『청장관전서靑莊館全書』에서 중국의 여러 시체를 소개하는 글에 한악과 향렴체에 대해서 자세히 기술하고 있어서, 향렴체에 대한 당대 문인들의 관심이 매우 높았음을 시사해준다.29) 이상에서 살펴본 것처럼 향렴체를 비롯한 남녀의 사랑을 노래한 염정의 시들은 선초의 김시습 이후에 꾸준히 계속해서 창작되어지다가, 드디어 18세기에 이르면 문단의 하나의 큰 유행으로 번지게 되었음을 알 수 있었다.30) 그리고 향렴체를 비롯한 한국 염정시의 사적 전개

---

29) 李德懋, 「詩觀小傳」, 『靑莊館全書』 권24 참조.

30) 18세기에 향렴체를 비롯한 염정시가 절정의 유행에 이르렀던 사실은 위의 정약용의 글 외에도, 18세기 조선 최고의 염정시 작가들인 李安中, 李鈺, 金鑢 등이 지은 시가 유행하고 급기야 이들의 詩體를 통칭하여 '玉臺香奩體'라고 지칭했던 것을 통해서도 확인할 수 있다. '옥대향렴체'에 대한 사항은 앞의 주 8)을 참조할 것. 안대회 교수는 18세기는

에 있어서 가장 큰 영향력을 끼쳤던 중국의 시인은 만당의 이상은, 온정균, 한악이었음도 확인할 수 있었다.

3. 염정시의 표현기법과 미의식

염정시의 문학적 매력은 그 무엇보다도 아름답고 애틋한 사랑의 감정을 노래함으로써, 독자로 하여금 자기도 모르게 시인이 느끼는 사랑의 감정과 동일한 사랑의 황홀함이나 쓰라림 등을 경험케 해준다는 데에 있을 것이다. 일종의 감정이입 효과다. 더구나 간결함과 고도로 정제된 압축미가 생명인 한시를 통해서, 해도 해도 다 못할 사랑의 복잡하고 오묘한 감정을 읊조리는 것은 얼핏 불가능해 보이기도 하지만, 역설적이게도 그렇기 때문에 사랑노래는 서구의 연애시나 현대시보다 오히려 한시가 더 매력적이고 절절할 수 있다. 다른 식으로 표현하자면, 짧은 노래에 한없이 긴 여운이 담겨서 미학적 효과를 극대화시키는 것이라 해도 좋겠다.

염정시의 작가는 크게 남성과 여성으로 나눌 수 있다. 그런데, 고려시대의 경우 지금 전해지는 여류시인으로는 진덕여왕·설요薛瑤·학자녀學者女·권귀비權貴妃·덕개德介·소수인小水人·동인홍動人紅·우돌于咄 등 극소수에 불과하다.31) 더구나 이들이 남긴 시마저도 각 시인마다 한두 수에 지

여성화자시가 유행하고 폭넓게 창작된 시기였다고 말한다. 18세기의 여성화자시는 현실적 사랑을 노래하고 작가의 개성을 표현함으로써 역동적인 문학발전에 기여를 했다는 것이다. 특히 이 시기의 애정시는 기존의 시에 비해 애정표현이 매우 대담해졌고 성의식을 드러내거나 애증의 표현이 잘 드러났다는 특징이 있다고 하였다. 이상 18세기 여성화자시에 관한 사항은 안대회, 앞의 논문, 127~128면을 참조할 것.

31) 이상의 고려시대 여류시인과 그들의 시는 김지용 편역, 『한국역대여류한시문선』 상·하(명문당, 2005)와 김지용 역, 『한국의 여류한시』(여강출판사, 1991)를 참조할 것.

나지 않는다. 따라서 고려시대의 염정시를 논하기 위해서는 자연스럽게 남성시인의 시를 가지고 살펴볼 수밖에 없다. 앞에서도 서술했지만 남성 작가 시의 경우에도 남성화자의 시와 여성화자의 시로 나누어지는데, 고려시대 염정시의 경우에는 여성화자의 시가 남성화자 시에 비해 상대적으로 훨씬 더 많은 양을 차지한다. 한 가지 재미있는 점은 남성화자와 여성화자의 변화에 따라 시점이 달라진다는 것이다. 즉 시적화자의 차이가 시점의 차이가 된다. 필자가 따져본 바로는 남성화자의 시는 대체로 3인칭 시점으로 기술되고, 여성화자의 시는 1인칭 시점으로 기술되는 경우가 많다. 이를 소설에서 말하는 시점[32]을 빌려서 좀 더 세분화해 보면, 남성화자의 시는 3인칭시점 중에서도 시에 등장하는 주인공의 심적 상태와 모든 정황을 화자(narrator)가 다 알고 있는 듯한 태도를 취한다는 점에서 '전지적 작가 시점'이라 할 수 있다. 여성화자의 시는 대체로 화자가 시의 내용(이야기)의 주인공이 되어 서술하는 경우가 많기 때문에 소설로 치면 '1인칭 주인공 시점'에 해당한다고 할 수 있겠다.

고려시대의 염정시를 그 내용적인 면에서 나누어보면 대체로 다음 세 가지로 분류가 된다. 첫째, 남녀간의 만남과 사랑의 기쁨을 노래한 시다. 이러한 종류의 시들에는 사랑의 설렘과 그 황홀한 기쁨이 잘 드러나는데, 염정시의 가장 중요한 본령이라고 할 수 있겠다. 둘째, 사랑하는 님에게 일이 생겨 불가피한 이별을 한 상태에서 오는 고통과 님에 대한 그리움을 토로한 시들이다. 시적화자가 노래하는 님은 남편인 경우와 애인인 경

---

32) 주지하다시피 소설을 분석함에 있어서 소설 속의 인물 및 사건을 바라보는 서술자의 위치와 각도를 '시점'이라고 한다. 시점은 보통 서술자가 누구냐에 따라 1인칭 시점과 3인칭 시점으로 나뉘고, 또 그 서술자의 역할에 따라 주인공 시점과 관찰자 시점으로 나뉘게 된다. 소설이란 기본적으로 누군가가 독자에게 전하는 이야기이다. 따라서 소설에서의 시점은 등장인물의 성격형성과 이야기 전개의 흐름 등에 큰 영향을 준다는 점에서 매우 중요하다고 하겠다.

우로 나뉘고, 님과 이별한 원인은 주로 공무나 전쟁으로 인해 님을 군대에 보낸 것이 많다. 셋째, 사랑하는 님에게 버림을 받고 그 아픔과 실연의 상처를 드러낸 시들이다. 여기에서 두 번째와 세 번째 작품군에 속하는 시들의 경우, 화자가 여성인 경우가 대부분이라는 점도 하나의 특징이라 할 수 있겠다.

(1) 황홀한 사랑의 기쁨

사랑에 빠진 사람은 행복하다. 그리고 그 사랑에 빠진 사람을 옆에서 바라보는 사람도 같이 행복해진다. 다음 시는 그런 행복을 우리에게 가져다준다.

모란꽃 이슬 머금어 진주알 같은데	牡丹含露眞珠顆
어여쁜 색시 꺾어들고 창가를 지나다가	美人折得窓前過
빙긋이 웃으면서 신랑에게 묻기를	含笑問檀郎
"꽃이 예쁜가요, 제가 예쁜가요"	花强妾貌强
신랑이 일부러 장난치느라	檀郎故相戲
"꽃이 당신보다 더 예쁘오"	强道花枝好
신부는 꽃이 예쁘디는 말에 뽀로통해서	美人妬花勝
꽃가지를 밟아 짓뭉개고 말하기를	踏破花枝道
"꽃이 저보다 예쁘시거든	花若勝於妾
오늘밤은 꽃과 함께 주무시지요"	今宵花同宿[33]

이 시에서 시적화자는 3인칭으로 등장하며 철저하게 관찰자적인 태도를 취하고 있다.[34] 시에서 서술되고 있는 전체적인 이야기의 내용은 어

---

33) 李奎報, 「折花行」, 『大東詩選』 권1.

느 젊은 부부간의 사랑의 모습이다. 예쁜 새색시가 탐스런 모란꽃을 꺾더니 남편에게 자기와 꽃 중에 누가 더 예쁘냐고 질문을 던진다. 남편은 장난치느라 꽃이 더 예쁘다고 말한다. 그러자 젊은 신부는 뾰로통해져서 들고 있던 꽃을 밟아버리더니 꽃이 자기보다 더 예쁘면 오늘 밤은 꽃과 함께 자라고 말한다. 어찌 보면 젊은 부부의 장난스런 일상의 대화지만, 그 속엔 상대방을 사랑하고 아끼고 또 의지하려는 예쁜 마음이 담겨 있다. 더구나 시의 마지막 부분에 새색시가 들고 있던 모란꽃을 밟으며 뾰로통해져서 하는 말은 참으로 애교가 넘치고 귀여우며 신랑을 향한 모든 사랑이 표현되어 있다. 세상 그 어떤 남자가 이런 말을 듣고도, 그 부인을 사랑하지 않겠는가?

아름다운 시냇가 언덕 위에 수양버들 늘어져 있고	浣沙溪上傍垂楊
백마 탄 님 손잡고 속마음 터놓았네	執手論心白馬郎
처마에 쏟아지는 석 달 장맛비라도	縱有連簷三月雨
손끝에 남은 향기 어이 씻으리	指頭何忍洗余香[35]

위의 시는 이제현이 민간에서 불리던 노래를 한시로 옮겨서 지은 '소악부' 11수 가운데 그 일부이다. 인용 시의 시적화자는 시에 등장하는 이야기의 주인공인 여성 자신이다. 이 시는 『고려사』 「악지」에도 실려 전하는데, <제위보>로 되어 있다.[36] 어느 화창한 봄날, 수양버들 늘어선 아

---

34) 앞에서 언급한 소설의 시점으로 보자면, 3인칭의 작가 관찰자 시점 또는 전지적 작가 시점이라고 할 수 있겠다.

35) 李齊賢, 「小樂府」, 『益齋亂藁』 권4.

36) <제위보>에 소개되어 있는 이 노래의 사연은 위 인용 시와는 사뭇 다르다. 『고려사』에서는 어떤 부인이 죄를 짓고서 제위보에 가서 노역을 하다가 어떤 남자에게 손목을 잡히고 그 부끄러움을 씻을 길이 없어 이 노래를 지어 스스로를 원망한 것이라고 기록되어 있다. 이제현의 인용 시와 <제위보>의 내용이 다른 것은 다분히 원 노래를 한역하는 과정에서 시인(이제현)의 의도적인 목적에 기인한 것이다.

름다운 시냇가 언덕 위에서 두 남녀가 만난다. 시적화자인 여성이 만난 남자는 '백마랑'이라는 표현으로 볼 때, 아마도 상당히 높은 신분의 자제였던 것 같다. 두 남녀는 서로의 손을 한참 동안이나 붙잡고 있다. 여자는 이미 남자에게 자기의 마음과 정을 다 주었고 사랑의 속마음까지 터놓는다. 이 시에서 더욱 애틋한 점은 사랑하는 남자와 헤어지고 난 뒤의 여인의 반응이다. 그녀는 남자와 잡았던 손끝에 감도는 감촉과 남은 향기는 세찬 장맛비라도 씻을 수 없다고 말한다. 님에 대한 변함없는 사랑과 믿음의 표현인 것이다. 다음 시에는 아직 사랑에 빠지지는 않았지만, 언젠가 만날 사랑에 대한 막연한 그리움과 알 수 없는 시름이 그려져 있다.

강남 아가씨 머리에 꽃 꽂고　　　　　　　　　　　　　江南女兒花挿頭
친구들 불러 아름다운 물가에서 놀다가　　　　　　　　笑呼伴侶游芳洲
노 저어 돌아오는데 해는 지려 하고　　　　　　　　　蕩漿歸來日欲暮
원앙은 쌍쌍이 나는데 시름은 그지없네　　　　　　　　鴛鴦雙飛無限愁37)

　위 시의 서술자는 남성화자로, 하루 동안 강남 아가씨가 노니는 모습과 그 사이에 일어난 심경의 변화를 제3자의 입장에서 그리고 있다. 소설의 시점으로 말하면 3인칭의 전지적 작가 시점이라고 할 수 있다. 날도 좋은 어느 날, 강남의 아가씨들이 모여서 저마다 머리에 꽃을 꽂고 물놀이에 나섰다. 제1구와 2구는 인생에서 가장 활기차고 발랄한 시기의 청춘들이 모여서 서로 깔깔대고 웃고 떠드는 모습을 통해서, 시의 분위기가 더할 나위 없이 밝고 명랑하다. 하지만 제4구에 이르면 시의 분위기가 급격히 전환되는데, 이는 곧 강남 아가씨의 심경변화와 관련이 있다. 친구들과 어울리다 시간 가는 줄도 몰랐는데, 어느덧 해는 벌써 산으로

---

37) 鄭夢周, 「江南曲」, 『圃隱先生文集』 권1.

지고 있다. 집으로 돌아오는 배 위에서 아가씨는 정답게 노니는 한 쌍의 원앙을 목격한다. 명랑 쾌활하던 아가씨는 이내 곧 깊은 상념에 빠지게 된다. 아직 만나지 못한 님에 대한, 그리고 사랑에 대한 그리움과 기대, 막연한 불안감 등이 얽히고설켜서 만감이 교차했기 때문이다. 사랑을 희구하는 젊은 청춘의 복잡하고 변화무쌍한 심경을 예리하게 포착해낸 뛰어난 수작이다. 이 시는 젊은 시절, 자기의 심정을 자기 자신도 몰랐던, 또는 아직 만나지 못했지만 어딘가에 있을 님에 대한 그리움과 사랑의 설렘으로 잠을 이루지 못했던, 우리들 모두의 자화상인 것이다.

(2) 이별의 고통과 님에 대한 그리움

고려시대의 염정시에는 사랑하는 님을 군대로 떠나 보내고 쓴 것들이 유난히 많다. 요즈음도 애인을 군대에 보내는 여성의 마음이 안타깝고 답답할 텐데, 그 시절이야 지금보다 모든 면에서 열악한 조건이었을 것이니 더 말할 나위가 없었을 것이다.

님께서 수자리로 먼 길을 떠나시니	公子遠行役
말 안장에 붉은 광채 눈부시구나	鞍馬光翕赩
초췌한 옥루의 이 몸은	憔悴玉樓妾
눈물을 참으며 흘리지 않지요	忍淚不敎滴
그리운 마음 잊을 길 없고	念之不可忘
날아가려 해도 날개가 없네요	奮飛無羽翼
새벽 종 왜 이리 늦게 울리는지	寒鍾鳴苦遲
언제나 먼동이 터오려나	何時東方白[38]

---

38) 李齊賢, 「古風」, 『益齋亂藁』 권3.

이 시는 「고풍」이란 제목의 7수의 연작시 중 일부이다. 시에 등장하는 님(남자)은 아마도 수자리를 서기 위해 멀리 전장으로 떠난 것으로 보인다. 떠날 때의 님의 모습은 화려한 말안장에 보무도 당당하였다. 하지만 아무리 기다려도 님은 돌아오지 않고, 기다림에 지친 여자는 하루가 다르게 초췌해져 간다. 그만 님에 대한 그리움을 접고 잊어 보려고도 하지만 잊을 수도 없다. 님이 계신 전장으로 가고 싶지만 갈 방도도 마땅치 않다. 매일 매일 잠 못 드는 밤은 계속되고, 여인은 불면의 고통 속에서 먼동이 터오기만을 기다릴 뿐이다. 다음 시에는 군대에 간 남편을 걱정하는 부인의 마음이 더욱 자세히 그려져 있다.

숨겨 놓은 명주를 다듬질하여	擣擣閨中練
마름질하고 꿰매니 서리와 흰 눈 같구나	裁縫如霜雪
편지를 함께 봉해 변방에 부치오니	緘題寄邊庭
그 속에 눈물이 피맺혀 있다오	中有淚成血
여자는 한 번 시집을 가면	婦人得所歸
끝까지 오직 절개를 지킬 뿐이니	終始惟一節
어찌 나의 운명 이렇게 박명도 하여	云胡妾薄命
그대와 길이 이별해 있는 것인가	與君長相別39)

인용 시는 「擬戍婦擣衣詞」란 제목의 다섯 수의 연작시 중 네 번째 작품이다. 시제에도 나타나 있듯이, 이 시의 화자는 멀리 남편을 변방 군대에 보내고 남편에게 보낼 겨울옷을 다듬이질하는 여인이다. 여인은 추위에 변변찮은 옷도 없이 고생하고 있을 군대 간 남편을 생각하며 고이 간직해둔 비단을 꺼내 정성껏 남편의 옷을 만든다. 그리고 그 속에 사랑과 그리움으로 뒤범벅된 눈물로 써내려간 편지도 함께 봉한다. 제5구와 6구

---

39) 僳遜, 「擬戍婦擣衣詞」, 『東文選』 권5.

에는 이 여인의 결혼관이 여실히 드러나 있다. 여자는 한 번 시집을 가면 끝까지 절개를 지켜 한 남편만 섬겨야 된다는 것이다.[40] 그렇기 때문에 만약 남편이 돌아오지 않는다고 해도 다른 남자와 재혼할 수도 없는 것이다. 생각이 이에 미치자 남들처럼 평범한 부부생활을 하지 못하는 자신의 처지와 박한 운명이 야속하기만 하다. 연작시 중 다음에 소개할 다섯 번째 작품을 보면 이 여인이 나약한 여성이 아니라 현숙하면서도 지혜로운, 그리고 인고의 세월을 견딜 줄 아는 강철같은 여성임을 확인할 수 있다.

기럭기럭 구름 속을 날아가는 기러기들아	嗈嗈雲間雁
날며 우는 소리가 어찌 그리 슬프냐	飛鳴亦何哀
어찌 한 통의 편지가 없겠냐마는	豈無一書札
부치려다 다시 망설인다	欲寄復徘徊
원컨대 맡은 일에 노력하소서	願言各努力
천첩은 생각일랑 하지 마소서	賤妾不足懷
님께서 진실로 충성을 다한다면	君亮執精忠
첩은 마땅히 규방에서 죽으리라	妾當死中閨[41]

예부터 좋은 소식을 전해준다는 하늘을 날아가는 기러기 소리를 듣고 여인은 군대에 간 남편에게 편지를 써볼까 생각한다. 하지만 이내 망설이고 만다. 왜냐하면 혹여라도 자기의 편지를 받고 전장에 간 남편이 공무

---

40) 님에 대한 절개와 신의를 다짐하는 시로는 李齊賢의 다음 「小樂府」(『益齋亂藁』 권4)가 대표적이다. "바윗돌에 구슬이 떨어져 깨진다 해도/ 꿰미줄만은 끊어지지 않으리라/ 님과 천추의 이별을 하였으나/ 한 점 단심이야 변함이 있으랴(縱然巖石落珠璣/ 纓縷固應無斷時/ 與郎千載相離別/ 一點丹心何改移)" 사실 이 시는 이제현이 고려가요 「서경별곡」을 한역한 것으로, 우리가 잘 알고 있는 고려시대의 노래인 「정석가」와도 일치한다. 「정석가」의 해당부분과 비교해 보면 더욱 흥미롭다. 「정석가」는 다음과 같다. "구슬이 바위에 디신들/ 깃힛딴 그츠리잇가/ 즈믄 해를 외오곰 녀신들/ 신잇딴 그츠리잇가"
41) 偰遜, 「擬戍婦擣衣詞」, 『東文選』 권5.

에 지장을 받지나 않을지 걱정이 들었기 때문이다. 외롭고 힘든 나날을 보내면서도 여인은 남편과 남편의 일을 먼저 생각하고 있다. 그래서 여인은 "원컨대 맡은 일에 노력하시고 천첩일랑 생각하지 말라고" 주문을 한다. 그러면서 님께서 국가를 위해 충성을 다한다면, 자기는 규방에서 죽어가도 여한이 없다고 다짐한다. 군대에 간 남편에게 가정을 생각하지 말고 국가에 충성을 다하라는 부탁인 것이다.[42] 참으로 고금에 보기 힘든 사려 깊고 현숙한 여성인 것 같다. 어찌 이 여인이라고 그 끝없는 기다림이 힘들지 않겠으며 또 외롭지 않겠는가마는, 자기보다 전장에서 고생할 남편을 걱정하는 마음 씀씀이가 대단하다 하지 않을 수 없다.

①

한번 이별한 뒤로는 오랫동안 소식 뜸하니	一別年多消息稀
변방의 안위를 그 누가 알리요	塞垣存歿有誰知
오늘 아침 비로소 겨울옷을 부치는데	今朝始寄寒衣去
떠나실 때 뱃속에 있던 아이를 눈물로 보냅니다	泣送歸時在腹兒

②

회문시 다 짜보니 비단글자 산뜻한데	織罷回文錦字新
먼데 계신 님께 부치려니 부칠 길 없네	題封寄遠恨無因
뭇사람 중에 혹시나 요동가는 손님 있나 해서	衆中恐有遼東客
날마다 나룻터에 나가 행인들에게 물어 본다오	每向津頭問路人[43]

---

42) 나라의 부름을 받고 떠나갔으니 비록 기다림은 괴롭지만 님이 국가에 공을 세우고 돌아올 때까지 견디겠다는 이와 같은 종류의 시는 다른 시인의 작품에도 보인다. 가령, 崔承老의 「代人寄遠」(『東文選』 권19) 같은 시가 그 대표적인 예이다. 참고로 시를 살펴보면 다음과 같다. "가는 수레 한 번 작별한 뒤 해가 격하였네/ 다락에 기대어 바라보고자 오르기에 몇 번이나 수고로웠나/ 상사의 괴로움 비록 이와 같을지라도/ 원하지 않네, 공 없이 빨리 돌아오는 것을(一別征車隔歲來/ 幾勞登覿倚樓臺/ 雖然有此相思苦/ 不願無功便早廻)"

43) 鄭夢周, 「征婦怨 二絶」, 『圃隱先生文集』 권1.

①의 시는 남편을 저 멀리 요동 땅으로 보내고 나서 유복자를 키우며, 기다림과 근심으로 나날을 보내는 여인의 시이다. 이 시 역시 위에서 보았던 시와 마찬가지로 전장의 남편에게 옷을 부치고 있다. 그런데 흥미로운 것은 그 옷을 남편에게 가져다주는 사람이 바로 남편이 떠날 때 뱃속에 있던 유복자인 것이다. 제4구에서 "떠나실 때 뱃속에 있던 아이를 눈물로 보낸다"고 했는데, 유복자를 통해 겨울옷을 지어서 남편에게 보내는 여인의 심정은 참으로 만감이 교차하였을 것이다. 그런가하면 ②의 시에는 남편이 돌아오길 기대하는 마음으로 비단에 회문시回文詩를 수놓아[44] 부치려 해도 부칠 방법이 없어 안타까워하는 여인의 모습이 그려져 있다. 혹시라도 요동으로 가는 길손이 있을까 하여 아내는 매일같이 나루터에 나가서 행인을 찾는다. 그야말로 남편을 향한 아내의 눈물겨운 정성과 사랑이 독자의 심금을 울릴 정도이다. 포은圃隱의 시인으로서의 솜씨를 유감없이 보여주는 작품이라 하겠다. 다음 시에는 서울로 떠난 님을 그리워하며 눈물짓는 여인의 심정이 잘 그려져 있다.

문에 기대어 석양을 바라보니	倚戶望斜陽
정녕 외딴 마을의 나무에 걸려 있구나	正在孤村樹
눈물 젖은 눈은 침침한데 새는 멀리 날아가니	淚眼昏昏鳥遠飛
서울이 어디인지 비로소 알겠구나	京國知何處
한 번 이별한 것이 천년 같은데	一別似千秋
이 한스러움 누구를 의지하여 말할까	此恨憑誰語
온 산을 향하여 눈을 크게 떠봐도 또다시 첩첩산중뿐	極目千山又萬山
그 어디가 님께서 돌아오는 길인가	底是郎歸路[45]

---

44) 여기에서 회문시란 晉나라 여인 蘇若蘭이 멀리 떨어져 있는 남편 竇滔를 위해 비단에 별자리 문양을 그려 넣고 가로 세로 각각 29자를 수놓아 모두 841자를 새겼다는 '回文璇璣圖織錦詩'의 고사를 말한다. 이 시는 가로로 읽어도, 세로로 읽어도, 또 회전하여 돌리며 읽어도 되는데, 남편을 향한 아내의 정성과 애정이 담겨 있는 것이다.

이 시의 제목 「卜算子」는 송사宋詞의 사패詞牌 중 하나로, 쉽게 말하면 노래의 곡조라고 생각하면 된다. 제목을 통해 시인이 송사의 형식을 빌려 지었음을 알 수 있다. 이 시의 시적화자 역시 떠나간 님을 기다리는 여인이다. 여인은 님이 떠나간 뒤에 저물녘이면 매일같이 집앞에 나와 동구밖을 바라본다. 이 시는 시작부터 한 폭의 그림을 보는 듯한데, 집앞에 나와 문에 기대어 하염없이 저 멀리 바라보고 있는 여인과 뉘엿뉘엿 서산으로 지면서 나무에 걸려 있는 저녁 해, 외딴 마을 등이 시각적 조화를 이루며 시의 의상意象을 더욱 침통하게 만들어 준다. 눈물 젖은 눈으로 먼 곳을 응시하던 여인은 마침 저 멀리로 날아가는 새를 목격한다. 그제야 님이 떠난 곳이 새도 쉽게 날아갈 수 없는 먼 서울이라는 것을 새삼 깨닫는다. 제5구의 "한 번 이별한 것이 천년 같은데"는 말은 그만큼 이별의 고통이 크다는 것을 암시한다. 님이 과연 돌아오기나 할지, 또 온다면 그때는 언제인지, 여인에게는 이 모든 것이 불안하고 걱정이다. 마지막 7~8구, 사방을 아무리 둘러보아도 첩첩산중뿐이니 그 어디가 님이 돌아오는 길인가라는 독백은 불안하고 걱정스런 여인의 그러한 심정을 그대로 보여주는 말이다. 사실 분명히 산에 난 길이 있음에도 불구하고, 그녀의 눈에는 길은 보이지 않고 오직 꽉 막힌 산만 보일 뿐이다. 그만큼 여인은 지금 이별의 고통과 끝없는 기다림으로 지쳐 있는 것이다.

뜰 앞에 한 잎 떨어지고	庭前一葉落
마루밑 온갖 벌레 슬프구나	床下百蟲悲
홀홀히 떠남을 말릴 수 없네만	忽忽不可止
유유히 어디로 가는가	悠悠何所之
한 조각 마음은 산 다한 곳	片心山盡處

---

45) 金九容, 「卜算子」, 『惕若齋先生學吟集』 권하.

외로운 꿈, 달 밝을 때	孤夢月明時
남포에 봄 물결 푸르러질 때	南浦春波綠
훗날의 기약을 그대는 잊지 마소서	君休負後期[46]

이 시에는 사랑하는 님을 떠나보내며 다음에 다시 만날 것을 기약하는 여인의 애틋한 심정이 그려져 있다. 님은 낙엽지고 온갖 벌레 울어대는 가을에 떠났다. 야속한 것은 떠나갈 때의 님의 태도이다. 님은 여인이 마음의 준비를 할 시간도 주지 않고 갑작스레, 그리고 유유히 사라져 버렸다. 제3구와 4구의 "忽忽"과 "悠悠"는 님을 향한 여인의 섭섭함과 원망이 표현된 말이다. 여인이 마지막 7~8구에서 "남포에 봄 물결 푸르러질 때/ 훗날의 기약을 그대는 잊지 마소서"라고 한 것으로 보아, 아마도 이렇게 떠난 님은 다음해 봄이 되면 돌아온다고 한 것 같다. 인용 시는 정지상의 작품인데 같은 제목으로 된 칠언절구의 시 역시 이별의 아픔을 노래한 만고의 절창으로 유명하다.[47]

이 시를 읽다보면 예전에 유행했던 대중가요 <남자는 배, 여자는 항구>라는 노래가 떠오른다. 이 시에도 나타나 있다시피 옛날이나 지금이나 수많은 연인들의 이별 장면에는 보통 남자가 떠나가고 여자는 떠난 님을 그리워하며 기다리는 모습이 그려져 있다. 너무나 당연한 말이지만, 그 많은 이별 중에는 여자가 떠나 간 경우도 분명 많이 있을 것이다. 그

---

46) 鄭知常, 「送人」, 『東文選』 권9.
47) 칠언절구 「送人」 시는 다음과 같다. "비 갠 긴 언덕엔 풀빛이 푸르른데/ 남포에서 님 보내니 슬픈 노래 울려나네/ 대동강 물은 어느 때 마를거나/ 해마다 이별 눈물 강물에 더하는 것을." 위 인용 시와 칠언절구 시는 제목도 같고 이별의 아픔을 노래한 내용도 비슷하지만, 한 가지 차이점이 있다면, 위 오언율시가 1인칭의 여성화자의 목소리로 서술되고 있는 것에 반해 칠언절구는 3인칭의 전지적 작가 시점을 가진 남성화자가 기술하고 있다는 것이다. 앞의 본문에서도 기술했지만, 3인칭 관찰자의 남성화자 시에 비해 1인칭 주인공의 여성화자 시가 훨씬 더 애틋하고 아픈 사랑의 감정을 그릴 수 있다는 점에서 이 두 시를 비교해 읽어 보는 것도 매우 흥미로운 일이라 생각된다.

런데 왜 남성화자가 주인공이 되어 떠나간 여인을 기다리고 가슴 아파하는 한시는 찾기 힘든 것인가?[48] 그것은 아마도, 앞에서도 언급했지만, "낙이불음樂而不淫, 애이불상哀而不傷"이란 말에 나타나 있듯이 시를 바라보는 전통적인 유가적 관점, 그리고 본인의 사랑 이야기를 본인의 입으로 직접 말하는 것에 대해 생소했던 그간의 문학적 전통이나 관습에 기인한 것 때문이 아닐까 한다. 어쨌든 남성 시인이 자기의 사랑 이야기를 여성화자의 입을 빌려서가 아닌, 1인칭 주인공 시점의 남성화자의 목소리로, 자기가 직접 고백하는 시가 우리 한시사에 드물다는 것은 분명 염정한시가 갖고 있는 또 하나의 문학적 결점이라 하지 않을 수 없다.

(3) 사랑의 배반과 실연의 상처

염정시 중에는 사랑하는 이의 배반과 실연의 상처로 괴로워하는 내용이 상당수 있다. 이들 시는 대개 여성화자가 서술자로 등장하며 주인공이 자신의 이야기를 하는 1인칭 시점으로 되어 있다는 특징이 있다. 다음 시를 보자.

그대에게 동심결 맺어 주었더니　　　　　　　　　　　　贈君同心結

---

48) 한시에 비해 서구의 시나 현대시에서는 실연을 당한 남자의 상처, 또는 여인을 기다리는 남자의 안타까운 사랑의 모습을 그린 시들이 무수히 많다. 그리고 이들 시의 대부분은 1인칭 주인공 남성화자의 독백으로 기술되어 있다. 필자가 논문을 집필하는 도중에 읽은 현대시 중에 사랑하는 여자를 기다리는 남자의 지독한 아픔을 그린 시가 있다. 이 짧은 시에 나타난 시인의 기다림은 너무나 간절하다. 아니 어찌 보면 목숨을 건 것처럼 보이기도 한다. 그래서 읽는 이도 함께 눈물이 난다. 필자가 너무 감동적으로 읽은 작품이기에 참고로 소개해 보기로 한다. 본문의 한시들과 비교해 보면 좋을 것 같다. "오지 않는 너를 기다리다가/ 나는 알게 되었지/ 이미 네가/ 투명인간이 되어/ 곁에 서 있다는 것을/ 그래서 더불어 기다리기로 한다."(강윤후, 「성북역」, 『다시 쓸쓸한 날에』, 문학과지성사, 1995).

<table>
<tr><td>내게는 합환선을 주네</td><td>貽我合歡扇</td></tr>
<tr><td>그대 마음 끝내는 달라져서</td><td>君心竟不同</td></tr>
<tr><td>좋아하고 싫어함 천만 번 변하네</td><td>好惡千萬變</td></tr>
<tr><td>내 즐거움 또한 이루지 못해</td><td>我歡亦未成</td></tr>
<tr><td>야위도록 밤낮으로 그리워하네</td><td>憔悴日夜戀</td></tr>
<tr><td>날 버리는 그대 원망하지 않으리</td><td>棄捐不怨君</td></tr>
<tr><td>새 사람은 매우 어여쁠 테니</td><td>新人多婉變</td></tr>
<tr><td>그러나 그 어여쁨 얼마나 갈까</td><td>婉變能幾時</td></tr>
<tr><td>세월은 화살보다 빨리 간다네</td><td>光陰疾於箭</td></tr>
<tr><td>어찌 알리요, 꽃 같은 저 사람도</td><td>焉知如花人</td></tr>
<tr><td>이처럼 얼굴에 주름이 생길 줄을</td><td>亦有斯皺面[49]</td></tr>
</table>

처음 만났을 때 여인은 자신의 사랑의 징표로 청실과 홍실로 엮어 만든 동심결同心結을 님에게 주었다. 동심결은 말 그대로 마음을 같이하자는 매듭인 것이다. 이에 님도 여인에게 합환선을 주며 자기의 사랑을 맹세했다. 합환선 역시 부챗살을 가운데 두고 양쪽을 같은 크기의 종이로 마주 붙여 떨어지지 않게 만든 부채로서, 변함없는 사랑의 징표인 것이다. 이렇게 시작했던 뜨거운 사랑이었건만 세월과 함께 님의 마음도 유수처럼 흘러가 버리고 만다. 님은 젊고 예쁜 아가씨를 만나 매정하게 떠나 버린 것이다. 하지만 여인은 님을 포기할 수 없다. 그 사랑은 너무나 지독하여 얼굴이 초췌해지도록 밤낮을 그리워한다. 그리고 떠난 님을 결코 원망하지도 않는다. 세월 앞에 쭈글쭈글해진 자신보다도 젊은 여자가 훨씬 더 어여쁘다는 사실을 잘 알고 있으니까. 그러나 세월을 빗겨갈 수 있는 사람은 그 어디에도 없다. 님이 만난 젊은 여자도 언젠가는 자기처럼 늙고 주름살 가득할 것이라 위안을 삼는다. 그리고 그 위안 속에는 떠난 님이

---

49) 李達衷, 「閨情」, 『東文選』 권5.

다시 돌아올 것이라는 기대가 강하게 내포되어 있다. 평생의 사랑을 배반한 님이지만, 원망하지 않고 끝까지 기다리겠다는 여인의 말을 통해 그녀가 견뎌냈을 아픔과 고독이 더 크게 다가온다. 다음 시에는 버림받은 여인의 괴로움이 직설화법으로 매우 잘 묘사되어 있다.

애달프다 꾀꼬리 우는 봄날	腸斷啼鶯春
떨어진 꽃 빨갛게 땅을 덮었네	落花紅簇地
향긋한 이불에 새벽 잠은 외롭기만	香衾曉枕孤
옥 같은 볼에 두 줄기 눈물 흐른다	玉臉雙流淚
낭군의 약속 구름처럼 얄팍하니	郎信薄如雲
나의 심정 강물처럼 흔들리네	妾情搖似水
긴긴 날을 누구와 함께 지내며	長日度與誰
수심겨운 눈썹 풀어 본단 말인가	皺却愁眉翠[50]

어느 봄날, 꾀꼬리는 울고 붉은 꽃잎은 땅에 떨어져 흩어져 있다. 사랑에 빠진 여인이라면 이 모든 것이 아름답고 흥겹게 보이겠지만, 버림받은 여인에게는 새 울음소리, 꽃잎 하나도 서럽고 애달프다. 그녀는 아마도 지난밤을 꼬박 새우듯 뒤척였던 것 같다. 님과 함께 덮던 향기로운 이불도 이제는 차디찬 거적 덮개에 불과하다. 새벽까지 그녀는 잠 못 이루고 울고 있다. 굳게 맹세했던 님의 사랑의 약속은 이제 저 하늘 얇은 구름처럼 믿을 수도 없게 되었다. 그리고 그녀의 마음도 흐르는 강물처럼 덩달아 요동친다. 앞으로도 오랫동안 겪어야할 불면의 밤들과 외로움을 생각하니 수심에 찬 눈썹은 풀어지지 않는다. 참으로 안타깝고 처량한 실연의 노래이다. 특히나 님에게 버림받고 잠 못 이루는 여인의 괴롭고도 불안한 심정을 "나의 심정 강물처럼 흔들리네"라고 묘사한 대목은 실연의 아픔

---

50) 李奎報, 「美人怨」, 『東國李相國集』 권10.

을 겪어본 사람만이 말할 수 있는 이 시의 압권이자 백미라는 생각이 든
다. 참고로 이 시는 시제에 회문시라는 설명이 붙어 있다. 따라서 거꾸로
읽어도 한 편의 시가 완성되는데, 거꾸로 읽는 시 역시 원시와 마찬가지
로 애달픈 사랑의 노래이다.51) 다음 시는 한평생을 기생으로 살다 늙어
버린 어느 노기老妓의 이야기이다.

찬 등불 아래 외로이 잠드니 눈물은 마르지 않고	寒燈孤枕淚無窮
비단 휘장에 은병풍도 지난 꿈속의 일이었도다	錦帳銀屛昨夢中
색으로 사람을 섬기면 끝내 버림을 받으리니	以色事人終鬼棄
비단 부채 가지고 가을바람을 원망하지 말지어다	莫將紈扇怨西風52)

　인용 시의 서술자는 3인칭의 남성화자이다. 소설로 치면 전지적 작가
시점이라 할 수 있을 정도로 화자는 늙은 기생의 외로운 삶의 모습을 묘
사하고, 그 원인에 대한 진단과 평가까지 내리고 있다. 평생을 기생으로
살아온 이 여인은 이제 아무도 찾아주지 않는다. 차가운 가을이건만 날마
다 외롭게 잠이 들고, 그 외로움 때문에 눈물 흘리지 않는 날이 없을 정
도이다. 방에 놓인 아름다운 비단 휘장과 값비싼 은병풍도 이제는 아무런
의미가 없다. 사랑하는 님이 없기 때문이다. 아마 이 여인도 젊은 시절에
는 꽃다운 아름다움으로 많은 남자의 주목과 사랑을 독차지 했을 것이다.
만약 인기 없던 기생이었다면 이런 슬픔과 외로움을 토로하지도 않았을

---

51) 이 시를 거꾸로 읽으면 원시의 마지막 구 마지막 글자인 "翠眉愁却皺"로 시작하여 원시
　　의 첫 구 "腸斷啼鶯春"을 뒤집은 "春鶯啼斷腸"으로 끝나게 된다. 참고삼아 회문시의 번
　　역을 해보면 다음과 같다. "눈썹은 근심겨워 찌푸려 있고/ 누구와 함께 긴 날을 보낸단
　　말인가/ 강물은 내 마음처럼 일렁이고/ 구름은 믿음 없는 님의 마음과 같네/ 눈물은 옥
　　같은 두 뺨에 흐르고/ 외로운 베개 새벽 이불만 향기롭구나/ 땅 가득히 붉은 꽃은 떨어
　　지고/ 봄 꾀꼬리 울음소리에 애간장만 끊어지네"
52) 鄭樞, 「老妓」, 『圓齋先生文稿』 권상.

것이기 때문이다. 하지만 옛날의 인기와 명성은 이제 한갓 추억일 뿐, 노기의 말년은 고독과 슬픔으로 가득하다. 이 시의 화자는 이에 대해 제3구에서 "색으로 사람을 섬기면 끝내 버림을 받"는 것이 마땅하다고 진단한다. 그리고 "비단 부채 가지고 가을바람을 원망하지 말지어다"라고 더욱 강력한 어조로 단죄한다. 주지하다시피 '가을부채[秋扇]'는 남자의 사랑을 잃은 여자나 철이 지나서 쓸모없이 된 물건을 비유하여 이르는 말이다. '가을부채'처럼 아무도 찾지 않고 버림받은 노기의 처량한 삶은, 색으로 사람을 대했던 노기 본인이 자초한 것이니 그 누구도 원망할 수 없다는 것이다. 사실 이와 같은 교훈적 어조의 남성화자 시는 같은 남성 시인의 작품이라 하더라도, 1인칭 주인공 시점의 여성화자 시에 비해서 '연정'이라는 동일한 모티브에 대해 남성화자가 일정한 거리를 두고 관조하고 있음을 보여주는 것이어서 흥미롭다 하겠다.[53]

4. 결어

본고에서는 남녀간의 사랑을 노래한 염정시의 전개과정과 그 문학사적 의미에 대해서 살펴보고, 또 염정시의 표현기법과 특유의 미적 특질을 고려 시대의 시를 중심으로 고찰해 보았다. 지금 전해지는 염정시는 시적화자가 누구냐에 따라서 크게 남성화자 시와 여성화자 시로 나누어진다. 또 여성화자 시의 경우에도 남성작가의 시와 여성작가의 시로 나눌 수 있다. 그런데 같은 염정시라 하더라도 남성화자 시와 여성화자 시 사이에는 시

---

53) 사랑에 대한 남성화자 시와 여성화자 시의 차이와 그 거리에 대한 것은 박영민, 『한국 한시와 여성 인식의 구도』(소명출판, 2003), 49~50면을 참조할 것.

의 내용이나 그 서술기법에 있어서 묘한 차이를 보이는 경우가 있다. 본고에서는 이 같은 두 가지 경향의 시를 서로 분석하여 비교해 보았다.

한국과 중국의 한시사에서 '염정시'·'애정시'·'향렴체시' 등의 다양한 이름으로 존재했던 사랑의 노래는, 그 기원을 따져보면 중국의 경우에는 이미 『시경』에서부터 존재해 왔고, 우리의 경우에도 「황조가」 등의 고대가요에 그 모습이 보인다. 그만큼 사랑을 노래한 시들의 전통은 길고 오래된 것이다. 이 점은 서양문학사의 경우에도 마찬가지이다.

우리 선조들은 전통적으로 유학적 교양을 갖춘 사대부로서 남녀간의 진솔한 사랑을 읊조리는 시를 쓰는 것을 바람직하지 않은 것으로 여겨왔다. 이 점은 기본적으로 고려조나 조선조 모두 동일하였다. 하지만 다행히도 모든 시인이 다 그렇게 생각한 것은 아니었다. 사대부 시인들 중에서도 남녀간의 사랑이야말로 가장 본능적이고 아름다운 인간 본연의 감정이라는 것을 인정하고, 그것을 노래한 시인들이 문학사에 계속적으로 존재해 왔던 것이다. 고려시대의 경우에는 심지어 민간에서 불리는 남녀의 사랑 노래를 한시로 번역하여 옮기는 일까지 있었다.

실로 남녀간의 사랑은 동서고금을 막론하고 문학의 영원한 주제이다. 그것은 아마도 사랑이 우리 인생의 가장 중요한 요소이자 인간의 원초적 본능이기 때문일 것이다. 이 같은 대명제는 수천 년 전에도 그러했고, 지금도 그러하며, 아마도 앞으로 인간의 삶이 지속되는 한 영원히 그러할 것이다. 이와 같은 맥락에서 보자면 사랑을 노래한 시만큼 인간의 삶을 절실하고 애절하게 다룬 것도 없을 것이다. 염정시는 때로는 사랑의 한없는 기쁨을, 또 때로는 사랑의 처절한 고통을 노래한다. 사랑은 꿀처럼 우리의 마음을 달콤하게 만들기도 하고, 날 선 검처럼 긴장과 공포를 주기도 하며, 가시처럼 후벼 파서 상처를 덧내기도 한다. 염정시는 이처럼 다양한 사랑의 모습을 보여줌으로써 독자에게 웃음과 눈물을 선사하며, 또 때로는 삶을 정화시키는 작용을 한다. 독자들은 시인의 언어를 통해 이미 마음속으로 간접적인 사랑의 체험을 하게 되는 것이다. 바로 이 점이 염정시의 미학적 매력이자, 다른 장르의 시에서는 쉽게 경험하지 못하는 문학적 효능인 것이다.

제2부

고려시대 시인론

도은 이숭인 시의 의상과 미의식의 표출양상

1. 문제제기

　목은牧隱 이색李穡의 문장과 도은陶隱 이숭인李崇仁의 시가 우리나라의 으
뜸이다.[1]

　조선중기의 문인 간이簡易 최립崔岦이 도은 이숭인의 시를 평하면서 한
말이다. 도은시의 어떤 점이 간이로 하여금 우리나라 최고의 시인으로 도
은을 지목하게 했을까? 도은 이숭인은 지금까지 시인으로서보다는 목은,
포은과 함께 격변의 고려말엽을 살다간 '여말삼은麗末三隱'의 정치가로, 또
는 성리학자로서의 측면이 부각되었던 것이 사실이다. 그러나 이숭인의
문집인『도은집陶隱集』을 읽으면 읽을수록 위의 최립의 평가가 그리 과장
된 것만은 아니라는 것을 느끼게 된다.
　사실 도은시에 대한 높은 평가는 이미 당대에서부터 제기되었다. 고려

---

1) 崔岦,「新印陶隱詩集跋」,『簡易集』卷3. "牧隱之文, 陶隱之詩, 吾東第一家數也."

말 문단의 영수였던 목은 이색은 도은 문학을 평가하면서, "이 사람의 문장은 중국에서 찾아보아도 많이 얻을 수 없다. 우리나라에 문사文士가 있은 이후로 그와 비견할만한 자가 드물다."라고 하였고,2) 정도전鄭道傳은 "우리나라에서 중국을 섬기는 문장은 대개 자안씨子安氏(이숭인의 字—필자주)에게서 나왔다"라고 하였다.3) 뿐만 아니라 조선조의 저명한 비평가들 역시 모두 역대의 시인들을 평할 때면 도은을 빼놓지 않고 있으니,4) 역대의 비평가들 사이에 도은은 주목할 만한 시인으로 여겨져 왔음을 알 수 있다. 그렇다면 도은시의 우수성은 어떤 점이며, 미적 특질은 무엇일까?

조선조 최고의 비평가 중 한 사람으로 꼽히는 허균許筠은 그의 시화집 『성수시화惺叟詩話』에서 도은의 시 「제승사題僧舍」를 소개하고 당나라의 유장경劉長卿에 못지않다고 평하였다. 조선후기의 문인 이수광李睟光 역시 『지봉유설芝峰類說』에서 같은 시를 제화시題畵詩로 소개하며 목은 이색의 말을 인용하여 당시唐詩와 꼭 같다고 하였다.5) 여기에서 "유장경에 못지않다"거나 "당시와 꼭 같다"는 평은 일차적으로 도은시의 뛰어난 회화성을 지칭하는 것으로 보인다. 주지하다시피 유장경은 중당中唐에 활약한 시인으로 특히 산수시, 자연시에 특장이 있었다. 그의 산수시는 전대의 왕유王維 등이 이룩한 산수시의 수법을 계승하면서도 좀 더 조탁에 힘썼는데, 당시

---

2) 權近, 「陶隱先生文集序」, 『陶隱集』 卷首. "韓山牧隱李文靖公每加歎賞曰, 此子文章, 求之中國, 世不多得, 自有海東文士以來, 鮮有其比者也."

3) 鄭道傳, 「陶隱先生文集序」, 『陶隱集』 卷首. "王國事大之文, 大抵出子安氏."

4) 예컨대 徐居正의 『東人詩話』, 南龍翼의 『壺谷詩話』, 許筠의 『惺叟詩話』, 洪萬宗의 『小華詩評』, 李睟光의 『芝峰類說』, 任璟의 『玄湖瑣談』, 河謙鎭의 『東詩話』에 이르기까지 조선조를 대표하는 여러 詩話集에서 도은시를 주목하고 있다.

5) 許筠, 『惺叟詩話』, "李陶隱, 嗚呼島詩, 牧隱推轂之, 以爲可肩盛唐. (…中略…) 其'山北山南細路分, 松花含雨落紛紛, 道人汲井歸茅舍, 一帶靑烟染白雲'之作, 何減劉隨州耶!" 및 李睟光, 『芝峰類說』, "李陶隱崇仁, 在麗末諸學士·中, 最後進, 文譽未著. 一日, 揭古畵障于壁, 書一絶其上曰, '山北山南細路分, 松花含雨落紛紛, 道人汲水歸茅舍, 一帶靑烟染白雲', 牧隱見之, 以爲逼唐, 聲名遂盛." 참조

사唐詩史에서 유장경이 주로 활동한 중당 전기, 즉 대력년간大曆年間의 산수시는 정밀화와도 같은 세밀한 필치와 묘사가 특징이었다.6)

필자 역시 전대의 비평가들과 마찬가지로 도은시의 가장 큰 특징이자 업적을 뛰어난 회화성으로 파악하고 있다. 물론 한시 작법에 있어서 마치 한 폭의 그림을 그리듯이 묘사하는 회화적 기법은 그리 특이한 일이 아니고 또 흔하게 볼 수 있는 시적 기교이다. 그래서 "시중유화詩中有畵, 화중유시畵中有詩"라는 말까지 생겨나게 된 것이다. 그러나 일반적으로 많이 쓰이는 작법이라 해서 연구대상에서 제외시켜도 좋은 것은 결코 아닐 것이다. 오히려 누구나 다 구사할 수 있는 기법인 것처럼 보이는 것을 가지고, 남다르게 써내기란 여간 어려운 것이 아니다. 필자는 본고에서 그의 시에 나타난 회화성과 그 회화성이 이루어낸 미감 또는 시적감동을 도은시에 나타난 의상意象과 의경意境·품격品格 및 시어詩語의 운용양상을 중심으로 고찰해 보고자 한다. 사실 의상이나 의경론으로 우리 한시의 미적 특질을 밝혀보려는 일련의 작업은 수년 전부터 조금씩 진행돼 오고 있다.7) 이 같은 연구들은 우리 한시가 갖고 있는 미학적 성취들을 밝힐 수 있을 것이고, 또 독자의 입장에서 한시를 깊이 있게 읽기 위해서도 반드시 필요한 작업이라고 생각된다.

---

6) 배다니엘, 「유장경의 산수시 연구」, 『중국학연구』 11집, 중국학연구회, 1996, 142~152면 참조.

7) 이와 관계된 것으로 한문학계에서 발표된 선행 연구 논문은 대략 다음과 같다. 변종현, 「한시의 의상을 드러내는 기법」, 『한문학논집』 12, 근역한문학회, 1994; 정민, 「의경론으로 읽는 현대시 두 수」, 『한국언어문화』 18집, 한국언어문화학회, 2000; 임준철, 「임제 의상의 미적특질」, 『어문논집』 42집, 민족어문학회, 2000; 임준철, 「정두경 시의 허구적 의상과 유협적 상상력」, 『민족문화연구』 39호, 고려대 민족문화연구소, 2003; 임준철, 「한시 의상론과 조선중기 한시 의상 연구」, 고려대학교 박사학위논문, 2003; 유호진, 「김구용 시의 청정 의상에 내포된 정신적 의미」, 『한국한문학연구』 30집, 한국한문학회, 2002.

2. 임천의 의상과 청정한 의경을 통한 탈속의 추구

‘의상’이란 『주역周易』「계사상繫辭上」에 나오는 “立象以盡意”를 사상적 기원으로 하여 동양문예론의 한 축을 형성한 용어로서, 대체로 서구 현대 시학의 ‘이미지’에 상당하는 개념편폭을 갖고 있지만, 시대나 학자에 따라 다양한 의미로 사용되어 왔다.8) 중국에서는 일찍이 유협劉勰이 『문심조룡文心雕龍』에서부터 ‘의상’이란 용어를 썼는데, 그 의미는 대체로 ‘의중意中의 상상象’, 즉 ‘생각 속의 형상’이란 의미로 쓰였다. 이에 비해 왕창령王昌齡은 ‘의意’와 ‘상象’이란 뜻으로 써서 주관적 측면과 객관적 측면의 양 방면을 나타내는 말로 썼다. 또 다른 사람들은 ‘예술적 형상’이란 말과 가까운 의미로 쓰기도 하였다. 이처럼 의상에 대한 개념과 용례는 시대와 사람에 따라 조금씩 달랐지만, 한 가지 공통점은 모두 ‘물상物象’과 관계된다는 점이다. 즉 물상이 일단 시인의 구상 속에 들어오게 되면, 시적 주체의 주관적 감정에 의하여 의식 속의 대상으로 재창조되어진다. 따라서 시인의 심미경험이나 사상·감정 등에 의해 다듬어진 어떤 물상이 시인의 창조성에 의해 시 속에서 형상화된 것을 바로 의상이라고 할 수 있겠다.9) 물상은 의상의 기초가 되지만 의상은 오히려 물상의 객관적·기계적 모방이 아니니, 그렇다면 물상에서 의상에 이르는 것은 즉 시인의 예술적 창조라고 할 수 있다.10)

중국에서 고전시학을 연구하는 요즈음의 학자들은 대체로 의상의 개념을, 어떤 예술물을 창작하는 주체, 즉 시인이나 음악가나 화가 등의 예술

---

8) 임준철, 「임제 의상의 미적특질」, 『어문논집』 42집, 민족어문학회, 2000, 49면 참조.
9) 변종현, 「한시의 의상을 드러내는 기법」, 『한문학논집』 12, 근역한문학회, 1994, 54~55면 참조.
10) 袁行霈 저, 7인 공역, 『中國詩歌藝術研究』, 아세아문화사, 1990, 94~96면 참조.

적 사유를 통해 창조되고 융합된 '의취意趣의 형상形象'이라고 보고 있는 듯하다.[11] 우리는 의상에 대해 일반적으로 시인이 시를 쓰면서 의상을 선택한다고 생각하지만, 때로는 어떤 의상이 시인으로 하여금 시를 쓰도록 만드는 경우도 있다. 이런 점에서 의상은 시인 자신의 내밀한 세계를 상의 이면에 감추인 것인 동시에 그 감추어진 것을 밖으로 표출할 수밖에 없는 동력이 되기도 한다.[12]

한편 의경意境은 작자의 주관적 정의情意와 객관적 물경物境이 상호 융합되어 형성된 예술경계를 말한다. 중국문학사에서 의경에 대해 보다 구체적으로 논의를 전개시킨 사람은 왕국유王國維인데, 그는 의경을 '경계境界'라 부르면서 전대 엄우嚴羽의 흥취설興趣說, 왕사정王士禎의 신운설神韻說, 원매袁枚의 성령설性靈說 등은 모두 주관적 측면만을 강조한 것이라 완전치 못하며, 참다운 의경은 시인의 주관 정서와 객관 물경이 교융交融되었을 때 형성된다고 하였다. 그렇다면 의상은 시 속에 표현되거나 시인의 의식 속에 자리를 잡은 물상의 형상이라 말할 수 있고, 의경은 이 같은 의상들로 이루어진 시 전체의 이미지나 종합적인 성과를 의미한다고 규정해 볼 수 있다.[13]

비유하자면 의경이 완벽히 이루어진 하나의 건축물이라면 의상은 이 건축물을 구성하는 몇 개의 벽돌인 셈이다. 따라서 의경의 범위는 비교적 커서 통상적으로 시 전체 또는 몇 개의 구나 한 개의 구에서 조성된 경계가 되지만, 의상은 단지 의경을 구성하는 몇 개의 구체적이고 세부적인 단위에 불과한 것이다. 다시 말해 의상은 구체적 물상이고 개별적 사물이기에 가시적으로 눈에 보이는 실제적인 것이라 한다면, 의경은 종합적 성

---

11) 黃保眞, 「意象」, 『中國詩學大辭典』, 중국절강교육출판사, 1999, 51면, "指創作主體通過藝術思維所創造的融滙了主體意趣的形象." 참조.
12) 임준철, 앞의 논문, 49면 참조.
13) 변종현, 앞의 논문, 55~57면 참조.

과이기에 대체로 추상적이다. 따라서 의경이 개별 시인들에 의해 개성화되면 그것은 품격과 밀접한 관계를 갖게 된다. 그러므로 고인들은 시의 품격을 평할 때면, 대체로 대상 시의 의경에 착안하여 말하였던 것이다.14) 따라서 의경은 어떤 특수한 형상이 만들어낸 무궁한 미감을 갖춘 일종의 독특한 심미품격審美品格이라고 할 수 있다.15)

전대 시화집에서 품평된 도은시의 주된 품격은 '청신淸新'과 '고고高古'라 할 수 있다. 청신은 '청정비범淸淨非凡'으로, 세속의 찌든 욕심을 버리고 탈속을 추구하는 청정한 의경으로 이루어진 시의 품격이다. 고고 역시 세속의 예교禮敎에 얽매이지 않고 속세의 경계를 뛰어넘는 신선 취향의 시에서 나타나는 품격이다.16) 도은시의 곳곳에서 나타나는 '숲[林]', '샘물[泉]', '시내[溪]', '우물[井]', '구름[雲]', '소나무와 학[松鶴]', '눈[雪]' 등의 임천의상林泉意象과 이와 관계된 '차와 술[茶酒]' 등의 의상 및 청정한 의경은 '청신'··'고고'의 품격과 아주 밀접한 관련을 지니고 있다. 임천의상과 청정한 의경으로 이루어진 그의 시는 대체로 탈속을 추구하는 시인의 정신적 지향과 맞닿아 있으며, 독자 또한 그러한 시를 읽고 나면 세속의 찌든 때에서 벗어난 듯한 미감을 느끼기 때문이다. 다음 시를 보자.

돌괴 험한 바위 오르기 어려워	山石巉巖未易躋
나귀 놓고 내키는대로 명아주 지팡이 짚고 가네	放驢隨意杖枯藜
구름이 개는 것은 한자의 정성에 감동한 것	雲開韓子精誠感
꽃이 지자 유랑은 물색에 미혹되었네	花落劉郎物色迷
길고 짧은 등나무 가지 오솔길에 비껴 있고	長短藤枝橫古道
높고 낮은 나뭇잎은 맑은 시내 덮었네	高低樹葉覆淸溪

---

14) 袁行霈 저, 7인 공역, 『中國詩歌藝術研究』, 아세아문화사, 1990, 69면 및 96~97면 참조.
15) 黃保眞, 「意境」, 앞의 책, 52면, "意境是一種特殊的形象創造, 具有味之無窮的獨特審美品格." 참조.
16) 하정승, 『고려조 한시의 품격 연구』, 다운샘, 2002, 158~178면 참조.

하루 종일 가도 가도 사람 소리 들리지 않고　　　　　行行盡日[17]無人語
오직 그윽한 숲의 새만이 저 홀로 지저귀네　　　　　唯有幽禽自在啼[18]

　가야산을 유람하며 쓴 시이다. 산이 험하여 더 이상 나귀를 타고 갈 수 없어 명아주 지팡이를 짚고 오른다. 산에 오르는 오솔길엔 등나무 가지가 비껴 있고 무성한 나뭇잎에 가려 계곡물은 보이지 않을 정도다. 하루 종일 가도 가도 사람은 보이지 않고 새소리만 들릴 뿐이다. 지금 시인은 세속과 단절되어 극단적인 고요함 속에 홀로 있다. 이 시의 시적공간은 깊은 숲 속인데, 도은시의 곳곳에 등장하는 숲이나 산과 계곡의 임천의상은 시적자아를 세속으로부터 분리시켜주는 공간으로서의 역할을 한다.

시냇가 푸른 산, 산 위엔 소나무　　　　　　　溪上靑山山上松
선사의 방장은 가장 높은 봉우리　　　　　　　禪師方丈最高峯
천선들은 예배한 후에 하늘로 돌아가고　　　　天仙禮拜却歸玄
앉아서 인간 세상을 보니 개미집 같구나　　　　坐瞰人寰如蟻封[19]

　어느 스님을 만나고 스님이 다시 절로 돌아감을 전송하며 쓴 시이다. 선사가 거처하는 방장方丈은 맑은 시냇가의 푸른 산 위, 소나무가 있는 곳으로, 그중에서도 가장 높은 봉우리에 위치해 있다. 그곳은 너무나 높아 속세의 사람은 감히 오를 수 없고, 하늘의 신선들만이 출입하는 곳이다. 세속을 초탈한 선사의 정신은 너무나 고매하여 천선들이 찾아

---

17) 한국고전번역원에서 펴낸 『韓國文集叢刊』 소재 『陶隱集』 원문에는 '目'으로 되어 있으나, 성균관대 대동문화연구원 발행 『高麗名賢集』 등 다른 판본들에서는 '日'로 되어 있는데, 그 의미상 '日'이 더 타당할 듯하다.
18) 「游耶山」, 『陶隱集』 卷2.
19) 「送僧」, 『陶隱集』 卷3.

와 예를 갖추고 절할 정도이다. 그러므로 까마득히 높은 산봉우리에 저 홀로 있는 선사의 방장은 속세와 격리된 하나의 청정공간을 상징한다. 그리고 그곳에서 인간세상을 내려다보니 마치 조그맣고 볼품없는 "개미집"처럼 느껴진다고 했다. 청정공간에서 느끼는 탈속의 의식세계가 잘 그려져 있다.

가야산은 천 겹 만 겹	伽山千萬重
그림으로도 다 그리기 어렵다네	圖畫應難窮
어둑어둑 안개와 구름은 자욱하고	煙雲浩冥濛
우거진 소나무 전나무 숲은 차갑다	松檜寒蒨蔥
깎아지른 절벽 높이 솟아 푸른 하늘을 떠받치고	絕壁屹立撑蒼穹
흐르는 시냇물은 바로 쏟아져 흰 무지개 일으키네	流泉直瀉拖白虹
봄날 아침엔 꽃을 꺾고 가을엔 달구경	春朝折芳秋賞月
여름에는 얼음물 마시고 겨울엔 눈 구경	夏日飲冰冬看雪[20]
(…하략…)	

　이 시 역시 앞의 인용 시와 마찬가지로 가야산을 다니며 쓴 것이다. 첩첩산중 가야산은 그림으로 묘사하기에도 어려울 정도로 겹겹이다. 산에는 항상 연무와 구름이 자욱하다. 깎아지른 절벽은 하늘을 떠받치고 있는 듯하고 계곡물은 바로 폭포가 되어 물보라를 일으킨다. 인용 시의 마지막 두 구는 천의 얼굴을 가진 가야산의 변화무쌍함을 읊은 것이다. 봄에는 꽃에 도취되고 여름이면 얼음 같은 계곡물을 마시며, 가을에는 청명한 달구경을 하고 겨울에는 또 눈 구경을 한다. 이처럼 자연의 일부가 되어 자연을 즐기고 있노라면 어느덧 세속의 욕망은 온데간데 없이 사라져 버린다. 세상과 격절된 산속에서 시인은 무엇을 하는가? 그는 책을 읽고

---

20)「伽山行. 寄息谷上人」,『陶隱集』卷1.

시를 쓰며 차와 술을 마신다.

문 닫고 들어앉은 지 대엿새	杜門五六日
말안장에는 벌써 먼지가 쌓였네	鞍韉已生埃
다른 이들 얼마나 이상히 생각하겠는가	余子亦何怪
친구가 아직도 오지 않는다고	故人猶不來
산 빛은 처마 틈으로 들어오고	山光入簷隙
이끼 빛은 담장 모퉁이 위로 오르네	苔色上墻隈
그 누가 적막하다 묻는가	寂寞誰能問
남은 책장을 손으로 넘기고 있는데	遺篇手自開[21]

　시인은 지금 어느 산 밑의 조용한 산방에 머물고 있다. 두문불출한 지 벌써 5·6일이 지나서 말안장에는 먼지가 수북이 쌓일 정도이다. 아무런 얘기도 없이 갑자기 소식을 끊었기에 친구들이 괴이하게 여길 것이라 생각하면서도, 시인은 잠시나마 속세를 떠난 즐거움을 만끽하고 있다. 5·6 구는 이 시를 돋보이게 해주는 경구驚句라 할만하다. 산방에 앉아 책을 읽고 있는 시인은 산 빛이 처마 틈으로 비치는 것을 목격하고, 시선을 담장 위의 이끼로 옮긴다. 처마 틈에 비치는 산 빛과 담장 위의 이끼 빛을 묘사한 이 두 구로 인해 시의 분위기는 정적이 감돌 정도로 지극히 고요하게 되었다. 그러다 갑자기 시인은 적막하지 않느냐 묻지 말라고 하면서 읽다만 책장을 넘기고 있다고 말한다. 마지막 두 구는 물론 독서 삼매경에 푹 빠져 있기에 비록 말벗 하나 없는 산방 생활이지만, 따분하지 않고 즐겁다는 의미다. 세속과 떨어져 산방에서 홀로 독서하는 시인의 모습이 너무나 고요하게 그려져 있어 시인의 책 넘기는 소리까지 들릴 정도이다. 다음 시에는 차를 마시는 시인의 모습이 그려져 있는데, 도은시에 등장하

---

21) 「呈遁村」, 『陶隱集』 卷2.

는 차는 특별한 의미를 지니고 있다.

시골살이 궁벽하다 그 누가 말했던가	誰道村居僻
참으로 내 성정에 어울리는데	眞成適我情
구름이 한가하니 몸도 따라 게으름을 느끼고	雲閑身覺懶
산이 좋으니 눈이 더욱 밝아지네	山好眼增明
시를 읊었다가 다시 고치며	詩藁吟餘改
밥 먹은 후에는 찻잔을 기울이네	茶甌飯後傾
전부터 이 맛을 알았으니	從來知此味
다시는 공명을 꾀하지 않으리	更別策功名[22]

　시인은 한적한 전원생활이 자신의 성정에 꼭 들어맞는다고 말하고 있다. 제3구의 "구름이 한가하니"라는 말은 기실 시인 스스로가 한가로움을 표현한 것이다. 바쁘게 보냈던 벼슬길에서 잠시 떠나 자연 속에서 느끼는 한가로움이 너무나 행복하여 시인은 스스로를 "게으르"다고까지 말한다. 사실 이러한 전원생활에서 누릴 수 있는 '느림'의 즐거움은 전부터 알고 있던 것이고 또 꿈꿔왔던 것으로, 이러한 기쁨을 맛보게 되니 다시는 세상의 헛된 공명을 꾀하고 싶지 않다고 했다. 경련은 전원생활에서 시인이 살아가는 구체적 모습을 보여주고 있다. '차 마시기'와 '시짓기'인데, 여기서 '차'는 그저 식후에 습관적으로 마시는 요즈음의 커피와 같은 것이 아니다. 도은시에서 '차'의 의상은 독특한 의미를 갖고 있으니, 곧 차는 세속의 찌든 때를 씻어주는 역할을 담당한다.

불 지피고 맑은 샘물 길어 손수 차를 끓이니	活火淸泉手自煎
푸른 잔에 뜬 향기 고기 냄새 씻어주네	香浮碧椀洗羶羶

---

22) 「次民望韻」, 『陶隱集』 卷2.

높은 절벽 위의 백만 창생은   巓崖百萬蒼生命
문노니 봉래산의 늘어선 신선이더냐   擬問蓬山列位仙[23]

시인은 손수 맑은 샘물을 길어다가 불을 지피고 차를 끓이는 수고를 마다하지 않는다. 왜냐하면 찻잔을 감싸고 있는 맑은 향기를 맡는 것만으로도 속세의 찌든 "고기 냄새"가 씻겨 나는 것 같기 때문이다. 도은시에서 탈속을 추구하는 의상군意象群으로 차와 더불어 등장하는 것이 '술'이다.

맑은 휘파람과 긴 노래는 곧 훌륭한 놀이이니   清嘯長歌卽勝遊
기심을 모두 없애고 모래밭 갈매기와 친하네   機心消盡狎沙鷗
질항아리의 막걸리는 집집마다 있거니   瓦盆濁酒家家有
지금부터는 강 머리에서 날마다 갖옷을 전당 잡히리 從此江頭日典裘[24]

휘파람과 노래를 부르며 서강西江의 모래밭을 거닐고 있노라니 세속의 기심이 모두 사라져 감을 느끼게 된다. 그때, 시인은 세상의 헛된 욕망을 벗어 버리고 술을 찾는다. 앞에서 '차'가 세속의 찌든 때를 씻어주는 역할을 담당하고 있음을 보았는데, 도은시에서 술은 속세를 떠나 자연에 은거하는 즐거움을 상징한다. "날마다 갖옷을 전당잡히"면서까지 술을 마시겠다는 제4구의 표현은 청정공간에서 누리는 기쁨을 극적으로 표현한 말이다.

봄바람이 나보다 먼저 산집에 이르렀나   春風先我到山家
산의 이곳 저곳이 온갖 나무와 꽃이로구나   山北山南萬樹花
담소하며 절로 머물테니 소매 잡지 마시게나 談笑自留休挽袖

---

23) 「白廉使惠茶」, 『陶隱集』 卷3.
24) 「西江卽事」, 『陶隱集』 卷3.

<table>
<tr><td>흥이 나면 모름지기 외상술도 사야지</td><td>興來更覺酒須賒[25]</td></tr>
</table>

전술했다시피 도은시에 등장하는 ‘숲[林]’이나 ‘산’은 속세와 이탈된 청정공간을 상징한다. 이 시에 등장하고 있는 “산집[山家]”이나 “산방山房”이 바로 그것이다. 도회지에서 아귀다툼하며 살다보니 봄이 온 줄도 모르고 있었는데, 산방으로 가는 산길에 꽃이 만발한 것을 보고서야 봄이 온 줄 알았다는 것이다. 도은이 동경하는 청정한 세계는 일차적으로 혼탁하고 살벌한 정치판을 벗어난 세계이다. 청정공간을 상징하는 전오륜全五倫의 산방과 같은 곳에서 마음에 맞는 친구와 담소하며 외상술까지라도 사서 마시고 싶은 것이 바로 도은이 꿈꾸고 희구하는 세계인 것이다.[26] 이 시에서 특히 제1구 “봄바람이 나보다 먼저 산집에 이르렀나”와 같은 표현은 도은의 시적 감수성을 단적으로 보여주는 경구로서, 이러한 표현은 아무나 쉽게 할 수 있는 것이 아니다. 도은시에서 숲과 더불어 등장하는 ‘눈[雪]’도 세속과의 단절을 상징한다. 다음 시를 보자.

<table>
<tr><td>푸르고 아득한 세밑의 하늘</td><td>蒼茫歲暮天</td></tr>
<tr><td>새로이 온 산천에 눈이 내렸네</td><td>新雪遍山川</td></tr>
<tr><td>새들은 산속의 나무를 잃고</td><td>鳥失山中木</td></tr>
<tr><td>스님은 돌 위의 샘물을 찾네</td><td>僧尋石上泉</td></tr>
<tr><td>굶주린 까마귀 들 밖에서 울고</td><td>飢烏號野外</td></tr>
<tr><td>얼어붙은 버들은 시냇가에 누워 있네</td><td>凍柳臥溪邊</td></tr>
<tr><td>어느 곳에 인가가 있는가</td><td>何處人家在</td></tr>
<tr><td>먼 숲에서 흰 연기 일어나네</td><td>遠林生白煙[27]</td></tr>
</table>

---

25) 「題全五倫山房」, 『陶隱集』 卷3.
26) 송재소, 「도은 이숭인의 시문학」, 『여말선초 한문학의 재조명』, 태학사, 2003, 475~476면 참조.
27) 「新雪」, 『陶隱集』 卷2.

『한국문집총간』본의 『도은집』에는 제목이 유실된 것으로 되어 있으나, 김종직金宗直이 찬한 『청구풍아靑丘風雅』에는 이 시의 제목이 「신설新雪」로 되어 있다. 세밑에 내린 눈으로 인해 온 천지가 하얗게 덮여 있다. 산속에 사는 새들도 눈에 덮인 둥지를 찾아 헤매고, 절의 스님도 눈 속에서 샘을 찾는다. 들녘에선 겨울에 먹이를 구하지 못해 굶주린 까마귀가 울고 있고, 추위에 얼어붙은 버들은 시냇가에 있다. 사방을 둘러봐도 눈덮인 산과 들뿐, 사람은 가까이 보이지 않는다. 다만 저 멀리 숲 너머로 연기가 피어오르는 인가가 몇 채 있을 뿐이다. 이 시에서 눈은 시적자아를 세상과 분리되게 해 주는 매개체 역할을 한다. 온 천지를 뒤덮은 눈으로 인해 세속과 격리된 시적 공간이 선명하게 부각되고 있다.

청말淸末의 문인 왕국유王國維는 '유아지경有我之境'과 '무아지경無我之境'을 통해서 의경론을 전개시켰다. 유아지경은 "이아관물以我觀物"하는 것으로 시인의 감정이 객관 물태物態에 스며들어 강렬한 주관적 색채를 띠게 되고, 무아지경은 "이물관물以物觀物"하는 것으로 시인의 주관적 정서가 드러나지 않고 아我와 물物이 혼융되어 피아의 구별이 없는 물아일체의 경지를 연출하는 것이다.28) 왕국유의 논리로 보면 위의 인용 시는 철저히 "이물관물" 하는 무아지경의 의경으로 되어 있다고 할 수 있겠다.

청정한 임천林泉 속에서 탈속을 추구하며, 자연이 주는 한적함과 여유로움을 만끽한 도은이었지만, 그는 과감히 서울의 벼슬길을 떠나지 못하고 도시와 전원의 경계에서 서성이다가 결국 세속으로 돌아오고 만다. 다음 시에는 그러한 도은의 갈등과 고뇌가 단적으로 잘 그려져 있다.

천굽이 돌길은 잔잔한 시냇물을 누르고 있고	千回石徑壓潺湲
금빛 푸른빛 서로 빛나 푸른 산봉우리 비추네	金碧相輝照翠巒

---

28) 정민, 앞의 논문, 459면 참조.

<table>
<tr><td>온 골짜기 노을 속엔 세상일 드물고</td><td>萬壑煙霞塵事少</td></tr>
<tr><td>동산의 송죽엔 도심이 한가롭네</td><td>一園松竹道心閑</td></tr>
<tr><td>선창의 정취는 생각해도 얻기 어렵고</td><td>禪窓氣味思難得</td></tr>
<tr><td>벼슬길 달려온 것도 부끄럽고 편치 않네</td><td>宦路馳驅愧未安</td></tr>
<tr><td>해 지자 돌아가려 지팡이 짚으니</td><td>日暮欲歸還倚杖</td></tr>
<tr><td>숲 건너 지척이 곧 인간 세상이로다</td><td>隔林咫尺卽人寰29)</td></tr>
</table>

이 시에서 시인이 처음 위치한 곳은 '숲[林]'을 사이로 하여 세상과 격절된 자연이었다. 즉 숲을 경계로 그 안쪽에 천굽이 돌길, 시냇물, 푸른 산봉우리, 골짜기, 송죽이 우거진 동산, 승사가 자리 잡고 있는데, 이곳에서는 세속의 일[塵事]을 찾을 수 없고, 오직 도심만이 가득한 청정공간이 있을 뿐이다. 제5·6구에는 탈속과 속세의 경계에서 고뇌하는 도은의 갈등이 그대로 드러나 있다. 지금까지 앞만 보고 "벼슬길 달려온 것도 부끄럽고 편치 않"지만, 그렇다고 속세를 떠나자니 "선창의 정취는 생각해도 얻기 어렵다"는 것이다. 이같이 갈등하던 도은은 마침내 유자로서의 삶을 포기할 수가 없었다. 해가 질 때까지 고민하던 도은은 결국 지팡이를 짚고 숲을 건너 세상으로 돌아오고 만다. 왕국유의 의경론으로 말하자면, 앞에서 인용한 「신설」 시가 무아지경의 시라면, 위 시는 "이아관물" 하는 유아지경의 시라 하겠다.

'청신'한 품격의 시들은 대체로 속세를 벗어난 비범한 의경을 지니고 있다. 시품 '청신'이나 '청기淸奇'는 홀로 낚싯대를 드리우고 세상과는 멀리 떨어져 그윽한 절경 속에 노니는 것과 같은 의상에서 나오는 품격이다. 이와 같은 청정의 시경詩境은 일반적으로 포조鮑照, 육기陸機, 도연명陶淵明, 사령운謝靈運, 위응물韋應物, 유종원柳宗元 등의 자연시에서 두드러지게 나

---

29) 「題僧舍」, 『陶隱集』 卷2.

타난다.30) 도은시에 있어서도 위 인용 시와 같이 탈속을 추구하는 시편
들에서 공통적으로 등장하는 청정한 의경은 도은시의 대표적 품격인 '청
신'과 불가분의 밀접한 관련성을 지니고 있다. 즉 도은시는 '숲[林]', '샘
물[泉]', '시내[溪]', '우물[井]', '구름[雲]', '소나무와 학[松鶴]', '눈[雪]' 등의
임천의상이나 '차와 술[茶酒]' 등의 다양한 의상군을 통해 청정한 의경을
이루고 있고, 이와 같은 의상과 의경이 도은시로 하여금 '청신'·'고고'
의 품격을 지니게 만들어 주었다고 할 수 있겠다.

3. 시어의 조탁 및 정련을 통한 회화성과 의상의 운용

　　대체로 시가 객체화客體化·대경화對境化되려면 필연적으로 이미지가 중
시될 수밖에 없고, 그 이미지도 한층 더 선명성이 요구된다. 여기서 시
는 그 내부의 단순화 위험을 무릅쓰면서도 회화성을 강하게 지니게 된
다.31) 시적 주체의 정서나 사상을 독자에게 가장 효과적으로 알리는 방
법으로 예부터 가장 보편적이고 효과적으로 사용된 것이 회화적 기법이
다.32) 도은시의 가장 큰 미적 특징은 회화성이다. 그 회화성은 대체로
조탁과 정련의 과정을 거친 시어와 의상의 기발한 운용을 통해서 이뤄
져 있다.

산의 북쪽과 남쪽으로 오솔길은 나뉘었고	山北山南細路分
송화가루 비 머금고 어지럽게 떨어진다	松花含雨落繽紛

---

30) 하정승, 『고려조 한시의 품격 연구』, 다운샘, 2002, 172면 참조.
31) 송준호, 『柳得恭의 시문학 연구』, 태학사, 1985, 43면 참조.
32) 변종현, 앞의 논문, 61면 참조.

도인은 물 길어 띠집으로 돌아가고
한 줄기 푸른 연기는 흰 구름을 물들인다

道人汲井歸茅舍
一帶靑烟染白雲[33]

이 시는 역대 시화집에서 도은시의 대표작으로 가장 많이 손꼽힌 작품이다. 앞에서 잠깐 언급한 바와 같이 이수광은 『지봉유설』에서 이 시를 제화시로 소개하며 목은 이색의 말을 인용하여 당시와 꼭 같다고 평하였다. 허균 역시 『성수시화』에서 이 시를 거론하고 당의 시인 유장경에 못지않다고 하였다. 여기에서 "유장경에 못지않다"거나 "당시와 꼭 같다"는 평은 일차적으로 도은시의 뛰어난 회화성을 지칭하는 말이다. 주지하다시피 유장경은 중당에 활약한 시인으로, 그의 산수시는 전대의 왕유 등이 이룩한 산수시의 수법을 계승하면서도 좀 더 조탁에 힘써서, 정밀화와도 같은 세밀한 필치와 묘사가 특징이었다. 17세기의 비평가 남용익 역시 『호곡시화壺谷詩話』에서 사암思庵 박순朴淳의 대표작인 「訪曺雲伯」을 도은의 위 시와 필적할만한 작품이라고 거론하고 있다.[34] 두 시에 나타난 감각적 시어와 의상을 분석하기 위해 번거롭지만 박순의 시를 인용해본다.

신선 집에서 취해 자다가 깨고 나니 어리둥절한데
흰 구름 골짜기에 가득하고 달이 잠기는 때라네
홀연히 우거진 숲 밖으로 홀로 나오니
돌 길 지팡이 소리 자던 새만이 아는구나

醉睡仙家覺後疑
白雲平壑月沈時
儵然獨出脩林外
石逕笻音宿鳥知[35]

---

33) 「題僧舍」, 『陶隱集』 卷3.
34) 南龍翼, 『壺谷詩話』. "朴思庵之, '醉睡仙家覺後疑, 白雲平壑月沈時, 儵然獨出脩林外, 石徑笻音宿鳥知', 可敵李陶隱之, '山北山南細路分, 松花含雨落紛紛, 道人汲井歸茅舍, 一帶靑烟染白雲', 第未知格調高下之如何也."
35) 「訪曺雲伯」, 『思庵集』 卷2.

박순의 이 시는 각종 시화집에 거의 빠짐없이 등장하는데, 특히 마지막 4구는 청각적 심상心象을 이용한 감각적 표현의 백미로 이 시구 때문에 사암은 '숙조지선생宿鳥知先生'으로까지 불리게 되었다. 다시 도은의 위 시를 보자. 시인의 시선은 지금 어느 산속 오솔길을 바라보고 있다. 마침 비가 온 직후라 송화가루는 비를 잔뜩 머금고 어지럽게 떨어져 있다. 이 시의 회화성을 완성시킨 것은 역시 제4구이다. 시인의 시선은 산속 오솔길에서 점점 멀어져 물을 길어 띠집으로 돌아가는 도인에게로 향했다가 굴뚝 위의 푸른 연기로 이동한다. 사실 3구와 4구 사이에는 시간적으로 간극이 있다.

물을 길어 집으로 간 도인은 비 온 뒤라 오두막 집에 군불을 지피고 물을 달여 차를 마셨을 것이다. 시인은 제4구 "한 줄기 푸른 연기는 흰 구름을 물들인다"라는 지극히 감각적인 표현으로 시를 완성시키고 있다. 이 구절은 우선 푸른 색과 흰 색이라는 색감이 대조적이지만, 좀 더 깊이 읽어보면 "송화가루[松花]"나 "연기"를 통해 후각적 심상까지 겹쳐져 있음을 알 수 있다. 뿐만 아니라 매구마다, "나뉘었고[分]"·"떨어진다[落]"·"돌아가고[歸]"·"물들인다[染]"와 같은 움직임을 뜻하는 동사들을 씀으로써 독자의 시선을 이동시키면서도, 동시에 "오솔길[細路]"·"송화가루[松花]"·"띠집[茅舍]"·"우물[井]"과 같은 그대로 멈춰있는 정태적靜態的인 의상과 "푸른 연기[靑烟]"·"흰 구름[白雲]"과 같은 색감이 강한 의상을 조화시켜서 시 전체의 분위기는 '동중정動中靜'의 지극히 정적이고 고요한 그림이 되었다.

시에서는 이같이 여러 감각기관을 뒤섞어 사용함으로써 인상印象과 감각기관 사이를 뒤엉키게 하고, 또 다른 감각기관으로 옮겨 표현하기도 하는데, 이것은 시의 의상을 생동감 넘치게 한다.36) 위 인용 시에 나타난 바와 같이 여러 가지 감각기관을 통한 다양한 의상들의 운용은 도은시를 더욱 발랄하고 활기 있게 만들어 주고 있다.

지팡이 짚고 사립문 나서니   倚杖柴門外

한가롭게 흥취가 일어나네   悠然發興長

사방의 산들은 창[戟]을 벌여 놓은 듯   四山疑列戟

한 줄기 물은 옥구슬 소리내네   一水聽鳴璫

학은 어두운 소나무 가지 사이로 서 있고   鶴立松丫暝

구름은 차가운 바위틈으로 피어나네   雲生石竇凉

가련하다, 아득한 십 년의 꿈같은 세월   遙憐十年夢

애를 쓰며 이 속에서 바쁘기만 했구나   款款此中忙[37]

이 시는 한가롭게 소요하며 바라본 사방의 풍경과 그 속에서 느낀 감회를 쓴 것이다. 특히 경련의 "학은 어두운 소나무 가지 사이로 서 있고/구름은 차가운 바위틈으로 피어나네"에 대해서 김종직은 "성당시盛唐詩와 매우 흡사하다"[38]고 평하였다. 이 구절은 멀리 소나무 가지 사이에 학이 서 있는 모습과 바위틈으로 구름이 뭉게뭉게 피어오르는 장면을 묘사한 것인데, 마치 그림을 그리듯 묘사가 정밀하고도 시어가 세련되었다.

또한 조신曹伸은 『소문쇄록謏聞鎖錄』에서 이 구절에 대해 공치工緻하다고 평하였는데,[39] 공치는 '공교工巧·치밀緻密'로서 시어가 교묘하고 아름다우면서도 주제를 풀어나가는 시의 구성이 면밀綿密하고 치밀緻密한 시의 품격이다. 이 시는 "학"과 "구름", "소나무 가지"와 "바위틈"이 정교하게 대對가 되어 있다. 또한 함련의 산과 물에 대한 묘사도 매우 사실적이고

---

36) 黃永武, 「談意象的荂現」, 『中國詩學』, 17면, "故意將接納感官交綜運用, 造成印象與感官間的 錯綜移屬, 使意象更活潑生新." 변종현의 앞의 논문 65면에서 재인용.

37) 「倚杖」, 『陶隱集』 卷2.

38) 金宗直, 『靑丘風雅』 卷3. "二句絶類盛唐."

39) 曹伸, 『謏聞鎖錄』. "工緻 (…中略…) 陶隱, 鶴立松丫暝, 雲生石竇凉."

뛰어나다. 송나라의 문인 주탁周倬이 "그 사어辭語가 모두 화미華美하나 가
볍지는 않고, 질박質朴하나 촌스럽지는 않다. 화평和平한 가운데 기려奇麗가
발하고 엄정嚴整한 가운데 우유憂柔가 들어 있다."40)고 평한 도은시의 특
징은 바로 이같이 잘 조탁되고 정련된 시어를 통해 시상을 전개해 나가
고 있는 것에 대한 언급이라 하겠다.

또한 강물 소리를 "옥구슬 소리내네"라고 묘사한 제4구는 도은시에 대
한 목은의 평가를 떠올리게 한다. 목은은 도은시를 평하면서, "구슬이 소
반 위를 구르는 것 같고, 얼음 덩어리가 산골짜기를 흘러나와 가득 찬 것
같다."거나 "도은의 시어는 쇄락灑落하여 한점의 티끌도 없고, 족히 사람
의 정성情性의 바름을 느끼게 하며 사무사思無邪의 경지로 돌아가게 한다."
라고 했는데,41) 바로 위와 같이 맑고 깨끗한 의경을 가리켜 한 말로 생
각된다.

<table>
<tr><td>기우는 해 아직도 나무에 걸려 있는데</td><td>斜陽猶在樹</td></tr>
<tr><td>말을 세워 인가를 묻는다</td><td>立馬問人家</td></tr>
<tr><td>봄풀은 텅 빈 마을에서 자라고</td><td>春草生墟巷</td></tr>
<tr><td>배는 모래톱에 매여 있네</td><td>江舡閣岸沙</td></tr>
<tr><td>땅이 궁벽하니 산 발꿈치 끊어지고</td><td>地窮山趾斷</td></tr>
<tr><td>하늘 나눠지니 갈림길도 아득하다</td><td>天豁路歧賒</td></tr>
<tr><td>내일 또 내일</td><td>明日又明日</td></tr>
<tr><td>가고 가도 늙음을 어이하랴</td><td>行行老奈何42)</td></tr>
</table>

---

40) 周倬, 「陶隱先生集序」, 『陶隱集』 卷首. "其辭皆華而不浮, 質而不俚, 發奇麗於和平之中, 寓優
柔於嚴整之外, 且忠君愛國, 隆師親友之意, 溢於言表." 참조.
41) 李穡, 「陶隱先生文集跋」, 『陶隱集』 卷首. "讀陶隱詩數篇, 如珠走盤, 如氷出壑. (…中略…) 陶
隱詩語旣灑落, 無一點塵, 而其趣惟在於此, 足以感人情性之正, 而歸於無邪矣."
42) 「失題」, 『陶隱集』 卷2.

봄날 저녁 한적한 어느 마을에서 쓴 매우 회화적인 시로 제목은 전하지 않는다. 해는 아직 다 기울지 않은 채 나뭇가지에 걸려 있고, 낯선 곳이라 시인은 길을 몰라 말에서 내려 마을을 묻는다. 제3·4구의 "텅 빈 마을[墟巷]"·"모래톱에 매여 있는 배" 등의 의상은 이 시를 아주 쓸쓸하게 만들어 준다. 이곳은 아마도 "산 발꿈치 끊어질" 정도로 매우 궁벽한 곳이었던 것 같다. 그러기에 시인은 "갈림길도 아득하다"고 말한다. 아마도 이 말은 중의적重義的 표현으로 보이는데, 일차적으로는 장차 떠날 길이 아득하다는 의미이겠지만, 그 이면에는 앞으로 살아갈 늘그막의 인생길이 아득하다는 뜻도 포함되어 있다. 그래서 시인은 "내일 또 내일/ 가고 가도 늙음을 어이하랴"라고 자조하고 있는 것이다.

가을 바람에 먼 나그네 홀로 누대에 오르니	西風遠客獨登樓
단풍잎 갈대꽃 눈에 시름 가득한데	楓葉蘆花滿眼愁
어느 곳 뉘 집에서 옥피리 비껴 들고	何處人家橫玉笛
한 소리로 불어 온 강의 가을을 끊는가	一聲吹斷一江秋[43]

이 시는 그야말로 시각과 청각이 아우러져 한 폭의 소리 있는 동양화를 만들어 내고 있다. 단풍이 피고 갈대꽃 가득한 어느 쓸쓸한 가을날, 나그네 된 시인은 바람을 맞으며 홀로 누대에 오른다. 단풍과 갈대꽃을 바라보노라니 어느덧 눈에는 시름이 가득 찬다. 그때 어느 집에서 누군가 불어대는 피리 소리가 들려온다. 이 시는 제4구에 이르러 가을의 쓸쓸함과 조락이 그 절정에 달하는데, 피리 소리가 "온 강의 가을을 끊는"다는 말은 물론 가을을 끊는 것이 아니고 시인의 애를 끊는다는 말이다. 청각적 심상을 활용하여 애끊는 시인의 고독을 감각적으로 표현한 것으로, 도

---

43) 「登樓代人作」, 『陶隱集』 卷3.

은시의 기교와 서정성을 유감없이 보여주고 있다.

<table>
<tr><td>여행 중에 좋은 흥취가 일어</td><td>客裏多佳興</td></tr>
<tr><td>봄바람에 일엽편주를 탄다</td><td>春風一葉舟</td></tr>
<tr><td>인가는 푸른 대밭에 있고</td><td>人家依綠竹</td></tr>
<tr><td>관도는 맑은 물을 굽어보고 있다</td><td>官道俯淸流</td></tr>
<tr><td>뜬 구름 바깥으로 해는 지고</td><td>落照浮雲外</td></tr>
<tr><td>큰 들판 머리에 나지막한 산</td><td>殘山大野頭</td></tr>
<tr><td>가도 가도 노래는 그치지 않아</td><td>行行吟未已</td></tr>
<tr><td>달을 타고 양주를 지나가노라</td><td>乘月過楊州⁴⁴⁾</td></tr>
</table>

이 시는 중국 사행 도중 배를 타고 양주를 지나며 쓴 것이다. 작은 조각배를 타고 가며 바라보는 주위의 풍광은 한 폭의 그림이다. 끝없이 펼쳐진 푸르른 대밭 사이로 작은 집들이 보이고 맑은 시내와 잘 닦인 관도 官道도 보인다. 석양은 하늘의 구름 바깥으로 지고, 저 멀리 들판 너머로 나지막한 산들이 보인다. 근경에서 원경으로 시선이 이동되고 있다. 경련과 마지막 미련 사이에는 시간적 간극이 있다. 저녁 해가 뉘엿뉘엿 지는가 했더니, 어느덧 밤이 되어 버렸다. 제7구 "가도 가도 노래는 그치지 않아"는 제1구 "여행 중에 좋은 흥취가 일어"의 연장선상에 있다. 처음에 흥이 일어 배를 타고 떠났는데, 밤이 될 때까지 그 흥은 계속되어 시인은 가도 가도 노래를 그치지 않고 부른다. 마지막 8구는 도은시답게 아주 감각적 표현으로 그려져 있는데, 시인은 달밤에 배를 타고 양주를 건너가면서 "달을 타고 양주를 지나가노라"라고 말하고 있다. 이는 물론 시인이 타고 가는 일엽편주를 강물에 출렁이는 밝은 달빛에 빗대어 표현한 것이다. 언어를 다루는 시인의 솜씨가 돋보인다.

---

44) 「楊州舟中漫興」, 『陶隱集』卷2.

스님께서 오셔서 이별을 고하시매	上人來告別
마음 흔들리고 낙담되어 가을 하늘처럼 되려 하네	搖落欲秋天
훗날에 서로 만날 곳은	他日相逢處
산속 물가로 정해졌다네	山中定水邊[45]

어느 가을 스님과 이별하며 쓴 시이다. 시인은 "스님께서 오셔서 이별을 고하"자 철렁한 가슴이 "가을 하늘"과 같다고 했다. 이별의 슬픔으로 인해 낙담하고 실망한 시인의 안타까운 심정을 말한 것이다. 만약 "이별의 슬픔이 안타깝다"라든가 "이별의 눈물을 흘린다"와 같은 상투적 표현을 썼다면, 아무리 큰 슬픔이라 하더라도 독자에게 별다른 감동을 주지 못했을 것이다. "가을 하늘처럼 되려 하네"라고 씀으로써 하늘이 무너지는 듯한 시인의 슬픔은 배가 된다.

이같이 탁월한 시적 표현은 이외에도 여러 곳에서 보인다. 가령 "잔치에서 취한 손님을 부축하고 돌아오는 길/ 모자 위의 꽃가지에 달빛이 묻어 있네(慶筵醉客扶歸路/ 帽頂花枝月有痕)"[46]라든지 "명아주 지팡이 짚고 그윽한 흥에 만족하노라니/ 시냇가 길에는 흰구름이 쌓여 있구나(杖黎幽興足/ 溪路白雲堆)"[47]는 시각적 심상을 이용한 표현이다. 또 "종소리는 달을 흔들며 사라져가고/ 돛단배 그림자는 바람 받아 날아가네(鍾聲搖月落/ 帆影帶風飛)"[48]라든가 "스님은 오늘 노를 저어 돌아가고/ 유자遊子는 옛날의 종소리를 듣노라(上人今日動歸楫/ 遊子昔年聞鳴鍾)"[49] 또는 "밝고 밝은 밀랍 촛불 붉은 담장 비추고/ 궁궐의 물시계 소리 새벽빛 동틈을 재촉하네(煌煌蠟炬照彤墙/ 宮漏聲催動曙光)"[50] "고요한 낮에 차 끓이는 연기는 아련히 날리고/ 깊

---

45) 「送僧」, 『陶隱集』 卷3.
46) 「送李密直承源巡問楊廣」, 『陶隱集』 卷3.
47) 「呈息谷」, 『陶隱集』 卷2.
48) 「送砧師還山」, 『陶隱集』 卷2.
49) 「送道生上人歸忠州龍頭寺」, 『陶隱集』 卷2.

은 밤 물시계 소리는 뚝뚝(畫靜茶煙飄苒苒/ 更深漏水響丁東)"51) 같은 시구들은
시각과 청각적 심상을 모두 활용하여 만든 극도로 감각적인 표현들이다.
이처럼 도은시에 쓰인 시어들은 조탁과 정련을 통해 빚어진 것들로, 여러
의상군들의 적절한 운용을 통해 회화성이 극도로 높아지고 생동감과 역
동성을 갖추게 되었으며, 풍부한 서정성과 낭만성까지 띠게 되어 독자들
에게 효과적으로 시적 감동을 전달할 수 있게 되었다.

4. 결어

　도은 이숭인은 동시대 문단의 영수였던 목은 이색이 평한 것처럼 "중
국에서 찾아보아도 쉽게 찾을 수 없을 정도"로 뛰어난 시인이었다. 후대
의 문인 간이 최립은 고려시대 최고의 문장가와 시인으로 각각 목은과
도은을 꼽을 정도였다. 도은시의 가장 큰 특징은 무엇보다도 회화성과 탈
속 지향의 의식세계에 있다. 그의 시의 회화성은 잘 다듬어진 정련된 언
어를 통해 빚어져 있다. 도은시는 마치 잘 그려진 한 폭의 그림을 보는
듯, 섬세한 필치로 묘사되어 있다. 중국의 전통적인 산수시에서 보이는
기법인 "시중유화"의 경지이다. 도은시에서 그려진 그림은, 그러나 아무
의미없이 시인이 그저 자신의 뛰어난 기교만을 부리기 위해서 그려낸 그
림은 아니다. 시어를 조탁하는 솜씨 속에는 순간의 감수성을 놓치지 않으
려는 시인으로서의 섬세함이 들어 있을 뿐만 아니라, 세계 앞에 홀로 서
있는 자가 느끼는 고독이 담겨 있으며, 무엇보다 동지와 벗들을 향한 깊

---

50) 「元日奉天殿早朝」, 『陶隱集』 卷2.
51) 「憶昔寄隱峯禪師」, 『陶隱集』 卷2.

은 신뢰와 세상에 대한 따뜻한 애정이 자리 잡고 있다.

도은시 속에서 의상은 시각화·청각화되어 감각적으로 그려져 있기도 하고, 때로는 '정중동·동중정'의 심상을 낳기도 하며, 또 때로는 시·공간이 서로 다른 의상이 겹쳐져 시적 효과를 배가시키기도 한다. 도은시의 놀라운 회화성은 일차적으로 이 같은 시어의 조탁과 의상의 운용에 기인한다. 송나라의 문인 주탁이 "그 사어가 모두 화미하나 가볍지는 않고, 질박하나 촌스럽지는 않다. 화평한 가운데 기려가 발하고 엄정한 가운데 우유가 들어 있다. 충군忠君, 애국愛國, 융사隆師, 친우親友의 뜻이 언표에 넘쳐난다."고 평한 도은시의 특징은 바로 시어의 조탁과 세계에 대한 긍정적 시의詩意를 언급한 것이라 하겠다.

도은시에 나타난 정신적 지향점은 탈속의 추구이다. 사실 이 점은 그와 동시대를 살았던 포은 정몽주나 둔촌遁村 이집李集, 척약재惕若齋 김구용金九容 등 여말 사대부들이 그들의 시세계 속에서 그리고 있는 것과 별반 다름이 없다. 여말의 사대부들은 서로 비슷한 출생신분에 비슷한 정치적 입장을 가졌고, 거기에다 사상적·학문적으로도 공통분모를 공유하고 있었으며, 무엇보다도 서로 인간적 유대관계를 맺고 교유하며 시를 주고받았기에 그들의 시적 지향점이 비슷한 것은 당연한 것이라고도 볼 수 있다.

본고에서는 도은이 그리고자 했던 탈속추구의 시세계가 그의 시에 번번이 등장하는 '숲[林]', '샘물[泉]', '시내[溪]', '우물[井]', '구름[雲]', '소나무와 학[松鶴]', '눈[雪]' 등의 임천의상과 이와 관계된 '차와 술[茶酒]' 등의 의상 및 청정한 의경을 기반으로 하고 있음을 살펴보았다. 또 이러한 의상과 의경은 '청신'·'고고'의 도은시의 품격과도 아주 밀접한 관련을 지니고 있음을 알 수 있었다. 목은이 도은시를 평하며 말한 "구슬이 소반 위를 구르는 것 같고, 얼음 덩어리가 산골짜기를 흘러나와 가득 찬 것 같다."거나 "도은의 시어는 쇄락하여 한점의 티끌도 없고, 족히 사람의 정성情性의 바름을 느끼게 하며 사무사의 경지로 돌아가게 한다.”는 평은 도은시의 임천의상과 청정한 의경이 성공적으로 시화詩化되었음을 지적한 것이라 볼 수 있다.

오늘 우리와 도은과는 무려 600여 년이 넘는 간극이 있지만, 오늘의 독자가 도은시를 읽은 후 세속의 찌든 때에서 벗어난 듯한 쾌감을 느끼고 그의 시의 회화성과 탁월한 시어의 사용에 감동하는 것을 볼 때, 도은에 대한 목은이나 간이의 평이 그리 과장된 것만은 아님을 느끼게 된다.

최해 시에 나타난 졸박과 비개의 미

1. 문제제기

최해崔瀣(1287~1340)는 고려후기 문단이 배출한 빼어난 시인이다.[1] 그는

---

[1] 지금까지 발표된 최해 관련 연구 논문들을 정리해 보면 다음과 같다. 이구의, 「최해의 시세계」, 『영남어문학』 14집, 한민족어문학회, 1987; 이구의, 「졸옹 최해의 삶과 민족의식－그의 「졸고천백」을 중심으로」, 『민족문화논총』 18·19호, 영남대학교 민족문화연구소, 1998; 이구의, 「졸옹 최해의 삶과 <예산은자전>고」, 『모산학보』 11집, 동아인문학회, 1999; 양태순, 「최해의 시세계와 상우 정신」, 『어문연구』 26집, 어문연구학회, 1995. 양태순, 「최해의 의식과 시세계」, 『한국한시작가연구』 1집, 한국한시학회, 1995; 여운필, 「동인지문오칠의 면모와 동문선과의 관련양상」, 『한국한시연구』 3집, 한국한시학회, 1995; 김종진, 「최해의 사대부의식과 시세계」, 『민족문화연구』 16집, 고려대학교 민족문화연구소, 1982; 김종진, 「최해의 현실인식과 삶의 자세」, 『한문교육연구』 19호, 한국한문교육학회, 2002; 정경주, 「졸옹 최해 문학의 역사적 성격」, 『한국문학논총』 11집, 한국문학회, 1990; 정운채, 「최해의 민족주의 문학론」, 『한국국어교육연구회논문집』 49집, 한국어교육학회, 1993; 유호진, 「고려 후기 사대부 한시에 나타난 정신지향에 대한 연구－최해, 안축, 이제현의 시문을 중심으로」, 『민족문화연구』 39집, 고려대학교 민족문화연구소, 2003; 박한남, 「최해의 『동인지문오칠』 편찬과 사료적 가치」, 『사학연구』 67호, 한국사학회, 2002; 송창한, 「최해의 척불론에 대하여」, 『대구사학』 38집, 대구사학회, 1989; 고혜령, 「원 간섭기 성리학 수용의 일 단면－崔文度를 중심으로」, 『한국중세사연구』 18

타고난 문학적 재주가 매우 뛰어났으며, 시인으로서 또 문장가로서 좋은 작품을 많이 생산하였다. 창작 면에서뿐만 아니라 비평적인 측면에서도 탁월한 능력을 갖고 있었다. 그의 시 비평은 매우 날카롭고도 독창적이었다. 그가 남긴 시화집은 없지만, 여기저기 산재되어 전해지는 기사들을 통해 이를 확인할 수 있다.2) 최해가 역대 시문을 뽑아 편찬한『동인지문東人之文』과 같은 선집류는 문학적 감식안이 없이는 불가능한 작업이었다.3)

집, 한국중세사학회, 2005; 조동일 등,『고려명현 최해 연구』, 국학자료원, 2002.

2) 예컨대 李齊賢의『櫟翁稗說』에, "杜甫의 시 '사경쯤 산 위에 달이 뜨니/ 새벽녘 물빛이 누대를 비추네/ 塵世에 큰 거울 열렸으니/ 풍렴이 저절로 걷혀지네(西更山吐月/ 殘夜水明樓/ 塵匣元開鏡/ 風簾自上鉤)'에 대하여 拙翁 崔瀣는, "사람들은 뒤의 두 구가 모두 달을 말한 것이라고 하지만 그런 것이 아니다. '塵匣元開鏡'은 물빛이 누대를 비춘다는 것을 말한 것이다. 이는 '산협은 푸른 강을 끼고 솟아 있고/ 바위는 동그랗게 고목에 둘러싸여 있네/ 구름 위로 치솟아 초 나라의 기운을 눌렀고/ 바다로 달리면서 오나라의 하늘을 차네(峽束蒼江起/ 巖排古樹圓/ 拂雲埋楚氣/ 朝海蹴吳天)'라는 夔府詠懷詩에서 '구름 위로 치솟는다[拂雲]'는 것은 古樹를 뜻하고 '바다로 달리면서[朝海]'라는 말은 蒼江을 뜻하는 것과 같은 것이니, 또한 詩家의 한 格式이다."라고 하였다."는 기사가 보인다. 시를 풀이하고 비평하는 데에 있어서 최해의 견해를 준거로 삼고 있음을 볼 수 있다. 또한 許筠의『惺叟詩話』에도 다음과 같은 기사가 있다. "사람들의 말을 들으면 崔猊山이 益齋 李齊賢의 詩卷을 모두 먹칠해 지우고 다만, '얇은 이불에 寒氣 나고 불등은 흐릿한데/ 상좌중은 한밤 내내 종 울리지 않는구나/ 아마도 자고 난 손님 문을 일찍 열고나서/ 뜰 앞 눈 덮인 소나무 보는 것을 꺼려한 것이겠지(紙被生寒佛燈暗/ 沙彌一夜不鳴鍾/ 應嗔宿客開門早/ 要見庭前雪壓松)'라는 시 하나를 남겨두자, 익재가 크게 탄복하며 知音으로 여겼다고 하나 이는 모두 과장된 이야기다." 물론 허균은 과장된 이야기라고 하였으나, 어찌됐던 당대 사람들이 익재시에 대한 비평기준으로 최해의 비평을 중요하게 참고하고 있음을 알 수 있다.

3) 金宗直의『靑丘風雅』序文에 "우리나라는 시의 格律이 신라 말기에서 고려 말엽에 이르는 동안에 무려 세 번이나 변하였다. 그 동안에 風敎를 기록하고 美刺를 나타내어, 開閉·抑揚이 깊이 性情의 바름을 얻어 唐宋과 견줄만하고 후세에 모범이 될 만한 것이 또한 적지 아니하다. 快軒 金台鉉·槐山 崔瀣·石澗 趙云仡이 각각 選集이 있는데, 석간은 간략하고, 쾌헌은 雜駁하며, 오직 괴산의 編著만이 가장 체재를 얻었다고 하겠다."라는 기록이 보인다. 역대 시문을 모아 편찬한 선집류 중 김태현의『東國文鑑』, 조운흘의『三韓詩龜監』, 최해의『東人之文』을 언급하고, 그중에서도 최해의 선집이 비평적 안목에서 보았을 때 가장 우수하다는 것이다.

최해는 17살에 과거에 급제하여 성균학관成均學官에 제수된 후로 몇 개의 관직을 거쳐 장흥고사長興庫使로 있을 때 원나라 과거에도 응시하여 합격하였다. 이처럼 학문적·문학적으로 능력이 출중했지만 그의 삶이 그렇게 평탄한 것만은 아니었다. 최해는 1321년 원나라에서 귀국하고 난 뒤, 그 몇 년 후인 1323~1324년 무렵에 벼슬을 그만두고 시골에 은거하였다.4) 그의 은둔생활은 세상을 떠날 때까지 계속되었다. 37세 무렵에

---

4) 최해가 벼슬을 그만두고 낙향한 시점은 정확히 알 수 없다. 다만 최해에 대해 언급하고 있는 각종 기사와 그가 쓴 글 여기저기에 산발적으로 나타나 있는 언급을 통해서 유추해 볼 수밖에 없다. 우선 李穀이 쓴 최해 묘지명에는 정확한 은거 시점은 나오지 않는다. 다만 최해가 맡았던 벼슬을 열거하고 마지막으로 檢校大司成을 언급하고 있음을 볼 때, 이 벼슬을 끝으로 치사했음을 알 수 있다. 鄭國俓이 쓴 행장에서도 최해가 맡았던 여러 관직을 나열하다가 甲子年(1324)에 맡았던 檢校成均大司成藝文館提學을 끝으로 더 이상 관직명이 나오지 않는다. 이것은 『高麗史』의 「崔瀣傳」이나 『高麗史節要』의 경우에도 마찬가지이다. 이상의 기록으로 보아 최해가 檢校成均大司成을 끝으로 치사했던 것은 확실한 것 같다. 그렇다면 문제는 그가 언제 치사했느냐인데, 최해가 쓴 「春軒壺記」(『拙藁千百』 권1)에 "지금은 내가 병으로 물러난 지 10여 년이나 오래되었다"라는 기록이 보인다. 최해는 「춘헌호기」의 말미에 이 글을 쓴 시점을 밝히고 있는데, '癸酉五月庚申'이라고 했으니 1333년 그의 나이 47세 때의 작품인 것이다. 이 글에서 물러난 지 10여 년이 되었다고 했으니, 그렇다면 최해의 은거는 1323년, 즉 최해 나이 37세 무렵이 되는 것이다. 또한 중국에서 과거에 급제하여 황제의 詔書를 받들고 사신으로 우리나라에 온 李穀이 다시 중국으로 들어가는 것을 전송하며 써 준 「送奉使李中父還朝序」(『拙藁千百』 권2)라는 글에도 "지금 이와 같이 마을 구석에 물러앉아 휴양한 지가 13년이나 되었으니, 씩씩한 뜻이 날로 소모되어 다시 飛騰할 만한 기세가 없다."라는 표현이 보인다. 이곡의 문집인 『稼亭先生集』에 의하면 이곡이 원의 사신으로 고려에 입국했다가 다시 돌아간 시점이 1335년 3월로 되어 있으니, 그렇다면 최해의 은거 시기는 1323년 무렵이 되는 것이다. 다만 『農隱集』이라는 최해의 문집에 실려 있는 연보에는 1326년(충숙왕 13)에 벼슬을 사임하고 城南 獅子山에 은거한 것으로 되어 있다. 앞에서 언급했던 행장에서도 최해가 마지막 벼슬을 1324년에 맡았다고 했으니, 연보의 1326년 사임설이 크게 틀리지는 않는 것 같다. 그러나 최해의 문집인 『농은집』이 현재 온전하게 전해지지 않는 상황에서 『농은집』에 실린 연보를 누가 어떤 근거로 썼는지 알 수 없기에, 이 자료를 완전히 신뢰할 수는 없다. 최해가 쓴 글을 통해 유추해 본 1323년이나 『농은집』 연보의 1326년 설이 모두 나름대로 일리가 있어 보이지만, 본고에서는 일단 최해의 은거 시점으로 1323년을 따르기로 하겠다. 왜냐하면 『농은집』 연보의 기록에 오류가 많음을 발견했기 때문이다. 가령 앞에서 언급한 「춘헌호기」의 경우 『졸고천백』에서 최해 스스로 분명히 1333년에 썼

시골에 정착하여 54세로 세상을 마쳤으니 대략 20년 남짓한 기간이다. 최해가 벼슬을 버리고 낙향을 결심하게 된 이유는 무엇일까?

최해는 경주 최씨로 최치원崔致遠의 12대 손이다.[5] 최해의 삶은 그의 선조 최치원과 많은 면에서 닮아 있다. 그러나 그들의 닮음은 단순한 혈통 이상의 의미를 지니고 있다. 최해는 최치원의 후손일 뿐만 아니라, 최치원으로부터 시작되는 한문학사의 정통을 그대로 이어받은 후계자이기도 하다.[6] 그들은 타고난 재능과 경세의 포부를 세상에서 발휘하지 못하고, 불우하게 살았다는 점에서 비슷하다. 그럼에도 불구하고 끝까지 붓을 놓지 않고 자신의 사상과 철학, 그리고 문학적 감수성을 글로써 써 내려 갔다는 점 또한 두 사람에게서 공통적으로 나타나는 모습이다. 어찌 보면 그들은 세상에서 쓰임받지 못한 자신들의 울분을 문학으로 치유하고 이겨나갔다라고 할 수도 있겠다.

최해가 교유했던 인물들은 모두 당대 최고의 문인·학자들이었다. 이제현李齊賢·민사평閔思平·안축安軸 등이 최해가 마음을 열고 진심으로 교유했던 소수의 친구들이다. 그런데 이들은 모두 학자로, 정치가로, 문인으로 당대 최고의 반열에 오르고 또 많은 사람들의 존경과 선망을 받았던 인물이었다. 이에 비해 최해는 시골에 묻혀 한평생을 소리없이, 조용

다고 했는데, 연보에는 1329년 작으로 되어 있다. 지금 전해지는 『農隱集』은 최해의 후손 崔暎淑이 1912년에 『拙藁千百』과 『東文選』 등에 흩어져 있는 시문을 모아 2권 1책으로 펴낸 최해의 문집이다(한국학중앙연구원 소장). 원래 『農隱集』은 成俔의 『慵齋叢話』에 언급된 사실을 감안하면, 최소한 조선전기까지만 해도 온전한 형태로 전래되었던 것이 그 후 일실된 것으로 여겨진다. 1912년에 편찬된 『농은집』에 실린 글들을 『동문선』이나 『졸고천백』 소재 시문과 비교해 보면, 단 하나의 출입도 없이 정확히 일치한다. 다만 『농은집』 권말 부록에 실린 行狀과 年譜 등은 『동문선』이나 『졸고천백』에 없는 글들로 최해 연구에 유용한 자료들이다. 본고에서는 연구를 진행함에 있어 굳이 후대에 편찬된 『농은집』보다는, 『동문선』과 『졸고천백』의 시문을 텍스트로 삼았음을 밝혀둔다.

5) 『농은집』의 연보에 의하면 최해는 경주출생으로 최치원의 12대 손이다.

6) 조동일, 「최해의 문학사적 위치」, 『고려명현 최해 연구』, 국학자료원, 2002, 169면 참조.

히, 별다른 주목과 관심을 받지 못하고, 쓸쓸하게 살다갔다. 최해의 재주와 능력이 그들보다 못해서였을까? 아니면 최해에겐 처음부터 경세제민의 포부나 야망이 없었던 것이었을까?

본고에서는 최해 시의 핵심이 그가 살았던 삶의 모습과 무관치 않다고 보고, 그가 중앙정계에서 은퇴하여 평생을 야인으로 살았던 이유를 추론해 보고자 한다. 물론 우리 문학사에서 재능에 비해 불우했던 시인이 최해만 있었던 것은 아니었다. 최해 이전의 인물로 멀게는 최치원이 있고, 가까이는 임춘林椿과 오세재吳世才가 있다. 또 최해 이후, 조선조에도 많은 인물들이 있었다. 이는 물론 중국의 경우에도 마찬가지이다. 그럼에도 불구하고 최해에게는 다른 불우했던 시인들과는 다른 무엇인가가 있다.

최해가 활동했던 시대는 고려 말에 해당하는 14세기로, 이때는 이미 사상적으로는 성리학이 수입되어 적어도 지식인 사회에서는 뿌리를 내렸고, 정치적으로는 과거로 등용된 신흥사대부 계층이 핵심적인 역할을 담당하며 사회변화의 주류로 활동하던 때였다. 바로 그런 점에서 귀족 중심 사회에서 6두품으로 좌절했던 최치원과는 처지가 달랐고, 또 무신 집권기에 아직 신흥사대부가 뿌리를 완전히 내리지 못했던 시기의 임춘이나 오세재 등과도 거리가 있다. 다시 말해 임춘이나 오세재의 시대는 과거 합격만으로 출세를 보장받을 수 있는 환경이 아니었다. 뿐만 아니라 문학사적으로 보았을 때에도 최해가 활동하던 14세기는 한문학의 저변이 두터워지고 완숙하게 자리를 잡았기에 그전 시대와는 확연히 다른 점이 있다.7)

---

7) 조동일 교수는 필자가 말한 이 같은 점을 다른 식으로 표현하고 있는데, 최치원에 대한 평가는 좀 과격한 면이 있기는 하지만, 재미있는 서술이라 참고할 만하다. 조동일 교수의 말을 인용하면 다음과 같다. "최치원은 주문하는 쪽에서 요구하는 명문을 써서 능력에 상응하는 처우를 받고자 하다가 좌절했다. 최해는 물러나는 것을 능사로 삼아 자기 나름대로 살아가면서 생각한 바를 자유롭게 나타내 세상의 평가와 맞서고자 했다. 최치

최해는 신흥사대부로서 나름의 명망있는 가문적 배경이 있었고, 또 고려와 원나라의 과거에 동시 합격하는 등 사대부로서 출세할 수 있는 시대적 배경을 충분히 갖추었음에도 정치적으로 좌절을 겪었다는 점에서 특이하다고 할 수 있다. 이런 점에서 최해의 은거는 금의환향의 귀거래가 아니었기에, 사대부들의 일반적인 시골생활보다 훨씬 더 고독하고 쓸쓸하였고 비극적이기까지 했다. 그러나 역설적으로 이 같은 고독과 비극에서부터 최해 문학은 시작되었다.

본고의 집필 목적 또한 이러한 최해의 고독과 비극이 그의 시에서 어떻게 문학적 옷을 입고 나타나 있는지를 살펴보는 데에 있다. 이는 결국 최해의 세계관과 문학정신이 그의 삶에서 어떻게 구현되었는지를, 그의 시를 통해 확인해 보고, 동시에 시에 형상화된 기법, 즉 최해 시의 미적 특질을 규명하는 작업이 될 것이다.

2. '사' 의식과 은거

최해는 타고난 천재였다. 최해에 대해 언급하고 있는 다른 이들의 기사에 빠짐없이 등장하는 말은, 최해는 타고난 재주가 비상했다는 것이다. 가령, "어려서부터 뛰어나게 총명하여 나이 9세에 능히 시를 지었다"[8]거나 "어려서부터 재주가 있어 문장을 지었다"[9]는 언급 등이 그것이다. 이

원이 문장가라면, 최해는 작가이다. 문장가는 기능인이고 작가는 창조자이다. 문장가에서 작가로 바뀌면서 중세전기가 지나가고 중세후기가 시작되었다."(조동일, 앞의 책, 184면 참조).

8) 權近, 「崔待制諱瀣」, 『陽村先生文集』 권35. "公幼穎悟, 九歲能詩."
9) 『高麗史節要』 권25, 「忠惠王」. "瀣 (…中略…) 自幼穎悟, 爲文章."

는 최해 스스로 한 말에서도 잘 나타나 있는데, "은자는 어릴 적에 벌써 하늘의 이치를 아는 듯하였다"10)라고 서술하고 있다. 단순히 똑똑했다는 것이 아니라 하늘의 이치를 어린 나이에 깨우쳤다는 것은 지나친 과장이라고 생각할 수 있지만, 인용한 글의 전체적인 내용이 매우 사실적으로 자신의 심정을 과장 없이 토로하고 있는 것임을 볼 때, 적어도 최해 본인은 스스로 어린 나이에 이미 하늘의 이치를 깨달았다고 여겼던 듯하다. 재능이 너무 뛰어나다 보면 노력이 부족할 수도 있는 법이다. 최해의 말을 들어보자.

> 공부를 하게 되면서부터는 한 방면에만 얽매어 있지 않았으며, 겨우 그 취지와 귀결점만을 아는 정도에 그치고, 한 가지도 학업을 완전히 마친 것이 없었으니, 그것은 넓게 보기만 하고 깊게 연구하지 않았기 때문이었다. 장성하면서 차츰 비장한 각오로 공명을 이루는 데에 뜻을 두었으나, 세상에서는 그를 허여하지 않았다.11)

공부를 함에 있어서 하나에만 얽매이지 않고 다양하게 했기 때문에 깊이 있게 파고들지 못하여 결과적으로 어떤 것도 완전히 마친 것이 없다는 것이다. 하지만 이것은 어디까지나 겸사이지 이를 두고 최해의 학문에 이룸이 없다고 말할 수는 없다. 문일지십聞一知十의 재주를 갖고 있는 사람은 한 방면에만 얽매여 있을 수도 없고, 또 그럴 필요도 없다. 다른 사람보다 더 짧은 시간에 더 많은 것을 깨우치기 때문에 한곳에만 머물러 있을 수는 없는 것이다. 이 같은 학습의 과정을 거치면서 최해에게는 어쩌면 남들에 대한 일종의 우월의식 같은 것이 자연스럽게 생기게 되었는지

---

10) 『拙藁千百』 권2, 「猊山隱者傳」. "隱者方孩提, 已似識天理."
11) 『拙藁千百』 권2, 「猊山隱者傳」. "及就學, 不滯於一隅, 纔得旨歸, 便無卒業, 其汎而不究也. 稍壯, 慨然有志於功名, 而世莫之許也."

도 모르겠다.

위 인용문에서 최해는 출세를 하여 세상에서 자기의 경륜을 마음껏 펼쳐보고 싶었으나 세상이 자기를 인정하지 않았다고 토로하고 있다. 하지만 곰곰이 생각해보면 세상이 최해를 인정하지 않은 것이 아니라, 그가 세상 사람들을 자기의 친구이자 동료로 인정하지 않은 것임을 알 수 있다. 최해에게는 스승도 없었고 친구도 자기가 허여한 극소수 몇 명 외에는 있지 않았다. 이렇게 된 데에는 그의 타고난 재능이 워낙 뛰어나고 우월감이 높았기 때문이라고 보는 것이 타당하다. 사실 당시에 최해의 재능을 알아보고 인정해주는 사람은 적지 않았다. 이제현의 부친인 동암東庵 이진李瑱은 당대의 저명한 학자였는데, 친구들을 모아 '기로회耆老會'라는 시회를 열고 있었다. 이진은 기로회의 전말을 기록할 사람으로 수많은 젊은 문인들 중에서 최해를 선택하였고, 이에 최해는 그 모임에 참여하게 되었다.12) 문단의 최고 어른이 자신을 선택해 모임에 참여하게 하고 글을 쓰게 했으니, 최해가 느꼈을 자부심과 우월감을 짐작할 수 있다. 그러나 이러한 일련의 사건들을 통해 쌓여간 일종의 우월의식은 최해를 더욱 독선적이고 고집스럽게 만들어 갔다. 이곡이 쓴 최해의 묘지명을 살펴보자.

군은 글을 읽고 문장을 짓는 데 스승과 친구의 강습에 힘입지 않고 초연超然히 의리의 귀추를 스스로 깨달았으며, 이단에 미혹되지 않고 세속의 습속에 빠지지 않으면서 옛사람과 합치되기에 힘썼다. 의논이 다른

---

12) 崔瀣, 「海東耆老會序」, 『拙藁千百』 권1. "一日, 東菴老先生呼新進小生某, 與語之曰, "近會諸老, 欲講洛社雙明故事, 尒爲諸老序之." 某辭以齒少而賤, 不足承當諸相公意如何. 先生笑曰, "昔眉叟之見收雙明, 諸公亦豈以齒位論也? 尒不可辭也." 某不獲命, 退而念曰, "噫! 諸相公功德之盛, 留於社稷, 布在公論, 非某陋學所敢發揚, 至如古今爲會之顚末, 不可不述, 是用謹書之." 延祐庚申三月旣望, 藝文春秋館注簿崔某序." 참조.

경우에 이르러서는 진실로 자기 말이 옳다고 생각되면, 비록 노성한 스승이나 박학한 선비로서 당시의 종장宗匠이 되는 자일지라도, 힐문하고 꺾으면서 자기의 생각을 확고히 하며 변하지 않았으니, 군의 배운 바가 이러하다. 연우延祐 연간에 원나라에서 과거를 시행하였는데, 조서를 듣고서 말하기를, "나의 배운 바를 시험해 보겠다."라고 하더니, 과연 신유년(1321년, 충숙왕 8년-역자 주) 과거에 장원으로 합격하였다.13)

글을 해석하고 지음에 있어서 그 어떤 것에도 의존함 없이 독창적으로 해석하고 창작했다는 것이다. 이러한 독창적인 창의성은 본인이 하고 싶다고 해서 쉽게 되어지는 것도 아니고, 하기 싫다고 해서 피할 수 있는 것도 아니다. 이로 보면 최해가 오만하고 거만하여 스승을 섬기지 않은 것이 아니라, 자신의 재능을 조절해 줄 스승을 만나지 못한 것이라고 볼 수도 있다. 최해의 이 같은 재능은 남과 얘기하고 토론할 때에도 자기의 주장을 끝까지 굽히지 못하게 만들었다. 위 인용문 말미의 기사는 최해의 재능이 결코 과장되지 않은 객관적 사실이었음을 말해준다.

최해는 이미 고려의 과거에 급제한 뒤 환로에 있으면서 원나라 과거에 응시하여 단번에 합격하였다. 당시 원나라 과거에 합격하는 것은 그리 쉬운 것만은 아니었다. 『고려사절요』 충숙왕 7년 기사에 "겨울 10월에 단양부주부丹陽府主簿 안축安軸, 장흥고사 최해, 사헌규정司憲糾正 이연종李衍宗을 원나라에 보내어 과거에 응시하게 하였는데, 해가 드디어 제과에 합격하였다."14)라는 기록이 보인다. 합격자를 거론하며 최해만 언급한 것을 보

---

13) 李穀, 「大元故將仕郎遼陽路蓋州判官高麗國正順大夫檢校成均大司成藝文館提學同知春秋館事崔君墓誌」, 『稼亭先生文集』 권11. "君讀書爲文辭, 不資師友講習, 超然自得於義理之歸, 不惑異端, 不溺俗習, 而務合於古人. 至論同異, 苟知其正, 雖老師宿儒爲時所宗者, 且詰且折, 確持不變, 君之所學如是. 延祐科興聞詔, 乃曰可試所學, 旣而果中辛酉科狀元."

14) 『高麗史節要』 권24, 「忠肅王」. "冬十月, 遣丹陽府注簿安軸, 長興庫崔瀣, 司憲糾正李衍宗, 應擧于元, 瀣遂中制科."

면 같이 응시했던 안축과 이연종은 낙제하고 최해만이 급제했던 것으로 여겨진다.15) 위 인용문의 "나의 배운 바를 시험해 보겠다"는 최해의 말은 최해의 능력을 부각시키기 위한 이곡의 의도이자 서술 장치이다.

최해의 재능과 우월의식은 본인이 마음으로 허여한 소수의 사람만을 친구로 받아들이게 하였다. 이는 결과적으로 최해의 정계생활을 힘들게 만들었다. 『고려사절요』에서는 이를 "성품이 고상하고, 다른 사람을 인정하는 일이 적었다"16)라고 말하고 있다. 단순히 재능만 뛰어나다고 해서 최해의 친구가 될 수 있는 것은 아니었다. 윗글의 "이단에 미혹되지 않고 세속의 습속에 빠지지 않으면서 옛사람과 합치되기에 힘썼다."는 말은 최해 본인의 인생 지침이자 다른 이를 판단하는 척도이기도 했다. 요컨대 최해는 학문적으로 뛰어날 뿐만 아니라 도덕적·인격적으로도 수양을 겸비한 최고의 군자들과만 자신의 우정을 나눈 것이다. 최해가 평생의 친구로 여기며 교유를 나눴던 인물로는 이제현·민사평·안축을 들 수 있다.17) 설곡雪谷 정포鄭誧 또한 최해의 제자였지만 평생의 지우이기도 했다. 특히 급암은 그 누구보다도 최해의 재능을 인정했고, 또 그 누구보다도 최해의 불운을 안타까워했다. 최해에 대한 급암의 애정은 그를 수용하지 못하는 당대 현실에 대한 아쉬움과 비판으로까지 이어졌다. 다음 시를 보자.

---

15) 『謹齋先生集』에 실린 안축의 연보에 의하면, 실제로 안축은 4년 후인 1324년에 다시 원의 會試에 응시하여 합격하였다.

16) 『高麗史節要』 권25, 「忠惠王」. "性亢少許可人."

17) 최해의 평생지기였던 이제현이 지은 시에 다음과 같은 것이 있다. "익재가 젊을 때 서로 추종한 이는/ 다만 안당지와 최졸옹이었다네/ 사십 년 지나는 동안에 모두가 죽어가고/ 나만이 눈물 흘려 서풍에 뿌리노라(益齋少日日相從/ 只有當之與拙翁/ 四十年來俱物化/ 獨將衰淚洒西風)"(『益齋亂藁』 권4, 「悼安謹齋」). 이 시는 1348년에 안축이 죽자, 자기의 벗들이 하나 둘씩 떠남을 슬퍼하며 이제현이 지은 것이다. 익재는 2구에서 자기가 평생에 추종했던 이는 최해와 안축뿐이었다고 밝히고 있다. 이는 최해의 경우에도 마찬가지였다.

삼한 땅에서 지금까지 몇 명의 영웅 나왔나	三韓今古幾英雄
때때로 고개 돌려 졸옹을 생각하네	回首時時憶拙翁
국화, 매화 사랑은 오직 익재 정승뿐	愛菊愛梅唯益相
세상사람 오로지 모란만 좋아하는데	世人只愛牧丹紅[18]

이 시는 아마도 최해 사후에 민사평이 그를 기리며 쓴 것으로 보인다. 1구와 2구는 우리 역사상 최해만한 인재가 없었다는 것을 표현한 것이다. 제3구와 4구는 최해가 훌륭한 재주를 가지고 있었음에도 고려 조정으로부터 중용받지 못한 것을 비유적으로 말하고 있다. 세상 사람들은 겉보기가 화려한 모란만을 좋아할 뿐, 은은한 향과 멋을 지니고 있는 국화나 매화를 알지 못한다는 것이다. 여기서 국화나 매화는 최해를 지칭하는 것이라고 볼 수 있다. 한 가지 재미있는 점은 진정한 꽃의 감상자로서 익재 이제현이 등장하고 있다는 것이다. 세상의 모든 사람이 국화나 매화를 쳐다보지도 않았지만, 익재만은 그 꽃의 참다운 멋을 알고 있다는 것이다. 이것은 최해의 재주와 웅지를 익재가 일찍부터 잘 알고 있었음을 말해 주고 있는 것이기도 하다.

남들과 어울리지 못했던 최해의 성격 역시 최해의 정계은퇴에 한 요소로 작용했다. 그는 다른 이를 인정하는 일이 드물었고, 오히려 남의 잘못을 말하기 좋아하였다. 사서에서는 최해가 관직에 등용되었다가도 곧바로 물러난 이유를 여기에서 찾고 있다.[19] 게다가 최해는 동방삭東方朔처럼 풍자와 해학을 즐겼고, 한나라의 합관요蓋寬饒처럼 성품이 강직하고 거리낌이 없었다.[20] 또한 그는 남의 비위를 잘 맞추지 못하는데다가 남의 말

---

18) 閔思平, 「次雲窩李培中詩韻」, 『及菴詩集』 권2.
19) 『高麗史節要』 권25, 「忠惠王」. "又喜說人善惡, 故輒擧輒斥." 참조.
20) 이제현이 최해를 위해 지은 시에, "고운의 운손이 운금 같은 배포에/ 만천의 해학이요, 관요의 미치광이라(孤雲雲孫雲錦腸/ 曼倩嘲謔寬饒狂)"(『益齋亂藁』 권4, 「後儒仙歌爲崔拙翁作示及菴」)라는 구절이 있다. 여기에서 '曼倩'은 동방삭의 자요, '寬饒'는 한나라의 합관

을 잘 듣지도 않았다.

> (…전략…) 이것은 그의 성격이 남의 비위를 잘 맞추지 못하는데다가, 또 술을 좋아해 몇 잔만 마시면 남의 좋은 점과 나쁜 점을 얘기하기를 즐겨서, 귀로 들은 것이면 입이 그것을 간직할 줄 몰랐기 때문이었다. 그러므로 다른 이에게 아끼며 소중히 여김을 받지 못하였고 벼슬을 할 뻔하다가도 또 곧 배척을 당하여 쫓겨나게 되었다. 비록 친구들이 애석히 여겨서 그의 성격을 고쳐주려 하여 혹 권하기도 하며 더러 책망도 하였으나 받아들이지 않았다.
>
> 중년에 이르러서는 상당히 스스로 뉘우쳤으나, 사람들이 이미 그는 갇혀 있거나 얽매어 있을 수 없다라고 인식하였기 때문에 마침내 쓰이지 못하였고, 은자도 또한 이 세상에 대하여 다시 생각을 갖지 아니하였다. 일찍이 스스로 말하기를, "나와 일찍이 서로 내왕하던 사람은 모두 좋은 사람이었다. 그런데도 나를 인정하지 못하는 사람이 많았으니, 여러 사람에게 인정을 받고자 하는 것은 진실로 어려운 일이다." 하였다. 하지만 이것은 그의 단점인 동시에 그의 장점도 되는 것이다.[21]

최해는 관직에서 쫓겨난 이유를 자기의 성격에서 찾고 있다. 자기의 성격이 남들의 비위를 잘 맞추지 못하는데다가, 또 남의 장단점을 직설적으로 말하기 때문에 조정에서도 배척을 당하고 관직에서 쫓겨나 시골로 은거하게 되었다는 것이다. 게다가 그는 친구들의 충고를 수용하지도 않았다. 최해의 몇 명 되지 않는 친구들이 최해가 배척당하는 것을 애석히 여겨 권면도 하고, 때로는 책망도 하였지만 그는 받아들이지 않았다. 시

요를 지칭하는데, 그는 성품이 강직하고 모든 일에 꺼림이 없었다고 한다.

21) 『拙藁千百』 권2, 「猊山隱者傳」. "(…前略…) 是其性不善於伺候, 而又好酒, 數爵而後, 喜說人善惡, 凡從耳而入者, 口不解藏. 故不爲人所愛重, 輒擧輒斥而去. 雖親友惜其欲改, 或勸或責, 不能納. 中年頗自悔, 然人已待以非可牢籠未果用, 而隱者亦不復有意於斯世矣. 嘗自言, "吾所嘗往來者皆善人, 而其所不與者多, 欲得衆尤難矣." 此其所短, 迺其所以爲長也."

간이 흘러 나이가 중년에 접어들자 최해도 자기의 성격을 고쳐서 다시
환로에 오를 생각을 잠시 해보기도 했지만, 이미 때는 늦어서 사람들은
최해를 남과 어울릴 수 없는 사람으로 인식해 버렸고, 최해 스스로도 그
와 같은 고정관념을 더 이상 고치려 하지 않고 세상에 대한 미련을 아주
놓아버렸다는 것이다. 하지만 최해는 끝까지 자기의 성격 자체를 부정하
지는 않는다. 자신의 성격 때문에 세상에서 쓰임을 받지는 못했지만, 그
성격은 단점인 동시에 장점도 된다고 하면서 자기 긍정을 하고 있다. 최
해의 이 같은 성격과 행동은 그를 이해하지 못하는 다른 이들이 볼 때에
때로는 지독한 에고이스트로, 또 때로는 자기의 재주와 능력만 믿고 남을
깔보는, 다시 말해 인격 수양이 전혀 되지 않은 인물로 비쳐졌다. 다음
일화는 최해의 성격을 단적으로 보여주는 상징적인 사건이다.

> 일찍이 (최해가) 동래현을 지나다가 해운대에 올라 합포만호合浦萬戶 장
> 선張瑄이 소나무에 자기의 시를 새긴 것을 보고 이르기를, "슬프다! 이 나
> 무가 무슨 액운을 만나, 이런 나쁜 시를 새기게 되었는가?"라고 하고 드
> 디어 그것을 깎아 버리고 흙을 바른 후 안동으로 가버렸다. 장선이 그것
> 을 듣고 노하여 용감한 장수 3~4인을 뒤쫓아 보내 시중군 한 사람을 잡
> 아다가 칼을 씌워 문 밖에 세워 두었다. 최해는 몰래 죽령을 넘어 서울
> 로 돌아갔으므로 이것이 유림들 사이에서 큰 웃음거리가 되었다.[22]

최해는 지역의 유지인 장선의 시가 걸린 소나무를 보고 "무슨 액운을
만나 이런 나쁜 시를 새기게 되었는가"라고 비아냥거리며 그 자리에서
나무를 깎아버렸다. 그의 고집스럽고 타협하지 않는 성격을 읽을 수 있는

---

22) 『高麗史』 권109, 「崔瀣傳」. "嘗過東萊縣, 登海雲臺, 見合浦萬戶張瑄題詩松樹曰, '噫! 此樹有
   何厄遭此惡詩?' 遂削去之塗以土, 行至安東. 瑄聞之, 怒命猛將三四追之, 得傔從一人歸械立門
   外, 瀣潛踰竹嶺還京, 大爲儒林所笑."

대목이다. 확실히 최해는 보통 사람들과는 많이 달랐던 것 같다. 오죽했으면 당시 선비들 사이에 큰 웃음거리로 회자되었겠는가? 『고려사』의 기자는 이 사건을 두고 최해가 자기의 행동에 절제가 없으며, 또 자기의 재능만을 믿고 다른 이들을 업신여기는 사람이라고 비판하고 있다.23) 하지만 최해가 관직을 그만두고 은거할 수밖에 없었던 근본적인 이유로는 위에서 언급했던 최해의 여러 가지 특별한 성격 외에 중요한 요소가 하나 더 있다.

최해는 그 누구보다도 사대부로서의 자기 인식에 투철했던 사람이었다. 『고려사』에서는 최해를 가리켜 "재주가 뛰어나고 뜻이 고상하며, 이단에 유혹되지 않고 시속에 젖지 않았으며, 옛사람을 본받기에 힘썼다"24)라고 하였다. 여기서 말하고 있는 이단이란 물론 유가 이외의 다른 사상, 좀 더 직접적으로 말하면 불교를 의미하는 것이다. 『고려사절요』의 기사에서도 비슷한 표현이 보이는데, "시속과 다르기에 힘썼고 속세와 구차하게 영합하지 않았으며 이단을 배척하였다"25)라고 최해를 평하고 있다. 이로 보면 최해는 당대 불교의 폐해를 지적하고 비판했으며, 유교적 신념에 철저했던 신흥사대부였다. 뜻과 성품이 고상하다든가, 시속에 젖지 않고 속세에 영합하지 않았다든가, 옛사람을 본받기에 유의하였다는 것도 모두 최해가 사대부로서 인식이 투철하고, 실제 생활의 모습 역시 사대부가 걸어가야 할 원칙과 정도만을 지켰음을 나타내주는 말이다. 다음 일화는 최해가 얼마나 원칙론자였는지, 또 그의 성격이 얼마나 고집스러웠으며 대쪽 같았는지를 잘 보여준다.

---

23) 『高麗史』 권109, 「崔瀣傳」. "瀣又不善伺候放蕩敢言 (…中略…) 其恃才傲物類此." 참조.
24) 『高麗史』 권109, 「崔瀣傳」. "瀣才奇志高 (…中略…) 不惑異端, 不溺習俗, 而務合於古人." 참조.
25) 『高麗史節要』 권25, 「忠惠王」. "務異時俗 (…中略…) 不苟合於俗, 排斥異端." 참조.

나의 천성은 게으르고도 싸우는 데 겁이 많다. 생각해보면 지금으로부터 10년 전에 왕에게 사랑받는 한 내시의 무고를 당하여, 비록 나같이 게으른 몸이라도 한 번 가서 보지 않을 수 없었는데, 이때 이름 있는 사대부들이 모두 손님 자리에 있고, 그 문전이 저자와 같았다. 좀 있다가 내시가 나오니 손님들이 맞아 절하여 무릎을 굽히는데, 혹시라도 뒤질세라 하였다. 나는 선비로서 이같이 하는 것은 부당하다고 여기고, 예절에 의하여 서로 인사하려 하니 내시가 거만하게 보며 드디어 말을 타고 돌아보지도 않고 가는 것이었다. 내가 부끄럽기도 하고, 한스럽기도 하여 물러나서 말하기를, "그런 일로 하여 왔던 것이 원래 틀린 생각이었으니, 비록 따질 수 없다 해도 어찌 상심하리요. 들으니 최밀직崔密直이 날마다 왕을 면대하여 그가 말하는 것이면 들어주지 않는 것이 없으며, 또 세상에 칭찬을 듣고 있다 하니, 혹 권고하여 왕을 뵙고 특별히 아뢰게 할 수 있을까." 하고 가서 문간 옆에서 기다렸다. 밀직이 곧 나를 여러 사람 가운데서 바라보고, 특별히 좌석 차례를 건너서 먼저 인사하고 찾아온 사연을 묻기에 곡진하게 사실을 다 말하였다. 이때 그 내시의 세력이 한창 성하여 억압하기가 매우 힘들기 때문에 그 일은 마침내 불문에 부치고 말았지만, 밀직의 그 특별히 먼저 받아들이고 선비를 접하여 의견을 수용하는 것이 옛날 의협과 같은 기풍이 있는데 감동하여, 이후로는 매번 가서 만났고 또 갈 때마다 특별한 예우를 받았다.26)

위 인용문은 최안도崔安道라는 인물에 대한 묘지명이다. 글의 내용을 요약하면 당시 임금의 총애를 한 몸에 받고 있던 내시가 있었는데, 그가 초청한 자리에 가 보니 장안의 모든 사대부들이 다 와 있어서 가히 문전성

---

26) 『拙藁千百』 권2, 「崔大監墓誌」. "予性嬾而怯於鬪. 憶在十年, 時見誣於一隷豎得幸於王者, 雖予之嬾, 不得不一往見之, 則時賢士大夫咸在客次, 其門如市. 少頃豎出, 客延拜曲膝, 猶恐爲後. 予謂士不當如是, 欲以禮相見, 豎漫視之, 遂上馬不顧而去. 予且媿且恨而退曰, '事來旣非意, 雖無辨奚傷. 聞崔密直日接於王, 言無不納, 克著時譽, 或有勸令謁而別白之.' 予從而候於門墻之側. 密直望見予於衆人之中, 特降位次, 先爲之禮, 問所以來意, 乃曲爲之地. 時豎勢方熾, 而抑之甚力, 故事終於不直而已. 然感密直無爲先容而接納士流, 有古義俠風, 自是每往, 每見殊禮."

시였다. 그런데 얼마 후에 내시가 등장하자 손님들이 서로 뒤질세라 무릎을 굽혀 절하는 것이었다. 최해는 이렇게 인사하는 것은 선비로서 할 일이 아니라 생각하고 예법에 맞게 인사하려고 했더니 그 내시가 그만 거만하게 노려보고 가버렸다. 최해는 너무나 기가 막히고 한스러워 최안도를 찾아가 사건을 고하고 하소연했다는 것이다. 물론 이 글은 최해가 글의 주인공인 최안도와 어떤 인연으로 처음 만나게 되었는지를 설명하기 위한 것이지만, 우리는 이를 통해 원칙을 중시하고 사대부로서 정도를 고집했던 최해의 일면을 엿볼 수 있다. 임금의 총애를 받던 당대의 권력자 앞에서도 그는 당당하였고 또 본인이 생각하는 원칙을 고집하였다. 혹자에 따라서는 무릎 한 번 꿇고 절하는 것이 뭐 그리 큰일이냐, 임금의 총애를 받고 있는 사람이니 그렇게 할 수 있는 것이 아니냐고 반문할 수도 있겠지만, 그렇게 하는 것은 적어도 최해에게 있어서는 사대부가 지켜야 할 예법이 아니었고 정도에서 벗어나는 일이었다. 위 인용문의 "사대부들이 문전성시를 이루고 있었다"거나 "서로 뒤질세라 무릎을 굽혀 절을 하였다"는 말은 사대부로서의 자존심을 버리고 원칙에 벗어난 아부를 하고 있는 이들에 대한 최해의 준엄한 질타요 풍자이다.

사대부는 자기의 출처를 분명히 해야 한다. 예부터 물러나 독서하는 사람을 '사'라 하고 벼슬자리에 참여하는 사람을 일컬어 '대부'라고 하였다. 이 말은 그때그때의 상황에 따라 현실 정치에 나아가기도 하고 또 물러나기도 해야 한다는 것이다. 공자는 일찍이 "나라에 도가 있으면 나아가고 도가 없으면 물러나야 한다."[27]고 하였다. 또 "영무자는 나라에 도가 있으면 지혜로웠고 나라에 도가 없으면 어리석었다. 그 지혜로움은 사람들이 따를 수 있지만 그 어리석음은 감히 따를 수 없다."[28]고도 하였

---

27) 『論語』, 「衛靈公」. "君子哉, 蘧伯玉! 邦有道則仕, 邦無道則可卷而懷之." 참조.
28) 『論語』, 「公冶長」. "子曰, 甯武子, 邦有道則知, 邦無道則愚, 其知可及也, 其愚不可及也."

다. 우리는 여기에서 최해가 은거할 수밖에 없었던 하나의 중요한 이유를 짐작할 수 있다. 어쩌면 최해에게 그 시대는 도가 없는 시대요, 물러나 어리석게 지낼 수밖에 없었던 시대였다.

최해는 잘 먹고 잘 살기 위해 세상에서 출세하는 것은 용렬한 사람이나 하는 짓이지, 군자가 할 일은 아니라고 생각하였다. 최해는 한걸음 더 나아가, 나라에 도가 없어 선비나 군자가 물러날 수밖에 없는 시대는 그 선비의 개인적인 불행이 아니라 모든 백성들의 불행인 것이라고 말한다. 다음 글을 보자.

> 선비가 이 세상에 태어나서 때를 잘 만나는 사람도 있고 만나지 못하는 사람도 있는데, 잘 만나면 그 도가 행해져 은혜를 입게 되는 자가 많으며, 만나지 못하면 그 몸이 물러나서 스스로 얻는 것이 온전하게 되는 것이다. 그렇다면 세상을 잘 만나고 못 만나는 것은 다른 사람들에게 있어서 다행과 불행이 되는 것이지, 내게 있어서야 무엇이 손해가 되고 이익이 되는 것이겠는가.[29]

선비가 이 세상에 태어나서 때를 잘 만날 수도 있고 또 그렇지 못할 수도 있는데, 때를 잘 만났다면 도가 행해져 그에게 은택을 입은 자들이 많아질 것이며, 때를 만나지 못했다면 물러나 자기 몸을 숨기고 홀로 수양을 하면 그뿐이라는 것이다. 이와 같이 생각하면 선비가 때를 잘 만나고 혹 만나지 못하는 것은 본인에게 손해나 이익이 되는 것이 아니라 동시대를 살아가는 다른 이들에게 행운이나 불행을 가져다주는 것이 된다. 최해의 이러한 철학은 본인이 성현의 가르침을 지키고 따르는 선비요 군자라는 확고한 인식 없이는 나오기 힘든 것이다. 그만큼 최해는 누구보다

---

29) 최해, 「故司憲持平金君墓誌銘」, 『拙藁千百』 권1. "夫士生斯世, 有遇有不遇, 遇則其道行, 蒙施博, 不遇則其身退, 自得者全. 然則遇不遇迺在於人之幸不幸爾, 胡有損益於我哉."

도 강한 '사士'의식을 지니고 있었다. 그리고 이러한 '사'의식은 성인의 가르침에 의해 벼슬에 나아가기도 하고 또 물러나기도 하겠다는 출처에 대한 분명한 신념을 심어주었다. 최해의 은거는 바로 여기에 기인한 것이다. 위에서 공자가 말한 '어리석음[愚]'은 최해의 인생지침이요, 또 최해 문학을 푸는 중요한 열쇠이기도 하다. 최해 시의 중요한 특징인 '졸박미'도 사실은 이 '우愚'의 정신과 관련되어 있기 때문이다.

요컨대 최해가 세상에서 쓰임받지 못하고 초야에 묻혀 지낼 수밖에 없었던 이유는 천부적 재능과 사로서의 철저한 자기인식 때문이었다고 요약할 수 있다. 전자가 선천적인 요소였다면 후자는 학습과 수양을 통한 후천적 요소이다. 최해를 언급할 때면 항상 등장하는 폭이 좁은 교유관계나 남을 대할 때의 우월의식, 다른 이를 쉽게 인정하지 않고 윗사람의 비위를 맞추지 않으며 남의 잘잘못을 들춰내는 성격들도 사실은 모두 그의 탁월한 재능과 직·간접적으로 연결되어 있다. 게다가 최해는 당시의 일반적인 사대부들보다도 훨씬 강한 '사'의식을 가지고 있었다. 사대부로서의 자기정체성이 확실하고 또 사대부로서 지향해야 할 삶의 태도30)를 너무도 뚜렷이 인식하였던 그는, 실제적인 삶의 적용면에서도 그야말로 사대부의 교과서처럼 살아갈 수밖에 없었다. 결국 너무나 뛰어났던 그의 재능과 사로서의 철저했던 자기인식은 세상과 섞이지 못하고 그를 세상과 격리케 만드는 요소로 작용했던 것이라 할 수 있겠다.

---

30) 최해는 金瑞庭이라는 사람을 기리는 묘지명(『拙藁千百』 권1, 「故司憲持平金君墓誌銘」)의 銘文에서 "가능한 것은 학문이요 행실이며/ 불가능한 것은 지위요 수명이다/ 군자인 연후에야 가능한 것을 취하여 힘써 행하며/ 불가능한 것을 버리고 하늘에 맡기는 것이다(可能者學也行也/ 不可能者位也年也/ 惟君子然後取可能者而力爲之/ 舍不可能者而付之天也)"라고 말한다. 그렇다면 인간의 힘으로 이루는 것이 불가능한 지위나 수명은 하늘에 맡기고, 노력을 통해 성취할 수 있는 학문과 덕행을 추구하는 것이 군자의 도리요 사대부가 지향해야 할 삶의 태도인 것이다.

3. 질박한 삶의 추구와 졸박미

　최해가 추구한 인생의 최고 가치는 질박하고 소박한 삶이었다. 이러한 삶은 그가 스스로 지은 호인 '졸옹拙翁'31)과도 무관하지 않다. '졸拙' 자를 써서 호를 삼는 이러한 전통은 최해에서 시작하여 조선조의 많은 문인들에게로 이어져갔다.32) 그렇다면 '拙'의 의미는 무엇인가? 권근權近이 쓴 다음 글은 '졸'의 철학적 개념을 알기 쉽게 설명해 주고 있다.

　　신미년 여름에 내가 양촌에 있었다. 중 혜진惠眞이 와서 글 배우기를 청하였다. (…중략…) 일찍이 하루는 그가 거처하는 집의 이름을 지어줄 것을 청하기에 내가 '졸재拙齋'라고 명명하였다. 그 말의 뜻을 물으므로 내가 말하기를, "졸拙은 교巧의 반대이다. '임기응변을 교묘하게 하는 자는 부끄러워할 줄 모른다. 부끄러움이 없는 것은 사람의 큰 병통이다.' 하였으니, 남들이 이욕을 탐내어 나아가기를 구하면 나는 부끄러운 것을 알아서 의리를 지키는 자는 졸한 것이요, 남들은 교묘하게 속이기를 즐기는 데 나는 부끄러움을 알아서 그 참된 것을 지키는 것도 또한 졸한 것이니, 졸이란 것은 남이 버리는 것을 내가 취하는 것이다. 그러나 나아가는 자가 반드시 얻는 것이 아니고 교묘한 자가 반드시 이루는 것도 아니다. 교묘한 자는 정신이 날로 피로하여 다만 스스로 병폐가 될 뿐이다.

---

31) 『고려사』의 「최해전」과 이곡이 쓴 묘지명, 정국경이 쓴 행장 등에 "최해는 평생 집안살림을 돌보지 않았고 스스로 호를 졸옹이라 하였다"라는 기록이 보인다.

32) 가령 조선 중기의 문신이었던 洪聖民(1536~1594)은 '拙翁'으로 自號하였으며, 趙聖基는 '拙守齋', '用拙堂'으로, 조선 태종 때의 문신이었던 金鑌과 선조 때의 문신 申湜은 '拙齋', 명종 때의 문신인 李忠綽과 선조 때의 문신 柳永詢은 '拙菴', 梁喜는 '九拙', 선조 때의 문신인 韓應寅은 '百拙', 현종 때의 李華鎭은 '默拙' 등을 사용하였다. 또한 金興洛은 저서의 제목을 『拙守要訣』이라고도 했다. 이들은 대부분 졸박의 미를 의식하고 생활에 적용한 사람들로 그들의 문학작품에는 졸박의 정감이 묻어난다. 이상에 대한 사항은 신두환, 「조선 사림의 시가에 나타난 '졸박'의 문예미학」, 『한국한문학연구』 38집, 한국한문학회, 2006, 275면을 참조할 것.

어찌 나의 참된 것을 버리고 교묘와 허위에 의탁하여 이익을 구할 것인
가. 만약 의리에 나아가고 참됨을 지키는 자라면 스스로 얻음이 있고 스
스로 잃지 않을 것이다. 그런 까닭에 욕망이 없으니 편안하고, 부끄러움
이 없으니 태연할 수 있다. 이처럼 졸한 사람은 부끄러움을 아는 데서
시작하여 마침내 부끄러움이 없게 된다. 그것으로써 족히 스스로 호연浩
然하게 존재하여 모자람이 없을 것이다. 그런 까닭에 졸한 것을 기른다는
것은 덕을 기르는 것이다."라고 하였다.33)

권근이 혜진이라는 승려의 집을 '졸재'라고 지어주고 아울러 써 준 기
문이다. 여기에서 권근은 '졸'을 '교'의 반대개념으로 설정하고, "남들이
이욕을 탐내어 나아가기를 구하더라도 자신은 부끄러운 것을 알아서 의
리를 지키는 자가 졸한 것"이요, 또 "남들은 교묘하게 속이기를 즐기는
데 자신은 부끄러움을 알아서 그 참된 것을 지키는 것도 또한 졸한 것"
이라고 설명한다. 앞에서 공자가 말한 '우愚'의 철학을 견지한 사람과도
일맥상통한다. 우리가 얼핏 생각할 때에는 교묘하게 일을 꾸미는 자가 성
공할 것 같지만, 권근은 교묘한 자가 반드시 모든 것을 얻거나 이루는 것
은 아니라고 하였다. 그렇다면 '졸'한 자란 의리에 나아가고 참됨을 지키
는 자이다. 그는 어떠한 욕망도 없기 때문에 편안하고, 부끄러움이 없기
때문에 태연할 수 있다. '졸'한 사람은 처음에는 부끄러움을 아는 것에서
시작하여 결국에는 부끄러움이 없는 사람으로 바뀌게 된다. 권근은 마지
막 결론으로 '졸'한 사람이 되기 위해서는 스스로 '졸'을 길러야 하며,

---

33) 權近, 「拙齋記」, 『陽村先生文集』 권11. "辛未夏, 余在陽村, 有佛者惠眞來請業 (…中略…) 嘗
一日, 請名其所居齋, 予以拙命之. 問其說, 余曰, "拙, 巧之反. '爲機變之巧者, 無所用恥. 無恥
者, 人之大患.' 人嗜於利而求進, 我則知恥而守其義者拙也; 人喜於詐而爲巧, 我則知恥而守其
眞者亦拙也. 拙乎, 人棄而我取之者也. 然進者不必獲, 巧者不必成, 精神日勞而徒自弊爾, 何用
舍我之眞, 托巧僞以求利哉. 若夫惟義而守其眞者, 有以自得而不自失. 故無所望而安焉, 無所愧
而泰焉. 是拙者始乎用恥, 而卒乎無所恥. 足以浩然自存而無歉矣. 故養拙所以養德也.""

'졸'을 기른다는 것은 결국 덕을 기르는 것이라고 말하고 있다. 그렇다면 '졸'이란 욕심이나 욕망에 얽매이지 않고 스스로 참됨을 지켜가는 행위라고 할 수 있겠다. 다음 시에는 본성을 지키며 살아가려는 최해의 철학이 잘 드러나 있다.

인생 한평생	人生一世間
명은 하늘에 달려 있네	有命懸在天
궁하고 달하기는 각각 자기의 분수인 것	窮達各其分
오직 도가 줄과 같이 곧은 것이 귀하다네	惟道貴如絃
어떻게 여덟 자에 굽히는 사람이	奈何枉尋者
아득히 백과 천을 움직일 수 있겠는가	悠悠動百千
선생은 마음속에 믿는 것 있으니	先生中有恃
그 어떤 바깥 물도 흔들지 못한다네	物莫外相牽
원컨대 끝과 처음이 한결같아서	願言一終始
이름과 절개가 다 완전하기를	名節兩俱全34)

인용 시는 윤신걸尹莘傑이란 자를 전송하며 쓴 것이다. 최해가 추구했던 질박한 삶은 욕심을 버리고 본성을 쫓는 삶이었다. 최해에게 벼슬을 하느냐 하지 않느냐는 그리 중요한 문제가 아니었다. 물론 사대부로서 경륜과 포부를 펼칠 수 있는 기회를 갖기 위해 한때 관직을 얻기를 갈망했지만, 도를 저버리고 또 본성을 버리면서까지 환로를 추구하지는 않았다. 최해는 제1~4구에서 사람의 수명은 하늘에 달려 있고, 인생의 궁달은 각각 사람마다 주어진 분수대로 누리는 것이라는 철학을 설파한다. 인생에서 더욱 중요한 것은 도를 곧게 지키며 살아가느냐의 문제이다. 제5구와 6구는 진대陳代와 맹자의 고사인데, 진대가 맹자에게 "한 자[尺]를 굽혀서

---

34) 「送尹樂正莘傑北上」, 『東文選』 권4.

여덟 자[尋]를 곧게 할 수 있다면 해야 한다는 말이 있는데, 선생은 왜 몸을 굽혀서 제후를 보지 않습니까?" 하니, 맹자가 답하기를, "만약에 도를 굽혀서 제후를 따라간다면 어찌 되겠는가? 자기를 굽히는 사람 가운데 남을 곧게 할 수 있는 사람이 있지 않다."라고 했다는 것이다.[35]

맹자는 도를 버리고 자기 몸을 굽혀 부귀를 추구하는 것을 극도로 경계한 것이다. 바로 이 점에서 보자면 최해는 맹자의 완벽한 계승자이다. 마지막으로 최해는 윤신걸에게 외물에 흔들리지 말 것과 시종이 한결같을 것을 주문한다. 그래야 유혹이 많은 이 세상에서 명분에 맞게 살 수 있고 또 자기 스스로에 대한 절개를 지킬 수 있게 된다는 것이다. 최해는 벼슬이나 출세 자체로써 인생의 기쁨과 슬픔을 삼지 않았다. 그는 자기의 본성을 지키려 노력했고 또 자기의 이름을 지키려 하였다. 정계에서 소외당했을 때, 그가 선택한 길은 권력자에게 아부하는 것이 아니라 시와 술로 스스로를 즐기는 삶이었다.[36] 후에 윤신걸이 72세의 나이로 세상을 떠나자 최해는 그를 위해 묘지명을 써주었는데, 이 글을 보면 윤신걸은 성품이 엄중하였고 세상 욕심에 초탈했으며 본성을 기르고 수양하는 데에 관심을 기울인 선비였던 것으로 보인다. 그는 치사 후에도 10년 동안이나 두문불출한 채 항상 홀로 지냈다고 한다.[37] 거의 은거생활이나 다름없었다. 성품이나 치사 후의 행동, 또 슬하에 아들이 없었던 점까지 모두 최해와 많이 닮아 있다. 그래서인지 최해는 그를 "독실하고 조심하는

---

35) 『孟子』, 「滕文公」 下, "陳代曰, "不見諸侯, 宜若小然, 今一見之, 大則以王, 小則以霸. 且志曰, '枉尺而直尋.' 宜若可爲也." (…中略…) 御者且羞與射者比, 比而得禽獸, 雖若丘陵, 弗爲也. 如枉道而從彼, 何也? 且子過矣. 枉己者, 未有能直人者也." 참조.

36) 李穀, 「大元故將仕郎遼陽路蓋州判官高麗國正順大夫檢校成均大司成藝文館提學同知春秋館事崔君墓誌」, 『稼亭先生文集』 권11. "然取友必端, 知命無憂, 不以仕己喜慍, 惟以詩酒自娛." 참조.

37) 최해, 「故杞城君尹公墓誌」, 『拙藁千百』 권2. "公資嚴重, 訥於言, 人望之若泥塑, 莫知其中何有也 (…中略…) 自謝事後, 遂閉門杜絶賓客, 常塊然獨處, 不問外事, 如是十餘年而終." 참조.

군자"38)라고 기리고 있다.

내가 베옷 입을 때 남들은 갖옷 입고	我衣縕袍人輕裘
남이 화려한 집에 살 때 나는 오두막집에 살았다	人居華屋我圭竇
하늘이 정해 준 것은 본래 가지런하지 않아	天翁賦與本不齊
나는 사람을 꺼리지 않는데 사람들은 나를 욕한다	我不人嫌人我詬
이 밤이 어떤 밤인가 바로 정월 보름인데	今夕何夕是元宵
잔치 베푼 저택에서 손님들의 뒤를 따르네	筵秩侯家隨客後
인간 만사를 어찌 족히 논하겠는가	人間萬事何足論
몸이 건강하니 우선은 술동이 앞에서 다투리라	身健且向尊前鬪
그대여 술을 따르고 또 등불을 켜거라	君乎添酒復回燈
새벽 파루 울릴 때가지 한껏 마시고 말리라	轟飮直到傳曉漏39)

다른 사람들은 가죽 옷을 입었는데 최해는 베옷을 입고 있다. 남들은 화려한 집에 살고 있는데 자기는 오두막에 살고 있다. 실제로 최해는 일상생활에서 화려함보다는 검소할 것을 강조하였다.40) 최해를 괴롭히는 것은 정작 이러한 외적 조건들이 아니었다. 최해의 고민은, 본인은 다른 이를 꺼리지 않는데, 남들이 자기와 어울리려 하지 않는다는 데에 있었다. 최해는 이러한 고민을 시주詩酒로 풀어낸다. 그는 "인간 만사를 어찌 족히 논하겠는가/ 몸이 건강하니 우선은 술동이 앞에서 다투리라"고 외치며 새벽 파루 울릴 때까지 마시고 또 마신다.

---

38) 최해, 앞의 글, "公可謂篤愼君子者矣."
39) 「上元會浩齋得漏字」, 『東文選』 권6.
40) 「故相安竹屋像贊」(『拙藁千百』 권1)에서 최해는 "몸을 단속함에는 차라리 검소할지언정 화려하지 않았으며, 일에 대하여는 부지런히 하면서도 서두르지 않았다(律身寧儉而毋華/ 臨事有勤而不迫)"라고 하여 주인공의 검소함을 기리는 말이 보인다. 이는 물론 최해의 생활철학을 반영한 것이다.

천성이 게을러져 사립문 닫고 앉았으니　　　　　　分將疏懶掩柴關

열흘동안 한 사람도 다녀가는 이 없네　　　　　　十日無人一往還

옛것을 생각하나 그 누가 알아주랴, 부질없이 옛것을 좋아했구나

　　　　　　　　　　　　　　　　　　　　　　懷古誰憐空好古

한가함을 사랑하니 한가함보다 나은 것 없는 줄 알겠네　愛閑自覺不如閑

바람에 나무그림자는 처마에 닿아 어둡고　　　　　風來樹影低簷暗

비온 뒤에 이끼자국 섬돌에까지 오르는구나　　　　雨送苔痕上砌斑

옛날의 현철들을 생각하니 진실로 나는 한 자를 굽혔구나　尚友前修眞枉尺

때때로 책 어루만지며 높은 산을 우러러 본다　　　有時拊卷仰高山[41]

이 시는 최해가 23세 되던 해인 1309년에 장사감무長沙監務[42]로 좌천되고 난 뒤 쓴 것이다. 이 시절 최해의 삶은 복잡하고 바쁜 일상이 아닌 단순하고 한가로운 삶이었다. 어떤 때에는 열흘에 단 한 명의 사람도 보지 못할 정도로, 어찌 보면 그의 삶은 지극히 단조로웠다. 이러한 삶 속에서 그가 즐겨 추구했던 삶의 방식은 제3·4구에 나타난 바와 같이 '호고好古'와 '애한愛閑'이었다. 옛것에 대한 애착과 애정은 위의 인용 시 외에도 여러 곳에 나타날 정도로[43] 최해의 중요한 정신적 지향이었다. 그렇다면 '호고'와 '애한'은 '졸'의 철학을 가지고 질박한 삶을 살아갔던 최해의 인

---

41) 「己酉三月褫官後作」, 『東文選』 권15.

42) '監務'는 고려시대에 지방의 군현에 파견되었던 縣令보다 낮은 지방관으로 조선전기에 가서는 縣監으로 바뀌었다. 여기에서 최해가 장사감무가 된 것을 폄직이라 한 것은 감무라는 벼슬 자체도 말직이었지만 그보다는 長沙라는 지역 때문이다. 장사는 『高麗史』 「地理誌」에 의하면 지금의 전라남도 영광군으로 고려시대에는 '長沙縣'으로 불렸으며, 서해 바다와 멀지 않은 그 시대에만 해도 매우 척박한 땅이었다. 그래서 고려시대에는 중앙정계에 있던 벼슬아치가 큰 죄를 지었을 때 종종 장사감무로 좌천시킨 일이 있었다. 그 대표적인 사건으로 신돈을 탄핵했던 李存吾가 죽을 고비를 가까스로 넘기고 장사감무로 폄직된 일이 있었다.

43) 가령 「次韻答鄭載物」(『東文選』 권4)이라는 시에서도 "옛것을 좋아해 지금 사람을 계몽할까 생각하네(好古思擊蒙)"라는 구절이 보인다.

생과 문학에 나타나는 중요한 특징이라고 해도 좋을 것이다. 최해는 '호고'와 비슷한 개념으로 '상경常經'을, '호고'의 반대되는 개념으로 '호기好奇'를 쓰고 있기도 하다. 최해에게 있어서 '고'란 사대부가 추구해야 할 절대적인 진리의 세계였다. 그러나 당시의 사대부들과 속인들은 '호고'의 정신을 버리고 기이함을 쫓는 생활을 하고 있었다.44) 출세를 위해서 여기저기 눈치보며 기웃거리는 인생은 한가로울 수가 없다. 한가로움은 자신의 본성을 지키며 자신의 지조대로 살아가려는 사람만이 누릴 수 있는 특권이다. 시품으로서의 '졸박미'는 필연적으로 옛것을 좋아하고 한가로움을 즐기는 시인의 생활자세와 관련되어 있다. 왜냐하면 졸박미는 수식과 조탁을 일삼지 않고 천진天眞한 본성에 따라 자연스럽게 써내려가는 데에서 나타나는 시품이기 때문이다. 그러나 최해가 처음부터 '애한'의 삶을 즐겼던 것은 아니었다. 그도 젊은 시절에는 출세를 위해 분주히 돌아다녔다.

생각하면 대덕 시절에	憶在大德間
내 나이 한창 젊었었는데	吾年方甚盛
스스로 공명을 기뻐하며	亦自喜功名
시끄러움 좋아하고 고요함 싫어했다	愛誼不愛靜
분주히 달렸으나 끝내 이룸 없었고	奔馳竟無成
나아가는 것도 물러나는 것도 둘 다 병통이 되었네	進退兩交病
내 나이 이제 반백이 넘었건만	年今過半百
천명을 안다 어찌 감히 말하리	敢謂能知命
늦게야 높은 사람 만나 의지하였으니	晚契託高人
달마다 술 마시고 시 읊기를 저버리지 않네	月不負觴詠

---

44) 「在松山書院夏課次東庵追慕安文成珦所著韻」(『東文選』 권15) 시에 "성인이 멀어진 이 시대에 누구를 좇고자 하는가/ 모두들 떳떳한 것 버리고 기이함만 좋아하네(時當去聖欲從誰/ 盡棄常經競好奇)"라는 구절이 보인다.

계사를 오늘에 행하니
옛날 난정의 모임 상상하노라
비록 시선은 아니나
장차 청주를 즐기리라

褉事講今辰
想像蘭亭令
縱怪非詩仙
且樂中酒聖[45]

'대덕'은 원나라 성종成宗의 연호로서 1297년부터 1307년까지이니, 위 시에서 대덕시절이란 최해의 10대 시절을 뜻한다. 그 시절 최해는 부귀공명을 좋아하였다. 한가로움이나 고요함을 사랑하는 '애한愛閑·애정愛靜'의 삶이 아닌, 번화하고 시끄러움을 사랑하는 '애훤愛諠'의 삶을 즐기고 있었다. 그리고 17세에 과거에 급제했으니 그의 분주했던 삶이 그리 헛된 것만은 아니었다. 그러나 세상이 용납하기에는 최해의 재주가 너무나 컸던 것이었을까? 20대 이후로 그는 좌절하고 만다. 사실 최해의 좌절은 과거 급제 후부터 바로 시작되었다. 그가 과거에 급제한 뒤 성균관의 학유學諭 자리가 비게 되었는데, 그 자리를 두고 이수李守라는 이와 경쟁하였다. 당시 정승으로 있던 최유엄崔有渰이 이수를 그 자리에 앉히려 하자 최해의 부친 최백륜崔伯倫이 최유엄에게 욕설을 퍼부었고, 이 사건으로 최백륜은 고란도孤蘭島로 귀양가는 일이 발생하였다. 이후로도 최해는 예문춘추검열藝文春秋檢閱로 있다가 사건에 연루되어 장사감무로 강직되는 등 환로의 초기부터 이미 숱한 고난을 겪어야만 했다.[46] 그의 정치적 좌절은 이것으로 그치지 않았다. 자기의 재능을 시험하고 정치적 돌파구를 마련해보려 원나라 과거 시험에 응시하여 함께 시험을 봤던 안축·이연종 등을 물리치고 당당히 합격하였지만, 그에게 주어진 관직은 요양로遼陽路 개주판관蓋州判官이라는 자리였다. 그러나 말이 좋아 판관이지 실제로 개주에

---

45) 「上巳益齋席上得盛字」, 『東文選』 권4.
46) 이상에 대한 사항은 『高麗史』 「崔瀣傳」을 참조할 것.

부임해 보니, 지역이 오지 중의 오지일 뿐만 아니라 맡은 직책 또한 목축을 관리하는 임무였기에 그는 5개월 만에 병을 칭탁하고 본국으로 돌아오고 말았다.[47] 이때의 좌절이 컸던 탓이었을까? 그는 귀국한 지 2년만인 1323년 무렵, 37세 즈음의 나이에 모든 관직을 사임하고 사자산獅子山[48] 아래에 은거하게 된다.

평생의 업이 잘못되어 선비로서 어긋나게 되었으니	平生業已誤爲儒
이것은 내 몸을 꾀함에 졸하고 서툴렀기 때문이었지	是處謀身拙且疏
내 이사할 때에 실을 물건 없음을 괴이하게 여기지 마라	莫怪遷居無物載
그래도 성현의 경전만은 수레에 가득찼다	聖賢經典尙盈車[49]

　중앙정계에서 은퇴하고 시골에 파묻혀 지냈던 자신의 한평생을 회고하면서 "평생의 업이 잘못되어"라고 말하고 있다. 그리고 자신이 서울에서 쫓겨나야만 했던 이유를 "내 몸을 꾀함에 졸박하고 서툴렀기" 때문이었다고 파악한다. 하지만 곰곰이 살펴보면 '졸박하고 서툴렀던[拙疏]' 삶을 그가 후회하거나 부끄러워하고 있는 것은 아니었던 것 같다. 왜냐하면 인용 시의 3·4구에서, 출세를 위해 사대부로서의 명분을 저버리고 이욕을 추구하며 살아가는 선비들에게, 나의 시골생활은 비록 가난하고 외롭지만, 성현의 가르침에 충실했던 삶이었다고 말하고 있기 때문이다. 이렇게 보면 1·2구에서 말한 "평생의 업이 잘못되었다"거나 "내 몸을 꾀함에

---

47) 『高麗史』 권109, 「崔瀣傳」, "始赴蓋盖, 地僻職冗, 居五月, 移病東歸." 참조.

48) 『新增東國輿地勝覽』에는 충청도 청양현과 충청도 대흥현, 그리고 전라도 장흥도호부조 등에 '사자산'이란 이름을 가진 산이 모두 세 곳 나온다. 하지만, 이제현의 『益齋亂藁』에서는 신라 불교의 九門禪山 중의 하나인 강원도 영월군 법흥리에 위치한 사자산이 나오고, 또 李肯翊의 『練藜室記述』에서도 강원도의 사자산이 명산으로 나오기 때문에 최해가 은거했던 산이 이 네 곳 중의 하나인지, 아니면 혹 서울 근교 등에 자리한 또 다른 어느 곳의 산인지는 정확히 고증할 수 없다.

49) 「遷居」, 『東文選』 권20.

졸하고 서툴렀다”는 것은 자조나 자학이 아닌 자랑일 수도 있는 것이
다. 그의 은거 생활은 조용히 독서하고 사색하며 또 시를 쓰는 시간이
었다.

동산 숲에 바람이 지나가니 밤꽃이 향기로운데	園林風過栗花香
홀로 빈 서재에 앉아 해가 긴 것을 사랑한다	獨坐空齋愛日長
나는 이 밝은 조정에서 버린 물건이 되었지만	可是盛朝爲棄物
몸이 한가하매 소광을 기르기에 알맞다네	身閑儘得養疏狂[50]

어느 한가로운 여름날 밤 꽃 향기 가득한 숲속의 서재에서 쓴 시이다.
조정에서 버림받은 자신을 그는 “버린 물건[棄物]”이라고 표현하고 있지
만, 나라에 도가 없으면 물러나 독서하는 것이 사대부의 도리이다. 그렇
다면 “홀로 빈 서재에 앉아 해가 긴 것을 사랑하”는 시인의 모습은 정도
를 걸어가는 사대부의 전형이라고 해도 좋을 것이다. 어찌됐던 은거하는
시인은 참으로 한가로움을 즐기고 있는데, 그는 이것을 “소광을 기르는
것[養疏狂]”이라고 표현한다. 여기에서 ‘소疏’는 ‘한閑’이나 ‘졸拙’과 연결되
는 말이다. ‘소광’은 최해가 추구하고 지향하는 가치이기도 하였다. 이러
한 은거생활을 통해서 최해는, 진정한 아름다움은 꾸미는 데에 있는 것이
아니라 천연의 아름다움임을 깨달았다. 그것은 곧 ‘졸박의 미’였다.

맑은 새벽에 겨우 목욕을 마치고	清晨纔罷浴
거울 앞에 서니 힘을 가누지 못하네	臨鏡力不持
천연의 무한한 아름다움이란	天然無限美
진실로 단장하기 전에 있는 것이구나	摠在未粧時[51]

---

50) 「五月二十日題」, 『東文選』 권20.
51) 「風荷」, 『東文選』 권19.

맑은 새벽에 자리에서 일어난 최해는 거울 앞에 선다. 여기에서 '거울'이란 자신을 돌아보고 반성하는 수양의 도구이다. 이때 그는 중요한 진리를 깨닫는다. 진정한 아름다움이란 단장을 하지 않은 아름다움이요, 그것은 수식과 조탁을 일삼지 않은 천연의 아름다움, 곧 졸박의 미라는 사실이다. '졸'은 꾸밈이 없고, 자연 그대로이며, 전원적이고 초월적이며 유유자적하고 안빈낙도하는 은자의 성격을 지닌다. '박'은 생긴 그대로의 것, 본디대로의 비인공적이며, 담박하고 소박하고 순박하고, 투박하며, 질박한 성격을 지니기에 천성과 천연의 의미가 포함되어 있다. '졸'과 '박'이 교융하여 인간에게서 정감을 자아내게 하는 예술의 미적 조화로 발전한 것이 '졸박'의 미이다. '졸박'의 미감은 도자기, 서화, 문예 등 우리 생활 주변에서 자주 발견되는 미의식이기도 하다.[52] 그렇다면 졸박의 미는 하늘로부터 부여받은 천성을 지켜가며 세속의 이욕이나 외물에 이끌리지 않는 삶을 살아가는 사람에게만 나타나는 아름다움이라고 할 수 있겠다. 17세기의 문장가 상촌象村 신흠申欽이 용졸재用拙齋 신식申湜(1551~1623)을 위해 쓴 다음 글에서 우리는 졸박미의 한 전형을 파악할 수 있다.

> 지혜가 교묘하지 않으니
> 어찌 천착하겠는가
> 언어가 교묘하지 않으니
> 인과 덕에 가깝다
> 행실이 교묘하지 않으니
> 돈후하고 또 순박해
> 세상사람 교묘함 힘쓰는데
> 공은 어찌 졸한가

---

52) 신두환, 「조선 사림의 시가에 나타난 '졸박'의 문예미학」, 『한국한문학연구』 38집, 한국한문학회, 2006, 289면.

> 하늘로부터 받은 명을
> 공은 오직 따랐도다
> 냉수는 찌꺼기가 없고
> 오래된 우물은 일렁이지 않는다네
> 수를 놓지 않고
> 새기고 조각하는 일 하지 않아서
> 참 바탕이 완전하고
> 도에는 여유만만하다네
> 졸을 쓰려 하면
> 쓰고 써도 끝이 없다네
> 그 누구를 배울건가
> 주원공周元公이 있을 따름53)

'졸'에 반대되는 개념은 '교'이다. 졸한 사람의 두 가지 특징은 생각(지혜)이 교묘하지 않고, 말이 교묘하지 않다는 데에 있다. 결국 졸박한 사람은 인과 덕에 가깝게 된다. 신흠은 졸박과 비슷한 뜻으로 '돈후敦厚'하고 '순박淳朴'함을 들고 있다. 졸박한 사람은 하늘로부터 부여받은 천성을 그대로 따르는 사람이다. 그래서 졸박한 사람은 천연의 아름다움을 간직하려고 하지, 수를 놓거나 새기고 조각하는 일을 하지 않는다. 결국 졸박한 사람은 '진眞'과 '질質', 즉 참바탕이 완전해져서 도에 가깝게 되는 것이다. 마지막 구의 주원공은 송나라 철학자 주돈이周敦頤를 지칭하는 것으로, 그가 「졸부拙賦」라는 작품을 지었기 때문에 언급한 것이다. 세속과 타협하지 않고 '졸'을 지키며 살아가는 사람은 때로 세상에서 소외당하고 외로울 수 있다. 그래서 '졸'을 지키며 살아가는 선비는 필연적으로 경전을

---

53) 申欽, 「用拙齋贊」, 『象村稿』 권30. "智不以巧/ 奚其鑿兮/ 言不以巧/ 近仁德兮/ 行不以巧/ 敦乎朴兮/ 世鶩於巧/ 公胡拙兮/ 有命自天/ 公是述兮/ 玄酒不漓/ 古井不波/ 績繡不施/ 雕鏤不加/ 眞全質完/ 於道則多/ 伊拙之用/ 用而無窮/ 其何師乎/ 惟周元公"

통해 옛 성인을 만나게 되고, '호고好古'와 '법고法古'의 경향을 띠게 된다. 신흠은 찬贊의 말미에 딸린 발문에서, "사람이 세상을 살아감에 있어 자신을 진정으로 알아주는 사람은 참으로 만나기 어렵기 때문에 혹 시대를 건너뛰어 서로 뜻을 통하기도 한다."54)라고 하면서 '용졸재用拙齋'로 호를 삼은 신식에게 경전을 통해 성인을 만나고 배울 것을 격려하고 있다.

졸박미는 표현적인 면에서 보면 조탁이나 수식에 힘쓰지 않고 진솔하며 자연스러운 시문에서 나오는 미감이다. 사상적인 면에서 보면 유가나 도가에서 추구하는 심미의식과 관계가 깊다. 노자나 장자는 소박하고 자연스러움을 최고의 미로 여겼다. 문학작품에서 졸박의 미는 주로 자연을 감상하고 자연을 노래하는 '상자연賞自然'의 시가에 많이 나타난다. 이러한 졸박의 품격은 '담박'·'비인공성'·'비집착'·'세련된 단순성'·'여백' 등의 특징을 지니고 있으며 사대부 시가문학의 한 전형이기도 하다.55) 이러한 졸박의 미는 때로는 촌스럽게 비쳐질 수도 있지만, 사실은 진실되고 자연스러운 순박함이야말로 사람의 마음을 감동시키는 진정한 아름다움이 되는 것이기 때문에 가장 높은 경지의 예술적인 성취라고도 할 수 있다.56) 유가에서도 시문의 조탁보다는 담박하고 평담한 품격의 시를 으뜸으로 여긴다.57)

---

54) 申欽, 「用拙齋贊」, 『象村稿』 권30. "人生世間, 知遇實難, 或曠代相感."
55) 김동욱, 이우성, 장덕순, 최진원, 『한국의 전통사상과 문학』 서울대학교출판부, 1982, 152~167면 참조.
56) 吳河淸, 『中國詩學大辭典』, 浙江敎育出版社, 1999. "樸, 質朴, 朴素. 拙, 粗糙未經雕琢. 『老子』'大巧若拙'之謂. 有關樸拙的美學思想, 深受先秦道家的思想啓發. 老子所欣賞的美是'見素抱朴', '反朴歸眞'. 莊子則認爲朴素自然是最高形式的美, '朴素而天下莫能與之爭美'. (…中略…) 樸拙强調的是詩歌的朴素美本色美, 語言眞率自然, 不事雕琢, 不堆砌詞藻, 不濫用典故. 同時又是內心自然流露的藝術表現, 感情以眞誠淳朴動人. 這是一種藝術高境, 當代畫家朱屺瞻說, '拙朴最難, 拙近天眞, 朴近自然, 能拙朴則渾厚不流爲誇侈, 强烈不流爲滯膩.'" 참조.
57) 이에 대한 사항은 이민홍, 『조선조 시가의 이념과 미의식』, 성균관대학교출판부, 2000, 64면 참조.

최해 시에 나타나는 졸박의 미는 산림에 은거하며 살았던 그의 생활과 관계가 깊다. 복잡하고 다단한 정계에서 한걸음 비켜나 농민들 속에서 살아가며 질박하고 소박한 삶을 추구했던 그의 인생 여정이 시에 자연스럽게 드러난 결과이다.

최해는 '졸'의 철학을 견지하며 졸박한 삶을 살아갔다. 그 졸박한 삶의 구체적 모습은 하늘이 부여해 준 본성을 지키며 사는 삶이요, 또 사대부로서의 자기 인식을 가지고 자기의 지조를 잃지 않는 삶이었다. 그러기에 그는 구차하게 벼슬에 연연하지 않았으며, 그래서 사후에 장례를 치를 수 없을 정도로 매우 가난하였다.[58] 하지만 동시에 그렇기에 그는 평생 자유로웠다. 순박함과 질박함을 좋아하고 또 그렇게 살려고 노력했던 그의 성품처럼 그의 시에도 졸박의 미가 나타난 것이다.

4. 꿈과 현실의 괴리와 비개미

앞에서 살펴본 것처럼 최해의 삶은 20대 이후에는 좌절의 연속이었다. 그는 17세에 과거에 급제하고 또 원나라 과거에도 합격할 정도로 재능이 출중했지만 관직 생활은 결코 평탄치 못했으며, 결국 37세 무렵에 모든 것을 접고 시골로 들어가게 된다. 다음 시는 21세 되던 해의 섣달

---

58) 최해가 장례를 치르지 못할 정도로 가난하게 평생을 살았던 것은, 최해에 대해 언급하고 있는 거의 대부분의 기록에 모두 보일 정도로 최해의 가장 큰 특징적인 면모라고 해도 좋을 것 같다. 여러 기록들 중 이에 대해 언급하고 있는 한 가지 예를 들면 다음과 같다. "죽어서 그 산의 동쪽 언덕에 장사지내는데 집이 몹시 가난하여 군을 아는 모든 자들이 다투어 부의를 보내 이에 장례를 치렀다."(이에 대한 사항은 이곡이 쓴 최해의 묘지명을 참조할 것).

그믐 밤에 지은 것으로, 청년 최해의 자화상이다. 다소 길지만 전편을
인용한다.

스물한 살의 섣달그믐날 밤	二十一除夜
등불을 켜고 글을 읽는다	燈火一書帷
오늘 저녁이 어떤 날 저녁인가	今夕是何夕
또다시 제야시를 짓네	又作除夜詩
시의 뜻은 어찌 그리 괴로운가	詩意一何苦
옛 일을 돌아보면 내 생각 수고롭구나	念昔勞我思
열 살 때엔 마음 아직 어렸으니	十歲心尙孩
기뻐하고 성냄을 어찌 알았으리요	喜慍安得知
내 나이 바야흐로 열한 살 되어	我年方十一
글자를 배우고 비로소 스승을 따랐네	問字始從師
열한 살에서 열다섯까지	自一至於五
학해에서 길을 잃고 헤매었었네	學海迷津涯
열여섯 살에 과거 응시자 틈에 섞여서	十六充擧子
선비들 판에 뛰어들어 서로 따르게 되었네	士版得相隨
열일곱에 춘관에 도전하여	十七戰春官
합격하고 기뻐하며 눈썹을 날렸다네	中策欣揚眉
스스로 생각하기를 부모 계시니	自謂有怙恃
즐기지 않고 시름해 무엇하리	不樂愁何爲
이때부터는 몸 단속 적어지고	是時少檢束
방랑하면서 날마다 술 마셨네	放浪日舍巵
다만 나이 젊음을 믿었으니	但倚富年華
이름과 벼슬이 더딜 줄 어찌 알았으리	豈慮名宦遲
세상일 어그러짐 많아서 괴롭구나	世事苦多乖
하늘이여! 사람의 마음대로 되지 않았네	天也非人私
어이 생각했으리 나이 겨우 스물에	何圖纔及冠

갑자기 어머님 여읠 줄을	倏忽悶母慈
괴로움이 창자 속에 들어갔나니	荼毒入中腸
통곡한들 어이 미칠 것인가	痛哭何可追
거기에다 늙으신 아버지마저	況今老夫子
초여름에 나라의 부름을 받아	夏孟承疇咨
이내 동남쪽으로 말고삐 잡으셔서	仍按東南轡
뵙지 못한 지 일 년이나 되었네	違顏一歲彌
동생이 있었으나 멀리 노닐어	有弟亦遠遊
부질없이 할미새 노래를 읊조리네	空詠鶺鴒辭
외로이 서서 묵묵히 사방을 돌아보매	孑立默四顧
말하려 해도 그 누가 들어줄 것인가	欲言聽者誰
그래서 내 마음 상심하여	所以傷我神
하염없이 눈물만 흘러내리네	泣涕謾漣洏
진상은 어릴 때에	秦相方乳臭
허리에 인끈이 주렁주렁 하였다네	斗印纍纍垂
공명이란 나이에 있지 않는 것	功名不在大
다만 때를 만나기에 달렸구나	只在遭其時
나이 스물에도 적막하게 이름나지 않았으니	二十寂無聞
그 누가 대장부라 일컬을 건가	誰稱丈夫兒
나는 이미 그 나이 지났는데도	我今旣云過
일찍이 하나의 벼슬도 못 얻었구나	一命未曾麾
스물한 살의 섣달그믐 밤에	二十一除夜
헛되이 해를 보내며 슬퍼하노라	空作徂年悲[59]

한 해를 마무리하는 제야除夜에는 아쉬움과 동시에 기대감이 교차하기 마련이다. 제야에는 보통 지난 일 년을 차분하게 되돌아보고 반성하는 시간을 갖는 경우가 많다. 최해 역시 마치 거울 앞에 선 것처럼 자신을 바

---

59) 「二十一除夜」, 『東文選』 권4.

라보고 있다. 그래서 시의 분위기는 자못 엄숙하고 때로는 숙연하기까지 하다. 최해는 지금 등불을 돋우고 책상에 앉아 있다. 지난 세월을 생각해 보니 온통 괴로움밖에 없다. 열한 살에 학문에 뜻을 두고 공부를 시작하여 열일곱에 당당히 과거에 급제하였다. 그러나 문제는 이때부터 시작되었다. 너무나 젊은 나이에 과거에 합격해 버려 스스로를 단속하지 못하고 날마다 술로 세월을 보내었다. 벼슬길은 생각처럼 쉬운 것이 아니었다. 전술했다시피 최해는 과거에 급제한 후 첫 해부터 성균학유 자리를 놓고 이수와 경쟁하여 지게 되었고, 이 사건으로 그의 부친 최백륜은 고란도로 유배까지 가게 되었다. 그래서 젊은 시인은, "다만 나이 젊음을 믿었으니/ 이름과 벼슬이 더딜 줄 어찌 알았으리/ 세상일 어그러짐 많아서 괴롭구나/ 하늘이여! 사람의 마음대로 되지 않았네"라고 괴로워한다. 설상가상으로 어머니마저 갑자기 돌아가시고 아버지는 지방관으로 떠나는 등 온 식구가 뿔뿔이 흩어지게 되었다.

최해는 홀로 있었고 너무나 외롭고 슬퍼 하염없이 눈물만 흘리고 있었다. 그는 나이 스물이 되었는데도 이름이 나지 않았다며 그러고 보면 공명이란 나이에 있지 않은 것이요, 다만 때를 만나기에 달린 것이라고 한탄한다. 이 말은 결국 자기의 재능은 출중한데 단지 때를 잘못 만났기 때문에 불운이 닥쳤다는 것이다.[60] 꿈과 기대가 크면 그만큼 좌절도 깊은 것이다. 청운의 뜻을 품고 어린 나이에 과거급제한 젊은 시인은 자기의 재능만큼이나 원대한 꿈과 포부를 지니고 있었기에, 원하는 벼슬을 차지

---

60) 때를 잘못 만났다는 최해의 이러한 인식은 그의 시 곳곳에 나타나 있다. 예컨대 한나라의 張良을 읊은 시(「與諸敎官分詠西漢名賢得張良」, 『東文選』 권15)에서는, "진시황을 빗맞히고 하비에 숨었을 때/ 포의가 어찌 제왕 스승 되길 바랐으리/ 보시오, 천추에 다시 없는 그 공업이/ 다만 한때 명주를 만난 때문이라오(誤擊秦皇匿下邳/ 布衣奚望帝王師/ 請看功業無千古/ 只爲遭逢在一時)"라고 하여 만약 자기도 장량처럼 유방 같은 임금을 만났다면 큰 뜻을 펼칠 수 있었을 것이라 말하고 있다.

하지 못하고 또 가족을 잃는 등의 슬픔을 견디지 못했던 것이다. 그래서 시인은 "스물한 살의 섣달그믐 밤에/ 헛되이 해를 보내며 슬퍼하노라"고 토로하고 있다. 실제로 최해의 인생은 수난의 연속이었다. 그러한 자기의 앞날을 예견이라도 하듯, 최해는 다음과 같이 쓰고 있다.

(…전략…)	
올망졸망 비슷한 산봉우리들	峯巒同翼翼
구불구불 뻗어나간 갯벌	浦漵轉蜿蜿
돛은 하늘 그림자 끊어 나누고	帆截分天影
모래 더미는 물 나간 자리임을 알겠네	沙堆認水痕
바다의 자취는 옛것과 맞춰서 알 수 있지만	海經將古驗
조수의 내력은 지금 번거롭게 물어볼 수밖에	潮曆問今煩
늙은 나무는 바람을 꺼려하고	老樹嫌風亞
놀란 물결 돌을 만나 아우성치네	驚濤得石喧
중과 한 방에 거처를 하고	將僧同止息
세상의 시끄러움과는 저만치 떨여져 있다	與世隔囂喧
낚싯대 들고 때를 기다리며	把釣時堪待
떼를 타는 흥치도 또한 있다네	乘桴興又存
긴 노래 그 누구가 화답을 하리	長歌誰見和
말없이 나 혼자 한숨만 쉴 뿐	大息只無言
연파의 이 즐거움도	須信煙波樂
오히려 성주의 은혜인 것을	猶爲聖主恩[61]

인용 시는 23세 되던 해인 1309년에 장사감무로 좌천된 뒤, 또다시 어떤 사건에 연루되어 고만도高蠻島에 유배 가서 쓴 것이다.[62] 고만도는 아

---

61) 「高蠻感興十二韻」, 『東文選』 권11.
62) 權國佺, 「農隱崔先生行狀」, 『農隱集』 附錄. "己酉, 暫遭毁黷遞官, 謫高蠻島, 尋解歸." 참조.

름다운 섬이었지만, 세상의 인연이 멀게 느껴지고 세속의 시끄러움이 들리지 않는 단절의 장소이기도 하였다. 가끔은 낚시를 하고 또 뗏목 타는 흥치도 있었지만, 이곳에 오래 머물면 머물수록 어떤 근원적인 외로움을 느끼게 된다. 그래서 뗏목을 타며 부르는 뱃사공의 구성진 어부가를 들어도 말없는 한숨만 나올 뿐이다. 이 시는 물론 시골에 은거하기 전인 최해의 젊은 시절에 지어진 것이다. 하지만 유배지에서 앞으로 펼쳐질 환로의 어려움과 고독을 예견하고 있는 듯하다. 장사감무로 폄직된 비슷한 시기에 지어진 다음 시를 보자.

썩은 선비가 주책없이 스스로 화를 불렀으니	腐儒無狀自招尤
어찌 감히 옆 사람들에게 그 이유 변명하리요	敢向傍人說所由
몸으로 나라 은혜 지고도 조그마한 갚음도 없었으니	身負國恩微一報
응당 이번 행차는 좋은 것이 아니네	未應此去便休休[63]

최해가 어떠한 정치적 사건에 연루되어 폄직되었는지는 알 수 없다. 그러나 21세 때에 지은 제야시에 비하면 시의 어조가 훨씬 우회적이고 노숙해졌다. 그는 자신을 "썩은 선비"라고 지칭하고 본인의 잘못으로 화가 생겼다고 말하고 있다. 그래서 옆 사람들에게 감히 변명조차도 못 하겠다는 것이다.[64] 그러나 제3·4구를 곰곰이 읽어보면, 그의 속마음은 그 무엇인가 불편함과 불만이 있음을 짐작할 수 있다. 3·4구의 표면적

---

63) 「責任長沙監務」, 『東文選』 권20.
64) 장사감무로 좌천된 뒤 쓴 또 다른 시(「到縣和人韻」, 『東文選』 권20)에도 인생의 부귀영화는 새옹지마와 같아 돌고 도는 것이 하늘의 이치라고 하면서 모든 것을 스스로에게 돌리는 듯한 태도를 보여주고 있다. 시를 살펴보면 다음과 같다. "영화와 욕됨의 돌고 도는 것은 자연의 이치라/ 그 누가 푸른 하늘을 향해 슬퍼하고 원망하랴/ 장사의 그 이름 천고에 유명했거니/ 나는 그저 내 재주가 가소년 아닌 것을 부끄러워하노라(榮辱循環理自然/ 有誰哀怨向蒼天/ 高名千古長沙上/ 只愧才非賈少年)"

인 뜻은 나라의 은혜를 입고도 잘못을 저질러 보국의 기회를 놓쳤으니 송구스럽다는 것이지만, 뒤집어 생각해보면 나라에 "조그마한 갚음"의 기회도 받지 못한 자신의 처지가 처량한 것이다. 그래서 장사감무로 떠나는 시인의 발걸음은 그리 시원한 것이 아닌 무거운 발걸음일 수밖에 없었다. 사실 최해는 관직생활의 초창기부터 은거를 꿈꾸기도 하였다. 환로를 처음 시작할 때에는 경세제민의 큰 뜻과 포부도 있었지만 막상 경험해 본 조정의 현실은 자기의 이상과는 너무나 차이가 있었던 것 같다.

울타리의 복숭아꽃 맑은 개울에 비치고	桃花籬落映淸渠
문 밖의 좋은 밭은 두어 이랑 남짓하네	門外良田二頃餘
이 마을을 지날 때마다 마음속의 말을 하나니	每過村家心語口
벼슬도 없으면서 돌아가지 않음은 무엇 때문인가	無官不去竟何如[65]

이 시는 고만도에서의 유배를 마치고 돌아오면서 쓴 것이다. 젊은 청년 최해는 유배지에서 많은 것을 느꼈던 듯하다. 그는 결구에서 마음속 깊은 곳에 담아뒀던 말을 꺼낸다. 변변찮은 "벼슬도 없으면서 돌아가지 않음은 무엇 때문인가"라고 자문하고 있으니, 이 시만 놓고 보면, 이 당시 이미 최해는 벼슬에 대한 집착과 또 그것에 초연하고자 하는 내적 갈등이 팽배해 있었던 것 같다. 이러한 최해의 갈등은 사대부들의 상투적이고 흔해빠진 귀거래 타령과는 달랐던 것으로 보인다. 다음 시를 보자.

나도 돌아가려 했으나 오래도록 돌아가지 못했는데	我欲歸歟久未歸
그대는 어찌 가다가 다시 왔는가	君胡去矣復來斯
의관은 흡사 우스꽝스런 배우의 차림새	衣冠恰似倡優戲
쌀 몇 말 녹으로 다투어 어찌 처자를 살찌게 하리	升斗爭敎妻子肥

---

65) 「三月自高巒而還路過村莊」, 『東文選』 권20.

부럽구나, 그대는 나라일 다하고 가지만
불쌍한 나는 산을 살 밑천도 없다네
백 년 뒤엔 지음이 있으리니
시 쓸 때에 눈물 가득 옷 적셔서 무엇하리

却羨已收匡國策
自憐苦乏買山貲
百年後有知音在
不用題詩淚滿衣[66]

이임종李林宗이란 이가 벼슬을 버리고 자기 고향으로 돌아가는 것을 전송한 시이다. 자기는 일찍부터 관직을 버리고 시골에 돌아가려 했는데 그리하지 못하고 있다는 것이다. 최해는 심지어 관직생활을 처자식을 먹여 살리기 위해 몇 말의 쌀이나 받아먹는 한심한 일로 여기고, 관복을 입고 있는 자신의 모습을 "우스꽝스런 배우의 차림새"라고까지 자조하고 있다. 그러면서 이임종은 돌아갈 시골집이 있지만, 불쌍한 자신은 가고 싶어도 갈 집도 밑천도 없다고 말한다. 실제로 최해의 생활은 넉넉지 못해서 나중에 은거했을 때에도 산승에게 밭을 빌려 경작할 정도였으니,[67] 위 시구는 결코 과장된 것은 아니었을 것이다. 최해는 외로웠다. 성품이 워낙 강직하고 또 스스로에 대한 자존감이 컸기 때문에 주위에 친구가 없었다. 그의 슬픔과 외로움은 눈물로 옷을 가득 적시며 시를 쓸 정도였다. 하지만 시인은, 시의 마지막에서 언젠가는 자신을 알아주는 세상이 반드시 올 것이라 확신한다. 최해는 그 어떤 상황에서도 자신에 대한 긍지와 신념만

---

66) 「送李林宗直郎歸舊隱」, 『東文選』 권15.

67) 『猊山隱者傳』(『拙藁千百』 권2)에 다음과 같은 구절이 보인다. "만년에 岬寺의 중을 따라가서 땅을 빌려 농사를 지었는데, 농원을 개척하여 取足이라 이름하고, 스스로 猊山農隱이라고 호를 지었다. 그는 좌석 위에 銘을 지어 붙여 이르기를, "너의 땅과 너의 농원은 三寶로부터 받은 무거운 은혜로다. 만족함을 가지는 것이 어디서 온 것이냐. 부디 잊지 말지어다." 하였는데, 은자는 평소에 불교를 좋아하지 않으면서도 마침내 그들의 소작농이 되었으므로 대저 평소의 뜻이 틀어진 것을 하소연하며 스스로를 조롱한 것이다." 중에게 빌린 땅을 '取足'이라 하고, 자기 스스로를 '猊山農隱'이라 불렀다고 했으니 '예산농은'이란 말은 예산에 숨어지내며 사는 농사짓는 사내라는 뜻이다. 최해가 실제로 땅을 빌려 농사를 지었던 것은 『예산은자전』 이외에도 이곡의 묘지명이나 권국경의 행장, 『고려사』 등의 다른 기록에도 동일하게 보인다.

은 무너뜨리지 않았다. 바로 이 점이 최해를 최해답게 했던 가장 큰 요소이기도 하였다. 그 후 수년의 세월이 흐른 뒤 최해는 결국 은거를 실행하게 된다.

지금 사람은 옛 사람을 천히 여기고	今人賤古人
아이들은 늙은이를 속이네	兒子欺老翁
옛 선비와의 거리는 더욱 멀어졌으니	先儒去逾遠
그 누가 다시 순박한 풍속 회복하리요	誰復回淳風
남의 허물 드러냄으로 곧음을 삼고	訐人以爲直
좋은 것은 혼자 하고 공된 것을 독차지하네	專美而擅公
멀고 먼 백 년 뒤	悠悠百歲下
까마귀 암수 분별치 못하리	莫辨烏雌雄
내가 괴로이 말세에 태어났지만	我生生苦晚
옛것을 좋아해 지금 사람을 계몽할까 생각하네	好古思擊蒙
사람을 향해 심중의 말을 하나	向人說肝膽
어찌 다만 초월과 같을 뿐이겠는가	奚啻楚越同
이 시대와 너무나 맞지 않아서	所以與時迂
가는 곳마다 길이 막혀 우노라	到處哭途窮
어찌 권세에 아첨하고 싶지 않으랴만	豈不欲媚竈
본뜻을 끝까지 지키려 하네	素志庶有終[68]
(…후략…)	

이 시는 정재물鄭載物이라는 자에게 준 것인데, 최해의 현실인식과 또 현실을 바라보는 심정이 잘 그려져 있다. 최해는 기본적으로 당대의 현실을, 아이들이 늙은이를 속이고 남의 허물을 드러내고 좋은 것은 독차지하는, 한마디로 참된 선비가 없고 도가 땅에 떨어진 시대로 파악한다. 최해

---

68) 「次韻答鄭載物子厚」, 『東文選』 권4.

처럼 본성을 지키며 살아가려는 사람에겐 그 시대는 너무나 힘들고 벅찬 세상이다. 시대와 어긋난[迂] 길을 걸어가는 시인은 도처마다 길이 막히는[途窮] 경험을 한다. 그래서 시인은 "이 시대와 너무나 맞지 않아서/ 가는 곳마다 길이 막혀 우노라"라고 울부짖는다. 여기에 최해의 비극이 있다. 물론 최해라고 어찌 당대의 권력자들에게 아첨하고 싶은 마음이 없었겠는가? 하지만 그는 "본뜻을 끝까지 지키"겠다고 결심한다. 왜냐하면 참된 도(진리)는 하늘이 부여해준 본성을 따르는 데에 있으며, 잠시라도 그것을 떠나서는 안 되기 때문이다. 어찌 보면 참으로 융통성이 없고 고지식한 성품이라고 할 수도 있다. 최해 스스로도 본인의 성격을 고집이 세고 절개가 곧으며 융통성이 없고 편협하기까지 하다고 말하고 있다.69) 하지만 최해는 "군자의 선비[君子儒]가 되고 소인의 선비[小人儒]는 되지 말라."는 공자의 가르침70)을 끝까지 지키고자 하였다.71) 그러나 최해의 은거생활이 마냥 평안하고 행복했던 것은 아니었다.

---

69) 최해는 「吳德仁生日」(『東文選』 권4) 시에서 자기의 성격을 '狷直' 하다고 말하고 있다. '狷直'이란 곧 고집이 세고 절개가 곧지만, 융통성이 없으며 편협한 성격을 지칭할 때 쓰는 말이다.

70) 『論語』, 「雍也」. "子謂子夏曰, '女爲君子儒, 無爲小人儒.'"

71) 「吳德仁生日」(『東文選』 권4)이라는 시에 다음과 같은 구절이 보인다. "도는 본성을 따르는 데 있나니/ 잠시도 그것을 떠날 수 없네/ 도 아닌 것이 오랫동안 나라 어지럽혀/ 세상을 지도할 큰 현인 없었네/ 우리 나라 옛 조선 때에는/ 영웅과 준걸이 한때에 달렸더니/ 그 뒤로 지금은 도도 쇠하여/ 쓸쓸하고 적막하기 오랜 세월이었네/ 하늘은 어이 진정 같이/ 차마 이 백성을 어리석게 하였던가/ 우산에는 청수한 기운 모이어/ 우리 늙은 오공 내었네/ 타고난 자질은 스스로 순수하고/ 도와 의가 함께 갖추었나니/ 밝은 세대 촉망을 혼자서 받고/ 일찍부터 경제의 계획을 떨치었네/ 작은 오공의 자는 덕인/ 단혈에는 봉의 새끼 있구나/ 포대기에 싸여 세업을 이었으니/ 늙은 오공의 덕은 외롭지 않네/ 뚱뚱한 오경 상자에 너는/ 군자의 선비가 되어라/ 생일날에 아름다운 벗을 모아/ 자리에 앉아 금술병을 기울이며/ 자리 손님 술 마시며/ 모두 진정으로 그대를 축원하니/ 수명이 오래오래/ 금 같은 그 몸을 끝내 보전하소/ 내 성질이 급하고 곧아/ 손 뒤에서 성가시게 외치노니/ 원컨대 그대 늙은 오공 받들어/ 사업이 삼소 같이 되어라"

시골 마을에서 여식하는 내 신세 애끊기도 한데	旅食荒村足斷腸
하물며 흐르는 세월은 거침없이 당당하게 가버렸구나	流年況復去堂堂
부질없이 머무니 새로 짓는 시만 늘어가고	謾留空自多新句
혼자 마시니 어찌 전처럼 광기 부릴 수 있으리	獨飮如何放舊狂
북으로 서울 바라보니 가을 나무가 머나먼데	北望王城秋樹遠
남으로 가는 물고장엔 저녁 구름이 길구나	南行澤國暮雲長
명군이 위에 계셔 속임도 가림도 없으니	明君在上無欺蔽
어찌 헛되이 장한 뜻을 상하리	不用虛今壯志傷72)

이 시를 보면 최해가 시골에 은거한 뒤에도 완전히 서울을 잊지 못하고 있음을 짐작할 수 있다. 은거 이후 시골생활을 하며 느끼는 문화적 갈증은 최해를 더욱 힘들게 만들었던 것으로 보인다. 최해는 가끔씩 서울 나들이를 하였는데, 특히 중국의 사신이 왔다는 소식이 들리면 만나서 학문을 논하는 것으로 문화적 공허함을 해소했던 것 같다.73) 위 시에서 최해는 황량한 시골 마을에서 살아가는 자기의 처량한 신세를 "애끊는 신세"로 표현하고 있다. 은거하면서 쌓이는 것은 부질없는 시 구절이요, 느는 것은 술밖에 없었다. 그 술조차도 함께 마실 친구가 없어 그는 항상 홀로 마셨다[獨飮]. 시골 생활에 지치고 외로울 때면 그는 멀리 있는 서울을 바라본다. 하지만 이내 "명군이 위에 계셔 속임도 가림도 없으니/ 어찌 헛되이 장한 뜻을 상하리"라고 단념하고 만다. 표면적으로는 "명군"이라 했지만, 서울의 임금은 자기를 알아주지 않고 또 자기와는 맞지 않

---

72) 「次李正夫贈別詩韻」, 『東文選』 권15.

73) 이 같은 사실은 「送張雲龍國琛而歸序」(『拙藁千百』 권2)에 잘 나타나 있다. "아, 선비가 한 세상에 나서 마음먹은 일을 성취하지 못하고 齒髮이 날마다 쇠해가니 군자의 버림이요 소인으로 돌아가는 길이라, 능히 답답한 심회가 없겠는가. 이런 까닭으로 이따금 중국에서 온 손님이 있다는 말을 들으면 문득 가서 안부를 묻고 그 말미에 평소에 품었던 생각을 쏟아보곤 하였다."를 참조할 것.

는 사람이다. 따라서 서울 생활을 포기하고 시골에 은거한 자신의 "장한 뜻"을 지켜가겠다는 것이다. 하지만 최해에게 서울은 항상 잊으려 해도 결코 잊을 수 없는 그리움의 대상이었다. 문제는 그곳에 더 이상 다시 갈 수 없는 현실이었다.

붉은 단장 푸른 덮개가 가을 못을 덮었는데	紅粧翠蓋擁秋池
갈매기와 해오리는 서로 의지해 때를 얻은 것 기뻐하네	鷗鷺相依喜得時
작년에 숭교[74]를 지난 것을 생각하나니	想得去年崇敎過
엷은 구름 석양에 비가 실실이 내렸었네	薄雲殘照雨絲絲[75]

어느 이른 가을 날,[76] 연못은 온통 붉은 연꽃으로 가득하다. 자신은 때를 만나지 못한 불우의 신세인데 비해, 갈매기와 해오라기들은 "때를 얻은[得時]" 기쁨을 누리고 있다. 말없이 연못을 바라보던 시인은 작년에 들렸던 서울을 떠올린다. 시인에게 서울은, 갈 수도 없고 그렇다고 깨끗이 잊을 수도 없는 곳이 되고 말았다. 그래서 시인은 슬플 수밖에 없다. 마지막 결구 "엷은 구름 석양에 비가 실실이 내렸었네"는 서울을 추억하는 시인의 이러한 슬픔을 그린 것이다. 붉은 연꽃, 새하얀 해오라기 등 선명한 색채 이미지와 또 평화롭고 고요한 시적 분위기에도 불구하고 이 시가 비극적으로 읽히는 것은 바로 이 점 때문이다. 그러나 이것은 최해 시가 거두고 있는 미적 성취이기도 하다.

---

74) '崇敎'는 『宣和奉使高麗圖經』에는 '崇敎院', 『新增東國輿地勝覽』에는 '崇敎寺', 『高麗史節要』에는 '崇敎園'으로 나와 있다. '崇敎院'과 '崇敎寺'는 절을, '崇敎園'은 왕의 정원을 말하는데, 모두 개성에 자리 잡고 있으니, 인용 시의 '崇敎'는 서울을 뜻하는 말로 쓰인 것임을 알 수 있다.

75) 「追次郭密直預賞蓮詩韻」, 『東文選』 권20.

76) 연꽃은 대개 여름에 피지만, 절기상 立秋가 지난 때까지 피어 있는 경우도 많다.

<table>
<tr><td>삼 년의 귀양살이에 병이 서로 겹쳤는데</td><td>三年竄逐病相仍</td></tr>
<tr><td>방 한 칸의 내 생애는 마치 중과도 같구나</td><td>一室生涯轉似僧</td></tr>
<tr><td>온 산에 눈은 가득하고 사람은 오지 않는데</td><td>雪滿四山人不到</td></tr>
<tr><td>솔바람 소리[77] 들으며 앉아 등불을 돋운다</td><td>海濤聲裏坐挑燈[78]</td></tr>
</table>

인용한 시는 장사감무로 폄직된 뒤 3년의 세월을 겪은 후에 지은 것이다. 장사에서의 생활은 흡사 중처럼 보낸 시간이었다. 육체적으로도 풍토병과 바닷가 특유의 장기瘴氣 등으로 약해질 대로 약해졌지만, 정작 시인을 더 괴롭혔던 것은 아무도 찾아오지 않는 생활의 외로움이었다. 최해는 혼자였다. 그가 외로움을 견디기 위해 선택한 방법은 파도 소리 들려오는 골방에 앉아 늦은 밤까지 등불을 돋우고 시를 쓰는 것이었다. 이 시를 읽으면 깊은 밤에 잠 못 이루는 시인의 고독이 느껴진다. 간간이 들려오는 파도소리와 희미한 등잔불은 시인의 절대고독을 더욱 비극적으로 읽히게 만들어주는 매개체이다.

5. 결어

재주가 뛰어나고 품고 있는 이상은 높으나 세상에 쓰임을 받지 못한다면 그 인생은 비극적일 수밖에 없다. 최해가 그러했다. 그는 스스로에 대한 자부심이 그 누구보다도 강했다. 그러나 강한 자의식은 타인과의 교유관계를 좁고 편협하게 만들었다. 자신의 경륜을 마음껏 펼칠 수 없는 상

---

77) 金宗直의 『靑丘風雅』에 "원시의 '海濤'는 '松聲'을 이른다"라는 주가 보인다.
78) 「縣齋雪夜」, 『東文選』 권20.

황에서 그가 선택할 수 있는 길은 자연으로 돌아가 은거하는 것이었다. 최해가 가까이 지냈던 인물들로는 이제현, 안축, 민사평 등을 들 수 있다. 이들은 모두 최해와 나이도 비슷하고, 성리학을 공부한 신흥사대부라는 정치·사상적 배경 또한 비슷했기에 서로 각별한 교유관계를 가지면서 당대의 학계를 이끌어 갔다. 다만 최해와 다른 점이 있다면, 이들은 모두 정치적으로 영달했지만 최해는 그렇지 못했다는 점이다. 바로 여기에 최해의 고독이 있다.

최해는 정치적으로 불우했을 뿐만 아니라 경제적으로도 궁핍했다. 그의 가난은 귀거래한 선비들이 의례적으로 떠드는 상투적이고 소박한 의미의 가난이 아니었다. 사후에 장례를 치를 수 없어서 친구들이 부의하여 장사를 지내줬을 정도로 가난하였다. 게다가 의지할 가족도 없었다. 딸둘이 있었지만 출가외인이었고, 아들은 없었기에 자식에게 봉양받을 처지가 아니었다. 평소 자신이 비판했던 불교의 승려에게 땅을 얻어 스스로 경작하며 먹고 살 수밖에 없었다.

하지만 그는 붓은 결코 놓지 않았다. 정치적으로 펼쳐보지 못한 자신의 포부를 글로 써내려갔다. 현재 전하는 최해의 산문집인『졸고천백』에 실린 대부분의 글들과『동문선』에 전하는 상당수의 시들이 은거 이후에 지어진 것들이다. 빼놓을 수 없는 최해의 문학적 업적인『동인지문』의 편찬 작업 또한 이때에 이루어진 것이다. 최해의 문집인『농은집』이 온전한 형태로 지금까지 전해졌다면, 우리는 그의 더 많은 시문을 볼 수 있었을 것이다.

최해 시의 가장 큰 미적 특징은 졸박미와 비개미이다. 졸박미는 표현적인 면에서 보면 조탁이나 수식에 힘쓰지 않고 진솔하며 자연스러운 시문에서 나오는 미감이다. 사상적인 면에서 보면 유가나 도가에서 추구하는 심미의식과 관계가 깊다. 노자나 장자는 소박하고 자연스러움을 최고의 미로 여겼다. 유가에서도 시문의 조탁보다는 담박하고 평담한 품격의 시를 으뜸으로 여긴다. 최해 시에 나타나는 졸박의 미는 산림에 은거하며 살았던 그의 생활과 관계 깊다. 복잡하고 다단한 정계에서 한걸음 비켜나 농민들 속에서 살아가며 질박하고 소박한 삶을 추구했던 그의 인생 여정이 시에 자연스럽게 드러난 결과이다.

비개미는 꿈과 현실의 괴리에서 빚어진 것이다. 뛰어난 재능을 바탕으로 훌륭한 교육을 받았던 최해는 사대부로서 가지는 포부와 이상도 남달랐다. 하지만 그는 자신의 꿈을 능히 펼칠만한 기회를 제대로 가져보지 못하고 스스로 중앙정계에서 물러나고 말았다. 그의 은거생활은 단순한 정계은퇴 이상의 의미를 지니고 있다. 풍족한 경제력을 바탕으로 고향에 내려가 한거하는 귀거래가 아니었기 때문이다. 최해에게 있어서 귀거래는 정치·경제·문화 등의 삶의 모든 측면에서의 고립과 단절을 의미했다. 그는 정치적으로는 소외되었고, 경제적으로는 궁핍했으며, 문화적으로도 관인이나 학자로서 누렸던 이전의 경험과는 전혀 이질적인 생활인으로서 살아가야 했다.

최해는 그 누구보다도 사대부로서 가져야 할 신념과 의식이 투철했다. 그는 정치적으로는 요순을 꿈꿨고 도덕적으로는 인의를 강조했다. 그리고 사대부로서 엄격히 살아가야 할 것을 스스로 주문하고 다짐했다. 이처럼 포기할 수 없는 꿈과 이상, 그리고 한편으로는 홀로 있다는 고독감이 그를 엄습했다. 그의 시의 비개미는 여기에 기인한다. 하지만 역설적으로 그러한 슬픔과 고독이 그로 하여금 끊임없이 시를 쓰고 저술에 매진하게 만들었는지도 모르겠다.

안축 시의 표현 양식과 미적 특질

1. 문제제기

안축安軸(1282~1348)은 14세기 초엽에 활약했던 시인이다. 우리 고전문학사에서 그의 존재는 초창기의 경기체가인 「관동별곡關東別曲」과 「죽계별곡竹溪別曲」의 저자로 알려져 있다. 한문학사에서는 그가 강릉도江陵道 존무사存撫使로 부임하여 목도한 현실을 읊은 시집 『관동와주關東瓦注』가 유명하며, 고난받는 민초들의 현실을 목민관의 입장에서 잘 드러냈다는 것이 그의 시세계에 대한 대체적인 평가이다.1) 하지만 그의 문집인 『근재집謹齋集』

---

1) 한문학 분야에서 지금까지 발표된 안축에 대한 논문들은 대부분 안축의 『관동와주』에 집중하여 그의 시가 고난받는 민중들의 현실을 잘 그려내고 있다는 데에 의견을 일치하고 있다. 대표적인 연구물들은 다음과 같다. 김동욱, 「관동별곡 죽계별곡과 안축의 가문학」, 『반교어문연구』 1호, 반교어문학회, 1988; 김동욱, 「관동와주와 안축의 시문학」, 『상명대학교논문집』 22호, 1988; 김종진, 「안축의 시세계」, 『태동고전연구』 10호, 태동고전연구소, 1993; 김은정, 「안축 한시에 나타난 사대부 한시의 제층위」, 『한국한시작가연구』 2집, 한국한시학회, 1996; 최용수, 「안축과 그의 자연관」, 『배달말』 22호, 배달말학회, 1997; 김풍기, 「근재 안축의 시문에 나타난 강원도론」, 『강원문화연구』 17호, 강원대 강

을 꼼꼼히 살펴보면, 단순한 애민시 정도로만 묶어두기에는 안축 시가 가지는 문학적 편폭이 매우 크고 다양하다는 사실을 읽어낼 수 있다.

사실 안축시의 연구를 진행하는 데에는 자료가 부족하다는 문제가 있다. 지금 전하는 안축 시는 『관동와주』에 실린 것이 대부분으로, 안축이 평생 시를 썼던 사실에 비추어 볼 때 극히 일부에 불과하다. 그렇게 된 것은 홍건적紅巾賊의 난으로 인해 온 집이 전소되고 보관하고 있던 원고가 모두 불에 타버렸기 때문이다.[2] 따라서 현전하는 시만 가지고 안축의 시세계를 논한다는 것은 한편으로는 매우 어렵고, 또 한편으로는 오류를 범할 수도 있는 일이다. 그러나 『관동와주』에 실린 시만 해도 100여 수가 조금 넘고, 기타 시들을 포함하면 백 수십 수가 되며, 더욱 중요한 것은 지금 문집에 전하는 시들 중에는 수작이 여럿 있어서 이를 정밀하게 고찰하면 안축 시세계의 면모도 어느 정도 밝혀질 수 있을 것

원문화연구소, 1998; 한창훈, 「근재 안축론」, 『우리어문연구』 14호, 우리어문학회, 2000; 유호진, 「고려후기 사대부 한시에 나타난 정신지향에 대한 연구」, 『민족문화연구』 39호, 고려대 민족문화연구소, 2003; 이의강, 「근재 안축의 시문에 투영된 성리학적 사유체계」, 『한문학보』 13집, 우리한문학회, 2005.

2) 안축의 문집 『謹齋集』은 총 5번에 걸쳐 간행되었다. 즉 淸州判官으로 있던 안축의 사위 鄭良生이 중심이 되어 1364년(공민왕 13) 가을에 청주에서 처음 간행되었다. 이 초간본은 안축이 1330년 5월부터 다음해 9월까지 강릉도 존무사로 나가 있을 때 지은 시문집인 『關東瓦注』를 펴낸 것이다. 그 후 1445년(세종 27)에 안축의 玄孫 安崇善이 일실된 시문의 일부를 수집 보유하여 초간본 뒤에 추보하는 형식으로 중간본을 간행하였다. 이후 1740년(영조 16)에 후손 慶運과 弼善이 여러 문헌에 전하는 저자의 시문을 모아 증보하고, 거기에 안축의 아들 宗源과 증손 純, 현손 崇善의 시문을 모아 '三先生世稿'로 부편하여 제주도에서 3권 2책의 목판본으로 간행하였으니 이것이 삼간본이다. 1910년에 후손 有商은 사간본을 간행하였다. 이 사간본은 여러 문헌에 전하는 저자에 대한 기록과 書院奉享文 등을 추가하여 4권 2책의 목판본으로 간행한 것인데, 삼간본에 부편되어 있던 '삼선생세고'는 빼고 안축의 동생 安輔의 시문을 부편한 것이다. 끝으로 1935년에는 후손 瓊烈이 3권 2책의 활자본으로 개간하였으니 이것이 오간본이다. 그러나 이상의 다섯 차례에 걸쳐 이루어진 간행에도 불구하고 '관동와주'를 제외하곤 저자의 시문이 많이 전해지지 않는 이유는 홍건적의 침입 때 안축의 사저가 불에 타 모든 서책과 저술이 소실되었기 때문이다(이에 대한 사항은 후손 유상이 쓴 『謹齋集』 跋文을 참조할 것).

이라 기대된다.

안축이 활동하던 시대에 문단의 중심에는 익재益齋 이제현李齊賢이 있었다. 안축은 이제현, 졸옹拙翁 최해崔瀣, 가정稼亭 이곡李穀, 담암淡庵 백문보白文寶 등과 깊은 교유를 가졌다.3) 그런데 재미있는 점은, 이들은 대부분 원나라에 유학을 했거나 원의 과거에 합격했던 인사들로서, 문학적으로는 당대 중국문학의 흐름에 정통했고, 사상적으로는 고려후기 성리학 수용과 발전에 많은 업적을 남겼던 자들이라는 것이다.4) 이러한 사실은 안축의 문학적 성향과도 상당한 관계가 있다. 안축 시의 기저에는 사대부 관료로서의 목민의식牧民意識과 애민의식愛民意識이 자리하고 있는 것으로 보인다. 이에 대해서는 다음 장에서 서술하기로 하겠다.

본고는 의상意象과 의경意境을 통해 안축 시의 미적 특질을 밝히는 데에 목표를 두고 집필되었다. 필자가 안축 시의 미학을 살피면서 의상이나 의경, 그리고 표현기법을 연구 방법론으로 삼은 데에는 특별한 이유가 있다. 그의 시를 읽으면 읽을수록 드는 생각은, 그의 시에는, 시인이 말하고자 하는 주제의식이 명백하고도 뚜렷하게 제시되어 있는 편인데, 재미있는 것은 시인의 생각이 표현됨에 있어서 강렬한 회화적 이미지와 겹쳐

---

3) 이에 대한 사항은 안축의 후손 安有商이 쓴 다음 글을 참조할 것. "吾先祖謹齋先生, 出於其時, 以文學進, 位至宰保, 名振華夷, 其友曰李益齋, 曰崔拙翁, 曰李稼亭, 曰白淡庵諸公也. 相與之扶正斥邪, 回旣倒之瀾, 而古道乃復."(『근재집』 발문) 사실 이를 좀 더 정확히 말하면, 이제현, 최해와는 친구로서 교유를 나눴고 이곡, 백문보는 안축의 제자였다. 이에 대한 것은 鄭載圭가 쓴 다음 글을 참조할 것. "(…前略…) 而文成族孫有謹齋先生, 諡文貞公, 諱軸. 有德有文, 輔仁而有益齋李先生齊賢, 傳道而有稼亭李先生穀, 淵源師友, 世莫與京, 而與弟文敬公輔, 并享紹修書院, 實羽翼文成之功者也."(『근재집』 발문)
4) 최해는 1321년 치러진 元의 制科에 합격하여 遼陽路 蓋州判官에 임명되었다. 안축 역시 1324년 元의 會試에 합격하여 최해가 제수 받았던 요양로 개주판관에 제수되었다. 이곡은 1333년 원의 會試와 殿試에 합격하고 그곳에서 벼슬하였다. 이제현은 1314년 충선왕이 원에 만권당을 짓고 부르자 원에 머무르면서 姚燧·閻復·趙孟頫 등 원의 학자들과 교유를 갖고 공부하였다. 백문보의 경우에도 1336년에 충숙왕을 따라 원에 입국하여 원의 문물을 접하고 학자들과 교유한 경험이 있다.

져 나타난다는 것이다. 따라서 안축 시의 회화적 이미지는 일반적인 한시에 많이 나타나는 사경寫景을 위한 도구와는 그 성격을 달리한다. 이런 점에 있어서 안축 시의 회화성은, 고려후기 최고의 이미지즘 시인이라고 여겨지는 도은 이숭인 시와도 많이 다르다.5)

안축 시의 수법을 굳이 말하자면, 이것은 시경의 육의六義 중 하나인 흥興의 기법과 비슷하다고 할 수 있다. 사실 이와 같은 회화성과 흥의 수법6)은 그동안 그의 시의 중요한 특징으로 거론되어 온 사대부 애민의식이라는 안축 시의 주제를 효과적으로 드러내기에 가장 좋은 미적 도구로서의 역할을 담당하고 있다. 이에 필자는 안축 시의 의상과 표현기법을 통해 그의 시의 미적 특질을 살펴보고, 아울러 이러한 미적 요소들이 안축 시의 정신적 지향 또는 주제의식과 어떻게 상관되어 있는지 밝혀 보고자 한다.

2. 임천의상을 통한 처완한 의경의 생성

안축의 시는 비교적 그 주제가 선명하게 드러나 있는 편이다. 안축은

---

5) 이숭인 시에 나타나는 회화성은 사물에서 한걸음 떨어져 마치 그림을 그리듯이 관조적으로 그려내는 태도와 관계되어 있다. 도은시의 淸淨한 意象과 이미지 및 淸新한 품격에 대한 보다 자세한 사항은 하정승, 「도은 이숭인 시의 意象과 미의식의 표출양상」(『동방한문학』 27집, 동방한문학회, 2004)을 참조할 것.
6) 본고에서 말하는 興의 수법이란 기본적으로는 『詩經』의 興을 염두에 둔 것이다. 『시경』의 흥도 연구자에 따라서 다양한 의견이 있지만, "먼저 다른 사물을 말함으로써 읊고자 하는 대상을 이끌어 내는 것"이라는 「集傳」의 설을 따른다면, 일종의 작가의 주관적 연상 작용과도 같은 것이다. 본고에서는 시인이 말하고자 하는 주제와 연관되거나 또는 그에 걸맞은 어떤 상황, 풍경, 사물 등을 먼저 말하고, 그리고 나서 시인의 의도를 이야기하는 수법을 지칭하는 용어로 사용하고자 한다.

49세 때인 1330년 5월에 강릉도 존무사로 부임하여 그 이듬해 9월까지 있었는데, 백성들의 삶의 현장에서 직접 목도한 여러 가지 현실을 시로 지어 『관동와주』라는 시집으로 묶어 내었다. 이 시절에 지은 시들이 그의 문집 『근재집』에 수록된 시들의 대다수를 차지하고 있으니, 그의 시가 백성들이 겪고 있는 삶의 고난과 부조리 등을 잘 나타내었다는 평가를 받는 것도 모두 이 무렵의 경험에 기인한 것이다. 이제현이 쓴 『근재집』 서문을 보자.

> 옛날에 관리를 두어 시를 채집한 것은 그 시의 아름다운 문장 구절을 취할 뿐만이 아니라, 그 시가 선을 칭찬하고 악을 풍자하는 것을 살펴서 그것으로 권장하고 경계하고자 함이었다. 당지학사當之學士가 강릉도 존무사로 있을 때에 그가 지은 시와 문장을 모아 이름 짓기를 「관동와주」라 하였다. 그가 풍월을 읊고 물상을 그려낸 것은 참으로 옛사람에게 양보할 수 없는 것이다. 그가 감동하고 분개하며 지은 것들은 풍속의 바른 것과 그른 것, 살아가는 백성들의 기쁜 일과 슬픈 일에 관계된 것이 열에 아홉이니, 그것을 읽으면 사람을 슬프게 한다. 아아! 누가 능히 이 사람보다 앞서 이런 것을 읊었던가!7)

윗글의 요지를 요약해 보면 다음과 같다. ① 옛날 『시경』에서 비롯된 '채시採詩'의 목적은 시의 아름다움을 취하기 위함과 그 시의 내용이 갖고 있는 권선징악적 요소를 드러내려는 두 가지 의도가 있다. 전자가 아름다움·슬픔 등을 통해 독자들에게 카타르시스를 경험하게 하는 시의 미학적 요소라면, 후자는 사람들을 훈도하고 계도하는 데에 유용하게 쓰이는

---

7) 李齊賢, 「謹齋先生集序」, 『謹齋集』 권1. "古者, 置官採詩, 非取其綺章繪句而已, 欲以觀其美刺而爲之勸誡也. 當之學壬, 存撫江陵道, 集其所爲詩若文, 名之曰關東瓦注. 吟哦風月, 摹寫物像, 固亦無讓於前人矣. 其感憤之作, 關乎風俗之得失, 生民之休戚者, 十篇而九, 讀之使人慘然. 嗚呼, 孰能誦之吾君之前乎!"

시의 효용성을 말한 것이라 할 수 있겠다. ② 안축은 강릉도 존무사로 나가 있으면서 『관동와주』라는 문집을 펴냈는데, 거기에 실린 시들은 위에서 언급한 '채시'의 두 가지 목적을 다 이루고 있다. 즉 『관동와주』에 실린 시들은 대부분이 풍속의 바르고 그른 것, 백성들의 삶의 기쁨과 슬픔 등을 목도하고 그에 감동하여 지은 것이니, 이는 '채시'의 목적 중 후자라 할 것이요, 뿐만 아니라 자연을 바라보며 음풍농월吟風弄月하고 모사물상摹寫物像도 하였으니 이는 '채시'의 목적 중 전자라 할 수 있다. 필자가 보기에 이제현의 이와 같은 언급은 안축 시의 본질을 간파한 탁견이라고 여겨진다. 본고 역시 '채시'의 두 가지 요소가 안축의 시에서 어떻게 구체적으로 구현되고 있는지를 살피고자 하는 것이 중요한 목적이다.

그러나 안축이 『관동와주』를 집필한 의도처럼, 당시에 지방관으로 파견된 모든 사람들이 다 안축과 같은 의식과 태도를 가졌던 것은 아닐 것이다. 안축은 1321년에 최해崔瀣·이연종李衍宗과 더불어 원의 서울에 가서 과거를 보았지만 합격하지 못하였고,[8] 3년 뒤인 1324년에 다시 원에 가서 시험을 치러 급제하였다. 당시 고려의 문인들 중에서 원의 과거에 합격하고 그곳에 머무르며 중국 문단과 학계의 흐름을 접할 수 있었던 사람은 그야말로 극소수였다.[9] 안축은 원에 머무르며 성리학을 더 깊게 공부하였고 사대부로서의 자세와 그 역할에 대해서도 많은 생각을 하였을 것이다. 더욱이 안축이 원에서 과거 합격한 지 22년 뒤인 1346년(충목왕

---

8) 이에 대한 사항은 『高麗史節要』 권24, 「忠肅王」. "冬十月, 遣丹陽府注簿安軸, 長興庫崔瀣, 司憲紏正李衍宗, 應擧于元, 瀣遂中制科."을 참조할 것. 『고려사절요』의 기사에 시험 응시자의 이름이 세 사람 거명되고, 합격자 이름은 최해만 있는 것으로 보아 안축을 비롯한 나머지 두 명은 합격하지 못했음을 알 수 있다.

9) 조선후기의 문인 李裕元이 쓴 『林下筆記』를 보면, 고려조에 원나라 과거에 합격한 인물로는 1318년에 安震, 1321년에 崔瀣, 1324년에 安軸, 1333년에 李穀, 1346년에 安輔, 1347년에 尹安之, 1349년에 李仁復, 1353년에 李穡·金升彦 등 모두 아홉 사람에 불과하다(이상에 대한 사항은 이유원의 『林下筆記』 권11, 「東人爲中州科」를 참조할 것).

1)에는 그의 동생 안보安輔마저 원의 과거에 합격하였으니, 이는 당시에도 매우 드문 일이었고 많은 이들의 선망이 되었던 것이다.10) 따라서 안축이 귀국 후에 가졌을 원나라 과거 합격자로서의 자긍심과 가문에 대한 긍지, 그리고 사대부로서의 정체성을 어렵지 않게 짐작할 수 있다.11) 그의 시에 유교적 세계관을 지닌 사대부로서의 목민의식·애민의식이 자주 등장하는 것도 이와 무관치 않다고 본다.

그런데 안축의 시에는 시인의 생각과 의도가 어떤 구호나 선언처럼 직접적으로 서술되는 경우는 드물다. 대체로 그의 시에는 자연물 또는 자연현상이 그려지고, 이를 통해 시의 주제가 노출되는 경우가 많다. 그리고 이런 경우는 대부분 회화적 이미지에 의해 시상이 그려지기에 시의 회화성이 극대화된다. 이를 다른 방식으로 표현하자면 묘사와 서사가 어우러져 시상을 전개해 나가는 것이라고 할 수도 있다. 이것은 마치『시경』의 흥의 수법과도 비슷한데, 필자는 이를 임천의상林泉意象을 통한 주제 드러내기라고 부르고 싶다. 다음 시를 보자.

---

10) 이색이 쓴 안축의 동생 안보의 묘지명에 다음과 같은 글이 보인다. "이 중에서도 특히 근재의 형제가 모두 중국의 제과에 급제하여 중국의 조관에 임명됨으로써 한 시대에 빛을 드러냈으니, 문성공의 다른 자손들이 미치지 못하는 바라고 하겠다. 중국의 조정에서 과거를 실시한 이래로 우리 동방에서 부자나 형제가 잇따라 급제한 경우는 순흥 안씨와 우리 한산 이씨뿐이다."(『文敬公逸稿』, 「安輔墓誌銘」) 이 글에서 이색은 고려에서는 유일하게 부자지간으로서는 이곡과 이색이, 형제지간으로서는 안축과 안보가 원나라 과거에 합격했음을 밝히면서 가문의 자부심을 은근하게 드러내고 있다.

11) 『근재집』권수에 실린 「謹齋先生世系圖」에 의하면, 안축의 부친은 碩이고 조부는 希諝인데, 희서는 바로 고려에 주자학의 씨를 처음 뿌린 文成公 安珦의 동생이니, 안향은 안축의 종조부 뻘인 셈이다. 게다가 이들 집안의 자손들은 당시에 대부분 과거에 급제하여 현달했으니 가문의 자긍심은 대단하였다. 급기야 고려말 최고의 문호인 李穡조차 순흥 안씨 가문의 학문적 업적과 정치적 영달을 다음과 같이 기릴 정도였다. "순흥안씨는 대대로 죽계의 상류에서 살아왔다. 죽계의 근원은 소백산에서 출발하였는데, 산이 크고 물은 멀리 흐르니 안씨의 흥성이 무궁하지 않겠는가"(『牧隱集』 권8, 「送楊廣道按廉使安侍御詩序」 참조).

황혼에 옛 객관에 투숙했는데 　　　　　　黃昏投古館
몇몇 집 사립문 닫혀져 있네 　　　　　　數戶閉柴扉
언덕 저 편에선 간간히 사람 말소리 　　　隔岸人猶語
숲으로 깃드는 새는 이미 드무네 　　　　棲林鳥已稀
그윽한 창은 매우 울적하고 　　　　　　幽窓多鬱氣
따뜻한 온돌에 추위는 꺾였네 　　　　　暖堗挫寒威
흉년이 들어 물자가 곤궁하니 　　　　　年儉困供億
어떻게 처자식 살찌게 할 수 있으리요 　　寧教妻子肥12)

인용 시는 안축이 강원도 평강현平康縣 북쪽에 있었던 임단역林丹驛에 머물며 쓴 것이다. 첫 수련은 정적이고 폐쇄된 의상으로 그려져 있다. 저물 무렵 황혼을 받아 빛나는 오래된 여관, 주위의 민가들은 굳게 닫혀져 있다. 사람들도 보이지 않는다. 그러다 문득 "언덕 저 편에서" 간간히 사람 소리가 들려온다. 여기에서 눈여겨보아야 할 것은 언덕 이 편이 아닌, "언덕 저 편[隔岸]"이라는 사실이다. 언덕은 시인과 사람들 사이에 가로막힌 단절의 벽이다. 그것은 소통이 되지 않는 '불통不通의 현실'을 상징함과 동시에, 시의 기교 측면에서는 모습은 보이지 않고 소리만 들린다는 점에서 청각적 효과를 극대화시킨다. 그래서 시인은 제5구에서 매우 울적하다고 말한다. 마지막 미련은 이 시의 주제이다. 시인은 흉년으로 인해 매우 배고프고 곤궁에 빠진 임단역 사람들의 풍경을 그리고 싶었던 것이다. 의상을 적절히 활용한 묘사를 통해 시의 주제를 부각시키는 솜씨가 탁월하다.

말은 앞에 가는 길이 매우 익숙하니 　　　馬首前途熟
돌아올 때 이미 두 번이나 지났다네 　　　歸來已再經

---

12) 「十日宿林丹驛」, 『謹齋集』 권1.

날씨는 쌀쌀하고 쌓인 눈은 흰데

밤은 길어 외로운 등불만 푸르네

어두운 방에선 굶주린 쥐 소리 들리고

성긴 발 사이로 작은 별이 보이네

은계라는 이름은 이런 풍경과 잘 맞지만

어찌하면 우정을 소속할 수 있을까

天寒積雪白

夜永一燈靑

暗室聞飢鼠

疏簾見小星

溪名如有實

豈得屬郵亭13)

시는 전반적으로 서정적 사경寫景으로 그려져 있다. 하지만 시인이 목도하고 있는 현실은 그야말로 참담한 상황이다. 그것은 5~6구를 통해서 알 수 있는데, 사람은 물론 쥐들조차도 아무 것도 먹지 못하고 있다. 제3·4구의 "쌀쌀한 날씨", "긴 밤", "외로운 푸른 등"의 시어는 5·6구의 비참함을 말하기 위한 일종의 '흥의 수법'이라고 할 수도 있다. 시의 분위기는 가라앉아 있고 쓸쓸하고 을씨년스럽기까지 한데, 이러한 처완悽惋한 의경을 "天寒"·"積雪"·"永夜" 등의 임천의상을 통해 조성하고 있는 것이다. 서사한시에서 일반적으로 나타나는 직접적인 고발을 피하고, 위와 같이 현실의 비참함을 묘사와 사경의 방법으로 처리하고 있음에도 그 울림과 효과는 매우 크다는 것이 안축시의 장점이자 미덕이라고 할 수 있겠다. 앞에서도 전술했지만 안축은 사대부로서 가져야 하는 목민의식·애민의식이 투철한 사람이었다. 그의 시에 백성의 곤궁과 고난을 근심하는 것이 많은 것도 이 때문이다.

글 읽어 도를 구해도 끝내 이룸 없었으니

밝은 시대 이 행색이 내 스스로 부끄럽네

다만 어리석음 다하여 실학을 베풀려 하니

감히 모난 행동으로 허명을 훔치겠는가

讀書求道竟無成

自愧明時有此行

但盡迂疏施實學

敢將崖異盜虛名

---

13) 「宿銀溪驛」, 『謹齋集』 권1.

도탄에 빠진 민생들 구하기 어려움 알겠고	民生塗炭知難救
나랏병은 고질이 되어 생각만 해도 놀라워라	國病膏肓念可驚
근심하는 베갯머리에 잠 못 들고 있으려니	耿耿枕前眠未穩
누워 듣는 산 비 소리만 깊은 밤에 쏟아지네	臥聞山雨注深更[14]

안축은 자나깨나 백성들에 대한 근심과 걱정뿐이었다. 제1구에 언급된 것처럼 사대부로서 공부를 했고, 목민관의 직책을 맡고 있으니 도탄에 빠진 백성을 구하는 것이 자신의 사명임을 그 누구보다도 깊이 자각하고 있었다. 그는 본인을 세상일에 어둡고 우활하여 부끄럽다고 말할 정도로 겸손한 사람이기도 하였다. 그러나 막상 강릉도 존무사로 파견되어 직접 경험한 현실은 본인이 생각한 것 이상으로 참담하였다. 백성들은 도탄에 빠진 지 오래였고, 더욱 놀라운 것은, 이러한 나라의 현실이 이미 고질이 되어버려 아무도 바꾸거나 개선하려는 사람도 없다는 것이었다. 그래서 그는 오늘도 깊은 밤까지 전전반측 잠을 못 이룬다. 마침 창밖에는 비가 내리고 시인은 그저 하염없이 빗소리만 듣고 있을 뿐이다.

시의 주제는 제1구에서 6구 사이에서 시인의 직접적인 진술로 다 드러나 있다. 필자가 주목하고자 하는 것은 마지막 7~8구이다. 안축은 앞에서 이미 할 말을 다 해놓고, 난데없이 마지막 미련에서 '산비[山雨]'라는 임천의상을 등장시켜 시인이 겪고 있는 고뇌를 극대화시킨다. 바로 이러한 점이 안축 시의 중요한 표현 양식이라 할 수 있겠다.

달도 진 차가운 하늘에 서리는 맑은데	月落寒空霜露清
구름 속에서 외로운 기러기 소리 들려오네	雲間孤雁兩三聲
가을바람 부는 바닷가 벼슬에 지친 나그네	秋風湖海倦遊客
한밤중 고향 생각 마음이 편치 않네	半夜思鄉心不平[15]

---

14) 「天曆三年五月受江陵道存撫使之命是月三十日發松京宿白嶺驛夜半雨作有懷」, 『謹齋集』 권1.

안축의 시에는 집을 떠나 오랜 세월 지방관으로 살아가야 했던 고통과 어려움이 곳곳에 드러나 있다. 이 시에 등장하고 있는 소재는 달·하늘·서리·구름·기러기·가을바람 등이다. 그런데 이 소재들이 갖고 있는 의상은 한결같이 차갑고 외롭고 쓸쓸하다. 그리고 이러한 차갑고 외롭고 쓸쓸한 의상들은 그 다음 구에 등장하는 "가을바람 부는 바닷가"에 서 있는 "벼슬에 지친 나그네"를 연상시켜 주는 일종의 흥의 역할을 수행하고 있다.

마지막 결구에는 시인이 자신을 "벼슬에 지친 나그네"라고 지칭했던 이유가 드러나 있다. 시인은 지금 고향에 대한 그리움[思鄕]으로 밤이 늦도록 잠을 못 이루고 있다. 그래서 그는 "마음이 편치 않은[不平]" 것이다. 이처럼 존무사로 지방을 떠돌며 썼던 『관동와주』의 시에는 벼슬길의 어려움과 가족에 대한 그리움이 자주 등장한다.[16] 시인은 오랜 객지 생활로 몸과 마음이 지쳐 있었고 무엇보다도 너무나 외로웠다. 지쳐버린 시인은 때로 자신이 걸어온 인생길을 회의하기도 하고, 관료로서 자신의 무능에 부끄러워하기도 한다. 바로 그때 시인은 자신이 너무나 늙어버렸음을 불현듯 깨닫고, 깊은 비통함에 사로잡힌다.

건장하던 젊은 세월도 꿈속같이 지나가고	壯健光陰夢裏經
한평생 살아온 신세가 놀랍기도 하구나	百年身世亦堪驚
바쁜 일 많고 한가함은 적어 청산과는 멀어지고	忙多閒小靑山遠

---

15) 「夜坐聞鴻」, 『謹齋集』 권1.

16) 고려말의 정치가이자 시인이었던 포은 정몽주의 한시에서도 宦路의 어려움과 가족·고향에 대한 그리움, 그리고 歸去來에 대한 소망 등이 시의 중요한 주제로 자주 등장하고 있다. 정몽주 역시 안축처럼 평생을 외교와 정치로 떠돌았기 때문이다. 따라서 안축의 시를 포은시와 비교해 보며 읽는 것도 재미있으리라 여겨진다. 이상의 포은시에 대한 특징은 하정승, 「포은시에 나타난 경국의지와 귀향의식」(『한문학보』 10집, 우리한문학회, 2004)을 참조할 것.

잘못된 계책과 거친 도모에 백발만 생겼네	謬算狂謀白髮生
머리를 감아도 속된 관모冠帽에 점점 부끄러워지고	沐罷塵冠漸羞澀
새벽이 되어 거울 대하니 흰머리 분명도 하구나	曉來菱鑑太分明
귀천은 피하기 어려운 일인 것을 스스로 알지만	自知貴賤難逃事
어째서 슬픈 감정을 금하지 못하는가	有底未禁悲感情[17]

위 인용 시는 안축이 존무사로 여행을 하는 도중, 화주和州[18]의 어느 객관에서 흰 머리가 난 자신의 모습을 처음으로 보고 난 느낌을 적은 것이다. 돌아보니 건장했던 젊은 시절이 그 언제였는지 아득하기만 하다. 어느덧 세월은 느낄 새도 없이 유수처럼 흘러가 버렸다. 평생을 관료로 살아왔던 지난 세월은 "바쁜 일 많고 한가함은 적었던" 시간들이었다. 그러나 사실 어디 옛날에만 바쁘게 살아 왔었던가. 이 시를 쓰고 있는 지금도 그는 그 누구보다 바쁘게 살고 있지 않은가. 시인은 유유자적하게 자연 속에서 노닐고 싶었지만, 관료로서의 삶은 그를 청산과 멀어지게 만들었다. 그러나 시인을 더욱 괴롭게 만드는 것은 한평생 살아왔던 관료로서의 삶에 대한 회의이다. 그는 자신의 지난 세월들을 "잘못된 계책과 거친 도모"였다라고까지 하면서 극단적으로 회의한다. 그리고 부질없는 계책과 도모로 공연히 흰 머리만 생기게 되었다고 자조한다.

사실 안축의 이러한 회의와 자조는 사대부 관료로서 정치를 제대로 하지 못했다는 자각에 기인한다. 중앙정계에서 벼슬을 하다가 지방관으로 내려와서 백성들의 생생한 삶의 현장을 목도하고 난 뒤, 그동안 자신이 했던 정치와 행정을 반성하고 있는 것이라 할 수 있다. 생각이 여기까지 미치자 그는 스스로의 무능이 부끄러워진다. 그리고 그러한 부끄러움과 회의는 시간이 가면 갈수록 잦아드는 것이 아니라 오히려 커져만 간다.

---

17) 「在和州始見二毛有感」, 『謹齋集』 권1.
18) 함경남도 永興의 옛 이름.

제5·6구의 "머리를 감아도 속된 관모에 점점 부끄러워지고/ 새벽이 되어 거울 대하니 흰머리 분명도 하구나"에 나타나 있는 것처럼, 시인은 어쩌면 밤새도록 잠을 못 이루고 자신을 돌아보며 자신을 부정하고 있었는지도 모르겠다. 무능한 사대부로 살아가고 있다는 이 같은 인식은 시인을 극도로 비통하게 만들어 주고 있다. 다음 시에는 제야에 타향에서 외롭게 새해를 맞이하는 시인의 심정이 잘 그려져 있다.

등잔불 잦아들어 낡은 여관은 점점 어두워지고	燈殘古館轉幽幽
나그네 길 견디기 어려운 세모의 수심	客路難堪歲暮愁
잠을 깨면 내일 아침 내 나이 오십인데	夢罷明朝年五十
밤 깊도록 누워서 산가지를 세네	夜深高臥數更籌19)

제3구의 "내일 아침 내 나이 오십인데"라는 구절을 통해, 이 시는 1330년 시인이 강릉도 존무사로 외직에 나가 있던 해의 마지막 제야에 지어진 것임을 알 수 있다. 새해를 앞둔 마지막 날에는 우리는 보통 너나할 것 없이 지난 일 년을 돌아보고 반성하며 새로운 각오를 다지기 마련이다. 시인 역시 어느 낡은 시골 여관에서 지난 일 년을 돌아보았을 것이다. 안축에게 있어서 1330년은 존무사로 파견되어 정신없이 바쁘게 지낸 시간들이었다. 시인은 자신의 지난 일 년을 "나그네 길[客路]"이라고 말하면서 수심을 견딜 수 없다고 토로한다. 그래서 시인은 밤 깊도록 잠을 이루지 못하고, 시간을 계산하는 산가지를 세면서 뜬 눈으로 지새고 있는 것이다.

아마도 시인은 지난 일 년간 겪었던 수많은 사건과 어려움을 파노라마처럼 그려보고 있었는지도 모르겠다. 하지만 정작 더욱 괴로운 것은, 내

---

19) 「除夜」, 『謹齋集』 권1.

일 아침 새해가 된다고 해서 존무사로서 쉽게 사명을 감당할 수 있는 상황으로 변화될 것이라는 희망이 보이지 않는다는 것이다. 앞날에 대한 이같은 불안감과 걱정으로 시인은 지금 수심에 빠져 있다. 이 시에서 또 한가지 눈여겨봐야 할 점은 제1구의 "잦아드는 등잔불[燈殘]", "낡은 여관[古館]", "어두움[幽幽]" 등의 의상이다. 이러한 어둠 속성의 의상들은 제2구에 나타난 시인의 수심이나 처완한 심경과 연결되고, 또 이러한 감정을 더욱 도드라지게 만들어 주는 역할을 수행하고 있다.

3. 종용자득한 의경과 감각적인 이미지[20]의 구사

안축의 시에는 산수시 또는 전원시에 속하는 작품들도 여러 수 보인다. 이 시들은 대개가 자연이나 전원에 위치한 시적화자가 자기를 둘러싼 각종 자연물을 관조하거나 또는 그 속에 함께 동화되어 살아가며 느끼는 감흥을 읊어낸 것들이다. 여기에서 각종 자연물이라 함은 산, 강, 하늘, 바람, 달, 별 등은 물론 나무, 꽃 등의 식물과 새나 벌레를 포함한 각종

---

20) 여기에서 말하는 '이미지'는 "林泉意象"에서의 '意象'과 조금은 다른 개념으로 쓴 용어이다. 이미지는 실재하는 대상을 닮은꼴로 재생해낸다는 의미와 비가시적 현상 혹은 비현실과 연관된 거짓이란 의미를 그 어원으로 한다. 이러한 이미지의 어원은 '象'의 의미와 흡사한데, '意象' 역시 '象'이라는 개념과 밀접하게 관련되어 있다는 점에서는 양자가 상당 부분 그 어원적 의미가 겹친다고 할 수 있다. 하지만 의상은 주·객관을 나타내는 '意'와 '象'의 결합이라는 점에서 이미지와는 구별된다. 다시 말해 意象이 '意'와 '象'이라면, 이미지는 意象에 비해 주관적 요소가 배제된 '物'의 '象', 즉 '物象'이라고 하는 것이 타당할듯하다. 더구나 意象은 '意境'이라는 보다 포괄적인 심미경계와 관련되어 있다는 점에서 볼 때, 이미지와는 다른 것이다. 이상의 이미지와 意象의 개념 비교는 임준철, 「한시 의상론과 조선중기 한시 의상 연구」, 고려대학교 박사학위논문, 2003, 251~252면을 참조할 것.

동물을 모두 지칭하며, 자연의 일부로 이들과 더불어 살아가는 인간까지
도 포함한다. 시인은 전원 속에서 때로는 조용히 자득하거나 관조하고,
또 때로는 사람들과 더불어 부대끼기도 한다. 다음 시를 보자.

넓은 밭두둑에서 벼와 기장이 바람에 일렁이는데	千畦禾黍舞風前
농가의 큰 풍년을 기쁘게 바라보네	喜見農家大有年
그늘진 마루에서 오래 쉬니 발까지 시원한데	久倚陰軒淸爽足
물새들 작은 시내 연기 속으로 날아가네	水禽飛過小溪煙21)

　이 시는 그야말로 한 폭의 그림이다. 저 멀리 논밭에는 벼와 기장이
바람에 일렁이고 있고, 시인은 한발치 물러서서 흐뭇하게 농가의 풍년을
바라본다. 또 그늘진 마루 위에 앉아서 푹 쉬고 있던 시인은, 저 멀리 안
개 긴 시내 속으로 날아 들어가는 물새들을 바라본다. 전체적으로 시에서
느껴지는 분위기는 평화롭고 고요하며 여유가 있다. 모든 것이 멈춰져 있
는 것 같은 시골의 한적한 풍광이다. 그러나 좀 더 자세히 들여다보면,
전체적으로는 정지되어 있는 것 같은 화면이지만, 그 속에도 미세한 움직
임이 있다. 가령 벼와 기장이 일렁인다든가 바람이 분다든가 새가 날아가
는 것 등이 그러하다. 소위 말하는 '정중동靜中動'의 이미지인 것이다. 다
음 시는 소를 타고 피리 부는 목동을 읊은 것이다.

하늘 우러러 피리 불며 즐겁게 눈살 펴는데	仰空吹笛快軒眉
소 등에 탄 몸은 정강이 가릴 옷도 없구나	牛背身無掩脛衣
산 앞에 있는 집은 언덕으로 막혀 있고	家在山前陂隴隔
비 내려 걸음 재촉하니 저녁 까마귀도 돌아오네	雨天行趁暮鴉歸22)

---

21) 「次興富驛亭詩韻」, 『謹齋集』 권1.
22) 「牛背牧童」, 『謹齋集』 권1.

이 시 역시 읽어보면 조용하고 한가로운 시골의 목가적 분위기를 느끼게 된다. 자고로 소를 탄 목동의 피리 부는 모습은 동양화의 흔한 장면이다. 시의 제1구에서는 목동의 득의得意를 그리고 있다. "軒眉"란 눈썹을 치켜 올리는 것으로 득의하여 뽐내는 것을 묘사하는 말이다. 여기 그려진 목동은 사실 부귀나 권력이 있는 것은 결코 아니다. 오히려 그는 제2구에 나온 것처럼 변변한 옷가지 하나 없는 가난한 살림이다. 그럼에도 목동은 소를 타고 피리를 불 수 있는 자신의 처지를 만족해하고 또 즐거워한다. 지금 목동에겐 하늘을 바라볼 수 있는 여유가 있다. 안축은 이러한 목동의 모습을 보며 많은 것을 깨달았던 것 같다. 자신은 목동에게는 없는 권력도 있고 부귀도 있지만, 그렇다고 그러한 것들이 행복을 가져다주는 절대적 가치는 아닌 것이다. 목동은 자기에게는 없는 자유와 만족이 있었다. 그래서 시인은 목동을 부러워한다. 자유와 만족은 결코 돈으로 바꿀 수 없는 고귀한 가치이기 때문이다.

이와 같이 종용자득한 의경은 주로 산수·전원시에서 많이 나타나는데, 이를 품격용어로 설명하면 한적閑適이라고 할 수 있다. 시품으로서 한적이 갖는 가장 큰 속성은, 조용하고 여유로운 분위기에서 전개되는 시상이라는 점이다. 즉 깊고 심각한 어떤 사색이 아닌, 사물을 접하면서 자연스럽게 나오는 우흥寓興이라는 데에 있다. 비유하자면 어떤 정해진 코스를 완주해야 하는 경기가 아니라, 일종의 자유로운 산책과도 같은 것으로 이러한 의경으로부터 나오는 품격이 한적이다. 이율곡은 시선집『정언묘선精言妙選』에서 이를 '한미청적閑美淸適'이라 하고 다음과 같이 설명하고 있다.

여기에서 뽑은 것은 한미청적한 것을 위주로 하였다. 조용히 자득하는 가운데 우흥寓興에서 나온 것들이기 때문에 사색으로 다다를 수 있는 것이 아니다. 이 선집을 읽으면 심기가 화평하게 되어 마치 작은 수레를

타고 꽃과 풀이 우거진 오솔길을 마음대로 다니는 듯 할 것이니, 권세와
이익의 화려한 것들을 저멀리 있는 것처럼 여기게 될 것이다.[23]

여기에서 가장 핵심적인 말은 '從容自得, 出於寓興, 非思索可到'이다.
즉 조용하고 여유롭게 누구의 방해도 받지 않고 처한 상황에서는 나오는
시상으로, 마치 고요하고 아늑한 오솔길을 한가롭게 산책하는 가운데 느
껴지는 마음의 평화와 세속의 명리에 대한 무관심 같은 것이라 할 수 있
다. 한미청적에서 '한閒'은 조용하고 한가로운 이미지를, '청淸'은 세속의
명리에 무관심한 측면을 나타내는 말이다.[24]

작은 배를 띄우고 강을 건너니	小艇泛橫江
비 온 뒤라 물결은 깨끗하고 맑구나	雨餘波淨淥
상앗대 저어서 동으로 거슬러 가니	投篙泝東流
그늘진 낭떠러지 그윽하고도 굽어 있네	陰崖邃且曲
기령이풀 닻줄 푸른 등나무에 매어놓고	萷纜繫蒼藤
바위에 앉아서 나의 발을 씻으니	坐石濯我足
바위 틈새로 차가운 물 솟아나	石罅寒泉生
차디찬 얼음 같은 구슬을 쏟네	泠泠瀉氷玉
어떤 나그네 고요하게 거문고 타는데	有客靜彈琴
솔바람은 산골에 가득히 불어오네	松風滿山谷
저물어 노를 저어 중류로 와서	晚來棹中流
웃으며 노래하고 왔다갔다 하네	歌笑往而復
이러한 즐거움 속세에는 없으니	此樂人間無
잠이 오면 갈매기와 벗하여 잔다네	眠來伴鷗宿
배를 타고 남쪽 여울로 내려가니	乘舟下南灘

---

23) 李珥,「亨字集序」,『精言妙選』권2. "此集所選, 主於閒美淸適. 從容自得, 出於寓興, 非思索可
  到. 讀此集, 則心平氣和, 如乘小車, 隨意行于花蹊草徑, 而勢利芬華視之邈矣."
24) 하정승,『고려조 한시의 품격 연구』, 다운샘, 2002, 214면 참조.

맑은 이슬이 성긴 대나무를 적시네   清露泣疏竹[25]

시제의 진주眞珠는 지금의 강원도 삼척을 지칭하고 남강南江은 오십천五
十川을 지칭한다.[26] 시인은 어느 여름날 비가 그친 강을 작은 배를 타고
건너고 있다. 제5·6구에서는 닻줄을 잠시 나무에 매어 놓고 배에서 내
려 바위 위에 올라 쉬는 장면을 그리고 있다. 바위 틈새로는 차디찬 얼음
같은 물이 솟아나고 솔바람이 저 골짜기로부터 시원스럽게 불어온다. 이
때 솔바람을 타고 멋들어진 거문고 소리가 함께 들린다. 자연 속에 동화
되어 만끽하다보니 어느새 시간은 벌써 저물녘이 되어 버렸다. 시인은 다
시 노를 저어 중류로 내려오는데 너무나 흥에 겨워 절로 콧노래가 나온
다. 그러다가 졸리면 갈매기를 벗삼아 잠이 들기도 한다. 이곳에는 세속
의 걱정도 없고 욕심도 없다. 그저 자연 속에서 자연과 하나 되어 즐기면
그뿐이다. 그래서 시인은 제13구에서 "이러한 즐거움 속세에는 없으니"
라고 단언한다. 가히 '자연친화'·'물아일체'의 절정이라 할 수 있겠다.

안축의 산수·전원시가 김극기·이규보 등 선배 시인들의 시와 구별되
는 가장 큰 특징은 절묘한 감각, 극대화된 이미지 등을 매우 능숙하게 구
사했다는 데에 있다.[27] 필자는 안축을 도은 이숭인과 더불어 고려시대

---

25) 「六月十三日眞珠南江泛舟」, 『謹齋集』 권1.
26) 『新增東國輿地勝覽』 권44, 「三陟都護府」 참조.
27) 서구의 시론에서 이미지는 '想像力'과 아주 밀접한 관련을 가지고 있다. 19세기에 시각
　　예술과 장식예술 및 예술평단 분야에서 특히 많은 영향을 끼쳤던 이미지의 예술가 영
　　국의 존 러스킨(John Ruskin, 1819~1900)은 이미지와 관련하여 상상력을 直觀的 상상
　　력, 聯合的 상상력, 靜觀的 상상력으로 나누고 있기도 하다. 여기에서 직관적 상상력이
　　란 '사물의 외면적 형상이 아닌, 사물의 정신적·내면적인 것을 결합시킨 것'을 뜻하며,
　　연합적 상상력이란 '이미지를 결합하여 새로운 이미지를 만들어 내는 것'을 뜻하며, 정
　　관적 상상력이란 '대상의 본질을 마음의 눈으로 靜觀함으로써 생기게 되는 사상과 정서
　　로써 체험 전체를 통일시키는 것'을 뜻한다. 그렇다면 상상의 결과가 언어로 나타난 것
　　을 이미지라 할 수 있는데, 이미지는 크게 감각적 이미지와 비감각적 이미지로 나눌 수
　　있다. 감각적 이미지란 외부의 사물에 대한 체험을 모든 감각기관을 통해 지각할 수 있

최고의 이미지스트 또는 스타일리스트라 부르고 싶다. 가령,

해당화 피어 있는 백사장 둑길에   海棠花發白沙堤
붉은 꽃 어지러이 말발굽에 묻혀 있네   紅艶紛紛沒馬蹄
때때로 다시 가는 육칠 리 길에서   時復行間六七里
문득 나뭇가지 위의 자고새 울음 듣네   忽聞枝上鷓鴣啼[28]

라는 시를 읽어보자. 이 시는 어느 여름날, 해당화가 지천으로 피어 있는 동해안 해변가에서 말을 타고 가다 지은 것이다. 이리저리 날리는 붉은 꽃잎을 맞으며 말은 지나간다. 꽃잎은 땅에 떨어지고 말발굽에 묻히고 만다. 가다가 지치면 쉬었다 다시 가는 6 · 7리의 여정. 바로 그때, 홀연히 정적을 깨치듯이 자고새의 울음이 들려온다. 가히 감각미의 극치라 할만하다. 모르긴 해도 어느 현대시와 견주어도 결코 뒤지지 않는 솜씨일 것이다. 다음 시는 마치 강렬한 색채를 가진 서양화의 한 폭과도 같이 느껴진다.

붉은 구름 붉은 해 불타는 하늘   彤雲赤日火鎖空
언덕 위 둥근 초가집 시야로 들어오네   傍岸團茅在眼中
귀중하게 숲을 이룬 오래된 나무들   珍重成林百年樹
앉자마자 나에게 한 아름의 바람 불어주네   坐來分我一襟風[29]

는 사물의 상을 말하는 것이며, 보통 '이미저리'라고 이야기한다. 시각적 · 청각적 · 후각적 · 촉각적 · 미각적 이미지가 이에 속한다. 비감각적 이미지란 정신적 · 심리적 · 상징적 · 비유적 이미지를 의미한다. 본고에서 이야기하는 안축 시의 절묘한 감각 · 극대화된 이미지란 기본적으로는 감각적 이미지와 비감각적 이미지 모두를 포함하는 것이지만, 특히 감각적 이미지와 더 많이 관련되어 있음을 밝히고자 한다. 이상에서 이미지와 상상력에 대한 사항은 강우식, 『시를 어떻게 쓸 것인가』(문학아카데미, 2003)를 참조할 것.

28) 「海棠」, 『謹齋集』 권1.
29) 「題灌木驛亭」, 『謹齋集』 권1.

이 시의 압권은 제1구이다. 시의 도입부부터 매우 강렬한 색채 이미지가 구사되어 있다. "붉은 구름 붉은 해 불타는 하늘" 약간의 과장을 하여 말하자면, 마치 고흐나 고갱 같은 인상파 화가의 그림을 보고 있는듯하다. 이 시를 그림의 방식으로 평하자면, 매우 강렬한 붓의 터치가 느껴진다라고 할 수 있을 것 같다. 제2구에서는 시인의 시선이 하늘에서 언덕으로 옮겨지고 있다. 이를테면 종에서 횡으로 시선이 이동한 것이다. 하늘을 바라보던 시인의 시야에 저멀리 언덕 위, 작은 초가집이 들어온다. 그리고 시선은 계속해서 마치 카메라의 렌즈가 옆으로 이동하듯이 그 옆의 숲과 나무로 옮겨간다. 필자의 견문이 짧아서인지 몰라도, 우리 한시에 이처럼 강렬한 색채미와 탁월한 시각적 효과를 거두고 있는 작품은 많지 않은 것 같다.

①

산 옆으로 저녁연기 외로운 마을을 감싸고	傍山煙火占孤村
대나무 밑 붉은 복사꽃 누워서 문을 지키네	竹下紅桃臥守門
힘써 농사짓는 농부들 모두 시간이 아까워	力穡田夫皆惜日
별을 이고 일하다가 황혼에 돌아오네	戴星服役返乘昏[30]

②

골짜기에 솟은 누대는 깊은 물과 가깝고	聳壑郡樓臨水府
담 너머 절집은 바위 숲에 의지해 있네	隔墻禪舍倚巖叢
스님이 아끼는 진짜 취미 아는 사람 없는데	愛僧眞趣無人會
차 달이는 연기는 십 리 댓바람에 날리네	十里茶煙颭竹風[31]

인용한 두 편의 시 모두 위에서 전술한 시들과 마찬가지로 회화성이

---

30) 「依山村舍」, 『謹齋集』 권1.
31) 「隔墻呼僧」, 『謹齋集』 권1.

두드러진다. 그러나 꼼꼼히 읽어보면 앞에서 서술했던 「海棠」이나 「題灌木驛亭」 시와는 무엇인가 다른 느낌을 받게 된다. 인용 시 ①에서 시인의 시선은 고즈넉한 작은 산촌 마을을 감싸고 있는 저녁연기에 가 있다. 제2구에서는 시선이 원경에서 근경으로 옮겨져 마을의 어느 집 사립문 앞에 떨어진 복사꽃을 바라본다. 재미있는 점은 떨어진 꽃잎을 표현하면서, "복사꽃 누워서 문을 지키네"라고 한 것이다. 사소한 것 같지만 이를 통해서도 안축의 언어를 다루는 솜씨를 엿볼 수 있다. 마지막 3·4구에서는 이 마을에서 일하는 사람에게로 관심을 옮기고 있다. 농부들은 새벽에 나가서 하루종일 일하고 저녁이 되어서야 돌아올 만큼 부지런하며, 또 한편으로는 고된 삶을 살아간다. 이 시에서 만약 3·4구가 없었다면, 이 시는 농촌의 어느 풍경을 순간적으로 포착하여 찍은 작은 스냅사진 정도밖에는 안 되었을 것이다. 그러나 3·4구에서 이 마을의 진정한 주인공인 사람들의 노동과 이들이 흘린 땀냄새를 보여 줌으로써 이 시는 그 가치를 더욱 발하게 되었다.

인용 시 ② 역시 조용한 마을의 작은 절집을 그린 것인데, 필자가 주목하고자 하는 것은 마지막 결구이다. 절집에서 스님이 차를 달이기 위해 끓이는 연기가 바람 따라 저 멀리 십 리까지 날아가고 있다.[32] 이 같은 이미지는 앞에서 살펴본 「海棠」이나 「題灌木驛亭」과는 많이 다르다. 즉

---

32) 이 시와 거의 유사한 이미지로 도은 이숭인의 유명한 칠언절구 「題僧舍」가 있다. 안축의 시와 비교해 읽으면 매우 흥미롭다. 참고로 이숭인의 시를 살펴보자. "산의 북쪽과 남쪽으로 오솔길은 나뉘었고/ 송화가루 비 머금고 어지럽게 떨어진다/ 道人은 물 길어 띠집으로 돌아가고/ 한 줄기 푸른 연기는 흰 구름을 물들인다(山北山南細路分/ 松花含雨 落繽紛/ 道人汲井歸茅舍/ 一帶靑烟染白雲)" 특히 이숭인 시의 마지막 구 "한 줄기 푸른 연기는 흰 구름을 물들인다"는 道人이 차를 달이기 위해 끓이는 연기를 말한다. 따라서 이 구절은 위 안축의 시 結句의 "차 달이는 연기는 십 리 댓바람에 날리네"와 거의 유사한 이미지를 형성하고 있다. 두 시 모두 회화적 이미지에 의한 묘사로 섬세하게 그려져 있다.

앞의 「海棠」이나 「題灌木驛亭」 시가 강렬한 색채 감각을 사용하고 있다면, 여기 인용한 ①과 ②의 시들은 은근하고 담백한 색채 감각을 구사하고 있는 것이다. 이를 비유하자면, 「海棠」이나 「題灌木驛亭」 시가 서양화라면 인용 시는 동양화 중에서도 수묵화라고 할 수 있겠다. 이와 같이 안축은 때로는 강렬하게, 때로는 담백하게 감각적인 이미지를 구사한다. 그는 마치 언어의 연금술사처럼, 그때그때의 시적 상황에 맞는 감각적인 이미지와 절묘한 표현을 통해 시의詩意를 효과적으로 전달함으로써, 독자에게 깊은 울림을 주고 있는 것이다. 바로 이 점이 종용자득從容自得한 의경을 바탕으로 이루어진 안축의 전원시가 가지는 미적 특질이자 성과인 것이다.

4. 결어

안축은 고려후기를 대표하는 사대부 문인으로, 원나라 과거에 급제하고 고려 조정에서도 정당문학政堂文學과 찬성사贊成事에까지 오른 저명한 정치가였다. 우리 국문학사에서는 경기체가 「관동별곡」과 「죽계별곡」의 저자로 일찍부터 잘 알려져 왔지만, 정작 그의 문학의 본령인 한시의 경우에는, 「관동별곡」이나 「죽계별곡」에 비해 상대적으로 주목받지 못했던 것이 사실이다.

이렇게 된 것은 무엇보다 텍스트 자체가 풍부하지 못하다는 자료의 한계성 때문이다. 즉 현재 전하는 문집 자체가 『관동와주』라는 특정 시기의 기행시집 중심으로 구성되어 있고, 안축 평생에 쓴 대부분의 시들은 홍건적의 난으로 인하여 이미 고려시대부터 소실되어 전하지 않고 있다. 하지만『관동와주』에 전하는 자료도 적지 않기 때문에, 부족한대로 이를 꼼꼼히 살펴보는 것으로 연구를 진행시켜 나가는 수밖에 없다.

지금까지 보고된 안축 시에 대한 논문들은 사대부 목민관으로서 안축이 가졌던 애민의식에 집중하여 그의 시를 해석한 것이 대부분이다. 사실 이러한 관점은『관동와주』 자체가 안축이 강릉도 존무사로 나가 있으면서 목도한 현실을 읊은 것이기 때문에, 일차적으로 타당한 견해라고 할 수 있다. 안축은 원의 과거에 합격하고 그곳에 머무르면서 중국 문단과 학계의 흐름을 공부하였다. 또한 그는 이 땅에 주자학을 도입한 문성공 안향의 족손族孫으로 가문에 대한 긍지와 자부심이 대단하였다. 그의 시에 유교적 세계관을 지닌 사대부로서의 목민의식·애민의식이 자주 등장하는 것도 이와 무관치 않다고 본다. 그러나 그의 시에 명백하게 드러나는 이와 같은 의식과 태도는 선언이나 구호처럼 서술형으로 기술되어 있지 않다.

필자는 안축 시의 표현기법과 미적 성취라는 부분에 초점을 맞추고 본고를 집필하였다. 안축 시에는 흥의 수법이 사용되었다. 그리고 이 흥의 수법은 대부분 임천의 의상을 통해 주제를 효과적으로 드러내고 있다는 점에서 매우 뛰어난 시적 성취를 거두고 있다. 사실 안축의 시를 잘 읽어보면 매우 감각적이고 섬세하다는 것을 알 수 있다. 이 점은 특히 산수·전원시에서 주로 나타나는데, 안축의 산수·전원시가 김극기·이규보 등 선배 시인들의 시와 구별되는 가장 큰 특징은 절묘한 감각, 극대화된 이미지 등을 매우 능숙하게 구사했다는 데에 있다. 이런 관점에서 필자는 안축을 도은 이숭인과 더불어 고려시대 최고의 이미지스트 또는 스타일리스트라 부르고 싶다.

또한 안축 시는 처완한 의경과 한적閑適한 품격을 지니고 있다. 이 같은 심미의식들은 표면적으로 드러나는 애민의식 또는 부당한 현실에 대한 고발 등과 묘하게 직조織造되어 안축 시의 미학적 성과를 높여주고 있다. 이처럼 안축 시에 숨어 있는 시적장치들과 미적 특질에 주목할 때, 그의 시에 드러나 있는 애민의식이라는 중후한 미덕도 더욱 빛을 발할 수 있으리라 믿는다.

김극기 시에 나타난 감각적 의상과 비개미

1. 문제제기

김극기金克己(?~1209)는 12세기에 활약했던 시인으로, 우리 문학사에서 비교적 널리 알려져 있는 인물이다.[1] 호는 노봉老峯이고 경주 김씨로 그와 동시대에 활약했던 문인들로는 이인로李仁老, 이규보李奎報, 유승단兪升旦, 함순咸淳, 이담지李湛之 등이 있다.[2] 문집으로 『김거사집金居士集』 135권이 있었다고 하나,[3] 현재는 전해지지 않고 있다.[4] 현재까지 진행된 김극기

---

1) 역대 시화집에서 김극기에 대한 소개는 최자의 『보한집』을 시작으로 이규보의 『백운소설』, 서거정의 『동인시화』, 성현의 『용재총화』, 허균의 『성수시화』, 이수광의 『지봉유설』, 어숙권의 『패관잡기』, 남용익의 『호곡시화』, 홍만종의 『소화시평』 등에 기술되어 있는데, 대체로 고려 무신집권기의 대표적 시인으로 평가되어 있다. 현대에 집필된 문학사에서도 김태준의 『조선한문학사』를 위시하여 조동일의 『한국문학통사』 등에 김극기의 시가 거론되어 있다.

2) 김극기와 교유를 나눴던 인물들은 이규보의 시 「己未五月日, 知奏事崔公宅, 後爲晉康公, 千葉榴花盛開, 世所罕見, 特喚李內翰仁老, 金內翰克己, 李留院湛之, 咸司直淳及予, 占韻命賦云.」을 통해서 확인할 수 있다.

3) 역대 문집에 보이는 김극기 문집의 명칭은 『金居士集』, 『金翰林集』, 『金員外集』, 『金克己

시에 대한 평가는 주로 자연시인으로서의 모습에 초점을 맞춘 것이거나, 또는 농민들의 삶의 현장과 애환을 드러낸 시에 대해 주목한 것이 대부분이었다.5) 그러나 보다 깊이 있는 김극기 시의 해석을 위해서는 김극기

集』등으로 매우 다양하다. 그 권수에 있어서도 135권·137권·150권 등 여러 가지 설이 있다(이상에 대한 사항은 김건곤 교수가 편찬한『김극기유고』, 한국정신문화연구원, 1997, 4면을 참조할 것). 본고에서는 유승단이 쓴 김극기 문집 서문에 의거, 명칭은『김거사집』, 권수는 135권의 설을 따르기로 한다.

4) 김극기의 문집『김거사집』은 무신집권기의 실권자였던 崔瑀의 명에 의해 1220년 무렵에 간행되었을 것으로 추정된다. 13세기 초엽에 발간된 그의 문집은 대체로 조선중기까지는 그 일부라도 전해지고 있었던 듯하다. 왜냐하면 조선중기의 문인 李安訥의『東岳集』이나 權文海의『大東韻府群玉』에『김거사집』을 참조했다는 기사가 보이기 때문이다. 그러다가 조선후기에 이르면 전집이 완전히 인멸되었던 것으로 보인다(이상에 대한 사항은 김건곤, 「노봉 김극기와 지월당 김극기의 유고 귀속문제」, 『한국한시연구』 6호, 한국한시학회, 1998, 156~158면을 참조할 것). 이런 의미에서 김건곤 교수가 편찬한『김극기유고』는『동문선』·『동국여지승람』등 여러 문헌에 흩어져 전하는 김극기의 시문을 수집하여 한곳에 모은 것으로, 김극기의 문집이 전해지지 않는 현재의 실정에서 김극기 연구를 진행하는 데에 매우 유용한 자료로 사용될 수 있다는 점에 그 의의가 크다고 하겠다.

5) 지금까지 발표된 김극기 관련 대표적인 연구물들을 살펴보면 다음과 같다. 김갑기, 「김극기 연구」, 『한국문학연구』 6·7집, 동국대 한국문학연구소, 1984; 최이자, 「김극기 연구1」, 『한국언어문학』 23집, 한국언어문학회, 1984; 최이자, 『김극기 시의 연구』, 고려대학교 박사학위논문, 1985; 최이자, 「김극기 시에 대한 일고찰」, 『어문논집』 26집, 민족어문학회, 1986; 유영봉, 「노봉 김극기 시 연구」, 성균관대학교 석사학위논문, 1986; 최이자, 「김극기 시·사의 형식 연구」, 『어문논집』 27집, 민족어문학회, 1987; 신경숙, 「김극기론」, 『한성어문학』 8호, 한성대국문과, 1989; 김영빈, 『김극기 시 연구』, 부산대학교 석사학위논문, 1990; 고용철, 『김극기 시세계 연구』, 중앙대학교 석사학위논문, 1990; 정유경, 「김극기 시 연구」, 연세대학교 석사학위논문, 1992; 여운필, 「김극기 연구」, 『한국한시작가연구』 1호, 한국한시학회, 1995; 변종현, 「김극기의 전가사시 연구」, 『한국한문학연구』 20집, 한국한문학회, 1997; 김건곤, 『김극기유고』, 한국정신문화연구원, 1997; 김건곤, 「노봉 김극기와 지월당 김극기의 유고 귀속문제」, 『한국한시연구』 6호, 한국한시학회, 1998; 윤창호, 「김극기 제영시 연구」, 청주대학교 석사학위논문, 1998; 이종묵, 「김극기와 정포－황산강의 노래」, 『문헌과 해석』 4호, 태학사, 1998; 안영훈, 「김극기 시의 내면풍경」, 『어문학』 74호, 한국어문학회, 2001; 김동욱, 「노봉 김극기의 출자에 대하여」, 『반교어문연구』 14집, 반교어문학회, 2002; 박성규, 『김극기 한시선』, 다운샘, 2003; 강석근, 「사찰 제영시의 공간성과 문학성1」, 『불교어문논집』 9집, 한국불교어문학회, 2004; 윤상림, 「김극기 <유감>의 주제 심화 양상」, 『한국고전연구』 11집, 한국고전연구학회, 2005; 최광범, 「노봉 김극기 시의 풍격」, 『퇴계학연구』 19집, 단국대 퇴계학연구소, 2005;

시에 드러나 있는 미의식, 또는 미적 특질에 주목할 필요가 있다. 그의 시를 꼼꼼히 읽어보면 반복적으로 나타나는 특정한 시어들과 함께 이들 시어들의 유기적 관계 속에서 파생되는 독특한 의상意象과 의경意境이 눈에 띈다. 이 같은 의상은 구조적으로 독특한 심미경계審美境界를 갖고 있으며, 이 점은 김극기 시의 미적 특질을 밝혀줄 핵심적 요소이기도 하다.

특히 김극기 시에는 석양, 또는 황혼과 연관된 붉은색 계열의 시어와 새벽과 연관된 검푸른색 계열의 시어가 자주 나타난다. 이러한 색감을 가진 시어들은 하나의 군을 이루며 독특한 의상을 형성하고, 또 그 의상들은 일정한 의미망을 가지면서 시 전체에서 커다란 자장을 발휘하고 있다.

사실 의상이나 이미지를 통하여 시의 미적 요소와 심미경계를 밝히고자 하는 시도는 이전에도 많이 있었다. 특히 색채와 관련된 의상·이미지를 통해 시를 분석하려는 노력은 서구의 문학비평이나 우리 현대시 연구에서도 자주 볼 수 있었던 방법론이다.6) 시에서 표현된 색채 이미지들은 시인의 감정과 정서의 상징이다. 이러한 시작법은 동서고금을 막론하고 중요하게 이어져온 시학詩學의 전통이기도 하였다.7)

필자는 이에 김극기 시의 표현양식 중 가장 특징적인 면모라고 여겨지는 색채의상과 그 의상들을 통해 드러나는 시인의 슬픔, 고독, 우수, 비장감 등에 관심을 가지고, 그 미적 특질과 의미를 밝혀보고자 한다.

김동욱, 『국토산하의 시정-노봉 김극기 시선』, 이회, 2008. 이상에서 거론한 논저들은 대체로 산수 전원에서 자연을 읊조리는 김극기의 모습에 주목하거나, 또는 한미한 관직에 머물렀던 김극기의 불우를 다룬 것들이 주를 이루고 있다.

6) 시 속에 나타난 색채이미지를 다룬 논문은 서구의 시단이나 중국 시단, 그리고 한국현대 시단에서도 지속적으로 보고되고 있다. 필자가 최근에 읽어 본 논문 중에서는 미국 시인 월트 휘트먼의 시를 색채이미지로 분석한 이광운, 「월트 휘트먼의 시에 나타난 색채 이미지」(『현대영어영문학』 49호, 한국현대영어영문학회, 2005)가 매우 인상적이었다.

7) 채수영, 『한국현대시의 색채의식연구』, 집문당, 1987, 33~36면 참조.

2. 삶의 태도와 시의 지향점

김극기의 문집이 전해지지 않는 현재의 상황에서 그의 삶의 전모를 밝히기란 쉽지 않은 일이다. 다행히 유승단이 쓴 「김거사집서」가 남아 있어서 그의 삶의 흔적을 추적할 수 있다. 다음 글을 보자.

> 선생의 이름은 극기克己요, 계림鷄林 사람이다. 어릴 때부터 매우 영리하여 입을 열어 글월을 지으면 사람을 놀라게 하는 구절이 있었고, 장년기에 이르러서도 급급히 벼슬길에 나아가려고 서두르지 않았다. 진사의 과거에 오른 뒤에도 다시 서울 거리에 머리를 내밀지 않고 공경의 문에 세력을 빌리려 하지 않았으며, 오직 은둔하는 시인들과 더불어 산림에서 노래하고 읊조렸다. 그러므로 문명은 더욱 풍성하여졌으나 벼슬길은 더욱 막히게 되었다. 반악潘岳 같이 백발이 이미 옷깃을 드리우게 되어서야 비로소 의주방어판관義州防禦判官에 보직되었으나, 그것 역시 상관이 끌어준 것이 아니요, 과거에 급제한 지 오래되어 저절로 등용을 보게 된 것이다. 임기가 차서 돌아오자 명종明宗이 그의 문명文名을 듣고 불러서 한림원에 입직하게 하였다. 큰 벼슬아치들이 전에는 단지 선생의 이름만을 들었다가 이제 처음으로 비로소 그 실상을 보게 되자 모두 흠복하고 다른 말이 없었다. 애석하도다! 운명이 그 재주와 부합하지 못하여, 마침내 6품의 낮은 신분으로 관 속에 들어가게 되었도다. 예조의 은명恩命도 지하에 들어간 후에 추증된 것이요, 주은朱銀의 빛나는 하사도 그의 생존시에는 미치지 못하였으니, 아! 한탄스러운 일이다.8)

---

8) 兪升旦, 「金居士集序」, 『東文選』 권83. "先生諱克己, 鷄林人也. 童齔穎悟, 開口成章, 卽有驚人語, 逮壯, 不汲汲于進. 自登進士第, 不復首路京師, 借勢公卿之門, 唯與逸人韻士, 嘯咏山林. 故文譽益豐, 而宦途愈阻. 安仁素髮, 颯已垂領, 始補義州防禦判官, 亦非在上推轂引手之援, 自以桂藉久次見調耳. 秩滿替迴, 明廟聞其詞藻, 召直翰林院. 搢紳鉅公, 昔但飮其名, 今始嚌其實, 同然歆服, 曾無異辭. 惜乎! 命不副才, 卒以六品靑衫而就木焉. 儀曹之命, 亦泉壤之追寵, 朱銀華錫, 不逮其存, 吁! 可嘆也哉."

위 글을 보면 김극기는 어려서부터 매우 총명하고 뛰어난 재주를 가지고 있었지만, 벼슬길에 나아가려고 연연하지 않았다. 심지어는 과거에 급제한 후에도 서울의 높은 권세가들 주변을 기웃거리지 않고, 오직 산림에 묻혀 시인 묵객들과 더불어 소요하였다. 초야에서 지내던 시절 김극기의 삶은 농민과 함께하는 매우 소박하고 서민적인 모습이었다. 다음 시를 보자.

깊숙이 잡초 우거진 길을 찾아서	幽尋荒草徑
말에서 내려 버들가지에 말고삐 매어놓네	下馬繫枯柳
어디 사는 촌로들인지	何處白頭翁
터벅터벅 나란히 오네	竝肩來貿貿
쟁반에는 마른 고기 받쳐들고	山盤獻枯魚
술통에는 막걸리 채워 있네	野榼供濁酒
마을에서 웃으며 농하다가	笑傲盧落間
거침없이 미친듯 취해 떨어지네	荒狂便濡首
비록 예의를 갖추지 못한 대접이라 부끄럽다 하지만	雖慙禮數薄
그래도 은정의 두터움에서 나온 것이지	尚倚恩情厚
거꾸로 말에 실려 앞길로 나아가니	倒載赴前程
마을 아이들 모두 손뼉을 치네	村童齊拍手9)

시인이 탄헌촌炭軒村이라는 시골 마을에서 경험한 따뜻하고 착한 마음씨를 갖고 있는 사람들에 대한 이야기이다. 김극기가 마을을 방문하자 두 명의 촌로가 탁주와 안주를 가지고 대접한다. 김극기는 이들과 이런저런 이야기를 즐겁게 나누다가 그만 너무나 술에 취해 버렸다. 타고 온 말 위에 오르지도 못할 정도가 되어 겨우 겨우 거꾸로 말에 실려 마을을 떠나

---

9) 「憩炭軒村二老翁携酒見尋」, 『동문선』 권4.

게 되니 구경 나온 마을 아이들이 모두 다 환호성을 지르며 박수를 쳐준다. 이 마을의 사람들은 자기들이 갖고 있는 음식을 정성껏 대접하면서도 선비를 대하는 예의에서 벗어난 것이라며 미안해할 정도로 착한 사람들이다. 순박하고 소박한 마을 사람들의 모습과 이들과 격의없이 어울리는 시인의 소탈한 삶의 태도가 어우러져 독자로 하여금 따뜻한 미소를 자아내게 한다. 김극기에게 있어서 자연이나 전원은 단순한 삶의 공간적인 영역이 아니었다. 자연이나 전원은 인생의 불우에서 오는 불안과 좌절감, 그리고 갖가지 상처와 근심을 해소시켜 주는 치유의 장소였다.[10]

그런데 김극기가 과거 급제 후 환로에 연연하지 않고 서울을 떠나 산림에 묻혀 지냈던 이유가 무엇이었을까? 위 서문에서 유승단은 "진사의 과거에 오른 뒤에도 다시 서울 거리에 머리를 내밀지 않고 공경의 문에 세력을 빌리려 하지 않았으며, 오직 은둔하는 시인들과 더불어 산림에서 노래하고 읊조렸다."라고 하여 권문세가에 줄을 서고 아부해야 들어갈 수 있는 서울의 관직생활을 하기에는 김극기의 타고난 강직한 성격이 맞지 않았음을 보여주고 있다. 심지어 그 후에 의주방어판관이 된 것도 김극기가 고관에게 청탁을 해서가 아니라 오랫동안 벼슬하지 못한 과거급제자에 대한 국가의 배려에 기인한 것이었다고 유승단은 말하고 있다. 과거 급제 후 김극기가 재야에서 보낸 세월은 대략 십여 년이었던 것 같다.[11] 이 무렵 그가 꿈꾸고 소망했던 것은 벼슬은 비록 못했지만 큰 문

---

10) 자연 또는 전원의 이 같은 역할은 「仙嚴寺」(『신증동국여지승람』 권40 소재)라는 시에 잘 드러나 있다. "적막한 산속 절이요/ 쓸쓸한 숲 아래의 중이로다/ 마음속 티끌을 모두 씻어 없앴으니/ 지혜의 물[智水]은 정말로 맑고도 차갑구나/ 팔천 聖人에게 성대히 예배하고/ 담담한 사귐은 三要의 벗일세/ 내가 이곳에 와서 뜨거운 번뇌[熱惱] 식히니/ 마치 옥병 속 얼음 대한 듯하네"

11) 「安養寺」(『신증동국여지승람』 권10 소재)라는 시에 다음과 같은 구절이 보인다. "나는 본래 방외의 사람으로/ 평생에 얽매임이 적었노라/ 10년 동안 산림에 놀면서/ 두건쓰고 신발신고 사슴을 좇았었네/ 문득 造物이/ 나의 한가함을 시기하여 나를 속였으니/ 이때

인으로 이름을 남기는 것이었다. 다음 시를 보자.

(…전략…)	
아! 나는 집안의 명성을 떨어뜨리고	嗟余墮家聲
자질구레하게 문장을 전공했다네	齷齪攻翰墨
반평생에 겨우 과거에 올랐으나	半生登一第
두 귀밑털이 이미 희어졌네	雙鬢已衰白
왕후장상을 어찌 기약하리요	侯王安可期
주어진 분수대로 산림에 누워 지낸다네	已分臥林壑
다만 원하기는 남은 용기를 얻어	但願借餘勇
문단에서 길이 승자가 되었으면	詞場長逐北12)

  필묵을 익히고 문장을 전공하여 과거에 급제했지만, 이미 귀밑털은 희어질 정도로 나이를 먹었으니 왕후장상의 출세는 기약할 수 없다는 것이다. 김극기는 산림에서 지내는 자신의 처지를 타고난 분수와 분복으로 돌리고 순응하는 태도를 보인다. 사실 권세가에게 아부하거나 타협하지 못했던 그의 성격도 타고난 것이었기에, 어떤 면에서 보자면 초야에 묻혀 지내는 것이 그에게는 더 큰 행복이었는지도 모른다. 이제 그의 마지막 소원은 좋은 시를 써서 문학사에 길이 남는 훌륭한 시인이 되는 것이었다. 그래서 시인은 상처받은 자존심, 잃어버린 용기를 회복하여 시를 쓰고 싶다고 말하고 있는 것이다.

  하지만 김극기라고 젊은 시절부터 벼슬의 꿈이 없었던 것은 아니었을

  문에 名利의 세상 속에서/ 천 리 길 괴롭게 行役하는 신세가 되었구나/ 어느 때에야 印佩를 내던지고/ 阮籍이 길 막힌 곳에서 울던 꼴 면하게 되겠는가” 이 시에서 김극기는 산림에 묻혀 산 지 10년 만에 조물주의 속임으로 벼슬 길에 오르게 되었다고 말하고 있다.

12)「持麥石」,『신증동국여지승람』권21.

것이다. 그에게는 뛰어난 재능이 있었고 과거에 응시했을 무렵에는 사대부로서 경세제민의 포부를 펼치고자 하는 의지도 강했을 것이다. 사실 젊은 시절의 이러한 의지가 컸었기에 김극기는 늘그막에 미관의 벼슬길에 계속해서 머물렀던 것이다. 앞으로 살펴볼 그의 시에 나타나는 내적 갈등과 고민 역시 여기에 기인하는 것이다.

이렇게 산림에서 십여 년의 세월을 보내다가 김극기는 대략 40대 후반 즈음에야 생애 처음으로 의주방어판관이라는 벼슬에 임명되었다.13) 김극기는 의주방어판관으로 변방에서 3년 정도를 지냈는데, 이 시절의 심정이 그의 시 곳곳에 잘 나타나 있다.

3년간의 임기를 마치자 당시 임금이었던 명종이 김극기의 문명을 듣고 한림원에 입직시켜서 비로소 서울에서 관직생활을 하게 되었다. 한림원에서의 직책은 임금의 조서를 담당하는 문한文翰의 일이다. 따라서 대체로 문학적 재주를 인정받은 문인들이 담당하는 직책이었지만, 그 품계는 당하관堂下官으로 그리 높은 관직이 아니었다.14) 유승단은 이를 두고 "운명이 그 재주와 부합하지 못하여, 마침내 6품의 낮은 신분으로 관 속에 들

---

13) 김극기가 의주방어판관을 마치고 고향으로 돌아와 지은 시 「高原驛」에 "덧없는 인생 백 년에 쉰 살에 가까워서야/ 기구한 세상 길에 통하는 나루 적구나/ 삼 년 동안 고향 떠나 무슨 일 이루었나/ 만 리 집으로 돌아오는 길 다만 이 몸뿐이로세(百歲浮生逼五旬/ 崎區世路少通津/ 三年去國成何事/ 萬里歸家只此身)"라는 구절이 있다. 이로보아 김극기는 40대 후반의 나이에 의주방어판관으로 벼슬살이를 시작했고, 약 3년간의 의주 생활을 마치고 고향으로 돌아왔음을 알 수 있다.

14) 한림원하면 일반적으로 翰林學士를 떠올리기가 쉬운데, 한림학사는 翰林待制를 지칭하는 것으로, 고려 현종 때에는 翰林院에 속했다가 공민왕 때에 藝文館으로 바뀌었다. 한림대제는 왕명의 출납을 맡았는데 품계는 정4품이었다. 후에 예문관으로 바뀐 뒤에는 大提學(종2품), 提學(정3품), 直提學(정4품), 應敎(정5품), 供奉(정7품), 修撰(정8품), 檢閱(정9품)을 두었다(이상에 대한 사항은 『한국고전용어사전』, 세종대왕기념사업회 간행, "한림학사"조 및 "예문관"조를 참조할 것). 한림원의 이와 같은 많은 직책 중에서 김극기가 어떤 품계의 직책을 맡았는지는 자세히 알 수 없지만, 유승단이 쓴 문집 서문으로 보았을 때 아마도 6품 이하의 말직에 있었던 것으로 여겨진다.

어가게 되었다"라고 한탄하고 있다. 다음 시에는 먼 변방인 의주에서 벼
슬살이를 하는 김극기의 심정이 잘 그려져 있다.

큰 시내 사산을 굽이쳐 흐르니	大川嚙蛇山
성난 물 소리 십리까지 들리네	十里聲怒號
우연히 연못물 고인 곳에 이르러	偶到淵渟處
말고삐 멈추고 귀밑털 비춰보니	停轡燭鬢毛
노쇠하고 추한 모습 스스로도 우스운데	自笑衰陋質
물고기들까지 놀라서 달아나는구나	魚龍亦驚逃
어찌 하늘 위의 햇볕이	安知天上日
물 밑에까지 빛나고 비추는 것을 알겠는가	水底亦光昭
가련하구나! 반백의 나이에	應憐半鏡雪
변방 고을에서 소 잡는 칼 잡고 있구나	塞邑操牛刀
칼을 잡고 쓰는 것도 자랑이거니	持用亦矜負
이곳의 일도 불우한 것만은 아니리라	此行非不遭
한평생 답답하던 나의 가슴이	平生鬱鬱情
주위를 둘러보며 흥겨운 즐거움으로 바뀌었도다	俯仰成陶陶[15]

　인용 시는 「용만잡흥」이라는 총 5수의 연작시 중 세 번째 작품이다.
시제의 '용만龍灣'은 의주의 옛이름이다. 시인은 우연히 지나던 연못에 말
을 세우고 물에 비친 자신의 모습을 응시한다. 늙고 추한 자신의 모습에
물고기들도 놀라 달아날 정도라는 것을 새삼 깨닫고 스스로 웃고 만다.
사실 그의 이러한 웃음은 매우 자조적이고 냉소적이어서, 제9~10구에서
"가련하구나! 반백의 나이에/ 변방 고을에서 소 잡는 칼 잡고 있구나"라
고 자탄하는 지경에까지 이른다. 여기에서 "소 잡는 칼을 잡고 있다"는
것은, 물론 『논어』에서 공자가 말한 "닭을 잡는데 어찌 소 잡는 칼을 쓰

---

15) 「龍灣雜興」其三, 『동문선』 권4.

겠는가?"16)를 용사한 것으로, 자기의 재주에 비해 맡겨진 일이 미천하다
는 김극기의 불만을 표출한 것이다.

생애의 첫 벼슬살이를 의주의 판관으로 지냈던 김극기는 그러한 자신
의 처지를 매우 불만스럽게 여기면서도 그렇다고 쉽게 벼슬을 버리지도
못한다. 이러한 김극기의 태도는 아마도 과거 급제 후 쓰임받지 못하고
오랫동안 산림에 묻혀 지냈던 그의 삶과 관련이 있을 것이라 여겨진다.
위 인용 시의 11~12구에서도 드러나 있듯이, 비록 미관말직이지만 쓰임
을 받는다는 것 자체가 김극기에게 있어서는 자랑이고 행복이다. 평생 동
안 경험해 보지 못한 관직에 대한 기대와 동경, 그리고 한편으로는 제대
로 대우받지 못하고 있는 현실 사이에서 김극기는 갈등하고 방황하고 있
는 것이다. 다음 시에는 그의 갈등과 방황의 성격이 더욱 구체적으로 드
러난다.

노중련은 푸른 바다로 떠났고	魯連泛碧海
지백은 창주에 은거하였네	支伯捿蒼州
우뚝히 속세를 벗어난 생각	亭亭出塵想
만고에 높아 짝할 이 없네	萬古高莫儔
내 비록 그 두 분 사모하지만	我雖慕二子
행동거지 뜻대로 되는 것 아니네	行止非人謀
너무나 사랑하는 자연을 저버리고	膏肓負泉石
벼슬이란 고삐에 묶여 있으니	繮索嬰笯脩
만약 심하게 취하지 않는다면	若非入醉鄉
이 같은 속박에서 어느 때나 벗어나리	拘迫何時休
공무 여가에 베개를 끌어 베고	官餘試攬枕
꿈속에서나마 계림에 노니나니	臥作鷄林遊

---

16) 『論語』, 「陽貨」. "割鷄, 焉用牛刀."

토령의 달 아래 걸으면서 읊조리고	行吟兔嶺月
문천의 물가에 앉아 입을 씻네	坐漱蚊川流
어느덧 천 리 밖 타향에서	不知千里外
벼슬살이 삼 년이나 되었다네	從宦已三秋
하루아침에 벼슬 그만두고 떠나간다면	一朝掛冠去
누가 다시 흰 갈매기 길들일 것인가	誰復馴白鷗17)

인용 시는 '유감有感'이란 제목의 세 수의 연작시 중 두 번째 수이다. 내용으로 보아 이 시도 역시 의주에서 3년 동안 재직하던 시절에 지어진 것으로 보인다. 시인은 시의 서두에서부터 벼슬을 버리고 은거의 길을 택했던 중국의 유명한 두 사람의 은사, 노중련魯仲連과 지백支伯을 등장시키며 자신의 소망을 암시한다. 그러나 시인이 꿈꾸는 은거는 생각처럼 쉬운 것이 아니었다. 시인은 제5구와 6구에서 "내 비록 그 두 분 사모하지만/ 행동거지 뜻대로 되는 것 아니네"라고 함으로써 벼슬에 대한 미련과 자연으로의 은거 양자 사이에서 갈등하고 괴로워하는 심경을 토로하고 있다. 비록 몸은 벼슬이라는 고삐에 묶여 있지만 천석고황泉石膏肓의 습성 또한 여전하였다. 아니 좀 더 정확히 말하자면, 몸이 환로宦路에 얽매여 있을수록 자연에의 동경은 더욱 커져가는 것인지도 모르겠다. 이 같은 상태에서 그가 할 수 있는 일이란 그저 술 마시고 취하는 것밖엔 없다. 시인은 이것을 제9구에서 "入醉鄉"이라는 재미있는 표현으로 쓰고 있다.

제11구 이하에는 김극기가 동경하는 은거의 모습이 단적으로 드러나 있다. 그는 틈만 나면 고향인 "계림"으로 돌아가는 꿈을 꾼다. 제13구와 14구의 "兔嶺"과 "蚊川"은 고향인 경주의 언덕과 시내들이다. 고향 땅은 그에게 꿈속에서도 잊을 수 없는 그리움의 대상이다. 그토록 간절히 고향

---

17) 「有感」其二, 『동문선』 권4.

으로의 귀거래를 염원하지만 몸은 천 리 밖 머나먼 타향에서 벼슬에 매여 3년이란 시간이 쏜살같이 지나가고 말았다. 결국 이 시는 표면적으로는 고향으로의 회귀를 말하고 있지만 현실은 벼슬에 얽매어 있는 자신의 모습을 보여줌으로써, 유자로서의 꿈을 펼칠 수 있는 벼슬길을 그가 얼마나 동경하고 집착했는지 역설적으로 말해주고 있는 것이다. 어쨌든 미관말직을 전전하면서 김극기는 계속해서 귀거래의 꿈을 꾼다.

몇 이랑 거친 동산 오랫동안 황폐해 가니	數畝荒園久欲蕪
도연명 조만간 가마타고 돌아와야 하리	淵明早晚返籃輿
하얗게 센 귀밑머리 쑥덤불 같이 날리고	鬢衰却與飛蓬似
몸은 여위어서 마른 나무 같아지네	形瘦還將枯木如
가난해서 미관말직도 어쩔 수 없지만	無奈爲貧從薄宦
병으로 인하여 한가히 사는 것도 무방하리	不妨因病得閑居
현명한 군주께서 단아한 선비를 구하신다니	但聞明主求儒雅
벼슬 버리고 산으로 돌아갈 계획 멀어질까 걱정이네	投佩歸山計恐疏[18]

늘그막에 벼슬을 시작했더니 어느덧 귀밑머리는 하얗게 세어버렸고 몸은 마른 나무처럼 야위고 수척해졌다. 제5구는 시인이 미관말직에 머무르면서도 벼슬을 놓지 못하는 이유를 설명하고 있다. 가난 때문이라는 것이다.[19] 물론 이 말은 액면 그대로 받아들이기에는 무리가 있다. 앞에서도 살펴보았지만, 김극기가 환로와 은거의 길에서 머뭇거렸던 것은 관직에 있으면서 유자로서 경륜을 펼쳐 보고 싶은 그의 오랜 염원에 기인한

---

18) 「思歸」, 『동문선』 권13.
19) 가난 때문에 관직을 갖는다는 말은 그의 다른 시에도 종종 나타나 있다. 예컨대 「夜坐」(『동문선』 권13 소재)라는 시를 보면, "박한 녹봉 낮은 관직이라도 가난하면 소중해지고/ 헛된 명성 작은 이익은 술취하면 도리어 가볍게 보인다네(薄祿微官貧始重/ 浮名末利醉還輕)" 등과 같은 구절이 그것이다.

것이기 때문이다. 이 같은 사실은 위 시의 마지막 6~8구에서도 잘 드러나 있다. 정말 가난 때문에 벼슬살이를 한다면 병을 칭탁하여 귀거래 하는 것은 생각지도 못할 일이기 때문이다. 시인은 환로와 귀거래 사이에서 잠시 머뭇거리며 실제로 귀향할 것을 심각하게 고민하기도 하였지만, 그의 귀거래의 꿈은 이루어질 수 없었다. 제7~8구에서 시인은 "현명한 군주께서 단아한 선비를 구하신다니/ 벼슬 버리고 산으로 돌아갈 계획 멀어질까 걱정이네"라고 하여 귀거래의 꿈을 접고 계속해서 환로에 머무르겠다는 다짐을 간접적으로 말하고 있다. 표면적으로는 임금이 훌륭한 선비를 찾고 있다는 것을 내세우고 있지만, 실제는 관직에 대한 기대와 염원이 귀거래의 의지보다 더 컸기 때문이다.[20] 관직에 대한 김극기의 기대와 집착은 다음 시에서 더욱 구체적으로 드러난다.

    (…전략…)

여러 영웅 발탁된 것 모두 다 부럽거니	衆英振拔皆堪羨
쇠하고 곤궁한 외로운 이 신세 홀로 가련합니다	孤迹衰窮獨可憐
군영에서 장군 도운지 비록 반 년이지만	柳壁佐戎雖半稔
한림원에서 붓을 든 지는 여러 해가 지났지요	花塼揮翰費多年
신관의 성적으론 비록 뒤에 있지만	新官考績雖居後
옛 부서의 공을 따져보면 마땅히 앞설 것입니다	舊暑論功合處先

---

20) 김극기가 儒者로서 가졌던 經世濟民에 대한 포부는 그의 시 「醉時歌」(『동문선』 권6)에 잘 드러나 있다. 참고로 「취시가」의 다음 구절을 살펴본다. "(…전략…) 아! 뜻은 컸으나 쉽게 이루지 못하고/ 반평생 영락하여 썩은 선비 되었구나/ (…중략…) / 무너진 집 아래에서 詩·賦나 얘기하며/ 도리어 짧은 포대기로 처자식만 안아 준다/ 때때로 일어나는 울분을 누를 수 없어/ 칼을 뽑아 땅을 치고 부질없이 탄식하네/ 어느 때나 바람을 타고 큰 물결 부수어/ 요순처럼 앉아서 온 천하에 명령할까 (…후략…) (嗟哉計大未易報/ 半世飄零爲腐儒/ (…중략…) / 論詩說賦破屋下/ 却把短布抱妻孥/ 時時壯憤掩不得/ 拔劍斫地空長吁/ 何時乘風破巨浪/ 坐令四海如唐虞)" 이 시를 통해 堯·舜처럼 앉아서 천하를 정치하고 싶은 그의 커다란 포부를 읽어낼 수 있다.

처음엔 하류와 더불어 뒤지는 것도 달게 여겼지만　　　初與下流甘鷁退
문득 전례를 듣고 승진이 되기를 바라오니　　　忽聞前例望鶯遷
혹시라도 한 손으로 이끌어 주시는 은혜를 입는다면　　　倘蒙一手霑陶鑄
등급을 올려 칠품 정도로 하는 일이 어찌 어렵겠습니까　增秩何妨七品聯[21]

　인용 시는 시제로 보아 김극기가 수상에게 바친 것으로 짐작된다. 생략한 시의 앞부분에서는 제齊나라의 안영晏嬰이나 진晉나라의 조순趙盾 같은 중국 역사의 여러 영웅들을 등장시키고 있다. 그러면서 이러한 영웅들은 저마다 모두 발탁이 되어 뜻을 이루었는데, 자신만이 홀로 외롭고 초라한 신세를 면하지 못하고 있다고 하소연한다. 사실 이 말은 자기 자신도 중국의 어느 영웅 못지않은 재주와 능력을 갖고 있다는 것을 자랑하고 있는 것이다. "한림원에서 붓을 든 지는 여러 해가 지났지요"라는 말로 보아 이 시는 김극기가 3년간의 의주방어판관을 마치고 서울로 돌아와 명종에 의해 한림원에 발탁된 후에 지어진 것임을 알 수 있다.

　관직 생활 초기에는 하류들과 더불어 뒤처지는 사실에 크게 연연하지 않았지만, 시간이 갈수록 김극기 역시 승진이 되기를 바랐음을 알 수 있다. 인용 시의 마지막 구절로 보아 그 당시 김극기는 7품도 되지 않는 벼슬에 있었던 것 같다. 이러한 사실은 김극기의 자존감을 크게 상처 내는 일이었기에 그는 수상에게 시를 올려서라도 한 단계 높은 품계를 요청하고 있었던 것이다. 하지만 이것은 좋은 말로 했을 때 요청이지 심하게 말하면 거의 벼슬을 구걸한다고 해도 좋을 정도로 비참한 일이었을 것이다. 이로 보면 김극기가 늘그막의 관직 생활을 얼마나 중요시하고 또 연연하였는지를 짐작할 수 있다.

　사실 김극기는 지나치게 한 쪽으로 치우치는 것을 꺼려하고 중용을 지

---

21) 「上首相詩」, 『동문선』 권18.

키려는 세계관을 가지고 있었다. 그는 「안화사安和寺」라는 시에서 "소부巢
父와 허유許由는 수운水雲에 매여 살고/ 관중管仲과 안영晏嬰은 명리에만 이
끌렸네/ 어찌 공무의 여가에 중을 찾아서/ 안팎으로 어느 곳을 따를지 묻
지 않겠는가"22)라고 하여 무작정 은거만 고집했던 소부나 허유, 그리고
지나치게 세속적 명리에만 집착했던 관중과 안영 모두를 비판하고 있다.
김극기는 시대적 상황과 나라의 형편을 보아 가며 출퇴出退를 결정해야
한다는 유연한 사고를 지녔던 것 같다.

　김극기는 환로에 오른 뒤에도 그의 재능에 걸맞지 않은 낮은 벼슬을
전전하였다. 하지만 그는 항상 자신의 능력에 대한 자부심을 갖고 있었으
며 유자로서의 품위를 유지하려고 노력하였다. 다음 시는 독서하는 사대
부 또는 선비로서의 김극기를 잘 보여주고 있다.

문장은 늙어갈수록 서로 즐길 만하니	文章向老可相娛
칼 차고 변방을 떠돌지만 책은 오히려 다섯 수레라네	一劍遊邊尙五車
공무가 파하면 내 몸 변방 관리인 것을 잊고서	衙罷不知爲塞吏
종이 창 밝은 곳에 누워 책을 보네	紙窓明處臥看書23)

　변방인 의주에서 방어판관으로 지내고 있지만 김극기는 독서하는 선비
로서의 삶을 살아가고 있었다. 이 시절 그의 유일한 즐거움은 독서와 시
쓰기24)였다. 변방에서 생활하면서도 그는 다섯 수레의 책을 지니고 있었

---

22) 「安和寺」, 『신증동국여지승람』 권4. "巢由徒爲水雲縛/ 管晏但被名利韁/ 爭如官餘訪梵僧/
　　內外不問依何方"
23) 「漫成」, 『동문선』 권19.
24) 이 시절 지어진 것으로 보이는 「書情」이라는 시에 다음과 같은 구절이 있다. "늘그막에
　　고을의 속관 되어 무엇을 이루었는가/ 오직 천 편의 시로써 나그네 마음 읊었다네/ 변
　　방의 아전들 시의 참 맛을 몰라서/ 몇 번이고 서로 웃어 갓끈이 끊어졌네(晚年佐邑竟何
　　成/ 唯有千篇寫客情/ 邊吏不知詩有味/ 幾回相笑絶冠纓)" 이 시를 보면 김극기는 변방생활
　　의 외로움과 적적함을 수많은 시를 쓰면서 달래고 있었음을 알 수 있다.

고, 시간이 날 때마다 책을 읽었다. 요컨대 몸은 비록 변방의 말단 관리였지만, 정신적 지향은 독서하는 사대부로서의 삶을 살고 있었던 것이다. 그의 이러한 삶의 태도는, 어쩌면, 늘그막에 미관말직으로 살아가는 현실의 고통을 잊고 스스로를 자위하고자 하는 데에서 기인한 것이었는지도 모르겠다. 독서, 시 쓰기와 더불어 변방에서의 고통스러운 삶을 이겨내는 방법으로 등장하는 것은 음주였다.

남은 꽃이 눈에 가득 보여 살며시 고개 드니	殘花滿眼嬾擡頭
나그네 시름은 낙엽 지는 가을보다 슬프다네	客思悲於落木秋
어떻게 하면 강물을 기울여 날마다 마시면서	安得倒江供日飮
흠뻑 취해 벌과 새처럼 떠들고 지저귈 수 있으랴	爛隨蜂鳥鬪喧啾[25]

시인은 "나그네 시름은 낙엽 지는 가을보다 슬프네"라고 말한다. 그러면서 그는 강물을 기울이듯이 술잔을 기울여 날마다 마시면서 흠뻑 취할 수 있기를 꿈꿔본다. 어쩌면 김극기에게 있어서 이 시절의 삶은 술이 있었기에 견딜 수 있었는지도 모른다.[26] 한편 의주시절에 쓴 시들 중에는 변방·변새의 고즈넉함과 쓸쓸함이 드러나 있는 것들이 많다.

북소리 둥둥 오경을 알리니	漏鼓逢逢報五更
깃발 날리며 성문을 나와 길을 떠나네	張旆出郭赴前程
고개 너머 수루에서 재촉하는 뿔피리 소리	戍樓隔嶺催殘角
애 끊는 출새곡出塞曲 소리 먼저 들려오네	腸斷先聞出塞聲[27]

---

25) 「書齋」, 『동문선』 권19.
26) 술에 잔뜩 취하여 썼다는 「醉時歌」(『동문선』 권6 소재) 역시 취하지 않고는 견딜 수 없었던 김극기의 심정을 보여주고 있다. 다만 이 시는 의주 시절에 쓴 것이 아니라 산림에 묻혀 지내던 시절에 쓴 것으로 보인다. 시의 내용은 앞의 주 20)을 참조하기 바람.
27) 「麟州早發」, 『동문선』 권19.

시인은 인주麟州28)에서 새벽 북소리를 들으며 성문을 나서고 있다. 주지하다시피 옛날 중국의 전장에서 진군할 때에는 북을 울리고 후퇴 시에는 징을 울렸음을 상기해 볼 때, 지금 시인은 깃발을 높이 휘날리며 출정하는 대열에 섞여 가고 있는 듯하다. 그리고 울려 퍼지는 북소리와 병사들의 거센 함성과 함께 저 고개 너머 수루에서는 뿔피리로 연주되는 출새出塞의 곡조가 들려온다. 시인은 이 피리 소리를 "애 끊는[腸斷]" 소리라고 말하고 있다. 변새시에 등장하는 피리 소리는 일반적으로 처절함과 비장함을 묘사하는 경우가 많다.29) 위 인용 시 역시 웅장하고 장엄한 출정의 북소리와 대비하여 애조 어린 비감의 피리 소리를 등장시켜 전형적인 변새시의 풍모를 띠고 있다.

3. 표현기법과 애상적 정조

김극기 시에 나타난 표현기법의 가장 큰 특징은 감각적 의상의 운용에 있다. 여기에서 말하는 감각적 의상이란 주로 색채감각과 청각적 감각에 의해 형성된 의상을 의미한다.30) 먼저 다음 시를 보자.

------

28) 평안북도 의주군에 속한 縣으로 압록강 하구에 위치해 있어서 군사적으로 중요시 되었던 곳이다. 남쪽으로는 서해 바다와 만나고 백마진의 산성과도 이어져 있다. 이상에 대한 사항은 『한국민족문화대백과사전』 18, 546면 참조.

29) 예컨대 두보의 「吹笛」, 왕지환의 「出塞」, 잠삼의 「白雪歌送武判官歸京」 등에 등장하는 피리 소리가 그것이다.

30) 본고에서 말하는 감각적 意象이란 시각·청각·후각·촉각 등 주로 감각기관을 활용한 시의 意象을 뜻한다. 意象이란 중국시학에서 일찍부터 사용해 왔던 개념으로, 그 의미는 대체로 '意中의 象', 즉 '생각 속의 형상'이란 의미로 쓰이기도 하였고, '예술적 형상'이란 개념으로 사용되기도 하였다. 의상은 서구시학의 개념어인 '이미지'와 그 의미가 상당 부분 겹치기도 하지만, 그러나 의상이 주·객관을 아우르는 '意'와 '象'의 결합이라

(…전략…)

땔나무 베어 홀연히 밤을 밝히고	伐薪忽照夜
생선, 게 비린 음식으로 저녁상을 차린다	魚蟹腥盤飡
농부들 각기 모여 방 안에 들자	耕夫各入室
사방이 농사 얘기로 시끌벅적 하구나	四壁農談誼
웃고 떠드는 소리는 고기 꿰듯 이어지고	勃磎作魚貫
웃음소리는 새 소리처럼 어지럽다	咿喔紛鳥言
나는 뒤척이며 잠 못 이루고	我時耿不寐
서쪽 난간에 나가 베개 베고 누웠노라니	欹枕臨西軒
반딧불은 차가운 이슬에 젖고	露冷螢火濕
귀뚜라미 빈 뜨락에서 울어대네	寒蛩噪空園
괴로이 읊조리며 누워서 새벽을 기다리니	悲吟臥待曙
푸른 바다는 아침 해를 머금었네	碧海含朝暾[31]

　　인용 시는 김극기가 향촌香村이라는 어느 어촌마을에서 하룻밤 묵으며 체험한 것을 쓴 것이다. 시인은 저물녘 촌가에 머무르며 저녁상을 대접받는다. 이윽고 농사짓는 사내들 몇 명이 들어와 사방은 순식간에 그들이 떠드는 농사 얘기로 시끌벅적해진다. 그들의 웃고 떠드는 환담은 마치 고기를 꿰듯이 계속해서 이어지고, 간간이 나는 웃음소리는 새소리처럼 분분하다. 시의 후반부에 들어서면 전반부와 극명한 대조를 이룬다. 전반부가 농부들의 얘기로 활기차고 떠들썩하고, 어찌 보면 소음에 가까울 정도로 시끄러웠다면, 후반부는 홀로 누워 있는 시인에게 초점이 맞춰져 있

는 점에서 이미지와는 구별이 된다. 다시 말해 意象이 '意'와 '象'이라면, 이미지는 意象에 비해 주관적 요소가 배제된 '物'의 '象', 즉 '物象'이라고 하는 것이 타당하다. 이상에서 서술한 의상과 이미지에 대한 내용정의 및 그 구체적 實例와 양자 간의 비교 등은 하정승, 「안축 시의 표현 양식과 미적 특질」, 『동방한문학』 34집, 동방한문학회, 2008, 147면 및 157면을 참조하기 바람.

31) 「宿香村」, 『동문선』 권4.

다. 시인이 자리한 서쪽 난간은 쓸쓸하고 외롭고, 그리고 무엇보다 무서울 정도로 고요하다. 이곳의 정적은 심지어 마당에서 울어대는 귀뚜라미의 울음이 소음처럼 들릴 정도이다. 여행의 피로가 상당했을 터인데도 시인은 잠을 이루지 못하고 뜬눈으로 새벽을 맞는다.

이 시에서 필자가 주목하는 것은, 홀로 떠나는 여행의 쓸쓸함과 객창감이라는 시의 주제를 드러내는 시인의 기법이다. 이 시에서 묘사된 것을 영화의 장면으로 비유해보자. 카메라가 잡은 첫 화면은 농부들의 등장으로 인한 시끄럽고 어느 정도 소란하면서도 정다운 분위기의 방안이었다면, 다음 앵글은 벌레 소리가 귓가에 크게 울릴 정도로 고요하고 나그네 홀로 누워 있는 쓸쓸한 난간이다. 이처럼 청각적 감각에 의해 형성된 의상의 활용을 통해 시인이 느끼는 고독과 쓸쓸함은 극대화된다. 게다가 시의 마지막 구에서는 붉게 타는 아침해를 머금은 바다를 보여줌으로써, 청각과 함께 색채의상을 등장시켜 독자들로 하여금 강한 인상을 받도록 하고 있다. 이와 같이 색채나 소리를 통한 감각적 의상의 활용은 김극기 시에 나타난 표현기법의 중요한 특징인 것이다.

버들 들판엔 녹음이 우거지고	柳郊陰正密
뽕나무 밭의 잎은 드문드문	桑壟葉初稀
꿩은 새끼를 먹이느라 여위고	雉爲哺雛瘦
누에는 고치를 만들려고 살지네	蠶臨成繭肥
훈풍에 보리밭이 깜짝 놀라는 듯	熏風驚麥隴
싸늘한 소나기에 낚시터는 어둑어둑	凍雨暗苔磯
적막하여 찾아오는 이 없으니	寂寞無軒騎
시냇가 마을 집들 낮에도 문이 닫혀 있네	溪頭晝掩扉[32]

---

32) 「田家四時」, 『동문선』 권9.

농가의 여름을 묘사한 이 시는 잘 그려진 한 폭의 풍경화를 보는 듯하다. 사실 시에 등장하는 소재들은 우리가 시골에서 흔히 접할 수 있는 것들이다. 녹음이 짙게 우거진 버드나무, 뽕나무와 뽕잎, 꿩, 누에고치, 바람부는 보리밭, 낚시터. 어찌 보면 매우 평범한 소재들을 활용했음에도 이 시가 독자의 눈길을 사로잡으며 농촌의 여름풍경을 잘 찍어낸 스냅사진처럼 될 수 있었던 비결은 시각적·색채적 감각을 살린 의상의 운용에 있다. 특히 제6구에 등장하는 소나기 퍼부은 낚시터의 어두움[暗]과 그리고 마지막 제7~8구의 낮에도 굳게 닫혀 있는 사립문은 마치 정지된 영화의 한 장면을 보고 있는 것 같은 생각이 들 정도로 시각적 효과가 뛰어나다. 이처럼 시작법에서 시각적 감각을 잘 활용한 좋은 묘사는 때때로 독자에게 풍부한 감정과 강렬한 연상을 창조하도록 만들어준다.[33]

살살 부는 저녁 바람에 주막집 깃발 날리고	晚風獵獵酒旗翻
비긴 노을 외로운 연기에 먼 마을이 아른아른	斜照孤煙淡遠村
물새는 홀연히 어느 곳에 투숙하려나	水鳥忽投何處宿
모래톱에 남긴 발자취 흔적 아직도 남아 있네	沙頭殘篆尙留痕[34]

여기 인용한 시 역시 강마을의 저녁풍경을 스케치한 멋진 그림이다. 붉은 노을 가득한 어느 저녁에 시골집 지붕 위로 밥 짓는 연기가 피어오른다. 저녁바람은 주막집 깃발을 하염없이 나부끼고, 어디선가 날아든 물새는 홀연히 백사장에 '篆' 자의 발자취만 남긴 채 떠나가 버렸다. 이 시에서 특히 주목할 시구는 제1구의 저녁바람에 펄럭이는 주막집 깃발이다. 마치 중국영화나 서부영화의 한 장면처럼, 카메라는 멀리서부터 점점 이동하면서 저홀로 떨어져 있는 주막이나 선술집을 클로즈업한다. 게다가

---

33) 테드 휴즈 저, 한기찬 역, 『시작법』, 도서출판 청하, 1982, 117~128면 참조.
34) 「江村晚景」, 『동문선』 권19.

위 인용 시에서는 세찬 바람에 펄럭이는 깃발의 나부끼는 소리까지 들릴
만큼 시각적 효과와 아울러 청각적 효과까지 극대화시키고 있다.[35] 이처
럼 시·청각적 의상은 외롭고 쓸쓸한 강촌 마을의 저녁 풍경을 그려내는
데 매우 유용한 시적 장치로 쓰이고 있는 것이다. 이상에서 살펴보았듯이
김극기 시에는 저녁 무렵의 노을, 저녁연기 등 유독 황혼과 관계된 의상
이 자주 등장한다는 점도 하나의 특징이라고 할 수 있다. 그리고 이와 같
은 황혼과 관계된 색채의상들은 대체로 고독하고 쓸쓸하며 비감어린 시
적 분위기를 만들어준다. 다음 시를 보자.

땅을 두른 수없이 구비진 골짜기요	帶地千盤壑
하늘과 닿은 첩첩 산이로다	連天萬疊山
버들 다리는 물속에서 아른거리고	柳橋搖水底
솔 숲 돌층계는 구름 사이로 둘려 있네	松磴繞雲間
옛 성의 담벼락엔 겨울 까마귀들 모여들고	古堞寒鴉集
앞 수풀엔 지친 새가 돌아오는구나	前林倦鳥還
사신의 행차도 지는 해 애석히 여겨	使軺猶惜日
어둠을 타고 터벅터벅 떠나간다	乘暝去關關[36]

시인은 지금 가도 가도 끝이 없는 첩첩산중 구비진 골짜기를 가고 있
다. 겨울철이라 해도 일찍 저문다. 우연히 만난 옛 성터엔 까마귀들이 모

---

35) 빛[시각적·색채적 意象]과 소리[청각적 意象]를 함께 이용하여 시의 감각미를 최대화
시키는 것은 김극기의 가장 큰 특장이라고 할 수 있다. 가령, "비 올 것이라고 웅덩이
에 개구리가 개굴개굴/ 바람이 불 것이라며 높은 나무에 까치가 까악까악/ 버들 늘어선
그윽한 골목은 거친 풀 속에 덮여 있고/ 사람도 없는 사립문은 떨어진 꽃잎 속에 가려
있네"(「村家」, 『동문선』 권13)라든가 "매미 소리는 늦은 바람에 부서지고/ 갈가마귀 그
림자는 저녁 햇빛에 번뜩이네"(「淸澗驛」, 『신증동국여지승람』 권45), 또는 "연못 속 물
결이 한 쌍의 해오라기 그림자를 흔들고/ 나무 끝으로 불어오는 바람에 매미 소리 부서
지네"(「龍川」, 『신증동국여지승람』 권53) 등은 그 좋은 예라 할 수 있겠다.
36) 「寶山驛」 其二, 『신증동국여지승람』 권41.

여 있고, 숲에는 바쁜 하루에 지친 새들이 둥지로 돌아온다. 하지만 사신 가는 행차는 시간을 아끼느라 쉬지도 못하고 계속해서 발걸음을 재촉한 다. 시제에 나와 있는 '寶山驛'은 황해도 평산에 있었던 역원이다. 제7구 에서 "사신의 행차"라고 한 것으로 보아, 이 시는 아마도 시인이 1203년 에 이연수李延壽를 수행하여 금金나라에 사신으로 떠날 무렵에 지은 것으 로 보인다.37) 특히 마지막 구 "어둠을 타고 터벅터벅 떠나간다"는 저물 녘의 노을과 땅거미가 진 뒤의 어슴푸레한 어두움[暝]이 색채적 대비를 이루는 가운데, 침묵 속에 말없이 어둠을 뚫고 떠나는 사행단의 고독감을 훌륭히 형상화해 내고 있다. 전술했다시피 김극기의 시에는 시각적 색채 의상과 더불어 청각적 감각을 활용한 시들도 많은데, 특히 이들 중에는 악기소리를 통해 외롭고 쓸쓸한 의경을 조성하거나 때로는 처량하고 처 절한 비개미를 자아내는 시들도 있다.

앞길이 몇 리나 남았는지	前途餘幾里
저녁 빛은 점점 어스름한데	晩色漸微茫
하늘 저편은 북풍이 불어 어둡고	天外北風黑
땅은 저녁노을에 노랗구나	地中西日黃
여인들도 능히 말을 탈 줄 알고	婦人能走馬
어린애들은 양을 타는구나	童子解騎羊
어디서 들려오는 한 곡조의 매화락	一曲梅花落
소리 소리 나그네 애간장 끊는구나	聲聲斷客腸38)

이 시는 금나라로 사행 가는 길에 지금의 중국 심양瀋陽 땅인 토아도兎

---

37) 김극기는 金나라 章宗 泰和 3년인 1203년에 賀正使 李延壽를 수행하여 금에 使行하였다.
　　이에 대한 사항은 김극기가 쓴 「入金謝差接伴表」(『東人之文四六』 권9 소재)를 참조할 것.
38) 「使金過兎兒島鎭寧館」, 『동문선』 권9.

兒島의 진녕관鎭寧館을 지나며 쓴 것이다. 한참을 온 것 같은데도 앞으로 가야 할 길이 아직도 멀다. 북풍은 불어오고 날은 점점 어두워져 광활한 대지가 저녁노을로 온통 누렇게 물들었다. 이곳 만주 땅은 여인들도 능숙하게 말을 다룰 줄 알고, 심지어 어린아이들도 양을 타고 다닌다. 이때 어디선가 들려오는 매화락梅花落39)의 피리 한 곡조는 지치고 외로운 나그네의 애간장을 끊어놓을 정도로 처절하다. 끝없이 펼쳐진 광활한 대지, 그리고 그 넓은 광야를 붉고 누렇게 물들인 황혼 속에서 슬프고 처량하게 들려오는 피리 소리는 나그네의 고독과 멋지게 어우러져 객창감을 고조시키고 있다. 외롭다거나 슬프다거나 처량하다는 말은 시인이 한 마디도 하고 있지 않지만, 이 시는 그 어떤 시보다도 더욱 고독하고 우수에 차 있으며 슬프기까지 하다. 그리고 이러한 시적 성취의 이면에는 감각적 의상을 절묘하게 활용한 시인의 솜씨가 자리 잡고 있다.40) 다음 시에서는 청각적 감각이 극대화되어 있다.

나는 녹균루를 사랑하노니	我愛綠筠樓
서늘한 댓잎 소리 길게 가을을 흔드네	寒聲長撼秋
높이 솟은 대나무들 칼날같이 섰고	摋摋簇甲刀
사각사각 소리는 구슬이 울리는 듯	淅淅鳴琳球
이곳 아래는 혜강이 취하기에 좋고	下宜醉叔夜

---

39) 매화락은 樂府曲의 일종인 橫吹曲의 네 번째 곡이다. 횡취곡은 서역에서 전래된 武樂의 일종으로, 주로 피리로 불리던 곡조였다.

40) 김극기 시에는 저물녘의 황혼과 함께 피리 소리가 등장하여 悲慨美를 조성하는 경우가 유난히 많다. 예컨대 다음 「大堀浦」(『신증동국여지승람』 권36 소재)이라는 시의 경우도 그러한데, 참고로 시를 소개해 본다. "넓고 넓은 푸른 강에/ 외로운 배 절로 비껴 있네/ 봉우리 끝으로 붉은 해 저물고/ 바다 밑에선 흰 달 맞이하네/ 물가에 가득한 모래 서리와 같고/ 하늘에 맞닿은 물결은 눈과도 같네/ 어부의 젓대소리 서너 곡조에/ 갈대숲 사이에서 절로 처량하구나(碧江千萬頃/ 孤棹自橫絶/ 峯端送紅日/ 海底迎白月/ 滿岸沙似霜/ 連空浪如雪/ 漁笛三四聲/ 葦間自凄咽)"

이 사이로는 서군유徐君猷 지날만하네   閒稱經君猷
부럽구나! 그대가 비바람 치는 밤에   羨公風雨夕
베개에 기대어 대숲 바람소리 듣는 것   敧枕聽颼颼[41]

강원도 강릉에 있었던 녹균루綠筠樓라는 누대에서 쓴 것이다. 이 누대는 그 이름에 걸맞게 울창한 대숲 속에 자리 잡고 있었던 것으로 보인다. 시인은 어느 가을날 녹균루에서, 하늘에 닿을 듯이 높게 솟은 대나무를 흔들어대는 바람 소리를 듣고 있다. 대나무 잎을 통해서 들려오는 이 바람 소리를 시인은 '가을을 흔드는 소리'라고 말한다. 이 소리는 때로 마치 구슬이 울리듯 사각사각 소리를 내기도 한다. 시인은 이 댓잎 소리가 너무나 좋아 밤에도 녹균루에서 베개에 기대어 바람소리를 들으며 잠들고 싶다고 말할 정도이다. 김극기는 이처럼 빛(색채)이나 소리에 매우 예민한 감각적인 시인이었다. 이 세상의 모든 빛과 소리가 그의 손을 거치면서 뛰어난 시로 재탄생하는 것이다.[42] 마지막으로 자신을 시들어 버린 꽃에 비유한 다음 시를 살펴보자.

피어나는 향기에도 봄바람 이르지 않음을 한스러워하고   芬敷恨不及春風
차가운 이슬과 된서리에 아름다운 모습 시들어버렸네   露冷霜凄慘玉容
늙어가는 나이에 꽃다운 마음이라고 그 누가 알아주랴   歲晚芳心誰獨識
그래도 남은 떨기엔 꽃벌이 찾아드네   殘叢尙有愛花蜂[43]

인용 시는 시의 내용으로 볼 때, 아마도 김극기의 은거 시절에 지어진

---

41) 「綠筠樓」, 『신증동국여지승람』 권44.
42) 김극기는 소리에 매우 예민한 시인이었다. 인용 시 외에도 가령 「海南」(『신증동국여지승람』 권37 소재)이라는 시를 보면, "뚝뚝 갈대잎에 비 떨어지고/ 쏴쏴 댓가지에 바람 부네(疎疎蘆葉雨/ 淅淅竹梢風)"와 같이 청각적 감각을 활용한 시들이 많이 보인다.
43) 崔滋, 『補閑集』 卷中.

것으로 생각된다. 『보한집』에서는 이 시를 "시인이 우의寓意하는 바가 있어 이 시를 읽으면 처연悽然하여 느끼는 바가 있다."44)라고 평하였다. 시인은 늙어가는 자신을 꽃에다 비유하여 이슬과 된서리에 시들어버린 꽃처럼, 흐르는 세월 앞에서 아무도 찾아주지 않는 자신의 신세를 슬퍼하고 있다. 이 시에는 꽃향기, 봄바람, 차가운 이슬과 된서리, 꽃떨기와 붕붕거리며 날아드는 벌 등이 등장한다. 시각과 청각 외에도 후각과 촉각까지 거의 모든 감각이 다 쓰이면서 시인의 처연한 상실감을 드러내고 비개미를 고취시키고 있다.

4. 결어

김극기는 고려 무신집권기의 대표적인 시인이다. 그는 영특한 머리와 뛰어난 문학적 재주를 지니고 있었지만, 생의 대부분을 자연에 묻혀 지냈으며 벼슬살이는 만년에 잠시 거쳤을 뿐이었다. 그는 이규보나 이제현, 이색과 같이 영향력 있는 정치인이거나 또는 많은 문도를 거느린 학자도 아니었다. 김극기라는 이름은 오로지 시인으로서 존재할 뿐이다.

김극기 시의 가장 큰 특징은 회화성과 색채의상을 통해 드러나는 애상적 정조에 있다. 그의 시에는 어두움과 밝음 계열의 색채시어가 지속적으로 등장하며, 이 같은 시어들은 각각 일정한 의미망을 형성하면서 김극기 시의 주제를 심화시킨다. 다시 말해 김극기 시에서 색채의상은, 시인의 고독과 슬픔을 드러내는 매우 효과적인 시적 장치이자 미적 특질로 쓰이

---

44) 崔滋, 『補閑集』 卷中. "金詩有風人自寓之意, 讀之悽然有感."

고 있는 것이다.

사실 한시의 작법에 있어서 회화성에 대한 강조는 매우 오래된 전통이다. 대표적인 예로 당나라의 시인 왕유는 "시중유화"의 경지에 이르렀다는 평가를 받았는데, 실제로 그는 시인이면서 동시에 화가이기도 하였다. 왕유의 시에서처럼 잘 쓰인 시어는 독자의 연상과 상상을 불러일으키며 독자로 하여금 머릿속에서 빛·색·모습 등의 구체적 형상을 만들게 한다.[45] 특히 색채감이 뚜렷한 시어의 경우에는 이러한 효과가 더욱 잘 나타난다고 할 수 있다. 김극기의 시가 바로 그러하다. 이런 의미에서 보자면 김극기의 시는 왕유에 비견할만한 "시중유화"의 경지를 이루고 있다. 그리고, 이 같은 시적성취의 핵심에는 색채의상의 활용과 여기에서 생성되는 의경의 운용이 있음을 알 수 있다.

---

45) 원행패 저, 박종혁 외 공역, 『중국시가예술연구』 하, 아세아출판사, 1994, 101면 참조.

정추 시에 나타난 자유지향의 정신과 관조의 미

1. 문제제기

시인에게 있어서 시를 쓰는 행위는, 자신의 존재를 확인하는 수단이요, 때로는 세상에 맞서는 저항의 수단이고, 또 때로는 삶을 지탱케 하는 유일한 방법이자 그 자체로 삶의 존재 이유이기도 하다. 물론 어떤 시인은 여가로 시를 쓰기도 했지만, 동시에 또 어떤 시인은 생의 가장 치열한 순간순간을 시로 담아내었다. 본고에서 소개하고자 하는 정추鄭樞도 그 같은 시인이었다. 정추에게 시는 세상에서 받은 영혼의 상처를 치유하는 공간이자, 또 세상과의 화해와 소통을 가능케 하는, 그에게는 어쩌면 유일한 끈이기도 하였다. 시는 본질적으로 시인이 자아와 세계의 격심한 변화를 체험한 뒤, 그 자아와 세계와의 관계에서, 심지어 때로는 시인 자신과 자신 스스로의 관계에서도 발생되는 소외나 갈등을 표현한 것임을 상기해 볼 때,[1] 정추의 시는 그의 삶 자체였고, 동시에 그의 삶은 한 편의 시라고 해도 좋을 것이다.

정추鄭樞(1333~1382)는 14세기에 활동했던 시인으로 자는 공권公權, 호는 원재圓齋이다. 1353년(공민왕 2)에 목은 이색(1328~1396)과 함께 문과에 급제하여 관직의 길에 들어섰다. 과거 동방同榜으로 맺어진 목은과의 인연은 다섯 살의 나이 차를 뛰어 넘어 평생의 벗으로 계속된다. 하지만 이 두 사람의 기질이나 성격, 세계관, 정신적 지향은 사뭇 달랐고, 걸어간 삶의 발자취 또한 많은 거리가 있었다. 그리고 그 삶의 방식만큼이나 이들의 시세계 역시 다른 경향을 보여준다.

지금까지 정추에 대한 연구로는 주로 그의 시를 중심으로 정치 현실이나 사회의 모순에 대한 비판적 의식을 다룬 것, 또는 웅위雄威하고 웅호雄豪한 기상의 표출이라든가 변화에 대한 순응과 삶의 자세를 주목한 것, 그리고 생애와 교유관계 등 작가론의 관점에서 접근한 것 등이 있다.[2] 본고에서는 그간의 선행 연구 성과를 바탕으로 특별히 정추의 세속에 얽매이지 않는 기질과 기상, 그리고 그러한 기질이 시에서 미적으로 표현될 때 나타나는 '소야疏野'의 품격과 관조의 미의식을 중심으로 정추 시를 분석해 보고자 한다.

사실 정추에 대한 애기를 하려면 그의 부친을 비롯한 가계에 대한 이야기를 하지 않을 수 없다. 그의 사상과 시문학에 가문의 문학적 전통과

---

1) 김준오, 『시론』, 삼지원, 1997, 6면 참조.
2) 생애 및 교유관계 등과 한시 전반에 걸쳐 다룬 것으로는 홍은진, 「원재 정추 한시의 연구」(고려대학교 석사학위논문, 1996)가 있다. 정추의 내면의식과 기상, 삶의 자세를 다룬 것으로는 다음과 같은 논문들이 있다. 구본기, 「정추 시에 투영된 여말 지식인의 내면 풍경」, 『한국한시연구』 4, 한국한시학회, 1996; 유호진, 「정추 시에 나타난 세계인식과 대응자세에 관하여」, 『국어국문학』 129집, 국어국문학회, 2001; 김진경, 「원재 정추 시세계 연구—의식지향과 미적특질을 중심으로」, 『한문교육연구』 20호, 한국한문교육학회, 2003. 정치현실과 사회현실을 비판적으로 다룬 시에 관한 것은 다음과 같다. 이성호, 「원재 정추와 그의 시에 관한 소고」, 『한국한문학연구』 18집, 한국한문학회, 1995; 엄경흠, 「원재 정추의 시대 비판적 시세계에 대한 고찰」, 『동양한문학연구』 11집, 동양한문학회, 1997.

기질이 커다란 영향을 끼쳤기 때문이다. 정추의 부친은 잘 알려져 있다시피 14세기 전반기에 활동했던 저명한 시인 설곡雪谷 정포鄭誧(1309~1345)이다. 정포는 18세의 나이에 급제할 정도로 총명하였으나 그의 관직 생활은 순탄치 않았다. 그는 좌사간左司諫·좌사의대부左司議大夫 등 주로 간관諫官의 직을 수행하였기 때문에 직무의 특성상 임금을 비롯한 주위 사람들의 잘못과 실정을 애기할 기회가 많았다. 사실 개인의 출세나 정치적 영달을 무시하고 자기의 신념을 직언하는 것은 환로宦路에 있는 사람에게는 그리 쉬운 일은 아니다. 하지만 정포는 보신保身의 길을 택하지 않았다. 정포의 이러한 태도는 그의 기질적 특징에 기인하는 바가 크다. 그리고 이러한 기질은 정포의 조부 정해鄭瑎로부터 내려오는 이 집안의 특징이기도 하였다.

정해는 충렬왕 때의 문신인데, 당시 왕의 총애를 받던 권신들의 전횡과 횡포를 보고 아무도 이들의 잘못을 말리지 못하는 상황에서, 이 사람들의 잘못을 준엄하게 질타했던 인물이다. 어쨌든 정포는 수차례의 상소와 탄핵으로 권신들의 미움을 받고 울주蔚州로 유배를 가게 되었는데, 이때부터 이미 그는 사실상 벼슬의 길을 단념하고 음소자약吟嘯自若하는 시인으로서의 삶을 살아갔던 것으로 보인다. 유배에서 풀려난 후 그는 고국을 떠나 원나라에 가서 뜻을 펴보려다 그곳에서 병을 얻어 37세의 나이로 머나먼 이국땅에서 생을 마감했으니, 어찌 보면 삶 자체가 한 편의 드라마요, 시인다운 삶을 마감했다고 해도 좋을 듯싶다. 정포의 이러한 시인으로서의 기질은 그대로 아들 정추에게로 이어진다.

정추의 삶과 문학에 영향을 끼쳤던 또 한 명의 사람은 정추의 조부 정책鄭㥽이다. 정책은 성품이 대범 활달하고 어디에 구속되거나 얽매임이 없었으며 집안의 살림살이 등 경제활동에는 전혀 관심이 없었다.3) 정해 → 정책 → 정포 → 정추로 이어지는 가계도에서 아마도 기질적인 측면만 놓고 말한다면, 정추와 가장 닮았던 인물이 조부 정책이었던 것으로 짐작된다. 사실 얽매이지 않고 자유를 지향하는 이 같은 성격과 기질은 정추 시 문학의 특징을 밝히기 위한 중요한 열쇠이기도 하다. 왜냐하면 정추 시에는 소야疏野와 불구不拘의 시정신이 내재되어 있고, 이 같은 자유의 시정신을 바탕으로 발현된 관조의 미가 정추 시의 주요한 미적 특질로 보이기 때문이다.

2. 소야의 시품과 불구의 시정신

동서고금을 막론하고 시인이라면 대체로 어디에 얽매이는 것을 싫어하는 자유분방한 성격을 지니고 있는 경우가 많다. 하지만 우리 한시의 경우에는 중세 지식인이 갖춰야 할 필수교양의 산물로 창작된 경우도 허다하였기에, 일상적인 일기처럼 짓는 한시의 경우에나 또는 사대부들의 교유 수단으로 서로 창화하며 짓는 경우, 사신의 접대 현장에서 외교적 의례로 짓는 경우 등에는 개인의 개성을 감추는 경우가 많은 만큼, 시인의 자유로운 기질이 드러나는 경우가 드물다. 다른 각도에서 말하자면 한시사의 유구한 전통만큼이나 다양하고 다채로운 경향의 시들이 지어졌는데, 시인하면 으레 연상되는 자유분방하고 방탕불기放蕩不羈한 경향을 보여주는 시들 또한 한시의 많은 갈래 중의 하나로 나름의 미학적 범주를 가지고 창작되어 온 것이다. 한시미학에서는 이러한 경향을 지닌 시들을 일반적으로 '소야疏野'라는 미적 범주로 묶어 왔다. 본고에서 필자는 정추 시

---

3) 이에 대한 사항은 『고려사』 권106 「열전」 권19 "鄭瑈"조 및 이색, 『목은집』 권20, 「鄭氏
   家傳」 참조.

의 미적 특질을 살피는 데에 있어서 '소야'의 시품詩品이 중요한 잣대가 될 수 있다고 판단하고, 정추의 타고난 성격과 기질, 자라온 배경, 삶의 방식과 구체적 모습, 그리고 이러한 것들이 모두 아울러 수렴된 그가 추구하고자 하는 정신적 지향 등이 그의 시에서 어떻게 드러나고 있는지를, '소야'의 품격을 중심으로 하여 살피고자 한다.

시품으로서 소야가 처음 등장하는 것은 사공도의 「이십사시품二十四詩品」에서이다. 사공도는 소야를 "본성이 편안히 여김을 좇아/ 천진을 따라 취하여 얽매이지 아니한다/ 만물을 가져옴에 저절로 넉넉하며/ 진솔한 천성과 합해지네/ 소나무 아래에 집을 짓고/ 모자를 벗고 시를 본다/ 단지 아침과 저녁이 됨을 알 뿐/ 어느 때인가는 따지지 않는다/ 우연히 뜻에 맞아 그렇게 된 것이지/ 어찌 기필해서 작위적으로 그렇게 한 것이리오/ 자연 그대로 놓아둠과 같은 것은/ 이와 같아야 얻게 되는 것이다(惟性所宅/ 眞取弗羈/ 控物自富/ 與率爲期/ 築室松下/ 脫帽看詩/ 但知旦暮/ 不辨何時/ 倘然適意/ 豈必有爲/ 若其天放/ 如是得之)"라고 설명하고 있다. 곽소우郭紹虞가 편찬한 『시품집해詩品集解』에서는 이것은 진솔의 일종으로, 본성의 자연스러움에 맡기고 인위적인 수식을 하지 않는 것이라고 하였다. 또 '소야'의 글자를 풀이하면서 소疎는 생략하거나 소략한 것을 지칭하고, 야野는 솔직하게 드러내는 것을 말한다고 하였다.[4]

사공도 시의 제5·6구, "소나무 아래에 집을 짓고 모자를 벗고 시를 본다"는 것은 '야'의 의미를 말한 것인데, 특히 모자를 벗는다는 것은 구속되지 않는 자유로움을 의미한다.[5] 제9·10구, "우연히 뜻에 맞아 그렇게 된 것이지/ 어찌 기필해서 작위적으로 그렇게 한 것이리오"에서는,

---

4) 郭紹虞, 『詩品集解』, <皐解>, "此乃眞率一種, 任性自然, 絶去雕飾." 및 <淺解>, "脫略謂之疎, 眞率謂之野." 참조.
5) 곽소우, 앞의 책, <淺解>, "築室松下, 脫帽看詩, 力寫野字. 野由於疎, 曰脫帽則疏放可知." 참조.

'소야'란 자기의 뜻을 따라 자연스럽게 하는 것이지 일부러 작위적으로 하는 것이 아님을 말하고 있다. 마지막 11·12구의 "천방天放"은 소야의 성격을 잘 말해주고 있는 핵심 단어이다. 즉 타고난 성품대로 어디에 얽매임 없이 자연스럽게 자기 내키는 대로 하는 것을 의미한다.6)

사실 '소야'의 미적 범주는 「이십사시품」에 나오는 또 다른 시품인 '자연自然'이나 '표일飄逸'·'광달曠達'과도 유사성을 보이며 종영鍾嶸의 『시품詩品』에 등장하는 72시품 중 하나인 '질직質直'이나 '진고眞古'·'고직古直', 『파한집』의 '초일超逸', 그리고 율곡 이이의 시선집 『정언묘선』에 나타나는 '한미청적'과도 매우 깊은 동질성을 갖고 있다. 하지만 '자연'은 천연스럽고 천진함에, '표일·광달·한미청적' 등은 여유로움과 한가로움에, '질직·진고·고직' 등은 솔직함과 꾸미지 않음에 상대적으로 좀 더 초점이 맞춰져 있는 것에 비해, '소야'는 자유지향의 정신과 어디에도 얽매이지 않는 '방탕불기' 또는 '불구不拘'의 정신을 더 강조하고 있다는 점에서 그 차이가 있다고 보인다. 뿐만 아니라 조선후기의 글에서도 '소야'라는 비평어는 계속 보이는데, 가령 삼연三淵 김창흡金昌翕이 아우인 노가재老稼齋 김창업金昌業과 형인 몽와夢窩 김창집金昌集에게 주는 편지글,7) 그리고 만각재晩覺齋 이동급李東汲이 쓴 서문 형식의 글들8)을 비롯하여 기타 여러

---

6) 곽소우, 앞의 책, 같은 곳, "天放, 天然放浪也." 참조.

7) 삼연은 아우 노가재에게 주는 편지 「與大有」(『三淵集拾遺』 권14)에서 "命意가 진실로 크게 어긋나지 않았고 辭氣는 소야하다[命意苟不大乖, 則辭氣疎野]"라고 썼고, 형인 김창집에게 주는 편지 「上白氏」(『三淵集拾遺』 권13)에선 "語意가 소야해서 혹 거만하게 비쳐질까봐 고로 산정하여 뽑아놓지 않았습니다[語意疎野, 或涉於偃蹇者, 故不裁刪]"라고 하였다.

8) 만각재 이동급(1738~1811)은 18세기 후반에 활동한 문인인데, 「墨癡詩卷序」(『晩覺齋先生文集』 권3)에서 "지금 『경회시권』을 보니 그 평담하고 한정한 것은 도연명·사령운의 풍치가 있고, 전아하고 온자한 것은 염락의 뜻이 있고, 기타 마음속 생각을 서술한 글이나 흥이 일어 쓴 글들은 혹 소야·청광하고 혹은 완연·섬려하기도 하다[今觀景晦詩卷, 其平澹閒靚者有陶謝風味, 典雅縕藉者有濂洛意思, 其他述懷之作漫興之篇, 或疎野淸曠, 或婉孌纖麗]"라고 『경회시집』의 시풍의 하나로 소야를 말하고 있다. 또 「書唐律與朴斯文萬振序」

가지 형식의 다양한 글에 나타나 있다. 여기에서 김창흡이나 이동급이 사용하고 있는 소야의 용례는 고려시대 비평집에 등장하는 소야와 거의 차이가 없는 방탕불기·방종불구의 의미로 쓰이고 있음을 알 수 있다.9) 다음 시를 보자.

<table>
<tr><td>황령에 달은 비껴 있고 하늘은 물빛 같은데</td><td>荒嶺月斜天似水</td></tr>
<tr><td>바람 그친 취헌에선 대나무가 매화와 사귀고 있네</td><td>翠軒風定竹交梅</td></tr>
<tr><td>그 누가 말했는가, 쫓겨난 나그네는 마음의 흥도 없다고</td><td>誰言逐客無情興</td></tr>
<tr><td>모자 가득 꽃을 꽂고 수레에 거꾸로 타고 돌아온다</td><td>滿帽簪花倒載廻10)</td></tr>
</table>

인용 시는 정추가 좌사의대부左司議大夫로 있으면서 이존오李存吾와 더불어 신돈辛旽의 불손함을 상소했다가 왕의 노여움을 받아 동래현령으로 좌천되어 가던 무렵에 지은 것이다. 이때가 공민왕 15년(1366) 그의 나이 34세 되던 해이다. 당시의 상황을 좀 더 자세히 알아보기 위해 다소 길지만 『고려사』의 다음 글을 보자.

　　정공권은 처음에는 이름을 추樞라고 하였는데 후에 가서 자字를 이름

　　(『晚覺齋先生文集』 권3)에서는 "그 아름답고 고결한 모습과 소야하고 한광한 말은 진실로 후세의 말 잘하는 선비들이 미칠 수 있는 바가 아니다[而其婉孌高潔之態, <u>疎野閒曠之語</u>, 固非後世能言之士所可企及.]"라고 하였다.

9) 중국의 문집에서도 疏野라는 용어가 자주 보이는데, 주로 어떤 사람의 인품을 품평하거나 시작품 자체에서 시어로 사용된 경우가 많다. 가령 "牧少雋, <u>性疎野放蕩</u>, 雖爲檢制, 而不能自禁."(『太平廣記』 권273, 杜牧)라고 하여 당나라의 시인 두목의 성격을 疏野하고 放蕩하다거나, "<u>王墨性多疎野好酒</u>"(『御製佩文齋書畫譜』, 「唐王墨潑墨畫」)라고 하여 왕묵의 성격을 疏野하고 술을 좋아한다거나, 「西齋冬夕」(『淸江三孔集』 권23)이라는 시에서는 "<u>平生疎野得江湖</u>, 歲暮西齋擁一爐"라고 하여 평생 소야한 성품으로 강호를 돌아다녔다고 말한 것이 그 대표적인 實例이다.

10) 정추, 「東萊卽事」, 『圓齋先生文藁』 卷中, 198면. 앞으로 정추의 시를 인용할 때는 문집명을 생략하고 권수와 면수만을 기록하겠음. 여기 면수의 표시는 본고에서 저본으로 삼은 『한국문집총간』 5(민족문화추진회, 1990)의 면수를 가리킴.

대신으로 쓰게 되었다. 공민왕 초년에 과거에 급제하여 예문관 검열로 임명되었고 여러 관직들을 거쳐 좌사의 대부가 되었다. 15년에 정언 이존오와 함께 신돈이 나랏일을 그릇친 죄에 대하여 극히 날카로운 폭로를 하였더니, 왕이 크게 성을 내어 정공권 등을 불러다가 직접 대면하여 힐책한 후 순군 옥에다 가두라 하고 이춘부李春富, 김란金蘭, 이색李穡, 김달상金達祥 등으로 하여금 문초하도록 명령하였다. 그들이 묻기를 "너를 유인하여 상소케 한 자가 누구인가?"라고 하니 정공권이 말하기를 "우리 부자가 서로 뒤를 이어 간대부諫大夫가 되어 나라의 은혜를 후하게 받았다. 지금 전하가 정치를 나쁜 사람에게 맡겨 나라의 운명이 위태롭게 되어 사람마다 분개하고 있다. 때문에 간관으로 있으면서 어찌 아무 말도 못하고 남이 말하기만 기다리고 있겠는가? 또 신돈은 위세와 화복을 좌우하고 있어서 길가는 사람들도 다 그것을 보는 바인데 누가 감히 나를 유인하겠는가?"라고 하였다. 김달상이 꿇어앉으라고 하였으나 정공권이 굴종하지 않으므로 사람을 시켜 그의 머리카락을 잡아당기고 발길로 차서 무릎을 꿇도록 하였다. (…중략…) 신돈의 일당은 이 사건을 계기로 하여 자기들과 다른 입장을 취하는 자들을 모조리 없애 치울 작정으로 정공권 등으로 하여금 명망이 있는 사람들을 반드시 이 사건에 끌어넣으려 하였다. 그래서 어떤 사람은 말하기를 "만약 경천흥慶千興과 원송수元松壽가 이 일을 사주하였다고 말하기만 하면 죽음을 면할 수 있다"라고 하였다. 그러나 정공권은 말하기를 "내가 간관이 되어 나라의 역적을 논단하는 것은 의리상 마땅한 일이요, 죽고 사는 것은 하늘이 정해 주는 것인데 어찌 죄없는 사람을 거짓으로 고발함으로써 제 일신이 살기를 바랄 것인가?"라고 하였다. 임현林顯 및 우헌납 박진록朴晉祿이 감옥에 가서 정공권을 만났는데 박진록이 말하기를 "우리들은 사람이 아니다"라고 하니 임현이 문뜩 놀라면서 "그것은 무슨 말인가?"라고 하였다. 신돈 일당이 "왕의 노여움이 아직 풀리지 않았으니 정공권 등은 반드시 죽게 될 것이다"라고 말하였다는 것이다. 이색이 들어가서 왕의 성낸 기색이 없음을 보고 그들의 말이 거짓이라는 것을 알게 되었다. 신돈 일당은 기어이 그들을 죽이려고 하였는데 이색이 이춘부에게 말을 해주었으므로 정공권

이 죽음을 면할 수 있었고 동래현령으로 폄직되었다.[11]

위 인용문의 내용을 정리하면, 정추는 과거급제 후 여러 관직을 거쳤다가 좌사의대부로 있었는데, 공민왕 15년에 역시 간관 벼슬을 하고 있던 이존오와 더불어 신돈의 전횡을 상소했다가 왕의 노여움을 사 감옥에 갇히게 되었다. 여기에서 주목할 점은 이때 국문하던 자들이 상소를 올리도록 뒤에서 부추긴 자를 대라고 추궁할 때, 정추가 보여준 태도이다. 정추는 "간관으로 있으면서 어찌 아무 말도 못하고 남이 말하기만 기다리고 있겠는가"라고 말한다. 간관으로서의 자기정체성, 자부심, 사명감이 투철했음을 보여주는 대목이다. 그는 자기가 부친인 설곡에 이어 나라의 간의대부가 되었다는 매우 큰 자부심을 가지고 있었던 듯하다. 그는 또한 국문관인 김달상이 무릎을 꿇어앉히려 하자 끝까지 굴종하지 않아 머리를 잡히고 발길로 차임을 당했다. 강직하고 자존감 높은 그의 성격과 기질을 여실히 보여주고 있다.

정추의 강직한 기질과 고집스런 성격은, 신돈 일당이 이 사건을 정치적으로 이용하여 자기들의 최대 정적이었던 경복흥과 원송수를 제거하기 위해 정추의 배후인물로 이들을 지목하고, 이것을 정추가 시인하기만 하면 죽음을 면하게 해준다고 유혹할 때 더욱 극명하게 드러난다. 정추는

---

11) 『고려사』 권106, 「열전」 권19, <鄭樞>. 위의 번역문은 동아대학교 고전연구실에서 간행한 『역주 고려사』(1987)를 참조하여 인용했음. "公權初名樞字公權後以字行. 恭愍初中第, 補藝文檢閱, 累遷左司議大夫. 十五年, 與正言李存吾, 極言辛旽誤國之罪, 王大怒召公權等, 面詰下巡軍, 命李春富金蘭李穡金達祥等鞫之問曰: "誘汝上疏者誰?", 公權曰: "吾父子相繼爲諫大夫, 受國恩厚見, 上委政非人, 社稷將危, 人人憤恨. 故在言職不得嘿嘿, 豈待人言? 且旽擅威福, 道路以目, 孰敢誘耶?" 達祥令跪, 公權不屈, 使人捽其髮蹴而跪之 (…中略…) 旽黨欲因此, 盡去異己, 凡有名望者, 必令公權等援引, 或謂曰: "若言慶千興元松壽喉之可免死." 公權曰: "身爲諫官, 義當論國賊, 死生有命, 豈可誣人以求免耶?" 顯及右獻納朴晉祿, 見公權等于獄, 晉祿曰: "我輩不人." 顯愕然曰: "是何言耶?" 旽黨聲言, "上怒未霽, 公權等必死." 穡入見王無怒色, 乃知其妄. 旽黨必欲殺之, 穡言於春富, 得免貶東萊縣令."

이들이 협박과 회유를 가해오자 나라의 간관으로서 마땅히 할 말을 했을 뿐이요, 더구나 자기 한 몸 살아남기 위해서 무고한 사람을 거짓으로 끌어들일 수는 없다는 태도를 보여준다. 죽음도 두려워하지 않는 이러한 강직함과 자기의 본분에 대한 책임감, 그리고 자존감 등은 정추의 시세계에도 그대로 드러난다. 결국 이 사건은 동방이자 평생의 친우였던 이색의 주선으로 감옥에서 풀려나 동래현감으로 폄직되는 선에서 정리되었다. 하지만 과거급제 후 환로에서 승승장구하던 정추로서는 이 사건이 처음으로 겪는 커다란 정치적 시련이었고, 이를 계기로 작게는 정치에 대한 심경의 변화가, 크게는 삶의 자세에도 변화를 가져오는 계기가 되었던 것으로 생각된다.12)

위의 인용 시 제1구의 ‘황령’은 동래에 있는 ‘황령산荒嶺山’이고, 2구의 ‘취헌’은 당시 동래객관東萊客館 뒷산에 있었던 정자 ‘적취헌積翠軒’이다.13) 바람 한 점 없는 청명한 달밤에 정추는 적취헌에 오른다. 앞에서도 언급했지만, 정추 개인으로서는 엄청난 시련을 겪고 폄직되어 온 뒤라 몸과 마음이 피폐해졌을 것이다. 게다가 아무런 연고도 없는 이곳에 가족도 없이 홀로 왔으니 그가 느끼는 고독감과 상실감은 클 수밖에 없었다. 그는 이날도 아마 밤늦게까지 잠 못 이룬 것 같다. 잠도 오지 않고 울적한 마음도 달랠 겸 그는 뒷산의 정자인 적취헌에 올랐다. 그런데 재미있는 것

---

12) 이때 정추와 함께 감옥에 갇혔던 이존오도 長沙縣의 監務로 좌천되었는데, 그는 장사감무로 간 지 2년 후인 1368년에 해배되어 다시는 정치 일선에 나아가지 않고 지금의 충청도 공주 石灘에서 우거하다가 1371년 31세의 나이로 요절하고 말았다. 그만큼 정추·이존오의 신돈 탄핵 사건은 당시의 정계에 파란을 몰고 왔을 뿐만 아니라, 이 두 사람의 개인사에도 삶의 전환점이 되는 중요한 계기가 되는 사건이었다.

13) 『增正交隣志』 권3, 「館宇」에 “荒嶺山의 봉수가 동래부에 속한다”는 표현이 보인다. ‘취헌’은 정포의 시 「東萊雜詩」(『雪谷集』 卷下)에 보이는데, “청명절도 잠깐 사이 지나고/ 적취헌에 한가히 올라보았네/ 관청은 엄숙하여 화극처럼 벌여 있고/ 산은 고요히 붉은 문 지키고 있네(暫過淸明節/ 閑憑積翠軒/ 地嚴森畫戟/ 山靜衛朱門)”라는 구절이 있다.

은 정자에 오르고 난 뒤의 변화이다. 막상 오르고 보니 그의 시선에 들어오는 두 가지가 있었다. 바로 대나무와 매화이다. 시인은 대나무와 매화가 어우러진 달밤의 멋들어진 풍광을 "대나무가 매화와 사귀고 있다"라고 재미있게 표현하고 있지만, 더욱 중요한 것은 이러한 풍광을 매개로 하여 전환되는 그의 기분과 심적 상태, 좀 더 확대해서 말하자면 삶의 자세에 있다. 대나무와 매화를 본 뒤 정추는 시골로 쫓겨 온 불우한 관리에서 자연이 주는 기쁨을 누리는 시인으로 바뀌어간다. 그리고 그는 강변한다. 비록 서울에서 쫓겨난 나그네지만 마음에 흥이 일어난다고. 얼마 후 정자를 내려올 때엔 올라갈 때와는 너무나 다른 상황이 연출된다. 마음속의 흥과 기쁨을 주체할 수 없어 시인은 급기야 "모자 가득 꽃을 꽂고 수레에 거꾸로 타고 돌아"올 수밖에 없었던 것이다.

이러한 행동은 평범한 사람들로서는 이해하기 힘들고, 잘 나타나지도 않는 일이다. 사실 모든 사람들이 대나무, 매화를 보았다고 정추와 같이 심경의 변화, 행동의 전환이 이루어지는 것은 아니다. 이는 일단 정추가 시인으로서의 감수성과 광기狂氣를 가지고 있음을 말해주는 것이기도 하지만, 또 다른 면에서는 정추의 타고난 기질과 삶의 자세가 자유롭고 어디에 얽매이지 않는다는 것을 보여주는 것이기도 하다. 또한 어쩌면, 동래로 쫓겨 오면서 이미 그는 중앙정계에 대한 출세의 미련이나 집착에서 벗어났음을 시사하고 있는 것이라고 해석할 수도 있겠다. 다음 시는 이러한 점을 더욱 잘 보여주고 있다.

나무 아래에선 오히려 햇볕들까 두려워   樹下猶嫌畏景浸
평상을 떠나 녹음이 깊은 곳으로 간다   移床趨得綠陰深
두건 벗어 이마 드러내니 제격이로구나   脫巾露頂偏相稱
바람은 소나무 가지 끝에 불어대고 대숲은 닫힌다 風度松梢關竹林[14]

　　시의 내용으로 볼 때, 계절은 한여름인 것 같다. 시인은 더위를 잠시
피하려 나무 아래 놓여 있는 평상에 앉아본다. 그러나 이내 평상에서 일
어나 더욱 녹음이 깊은 곳으로 옮겨 간다. 이유는 '햇볕이 드는[景浸]' 것
이 싫었기 때문이다. 결국 시인이 햇볕을 피해 찾아간 곳은 숲속이었다.
그제서야 시인은 비로소 모든 것이 안심이 되고 만족함과 평안함을 느낀
다. 그는 이 상황을 제3구에서 걸맞다는 뜻의 '稱'이란 시어로 표현하고
있다. 숲속에서는 두건을 벗고 이마를 드러내도 좋을만큼, 아니 그렇게
해야 뭔가 어울리고 걸맞은 그런 공간이다. 또한 '두건을 벗고 이마를 드
러낸다'라는 말은 앞에서 살펴본 사공도의 시 <소야>의 제5·6구 "소
나무 아래에 집을 짓고/ 모자를 벗고 시를 본다"를 연상시킨다. 전술한
것처럼 여기 모자를 벗는다는 말이 구속되지 않는 자유로움을 의미한다
고 했을 때, 이 시의 행간에는 좀 더 많은 의미가 함축되어 있음을 짐작
할 수 있다.

　　그렇다면 시인이 궁극적으로 찾아가 머물고 만족해했던, 더욱 확대해
서 말하자면, 두건을 벗고 이마를 드러낼 정도로 그 어디에도 구속되지
않고 자유로움을 느끼던, "녹음이 깊은 곳"은 어디인가? 제4구에 보면 그
곳은 바람이 소나무 가지 끝에 불어대는 '대숲[竹林]'이라고 밝혀져 있다.
여기에서 보다 중요한 것은 시인이 최후로 선택한 장소인 대숲이 지향하
는 속성 내지 성격이다. 인용 시의 4구 마지막 부분에서 시인이 "대숲은
닫힌다[關竹林]"라고 말하고 있는 것처럼, 시인이 안식의 장소로 선택한
숲은 극히 폐쇄지향적인 공간이다. '대숲[竹林]'이라는 공간은 처음에 시
인이 쉼의 장소로 선택했던 '나무 아래[樹下]'와 비교해 보면 그 성격이
더욱 뚜렷이 드러난다. 예나 지금이나 시골 마을 어귀의 평상은 동네 사

---

14) 「卽事」, 卷中, 199면.

람들이 모여 담소를 나누는 열린 공간이다. 심지어 지나가는 나그네조차도 잠시 쉬었다 갈 수 있는 그런 곳이다. 이에 비해 숲속은 그곳에 들어가겠다는 의지를 가진, 제한된 사람만이 들어가는 선택의 공간이요 폐쇄된 공간이다.

여기서 한 가지 더 생각해 볼 점은 숲의 종류이다. 왜 하필이면 소나무 숲도 있고, 밤나무 숲도 있었을 텐데, 대나무 숲인가 하는 것이다. 이 점은 높고 빽빽하게 치솟은 대숲에 가본 사람이라면 금방 짐작할 수 있다. 대숲은 그 어떤 숲보다도 한 치 앞이 보이지 않을 정도의 폐쇄적인 공간이다. 4구에 쓰인 시어 "닫힌다[關]"는 말이 그 어떤 숲보다 더 잘 어울리는 것이 대나무 숲인 것이다. 이처럼 시인의 의식은 이제 열린 공간보다는 닫힌 공간을 지향하고 있음을 이 시를 통해 파악할 수 있는 것이다. 그렇다면 마지막으로 한 가지 더 생각해 볼 점이 있다. 여기에서 "닫힌다"는 말은 그 대상이 무엇인가 하는 것이다. 다시 말해 어떤 것을 거부하고 어떤 것에 닫히느냐는 말이다. 닫힘의 내용, 시인이 지향하는 숲의 성격은 다음 시들 속에서 확인할 수 있다.

산비에 문을 닫고 졸고 있으니	山雨關門睡
한거의 즐거움이 넉넉하다	幽居樂有餘
계속되는 숲에는 꽃이 이미 졌고	連林花落後
섬돌 두른 죽순이 처음 돋아난다	繞砌筍生初
술잔을 드는 것도 오로지 무료함 때문	擧酒唯聊爾
시를 읊는 것 또한 자유롭다네	哦詩亦自如
평안과 한가함을 천지신명께 감사하나니	安閑謝天地
어찌 감히 고기 없는 밥상을 탄식하리요	敢嘆食無魚15)

---

15) 「雨中寄呈韓山君」, 卷中, 205면.

이 시는 산집에서 비 내리는 풍광을 바라보며 느낀 생각을 써내려간 것이다. 시를 쓴 시점은 제3·4구의 "꽃이 이미 졌고/ 섬돌 두른 죽순이 처음 돋아난다"는 말로 보아 아마도 늦봄, 양력으로 하면 5월의 어느 날쯤으로 보인다. 시인은 계속되는 비에 산방의 "문을 닫고[關門]" 졸고 있다. 그는 비 내리는 날 느끼는 이러한 시골의 여유를, "한거의 즐거움이 넉넉하다"고 말한다. 그리고 이러한 여유로움 속에서 시인은 술잔을 들거나 시를 읊조린다. 여기에서 눈여겨 볼 것은 제6구의 "시를 읊는 것 또한 자유롭다네"라는 말이다. 중앙정계에서 정치를 하며 도시에 있을 때 쓰던 시들 중에는 간혹 주어진 때와 상황에 따라 어쩔 수 없이 써야 되었던 것들도 많이 있었을 것이다. 하지만 이제는 가장 자유로운 영혼의 외침이 되어야 할 시 쓰기가 본연의 모습으로 돌아왔다. 시인은 이것을 '自如'라고 표현하고 있다.

마지막 미련은 숲속 산방생활의 성격을 잘 말해주고 있다. 산방의 생활을 한마디로 요약하자면 평안함과 한가로움이다. 그리고 그는 이 같은 평안과 한가함을 천지신명께 감사하고 있다. 하지만 이 같은 평안과 한가함을 갖기 위해서는 희생이 필요하다. 산속 생활인지라 밥상에 고기나 생선 반찬 하나 없는 것이다. 마지막 8구의 "고기"는 속세의 환락과 즐거움, 그 온갖 영욕을 상징하는 말로 보아야 한다. "감히 고기 없는 밥상을 탄식하"지 않겠다는 결연한 다짐의 이 말은, 시인이 자리하고 있는 닫힌 공간의 속성을 시사해준다. 계속해서 등장하는 "닫혀 있다[關]"는 시어는 바로 세속적 출세의 욕망, 돈, 명예, 환락 등으로부터의 자유라고 보아도 좋을 것 같다. 결국 시인이 지향하는 닫힌 공간은 출세에 대한 집착에서 벗어나 어떤 것에도 얽매이지 않고, 좀 더 자유롭게 삶을 살고자 하는 시인의 의지의 표명인 것이다. 하지만 정추의 이 같은 자유지향의 정신이 아무런 갈등도 전혀 없이 이루어지는 것은 아니다.

성명이 일찍이 외람되게도 과거 급제자 명단에 올려져	名姓曾叨桂榜中
계림의 문하에서 함께 학풍을 배웠었지	雞林門下共趨風
부평초 같은 삶 이별에 익숙하여 몸은 늙어가는데	浮生慣別身俱老
말로에 서로 만나게 되니 이 길을 어찌 다할수 있으리요	末路相逢道豈窮
술잔 잡으면 봄물의 푸르름 가장 안타깝고	把酒最憐春水綠
시를 읊조리며 붉은 석양빛을 길이 전송한다	哦詩長送夕陽紅
사당에서의 알현 약속 내가 어찌 저버리랴	眞堂有約吾何負
젊은 시절 옷깃 여미며 역옹을 섬겼는데	總角摳衣事櫟翁[16]

인용 시는 정추가 과거 동방이자 평생의 벗인 목은과 익재 이제현의 사당을 배알하자고 약속하는 시이다. 정추와 이색 모두 1353년(공민왕 2) 이제현이 주시主試한 과거에 합격했기 때문에,[17] 익재는 두 사람에게 평생의 은문이요 스승인 셈이다. 젊은 시절 목은과 익재 문하에서 청운의 꿈을 펼쳤던 정추지만, 전술했던 바와 같이 1366년 신돈 탄핵 사건이 터지고 동래현령으로 좌천된 이후로는 중앙정계에서 뚜렷한 족적을 남기지 못했다. 이에 비해 이색은 우왕禑王 이후로 중앙의 정계·학계·문단의 중심인물로 큰 활약을 떨쳤다. 목은시의 풍모가 웅혼雄渾하고 전아典雅하며 섬부贍富한 특징을 보이는 것도 이러한 그의 삶의 행적과 무관하지 않다.

필자가 이 시에서 주목하는 부분은 마지막 7~8구이다. "사당에서의 알현 약속 내가 어찌 저버리랴/ 젊은 시절 옷깃 여미며 역옹을 섬겼는데" 는 얼핏보면 단순히 동문수학한 친구와 옛 스승의 사당을 방문하자는 평범한 약속쯤으로 여겨질 수도 있다. 그러나 어느 날 갑자기 동문의 벗과 만나 스승의 사당을 배알하자는 약속을 일부러 굳게 다짐하는 데에는 그

---

16) 「次韻韓山君約謁益齋眞堂」, 卷中, 202면.

17) 「益齋先生年譜」(『益齋集』 권말 부록)에 의하면, 이제현은 "至正 13년(1353) 67세 되던 정월에 정승을 사임하였고, 5월에는 府院君으로 知貢擧가 되어 李穡 등을 뽑았으며, 同知貢擧 洪彦博에게 2수의 시를 주었다."는 기록이 보인다.

만한 이유가 있다고 필자는 보고 싶다. 더구나 "사당에서의 알현 약속 내가 어찌 저버리랴"라고 맹세처럼 다짐하는 것은 반드시 방문하겠다는 의지의 표명이라고 봐야 할 것이다. 그렇다면 무엇 때문에 정추는 익재의 사당을 찾아가려고 하는 것일까? 고려시대 좌주座主와 문생門生의 특수한 관계를 생각한다면, 그가 선생의 영정을 찾아뵙는 것은 젊은 시절 지녔던 환로에 대한 꿈과 포부의 추억 때문이라고 짐작할 수 있다. 이 같은 짐작은 제1~2구 "성명이 일찍이 외람되게도 과거 급제자 명단에 올려져/ 계림의 문하에서 함께 학풍을 배웠었지"라는 과거 회상의 시구를 볼 때 더욱 확실해진다. 젊은 날 꿈꾸었던 포부, 벼슬에 대한 야망 등이 정추의 의식에서 완전히 사라진 것은 아닌 것이다. 다음 시는 이러한 상황을 더욱 확실히 보여준다.

언덕의 나무는 가을비에 울고   岸樹啼秋雨
누대의 종은 저녁안개에 울리네   樓鍾咽暮煙
기심을 이미 멈췄다 말했지만   機心謂已息
여기에 생각이 면면히 이어지네   於此思綿綿[18]

어느 가을날의 저녁, 비가 내린다. 언덕의 나무들은 가을비에 울고, 누대 위의 저녁 종소리는 안개를 뚫고 울려 퍼진다. 시인은 가을비를 맞고 종소리를 들으며 아마도 생각이 많아진 것 같다. 가을의 감상적 풍광 속에서 갖가지 상념이 일고, 급기야는 이미 완전히 끊어버렸다고 생각했던 세속에 대한 욕망, 기대, 근심들이 슬그머니 일어남을 깨닫게 된다. 그러나 이러한 기심機心이 잠시 일었다고 해서 정추의 의식에 큰 변화가 생기거나 삶의 방식의 전환이 이루어진 것은 물론 아니다. 시인은 오히려 시

---

18) 「秋雨」, 卷上, 196면.

인만의 닫힌 공간에서 자기만의 삶의 방식을 개척해간다. 그러면 시인은
그곳에서 무엇을 사유하고 어떻게 행동하는가? 다음 시를 보자.

가장 좋은 청명의 계절에	最好淸明節
이 세상 한 명의 병든 늙은이	乾坤一病翁
문을 닫으니 봄은 적적하기만	閉門春寂寂
어느 곳에서 북이 둥둥 울리나	何處鼓逢逢
좋은 경치는 술잔의 때를 없애주고	嘉景尊無綠
비껴 내리는 빗물은 벽의 붉음을 물리친다	斜霏壁退紅
잠잠히 두보의 시구를 읊조리고	沈吟杜陵句
한퇴지의 가난을 쫓아버리지 않는다	未送退之窮[19]

　사방이 청명하고 온갖 꽃이 만발한 아름다운 어느 봄날, 시인은 홀로
이고, 병들어 있다. 그래서 그는 "문을 닫[閉門]"는다. 바깥세상은 아름다
운 봄이지만, 문을 닫고 자기만의 공간에 홀로 있는 시인에게 봄은 "적적
하기만" 하다. 문을 닫고 방안에 있으면서 시인은 문득, 이 세계에 오직
홀로 있다는 인식에 다다른다. 제2구의 "一病翁"이라는 말은 이러한 인
식의 결과이다. 그렇다면 정추의 시에 계속해서 등장하고 있는 닫힌 공간
에서 시인은 무엇을 하는가? 시의 후반부는 이에 대한 답을 말해준다. 그
는 먼저 술잔을 든다. 그리고 시인은 "좋은 경치는 술잔의 때를 없애"준
다고 하면서 술잔을 드는 이유를 아름다운 경치에 돌리고 있다. 술잔을
든 뒤, 그는 '시를 쓴다[沈吟]'. 시주詩酒는 세속의 욕심을 벗고 자유로운
영혼을 꿈꾸는 시인의 존재이유와도 같은 것이다. 그는 중앙정계에서 소
외된 뒤 찾아오는 모든 무기력감, 그리고 가난하고 궁핍한 생활조차도 시
주에 녹여 버린다. 그래서 시인은 8구에서 가난을 쫓아버릴 생각조차도

---

19) 「病中次韻酬韓山君」, 卷中, 205면.

하지 않는 것이다. 다음 시에는 이 무렵 시인의 모습이 더욱 구체적으로 드러나 있다.

나는 도연명을 사랑하여	我愛陶淵明
술을 사와 국화꽃을 마주한다	賖酒對黃花
부귀는 바라는 바가 아니고	富貴非所願
거나하게 취하는 것이 나의 생애로다	爛醉是生涯
거문고 있지만 줄을 팽팽히 매지는 않았고	有琴不緪絃
두건에다가 자주 술을 거르지	有巾頻漉酒
베개에 기대면 복희씨를 만나게 되고	欹枕到義皇
맑은 바람 뜨락에 가득하다	淸風滿庭牖
당시의 현달한 관리 풍성한 녹봉으로도	當時達官盡豐祿
오히려 한 번 취하여 주옥 사는 것 아꼈는데	尙惜一醉買珠玉
아아! 선생은 유독 어떠한 사람이기에	吁嗟先生獨何人
미치도록 마시며 곡식 없는 것 근심하지 않는 것인가	痛飮不恤家無粟[20]

시인은 1~2구에서, 도연명을 사랑하여 술을 사와 국화꽃을 마주하고 있다고 말한다. 말하자면 도연명이 중앙에서 은퇴하고 귀거래를 이룬 후 시주와 상국賞菊으로 세월을 보낸 것처럼, 정추 또한 그렇게 살겠다는 것이다. 제3~4구에는 정추가 바라는 삶의 모습이 구체적이고 직접적으로 나타나 있다. "부귀는 바라는 바가 아니고/ 거나하게 취하는 것이 나의 생애"라는 것이다. 세상 명예와 정치권력, 부귀영화를 모두 포기할 때, 시인은 자유와 시를 얻게 된다. 이러한 자유로운 삶은 5~6구에 잘 드러나 있는데, 거문고가 있지만 남의 눈을 의식해서 또는 어떤 의무감에 연주를 할 필요는 없다. 그저 자기가 연주하고 싶을 때 연주하면 그뿐이다.

---

20) 「遣懷」, 卷中, 200면.

그래서 거문고 줄을 팽팽히 매어 놓지 않는다. 대신 그는 거문고보다 더 자주 두건에다 술을 거르게 된다. 몸과 마음이 이렇게 자유롭게 되자, 그는 삼황오제 중에서도 최고의 제왕이라는 복희씨를 베개만 베면 만나게 된다. 마지막 11~12구는 이 같은 자유의 삶 앞에서는 설령 집안의 어려운 살림으로 곡식이 떨어지는 상황이 발생하더라도 개의치 않고 미치도록 술 마셨던 옛 선인들처럼, 본인도 그렇게 살겠다는 다짐이자 의지의 천명으로 보인다. 그런데 이 무렵의 시인에게, 시는 단순한 여가의 소산물 정도가 아니라 쓰지 않으면 견딜 수 없는, 마치 무엇엔가 홀린듯이 미치도록 쓸 수밖에 없는 시인의 분신과도 같은 존재였다. 달리 말하자면 시마詩魔가 시인에게 찾아온 것이다.

 ‘병중에 감회가 있어서 절친한 벗 목은에게 주는 것’이라는 제목이 달려 있는 또 다른 시에서 정추는 “병으로 누워서 생각해보니 술이 빌미가 되었고/ 좌선을 배우고자 해도 시가 마귀가 되는구나(尋思臥病酒爲祟/ 欲學坐禪詩作魔)”[21]라고 말하고 있다. 요컨대 술을 너무 많이 마셔 병들어 눕게 되었고, 중처럼 고요히 앉아 마음을 다스리는 참선을 배워보고도 싶지만 시마가 자신을 가만히 두지 않는다는 말이다. 구양수歐陽脩가 「매성유시집서梅聖兪詩集序」에서 소위 ‘시능궁인詩能窮人’이냐 ‘궁이후공窮而後工’이냐를 논한 이래 시인과 시마, 가난에 대한 논의는 수없이 많이 진행되어 온 것이 사실이다. 특히 이규보는 “네가 온 뒤로는 모든 것이 어렵게 되어 멍멍하게 잊은 듯하고 멍청하게 바보가 된 듯하며, 벙어리인 듯 귀머거리인 듯 형체는 꼼짝도 않고 자취는 잡아맨 듯하니 배부름이나 목마름이 몸에 닥친 것도 모르고 추위와 더위가 살갗을 핍박하는 것도 깨닫지 못한다. 계집종이 게을러도 꾸짖지 않고 사내종이 어리석어도 다스리지 않는다. 동

---

21) 「病中感懷 寄呈韓山君」, 卷中, 207면.

산이 우거져도 풀을 베지 않고 집이 쓰러져도 받치지를 않는다. 가난 귀
신이 온 것도 네가 부른 것이다."[22]라고 하여 시마가 오게 되면 필연적
으로 가난과 궁핍이 따르게 됨을 말하고 있다. 조선중기의 문인 유몽인도
시마와 가난이 밀접한 관계에 있음을 다음과 같이 말한다.

> 시에 귀신이 있으니 '마'라고 이름한다. 그 성품은 근심하고 가난하며
> 곤궁하고 병들고 떠돌아다니는 것을 기뻐하고, 화려하고 부귀하며 뜻이
> 만족스럽고 마음이 득의한 사람은 좋아하지 않는다.[23]

시란 자고로 경제적으로 넉넉하고 생활에 근심 걱정이 없는 안락한 삶
을 영위하는 사람들에겐 맞지 않는 것이다. 세계를 바라보는 시선이 한결
같고 갈등의 양상을 느끼지 못하는 사람들에게 시는 한갓 취미거리일 뿐
이다.[24] 그렇다면 위 인용 시의 마지막 구, "아아! 선생은 유독 어떠한
사람이기에/ 미치도록 마시며 곡식 없는 것 근심하지 않는 것인가"라는
말도 사실은 시마에 빠져버린 젊고 굶주린 영혼, 정추 본인의 모습을 형
용한 것이라고 볼 수 있겠다. 이처럼 중앙정계에서 한 발짝 물러나 시골
의 한적한 생활 속에서 시마에 빠져 살던 시인은 한 가지 중요한 철학적
깨달음에 이른다.

(…중략…)
성인과 범인 거울의 모습처럼 분명한 것 믿지 못하겠고   未信聖凡如鏡像

---

22) 李奎報, 「驅詩魔文」, 『東國李相國集』 권11. "自汝之來, 萬狀崎嶇, 怳然如忘, 戇然如愚, 如痦
   如瞋, 形熱跡拘, 不知飽渴之逼體, 不覺寒暑之侵膚. 婢怠莫詰, 奴頑罔圖, 園翳不薙, 屋痡不扶.
   窮鬼之來, 亦汝之呼."
23) 柳夢寅, 「送洪牧李潤卿睟光序」, 『於于集』 권3. "詩有鬼名魔, 其性喜憂悴貧蹇困窮疾羈旅, 不
   樂紛華富貴志滿意得之人."
24) 김풍기, 『시마―저주받은 시인들의 벗』, 아침이슬, 2002, 239면 참조.

다만 생사가 빈 꽃이라는 것만 들었도다	徒聞生死是空花
그대를 쫓아 한거의 즐거움 배우려 하여	從公擬學閑居樂
점심 먹고 낮잠 자는 침상머리에서 격양가 부른다	攤飯床頭擊壤歌[25]

그것은 바로 성인과 범인이, 생과 사가 차이가 없는 하나라는 것이다. 시인은 성인과 범인의 모습이 거울처럼 분명하지 않고, 사는 것과 죽는 것도 결국 허무한 "빈 꽃[空花]"이라고 깨닫는다. 여기서 "빈 꽃"은 불교 용어로 번뇌 가운데 생기는 갖가지 망상을 지칭한다. 이러한 깨달음을 확대해서 적용하면 중앙의 정계나 산중의 생활이나 다름이 없다는 결론에 이르게 된다. 다음 시를 보자.

한 자라해서 짧은 것도 아니고	一尺不爲短
만 길이라고 긴 것도 아니지	萬丈不爲長
동이 속이나 산속이나	盆中與山裏
더하고 덜함이 몇 개 가지냐 되는가	增損幾枝霜
인간세상은 정말로 찌는 더위	人間正炎熱
그중 한 번 잡을 수 있는 서늘함	箇中一掬涼
원컨대 대천세계를 축소시켜	願言縮大千
이 중간도 끝도 없는 곳에 들이자	納此無中傍[26]

세계를 바라보는 시각과 생각의 차이에 따라 '한 자'라도 길다고 여겨질 수 있고, 반대로 '만 길'이라도 짧다고 말할 수 있는 것이다. 이 같은 관점에서 보자면, 작은 '동이 속'이나 커다란 '산속'이나 별반 차이가 없게 된다. 그렇다면 먼지 나는 조정에서 서로 다투고 싸우며 살아갈 필요가 없는 것이다. 시인의 눈에 비친 이 세상은 정말로 "찌는 더위[炎熱]"가

---

25) 「病中感懷 寄呈韓山君」, 卷中, 207면.
26) 「次韻題蘭坡李判書 居仁 園中四詠詩軸－詠松」, 卷中, 208면.

가득한 답답한 곳이다. 그리고 그러한 더위와 갈증, 목마름을 해소시켜 줄 수 있는 "서늘함"은 하나 또는 한 번밖에 없다. 그래서 시인은 마지막 미련에서 "우주(대천세계)"를 축소시켜 "이곳[此]"에 들이자라고 말한다. 여기서 "이곳"이란 5~6구에서 애기한 "서늘함"이 있는 곳일 것이다. 그렇다면 정추에게 있어서 "이곳", "서늘함"이 있는 곳은 과연 어디인가?

숲에서는 대궐을 바라보고	林下望宸極
성안에서는 고향 산을 생각한다	城中懷故山
왕래함이 비록 잦지만	往來雖屑屑
가고 멈춤은 한가롭기만	行止卽閑閑
멋진 흥은 가을바람 속에 있고	逸興秋風裏
그윽한 삶은 어제 저녁 꿈속에	幽居昨夢間
청운의 친구가 있어	靑雲有知己
그대를 돌려보내지 않을까봐 두렵구나	恐不放君還[27]

시제의 암둔岩遁이란 인물이 누구인지는 정확히 알 수 없지만 아마도 한적한 전원생활 시절, 정추와 왕래하던 벗으로 보인다. 제1~2구는 매우 재미있는 말이다. 사람의 마음은 연약하고 변화가 심해 숲에 있을 때는 대궐이 생각나고, 서울에 있으면 또 고향으로의 귀거래를 꿈꾸게 된다. 이 말은 일차적으로는 항심恒心이 없는 인간의 연약성 내지, 주어진 환경에 만족하지 못하고 항상 어딘가에 있을지도 모르는 파랑새를 꿈꾸며 살아가는 인간의 속성을 풍자한 것이다. 하지만 조금 더 생각해보면, 숲에서는 서울을 생각하고 서울에선 숲을 생각한다는 것은, '숲(자연)'과 '성(도시·조정)'이 결국은 하나라는 근원적 깨달음이라고 할 수 있다.

그렇다면 내 몸이 숲에 있느냐 성안에 있느냐는 그리 중요한 문제가

---

[27] 「次韻戱岩遁」, 卷中, 200면.

아니다. 보다 중요한 것은 장소가 아니라, 어떠한 방식과 어떤 마음가짐으로 살아가느냐라는 삶의 자세의 문제인 것이다. 그렇기 때문에 시인은 함련에서 "왕래함이 비록 잦지만/ 가고 멈춤은 한가롭기만" 하다고 말할 수 있는 것이다. 여기에서 "往來"와 "行止"는 그 내포된 의미가 전혀 다른 단어이다. 전자가 두 사람의 친구가 서로의 집을 그저 왔다갔다 하는 동작에 초점이 가있는 말이라면, 후자는 세계에 대해 자아가 대응하는 삶의 방식과 태도라는 의미가 들어 있다. 그러므로 왔다갔다 하는 동작은 비록 잦아도, 그 속에서의 "가고 멈춤[行止]"은 한가롭고 여유가 있다.

인생에 대한 이러한 깊은 성찰과 깨달음이야말로 정추가 지향했던 자유롭고 얽매이지 않는 삶의 근원적 출발점이 되었다고 생각한다. 다시 말해서 방탕불기·방종불구로 대변되는 정추의 삶의 자세와 그러한 삶을 통해 나온 정추시의 '소야'의 미학의 근저에는 '성聖'과 '속俗', '생生'과 '사死', '임하林下'와 '성중城中', '꿈'과 '현실'이 결국 둘이 아니라는 사유가 자리 잡고 있다고 할 수 있겠다.[28] 다음 시에는 자유를 지향하고 갈망하는 정추의 의식이 잘 나타나 있다.

나는 흰 갈매기 사랑하여
만 리의 물결을 타고 왔지
날아가고 우는 것도 평화롭고 즐겁구나
평생토록 그물 걱정하지 않네

我愛白鷗鳥
搖曳萬里波
飛鳴和且樂
生不憂網羅[29]

---

28) '聖'과 '俗', '生'과 '死', '林下'와 '城中'은 모두 위 각주 26)과 28)의 시에 나온 말이고, '꿈'과 '현실'은 「庚申三月三日　雨中晝寢　夢韓山君見訪爲之置酒歡笑　覺而有作寄呈」(卷中, 203면)이라는 시에 "아아! 나는 본래 꿈속의 사람이라/ 꿈속에서 다시 꿈을 꾸니 무슨 인연인지 어찌 알리요(嗟予本是夢中人/ 夢中復夢知何因)"라는 구절이 보이는바, 꿈속에서 다시 꿈을 꾼다는 말은 곧 '꿈'과 '현실'의 경계가 무너짐을 말하고 있는 것이다.
29) 「白鷗」, 卷上, 192면.

시인의 눈에 비친 갈매기는 하늘을 날고 때때로 우는 모습마저 평화롭고 즐겁게 보인다. 그것은 시인이 갈매기를 자기 마음껏 하늘을 비상하는 자유로움의 전형물로 파악했기 때문이다. 여기서 중요한 것은 실제로 갈매기가 시인이 생각하는 것처럼 진정한 자유를 소유하고 있느냐의 문제가 아니다. 설령 갈매기가 실제로는 자유가 없이 무엇인가에 속박당한 채 하늘을 날고 있는 것이라 하더라도, 시인의 눈에 자유로움의 대상으로 인식되었기 때문에 갈매기는 자유의 전형물이 되는 것이다. 마지막 4구는 자유로운 갈매기가 지니고 있는 구체적 속성 내지 삶의 모습이다. 갈매기는 하늘을 자유롭게 날면서 평생토록 그물에 잡힐 염려를 하지 않는다.

사실 이 말은 두 가지로 해석될 수 있다. 자유의 갈매기는 여느 갈매기와는 달리 작은 먹잇감에 집착을 하지 않기 때문에 오히려 사냥꾼의 그물과 올무에 걸리지 않고 마음껏 자유를 누리게 된다는 말이다. 또 다른 해석은 진정한 자유의 갈매기라면 애초에 사냥꾼의 그물 따위에는 아랑곳 하지 않고 자기 하고 싶은대로 하늘을 난다는 말이다. 만약 그물 걱정에 마음껏 비상하지 못한다면, 그 순간부터 이미 그 갈매기는 자유의 갈매기가 아닐 것이다. 여기 갈매기의 모습은 우리 삶에도 그대로 적용된다. 갈매기가 작은 먹잇감의 유혹을 포기했을 때 진정한 자유를 누릴 수 있듯이, 우리도 세상의 부귀영화와 출세의 욕망을 벗어버릴 때 자유를 갖게 된다. 또 자유의 갈매기라면 처음부터 그물의 존재를 잊고 행동하는 것처럼, 진정한 자유인의 삶은 자유를 방해하는 것들―예컨대 권력, 명예, 재물 등에 대한 미련 자체가 애당초 없는 것이다. 따라서 위 인용 시의 갈매기는 시인 자신의 모습을 투영시킨 것으로 그만큼 자유에 대한 시인의 의지가 크고 간절함을 보여주는 것이라 하겠다.

3. 관찰과 응시, 그리고 거리두기를 통한 관조의 미

정추 시의 표현기법 가운데 중요한 특징으로 필자는 관조의 미를 꼽고 싶다. 여기에서 말하는 '관조의 미'란, 미학적 범주로 구분할 때에는 미의식의 한 측면을 지칭하는 용어로 사용되지만, 넓은 의미로는 지적인 관찰 작용을 두루 가리키는 말이기도 하다. 관조는 본질적으로 자아와 대상 사이에 거리를 두는 데에서 시작되며, 자아가 대상을 수용하는 작용이라는 점에서 미적 향수享受와도 밀접하게 결합되어 있다. 미학적인 측면에서 보았을 때 관조의 대상은 눈으로 볼 수 있는 가시적인 것에만 국한되지 않고, 귀로 듣거나 만지고 느낄 수 있는 감각적 직관성을 가지고 있는 모든 것은 관조의 대상이 될 수 있다.[30] 정추 시에 나타나고 있는 관조의 미는 관찰과 응시, 그리고 거리두기를 통해 주로 표현되고 있다.

처마 끝의 두 그루 소나무와 물은 하늘에 닿아 있고	兩松簷畔水連空
봉래도의 구름 연기 한 번 바라본다	蓬島雲煙一望中
북에서 오고 남으로 가는 수많은 나그네들	多少北來南去客
산꽃은 한없이 봄바람을 웃고 있네	山花無數笑春風[31]

이 시는 어느 봄날 명파역明波驛[32]을 지나며 바라본 풍광을 써내려간 것이다. 처음에 시인의 시선은 명파역사明波驛舍의 처마 끝으로 향한다. 처마 끝 뒤로는 두 그루 소나무가 보이고 명파역사를 휘감아 흐르는 명파천은 일망무제로 하늘과 맞닿아 있다. 이윽고 제3구에서는 시선의 전환

---

30) 다께우찌도시오 저, 안영길 역, 『미학 예술학 사전』, 미진사, 1989, 235면 참조.
31) 「題明波驛」, 卷上, 194면.
32) 강원도 고성군에 속해 있던 역. 이곳은 금강산에 오르는 사람들이 예부터 많이 찾던 역으로 유명하다.

이 이루어진다. 위를 바라보던 시선을 옆으로 돌리니 남북으로 오고가는 수많은 나그네들이 눈에 들어온다. 예부터 이곳 명파역은 동해바다를 감상할 수 있는 아름다운 역이자 해금강과도 접해 있어, 금강산 관광의 초입으로 유명하여 수많은 사람들이 방문하던 곳이다. 많은 사람들로 북적이는 역사의 시끌벅적한 모습이 눈에 보이는 듯하다. 그러다 다시 4구에서는 또 한 번의 시선의 전환이 이루어진다. 시인의 시선은 분주한 역사를 뒤로 한 채 말없이 피어 있는 산꽃으로 향한다. 봄바람을 맞아 흔들리는 꽃의 모습을 시인은 "산꽃은 한없이 봄바람을 웃고 있네"라고 감각적으로 묘사하고 있다. 여기에서 재미있는 것은 시인의 시선의 전환에 청각적인 요소가 섞여 감각미를 극대화시키고 있다는 점이다. 즉 1·2구의 "처마끝", "소나무", "구름"을 바라보는 시선에서는 고요한 정적이 느껴졌다면, 3구의 행인들에게로 시선이 이동되면서 시끄럽고 소란스러운 분위기로 전환된다. 그리고 다시 4구의 "산꽃"에게로 시선이 옮겨지면서 분위기는 정적인 이미지로 바뀐다. 이를 정리해보면 다음과 같다.

처마 끝, 소나무와 시냇물, 봉래도 구름 (靜的) → 역사의 행인들 (動的)
→ 산꽃 (靜的)

이처럼 시인은 일정한 거리를 두고 대상을 관조하면서 시를 쓰고, 그 관조의 대상 속에는 시각적인 요소는 물론 청각적인 요소까지 결합되어 감각적 효과를 극대화시키고 있다. 정추의 시에는 시적 대상물의 세미한 움직임까지 면밀하게 관찰되고, 또 그것이 섬세한 필치로 묘사되어 있는 특징이 나타난다.

병든 나그네 봄을 만나도 시 짓기 게을러져   病客逢春懶作詩

작은 창으로 종일토록 성근 울타리 바라본다	小窓終日面疏籬
봄바람 그래도 다정한 생각이 있어서	東風也是多情思
때때로 버들꽃 날려 벼룻물에 떨어뜨린다	時遣楊花落硯池[33]

시인은 봄날에 몸이 아프다. 그래서 그는 방안에만 갇혀 있다. 몸이 아프니 시를 짓는 일에도 게을러진다. 그저 그가 하는 일이란 하루종일 작은 창문을 통해 바깥풍경을 바라보는 것이다. 그런데 여기에서 재미있는 것은 막연하게 바깥을 바라본다라고 쓰지 않고, 관조의 대상을 특정한 사물, 즉 "성근 울타리[疏籬]"로 국한시키고 있다는 점이다. 이것은 시인이 창밖으로 보이는 풍광 중 특정한 대상에 대해 특히 주시하고 있음을 말해주는 것이다. 다시 말해 시인의 시선은 마치 고정된 카메라의 렌즈처럼 움직이지 않고 한곳으로 집중되어 있는 이른바 '응시'의 특성을 보인다. 그리고 이러한 응시는 작은 꽃잎 하나의 움직임도 놓치지 않고 섬세하게 포착해내는 극대화된 관찰력으로 나타난다. 그래서 시인은 제4구에서 봄바람이 "버들꽃 날려 벼룻물에 떨어뜨린다"라고 말한다.

또 한 가지 주목할 점은 버들꽃이 바람에 날려 벼루에 떨어지는 것은 분명 동적인 움직임이지만, 그 동작이 매우 느리고 천천히 진행된다는 것이다. 아니 좀 더 정확히 말하자면, 꽃잎의 움직임 자체도 느리지만, 그것을 바라보는 시선의 이동이 느리게 이뤄지고 있다고 하는 편이 더욱 좋겠다. 즉 저 멀리 창밖의 성근 울타리에서 방안의 꽃잎으로 시선이 이동하는데, 마치 영화에서 카메라 렌즈가 원경에서 근경으로 아주 천천히 움직일 때의 장면과 같은 효과를 나타내고 있는 것이다.[34] 다음 시에는

---

33) 「病客」, 卷上, 186면.

34) 이 같은 표현은 정추의 또 다른 시 「戲贈靑龍長老」(卷中, 210면)에도 나타나는데, "밤이 되어 양근에 이르니 사람 보이지 않고/ 꽃잎만 날아 방에 들어와 빈 침상 비웃는다(夜到 楊根人不見/ 飛花入戶笑床空)"와 같이 정추 시에 자주 등장하는 표현기법 중의 하나이다.

이 같은 시인의 관찰과 응시가 절정에 이른 모습이 나타난다.

비 그친 뜨락에는 먼지도 일지 않고	雨餘庭院不生塵
담장 아래엔 푸릇푸릇 풀빛이 새롭다	墻下靑靑草色新
달게 자고 일어나니 아무 할 일도 없고	酣寢起來無一事
시선은 창틈을 뚫고 행인을 세고 있다	眼穿窓隙數行人[35]

아침에 자리에서 일어나보니 밤사이 비가 내려 공기는 상쾌하고 먼지는 조금도 일지 않는다. 담장 아래로 시선을 돌리니 오늘따라 유난히 풀빛이 선명하고 짙다. 아무 "할 일도 없[無一事]"는 시인은 또다시 창문 쪽으로 시선을 돌린다. 창밖으론 몇 명의 행인이 지나가고 시인은 일일이 그 행인들을 세고 있다. 여기에서 눈여겨 볼 것은 지나가는 사람들을 대충 훑어보는 것이 아니라, 한 명 한 명에 시선을 집중한 채 응시하고 있다는 점이다. 사실 이와 같은 집중적 응시는 아무 일도 없다는 "無事"라는 상황에서 기인한다.[36] 무사의 상황은 달리 말하면 여유와 한가로움이다. 그러므로 정추 시에 나타나는 관찰과 응시의 바탕에는 '한거'라는 삶의 방식이 존재하고 있음을 알 수 있다.

또 한 가지 재미있는 점은 정추의 관찰과 응시는 '창'이라는 매개체를 통하여 이루어지고 있다는 것이다. 여기에서 시인의 관찰은 직접적인 목도가 아니라 간접적인 바라보기이다. 예컨대 육안으로 사물을 직접 바라보는 것이 아니라, 요즈음의 사물로 말하자면, 안경, 카메라 렌즈, 망원경, 현미경과 같은 매개체를 이용한 관찰인 것이다. 이것은 결국 대상에

---

35) 「卽事」, 卷上, 187면.
36) 또 다른 시 「次歙谷官舍韻」(卷上, 195면)에서도 "이 고을은 예부터 일 없기로 소문났으니/ 그윽한 꽃이 대낮의 처마에 떨어지는 것 앉아서 세고 있다(此邦自古稱無事/ 坐數幽花落晝簷)"라고 無事한 상황에서 꽃잎이 처마에 떨어지는 것을 천천히 세고 있는 장면이 묘사되어 있다.

대한 시인의 관찰이 약간의 거리를 두고 이루어짐을 의미한다. 그리고 이 같은 거리두기는 대상에 대한 관찰자의 인식이 보다 객관성을 가질 수 있도록 만들어 주는 효과를 나타내고, 이는 결국 관조의 미가 가지는 미학적 특징으로 연결된다.

지난해에 이곳을 지나가다	去年曾過此
산 나무에 앉아 시를 썼었지	山木坐題詩
그윽한 새가 나를 안다는 듯	幽禽似相識
울면서 예쁜 꽃가지로 오른다	啼上好花技[37]

위 인용 시에서는 시인의 관찰과 응시가 특정 사물과의 교감으로 이어지고 있다. 시에 나타나 있는 공간은 월계원月溪院의 숲속이다. 월계원은 지금의 경기도 양평군 월계천 북쪽에 위치해 있다. 시인은 지난해에 이곳을 지나면서 산속 나무 위에 앉아 시를 지었는데, 올해 또다시 같은 곳을 지나가고 있다. 잠시 나무 위에 앉아 쉬고 있으려니 갑자기 새 한 마리가 울면서 예쁜 꽃가지 위로 날아오른다. 그런데 산속 깊은 곳에 사는 이 새는 아무래도 낯이 익고, 새 역시도 나를 알아차리고 있는 듯하다. 자연에 대한 시인의 관심과 애정이 "산나무[山木]"와 "그윽한 새[幽禽]"로 구체화되어 나타나고 있다. 이처럼 정추 시에서는 때때로, 특정한 대상을 향해 특별한 관찰을 통해서 얻어지는 '관조의 미'를 형상화한 작품들이 있다. 다음 시에서는 빛과 소리의 이중주로 관조가 시화詩化된다.

마을의 나무가 잠깐 사라졌다 나타나고	村樹乍隱見
난간의 창문은 때때로 밝음을 알린다	軒窓時謁明
아득히 지나치는 강 빛	蒼茫過江色

---

37) 「題月溪院」, 卷中, 210면.

두두둑 처마 소리로 이어진다 　　　　　浙瀝繞簷聲

집 뒤에 쌓아놓은 땔나무 젖을까 걱정이요 　舍北愁薪濕

울타리 앞의 물 불어남 바라본다 　　　　籬南看水生

도롱이 벗는 사람 그 누구인가 　　　　披蓑者誰子

진흙길에서 앞길을 묻는다 　　　　　　泥濘問前程38)

이 시는 빗소리를 들으며 쓴 것이다. 우중雨中이라 창문 너머로 안개와 빗물 속에 나무가 나타났다 곧 사라지고, 창틈으로 들어오는 빛도 이어짐과 끊어짐을 계속해서 반복한다. 그때 처마 위로 빗물이 떨어지고, 시인은 온 신경을 다해서 그 소리에 집중한다. 밝음과 어두움이 교차하고 이어서 빛의 이미지가 소리의 이미지로 전환된다. 일반적으로 시인의 관찰과 응시는 주로 가시적인 사물을 대상으로 하지만, 때로는 소리나 냄새에 집중하여 청각적·후각적 이미지로 나타나기도 하고, 또는 두 가지 이상의 감각이 섞여서 복합적으로 나타나기도 한다. 그러므로 관찰과 응시를 통한 관조의 미는 매우 다양한 감각기관을 통해서, 다양한 형태로 표출됨을 알 수 있다.

마지막으로 이 시의 7~8구를 주목해보자. 시인의 관찰과 응시는 처마로 떨어지는 빗물 소리에서 울타리 앞의 불어난 시냇물로 옮겨가고, 다시 진흙길 위의 "도롱이를 벗는 사람[披蓑者]"에게로 이동한다. 그리고 여기에 사용된 감각도 청각에서 시각으로 전환된다. 여기에서 시인과 도롱이를 벗고 있는 사람 사이에는, 물리적으로나 심리적으로 밀착이 되어 있는 것이 아니라 일정한 간격과 거리가 있다. 도롱이를 벗는 사람은 우연히 관찰된 제3자일 수도 있지만, 경우에 따라서는 시인 자신의 모습을 가탁한 가공된 허구의 인물일 가능성도 얼마든지 있다. 사실 제8구 "진흙길

---

38)「雨」, 卷上, 191면.

에서 앞길을 묻는다"라는 말로 볼 때, 시인이 앞으로 걸어야 할 인생 여정과 삶의 방법을 자문한다는 의미에서 시인 자신을 빗댄 허구의 인물로 보는 것이 더욱 타당하고, 또 자기 자신의 모습마저 객관화시켜 버리는 시적 효과도 기대할 수 있다. 어쨌든 이것은 시인의 의도적인 장치로 보이는 바, 이처럼 시적 대상에 거리를 둠으로써 객관화시키는 표현기법은 시의 심미적 효과를 높여주는 역할을 하는 것이다. 다음 시는 관찰과 응시의 대상이 자기 자신인 경우로 자기응시를 통한 자아성찰의 모습이 보인다.

사모가 쑥대머리를 눌러서	紗帽壓蓬頭
정자 앞 푸른 물결에 비추어본다	亭前照碧流
물에 비친 산은 비 오려 하고	水光山欲雨
들판 색을 보니 보리보다 먼저 가을이 왔구나	野色麥先秋
노둔한 말은 나이가 아직 장년이요	駑馬年猶壯
떼지어 가는 기러기는 저녁에도 쉬지 않는다	征鴻暮不休
자유로운 크고 넓은 파도	自由波浩蕩
누가 백사장 갈매기를 날릴 수 있겠는가	誰得擾沙鷗[39]

이 시에서 주목할 부분은 제1~2구이다. 시인은 사모를 눌러쓴 채 교가역交柯驛의 정자 앞에 멈추어서 푸르른 강물에 비친 자기의 모습을 말없이 응시하고 있다. 사모를 쓰고 있는 것으로 보아 현직의 관리 신분임을 짐작할 수 있다. 시인의 시선은 물에 비친 자신에게서 잠시 주위의 사물들, 예컨대 비구름을 잔뜩 머금은 산과 들판으로 옮겨간다. 시인이 스스로를 들여보고 자신을 성찰한 결과는 경련과 미련에서 나타난다. 지금 타고 있는 말은 나이가 아직 장년인데도 이미 노둔해 버렸고, 마침 그때 하

---

39) 「題交柯驛」, 卷上, 194면.

늘을 날아가고 있는 기러기떼는 저녁인데도 쉬지 못한다. 여기 등장하는 "노둔한 말[駑馬]", "가는 기러기[征鴻]"는 사실은 시인 자신을 나타내는 가탁물이다. 강물 앞에서의 자기응시와 자아성찰40)은 현재 본인의 모습을 노둔한 말이나 쉬지 않고 날아가는 기러기로 인식하게 만든다. 마지막 7~8구는 이 같은 현재의 모습을 극복하고 나아가야 할 미래의 자화상이다. 시인은 크고 넓은 파도조차도 날리지 못하는 "백사장 갈매기[沙鷗]"를 바라보고 있다. 여기에서 백사장의 갈매기는 자유의 상징물이다. 갈매기를 날게 할 수 있는 것은 거센 바람도 파도도 아닌, 오직 갈매기 자신만의 의지인 것이다. 그렇다면 시인의 이러한 응시는 단순한 관찰이나 바라봄에서 머무는 것이 아니라, 앞으로 이뤄지기를 꿈꾸는 본인의 삶의 모습을 갈매기라는 객관 대상물에 투영시킨, 간절한 소망과 의지의 속성을 지닌 관찰이자 응시임을 알 수 있다. 이러한 자아에 대한 성찰과 응시는 높은 곳에 올라가 조망하는 관찰을 통해 세계에 대한 성찰과 깨달음으로 확대된다.

괴로운 더위에 맑은 물에서 노닐며	苦熱弄淸漪
머리 씻고 가벼운 모자로 바꿔본다	濯髮換輕帽
사다리 당겨 다락에 오르지 않아도	攀梯未登樓
이미 먼지 세상과는 격리되었네	已與塵世隔
다락의 창에서 바라보는 아득한 풍경	軒窓納渺茫
나무와 숲은 모두 다 고요하기만	樹林供闃寂
옷깃을 헤치고 긴 하늘을 굽어보니	披襟俯長空
조정과 민간이 한 가지라	朝野同一色

---

40) 정추의 시에는 이처럼 자기응시와 자아성찰의 시가 유난히 많다. 예컨대 「郭翰林預 冒雨賞蓮有詩」(卷上, 196면)에서는 "먼지 묻은 절각건 쓰고 오랫동안 서 있다(塵巾折角立多時)"라는 표현이 보이는 바, 비오는 날 연꽃 앞에 서서 꽃을 바라보면서, 동시에 절각건을 쓰고 있는 자기 스스로에 대한 성찰이 이뤄지고 있음을 알 수 있다.

웅장하구나! 옛 산과 강이여	壯哉古山河
우임금 신통한 힘에 세 번 감탄한다	三歎神禹力
들쭉날쭉 둘러 있는 잠긴 봉우리들	陸離回鎖巒
우뚝우뚝 마주하고 솟아오른 절벽	突兀對聳壁
다리 밑에서 몇 겹의 구름이 일고	脚底生層雲
머리 위로는 하늘의 궁궐을 대한다	頭邊對宸極
달 밝은 밤에 쇠피리 불고	月明吹鐵笛
멀리 가파른 바위 위로 오른다	遠上巉岩石[41]

시인은 어느 여름날 누대에 올라 세상을 바라본다. 저 아래의 세상은
찌는 듯한 더위에 괴롭지만, 이곳은 이미 먼지 세상과는 격리된 곳이다.
난간의 창을 통해 바라보는 숲은 고요하기만 하다. 시인은 하늘을 바라보
며 조용한 성찰의 과정을 거친 끝에 '조정과 민간이 결국은 하나[朝野同一
色]'라는 중요한 깨달음에 이른다. 그리고 다시 시선을 멀리 두니 들쭉날
쭉 잠긴 봉우리들과 우뚝우뚝 솟아오른 절벽이 눈에 들어온다. 시인은 흥
에 겨워 달밝은 밤에 쇠피리를 불면서 다시 가파른 바위 위로 오른다. 이
와 같이 정추의 시에는 누대나 바위 같은 '높은 곳에 올라[登高]' 세상을
조망하고 거기에서 깨달음과 세계와 삶에 대한 인식을 새롭게 하는 경험
을 표현한 것들이 자주 보인다.[42] 요컨대 '등고'를 통한 조망과 바라보기

---

41) 「夏日登樓」, 卷上, 196면.
42) 「遊京北洛山寺」(卷中, 210면)에도 "드넓은 허공 세계 보기 위해서는/ 寶瓶(불교에서 일정
직위에 오를 때 이마에 물을 뿌리는 의식을 거행하는데, 이때 사용할 물을 담는 그릇)
같은 臺에 올라야한다(要看空界闊/ 須上寶瓶臺)"라는 표현이 보인다. 漢詩史에서 높은 곳
에 올라 세상과 자신을 들여다보며 자아성찰을 하는 시로는, 杜甫의 「登高」를 비롯하여
여러 시인들의 작품을 꼽을 수 있을 정도로 하나의 특정한 제재로 이어져 왔다. 한시뿐
만 아니라 현대시의 경우에도 이러한 경향의 주목할 만한 시들이 보인다. 예컨대 황동
규는 「지붕에 오르기」(『나는 바퀴를 보면 굴리고 싶어진다』, 문학과지성사, 1979)라는
시에서, "사다리 둘 곳을 찾다가/ 이사온 후 처음으로/ 슬라브 지붕에 올라간다/ 각목이
보자라 두 간은 베니어를 겹으로 붙여/ 내 가벼운 무게도 모르고 마구 떤다/ 떨림이 멎

를 다룬 시들은, 전술했던 일반적인 관찰과 응시를 다룬 시들에 비해서
세계의 변화에 대한 인식과 자아성찰의 과정이 더욱 뚜렷이 나타나고 있
음을 알 수가 있다.

4. 결어

　정해 → 정책 → 정포 → 정추 → 정총으로 이어지는 청주 정씨 가문의
인물들은 하나같이 성품이 강직하고 바른 말을 잘했다. 때로는 죽음 앞에
서도 결코 말을 바꾸지 않을 정도였다. 그리고 대체로 성품이 분방하여
여러 가지 제도에 구속됨이 없었고, 작은 이익을 탐하지 않았으며 경제
활동에는 관심이 없었다. 이 같은 성격 탓에 이들은 대체로 가지고 있는
능력에 비해서 큰 벼슬은 하지 못했고, 오히려 환로에 있으면서도 유배와
폄직을 수차례 당하는 경우가 많았다. 심지어 정포와 정총의 경우에는 머
나먼 중국 땅에서 객사하는 비극적 삶을 맞이하기도 하였다. 하지만 이들

지 않는다 동남쪽으로/ 모래내 골짜기가 펼쳐져/ 있다 묘사 덜 된 소설처럼 그러나/ 신
기하게 하나도 빠짐없이 지붕과/ 굴뚝을 달고 집들이/ 모여 있고 헤어져 있다 어스름이/
내린다 손이 흔들린다 어디선가/ 낙엽 한 장이 날려와 흔들리는 손에/ 잡힌다 메말라
붙은 신경이/ 선명하게 보이는,/ 신경이 모두 보이는 이 밝음,/ 공포, 생살의 비침, 이 가
을 한 저녁"라고 노래한다. 어느 가을날 저녁 지붕에 올라가 집을 수리하면서 바라본
세상과 자아에 대한 성찰을 다룬 시로 매우 감동적이며 뛰어난 수작이다. 또 다른 시인
박기영은 같은 제목의 「지붕에 오르기」(『새벽의 빛이 우리 앞에 있다』, 시운동 7집, 청
하, 1985)라는 시에서, "나는 망치를 들고 지붕 위로 올라간다 더욱 굵어질/ 고통의 빗
방울이 내 가슴을 물 흐르는 소리로 적시기 전, 갈라진/ 세계 천장을 고치려고 사다리
는 높이 공중에 걸려 있다/ 세월의 기왓장들이 차곡차곡 쌓인 지붕에는/ 저녁 햇살이
열어 놓은 광막한 세계가 지평선 가득 널려 있고"라고 지붕에 올라가 조망한 세계와
자아에 대한 깨달음을 노래하고 있으니, 한시나 현대시 모두 '登高'를 통한 조망과 자아
성찰은 시 쓰기의 중요한 방법이자 기법이었음을 알 수 있다.

은 5대에 걸쳐 큰 문명을 떨쳤고, 정추를 기준으로 200여 년이 지난 조선중기에는 한강寒岡 정구鄭逑라는 대학자가 나오게 되었다. 현재 문집이 남아 있는 정포, 정추, 정총은 모두 고려후기를 대표하는 뛰어난 시인으로 문학사에 자리매김하고 있으니, 본고에서 살펴본 정추 문학의 특징도 이러한 가계도와 결코 무관하지 않다고 여겨진다. 정추는, 증조부 정해로부터는 바른 말하는 비판적 지식인의 기질을, 조부 정책에게서는 자유분방한 정신과 구속되지 않는 기질을, 부친 정포에게는 시인으로서의 영감과 삶의 자세를 부지불식중에 물려받았는지도 모르겠다.

정추의 성격이나 기질을 알 수 있게 해주는 가장 유명한 일화는 신돈 탄핵 사건이다. 그는 간의대부로 있던 34세 때에 왕의 총애를 받고 있던 신돈의 불손함을 상소했다가 옥에 갇히고 거의 죽음의 위기에 몰리게 되었다. 그때 혹자가 정치적으로 신돈을 반대하는 파의 중심인물인 경복흥 및 원송수가 상소를 뒤에서 사주했다고 하면 목숨을 건질 수 있다고 말해 주었다. 이때 정추는 이를 단호히 거절하며 간관의 직에 있었기에 마땅히 할 말을 하였을 뿐이고, 또 목숨은 하늘에 달려 있으니 다른 이를 무고하여 죽음을 피하는 따위의 일은 결코 하지 않겠다고 말하였다. 다행히도 동년同年이자 평생의 벗이었던 이색의 도움으로 겨우 죽음을 면하기는 하였지만, 죽음 앞에서도 결코 굴하지 않는 정추의 기질을 짐작할 수 있다. 결국 정추는 당시의 권신들이 정권을 좌지우지 하는 정치적 현실을 목도하고 비분강개하다가 등창이 도져 사망하게 되었는데, 이것은 곧 공룡과도 같은 거대한 정치현실 앞에 아무 것도 마음대로 할 수 없었던 나약한 지식인의 슬픔을 보여주는 상징적 사건이다. 어쩌면 정추는 이 같은 답답한 현실을 의도적으로 피하기 위해서, 또는 잊기 위해서 평생에 걸쳐 계속해서 시를 썼는지도 모르겠다.

다른 이의 눈치를 보지 않고 본인이 생각하는 정의를 서슴없이 애기하

는 비판적 지식인의 기질, 자유분방한 정신 또는 얽매이거나 구속되지 않
는 기질, 그리고 시인으로서의 풍부한 영감 등은 정추 시문학의 성격을
규명해주는 중요한 배경이기도 하다. 본고에서는 정추 시에 내재된 정신
적 지향점을 소야와 불구로 파악하고, 이 같은 자유의 시정신에서 발현된
관조의 미를 정추 시의 주요한 미적 특질로 규정하였다. 마지막으로 정추
가 죽었다는 소식을 듣고 그의 평생 지기였던 이색이 쓴 애절한 만시를
감상함으로써, 정추에 대한 필자의 추억을 갈음하며 글을 마무리 짓고자
한다.

뜬구름 같은 인생 누군들 죽지 않겠는가마는	浮生誰不死
오늘 나는 유달리 마음이 아파온다	今日我偏傷
공적으로 말하면 하늘처럼 크고	公道如天大
사적인 정으론 장강과 같은 우정을 지녔기 때문이지	私情與水長
가을 산은 암담하게 비껴 서 있고	秋山橫暗淡
아침 비는 처량하게 마지막 가는 길 전송하네	曉雨送凄涼
상여 소리 어찌 차마 들을 수 있겠는가	薤曲那堪聽
명정조차도 바쁘다는 듯 빨리도 가는구나!	銘旌去似忙

—「聞圓齋辭世哭之」, 『牧隱詩藁』 권32

제3부

조선시대의 시

『반중잡영』에 형상된 성균관과 유생들의 생활상

1. 문제제기

조선조 최고의 교육기관이었던 성균관 설치 이전에도 우리나라에는 이미 요즈음의 대학에 해당하는 고등교육기관이 삼국시대부터 존재하여 왔었다. 고구려의 태학이 그것이다. 태학은 고구려 소수림왕 2년(372)에 설치되었다. 기록에 전하는 우리나라 최초의 학교이다. 소수림왕은 그동안 중국과 계속된 전쟁 및 적대관계를 중단하고 전진前秦과 우호관계를 맺으면서 대륙문물을 수용하여 국가체제를 정비하고 국력배양에 힘썼다. 그리하여 불교를 수용하게 되고 국립교육기관으로서 태학을 설립하게 된 것이다. 태학은 귀족자제의 교육기관으로 유교의 경전과 문학·무예 등을 교육하였다. 당시 사립교육기관이었던 경당經堂이 지방에 설치되었던 것에 비하여 태학은 서울에 설치된 국립학교였던 것이다.

신라의 국학國學은 682년(신문왕 2)에 설치되었다. 당시에는 국학이라 했다가 경덕왕 때 태학감太學監이라 했고, 혜공왕 때 다시 국학으로 고쳐 불렀다. 신문왕 대에 이르러 국가 정치체제의 정비가 일단락되자, 지배 체제를 보다 효과적으로 운영하기 위해서 유교의 정치 이념을 수립하게 되었는데, 이러한 시대적인 필요에 따라 유교 교육을 전담하는 교육 기관으로 설치된 것이 국학이었다.

국학 학생의 연령은 대체로 15세부터 30세까지였으며, 원칙적으로 9년을 기한으로 하였다. 교수 과목은 『논어論語』와 『효경孝經』을 비롯해 『예기禮記』·『주역周易』·『상서尙書』·『모시毛詩』·『춘추좌씨전春秋左氏傳』·『문선文選』 등이었다. 이것은 경학經學이 주가 되고, 거기에 문학이 부수되었음을 말해 준다. 신라 국학의 교수 과목에서 또 다른 특색은 경학과 문학 이외에, 비록 부수적이지만 특수한 기술 분야인 수학 등의 과목도 부과된 점이다. 그러나 신라 하대로 갈수록 당나라에 유학을 떠나는 학생들이 점점 증가해, 신라 말기에는 이들이 국학 출신을 완전히 압도하고 새롭게 지식층의 주류를 이루게 되었다.

고려시대 최고의 교육기관은 태조 때부터 있었으며 그 명칭은 신라의 것을 계승한 국학이었을 것으로 짐작된다. 그러므로 992년(성종 11) 국자감의 창설은 종래의 국학을 당·송의 제도를 참착하여 정식 종합대학으로 개편한 것으로 볼 수 있다. 국자감의 구성은 조선시대의 성균관과 같이 문묘文廟와 학사學舍를 갖춘 것이었다. 문묘는 다시 선성전宣聖殿(후의 大成殿)과 동무東廡·서무西廡를 갖추어 공자를 비롯해 61제자와 21현을 제사하였다. 학사는 강학소講學所인 돈화당敦化堂(후의 明倫堂)이 있고 학생들의 기숙사인 재齋가 있었으며 그 밖에 제생들의 음식제공을 맡는 양현고養賢庫가 있었다. 고려에 사신으로 온 송나라의 서긍徐兢이 사행의 여정에서 견문한 내용을 기록한 『고려도경高麗圖經』에 보면 국자감에 대한 인상과 호감이 다음과 같이 나타나 있다.

국자감은 전에는 남쪽 회빈문會賓門 안에 있었는데, 앞에 대문이 있고
편액을 '국자감'이라고 했다. 중앙에 선성전宣聖殿을 세우고 양무兩廡에 재
사齋舍를 설치하여 제생諸生들을 거처하게 했다. 전의 제도는 지극히 좁았
는데 지금은 예현방禮賢坊으로 옮겼으니, 학도가 많이 불어났기 때문에 그
제도를 키운 것이다.[1]

국자감의 명칭은 1275년(충렬왕 1)에 원나라의 간섭으로 국학으로 개칭
되었으며, 1298년 충선왕이 성균감이라 고쳤고, 1308년에는 충선왕이 다
시 즉위하면서 성균관이라 하였다. 그 뒤 1356년 공민왕의 배원정책에
따라 다시 국자감이라 하였다가, 1362년에 성균관으로 개칭하게 되었다.
국자감은 본래 유학과 기술학을 교육하는 곳이었는데 뒤의 성균관은 기
술학을 분리시키고 유학만 교육하는 기관으로 변화하였다. 이러한 변화
는 주자학이 전래되어 경학과 사학이 중요하게 인식되었기 때문이다.

수업과목과 이수연한은 『논어』·『효경』은 1년을 한도로 이수하도록 되
어 있었고, 『상서』·『공양전公羊傳』·『곡량전穀梁傳』은 각각 2년 반, 『주역』
과 『모시』·『주례周禮』·『의례儀禮』는 각각 2년, 『예기』와 『좌전』은 각각 3
년이었다. 그 밖에도 산술算術과 시무책時務策을 익히고, 여기에 매일 한 장
씩의 습자를 하였으며, 『국어國語』와 『설문說文』·『자양字樣』·『자림字林』·
『삼창三倉』·『이아爾雅』를 읽도록 되어 있었다. 산술과 시무책·습자를 과
한 것은 장차 관리가 됨에 있어서 그 기초교양을 갖추게 하기 위한 것이
라 하겠으며, 자전류가 과해진 것은 문자생활의 원숙을 기하기 위한 것이
라 하겠다.

또한 국자감의 학생에게는 과거응시에 대한 특전이 주어졌다. 과거에

---

1) 徐兢, 『宣和奉使高麗圖經』 권16, 「官府」, "國子監, 舊在南會賓門內, 前有大門, 榜曰國子監. 中
建宣聖殿, 兩廡闢齋舍, 以處諸生. 舊制極隘, 今移在禮賢坊, 以學徒滋多, 所以侈其制耳."

응시하려면 전국에서 실시하는 예비시험에 합격하고, 다시 국자감에서 행하는 재시험, 즉 감시監試에 합격해야만 자격이 주어졌다. 그러나 국자감의 학생은 입학해 3년을 수학하면 성적에 관계없이 예비시험이 면제되어 직접 감시를 거쳐 과거에 응시할 수 있었다. 이렇게 고려시대의 최고 교육기관으로서의 기능을 수행한 국자감은 성균관으로 명칭이 바뀌고 그 기능은 조선시대로 계속 이어졌다.

조선조 최고 교육기관인 성균관은 인재양성을 위하여 서울에 설치한 국립대학격의 교육기관으로 '태학太學'·'반궁泮宮'·'현관賢關'·'근궁芹宮'·'수선지지首善之地'라고도 하였다. 조선조의 수많은 문인·학자들이 성균관에서 수학했기 때문에 성균관에 대한 기록은 여러 개인적인 문집에서 산발적으로 많이 나타나 있다. 그러나 성균관의 시설이나 제도 등 여러 가지 사실을 본격적으로 기록한 책으로는 대략『태학성전太學成典』·『태학지太學志』·『반중잡영泮中雜詠』 등의 세 가지 정도로 요약할 수 있다. 『태학성전』은 식산息山 이만부李萬敷가 1689년(숙종 15)에 지은 것으로 추정되는데, 문묘文廟나 석전釋奠에 대한 설명 및 성균관 유생들의 자치활동, 그밖에 성균관에 소장된 서적 등에 대한 기록이 자세히 나와 있다.[2] 『태학지』는 1785년(정조 9)에 왕명에 의해 성균관 대사성 민종현閔種顯이 편찬한 것으로 조선조의 교육제도 변천사 및 우리나라 역대의 학교정책과 문묘의 향사의전享祀儀典에 관한 사실을 집대성한 책으로 알려져 있다.[3]

앞의 두 책이 일반 산문으로 되어 있는 것에 비해『반중잡영』은 영·정조 시대에 활동한 학자인 윤기尹愭(1741~1826)가 성균관에 십 수 년간 출입하면서 보고 느낀 것을 칠언절구 220수의 시로 지어서 기록한 책이다. 젊은 시절 성균관에서 공부한 경험 등을 여러 형태의 시문으로 지은

---

2) 김병건,『無名子 尹愭의 사상과 문학』, 성균관대학교 박사학위논문, 2003, 234면 참조.
3) 서정기,「태학지 해제」,『국역 태학지』, 성균관대학교출판부, 1994.

것은 조선조 문인들의 여러 문집에 산발적으로 많이 나타나 있지만, 이렇게 200수가 넘는 방대한 분량의 시집으로 성균관의 여러 모습을 읊은 기록은 거의 찾아보기 어렵다. 뿐만 아니라 『반중잡영』은 그 담고 있는 내용도 성균관의 각종 제도, 규칙, 시설, 석전, 유생들의 생활상에 이르기까지 매우 다양하여 성균관 연구의 사료로서의 가치와 문학적 가치를 모두 갖고 있어 그 의미가 크다 하겠다. 본고에서는 『반중잡영』에 수록된 한시를 통해 조선조 성균관의 다양한 모습을 고찰해 보고자 한다.[4]

2. 성균관의 시설과 행사 및 제도

사실 인재양성을 위한 최고 교육기관의 기원을 따져보면 중국 주周나라까지 거슬러 올라간다. 중국 주대周代에는 천자의 도읍과 제후의 도읍에 최고의 교육기관을 각각 설치했으니, 즉 천자의 도읍에 설립된 것을 '벽옹辟雍'이라 하고, 제후의 도읍에 설립한 것을 '반궁泮宮'이라고 하였다. 『시경』의 「반수泮水」 시를 보면 제후의 국학을 '반궁'이라 하고, 반궁 앞에 반달 모양으로 빙 둘러 파놓은 못을 '반수'라 하였으며 그 반수 가의 숲을 '반림'이라 불렀다는 기록이 있다. 시를 살펴보자.

---

4) 『泮中雜詠』과 성균관 유생들의 생활상에 대한 선행 연구업적은 다음과 같다. 이민홍, 『조선조 성균관의 교원과 태학생의 생활상』, 성균관대학교출판부, 1999; 김동욱, 「李朝學校風俗考, 중앙대학교 논문집3, 1958; 신해순, 「16세기 성균관 교육의 침체 원인에 대한 연구」, 『한국사연구』 106, 1999; 신해순, 「중종—명종조의 관학교육 진흥책」, 『사학연구』 58, 1999; 장재천, 「조선전기 성균관 교육과 유생문화 연구」, 성균관대학교 박사학위논문, 1993; 김병건, 『無名子 尹愭의 사상과 문학』, 성균관대학교 박사학위논문, 2003.

<table>
<tr><td>즐거운 반수에서</td><td>思樂泮水</td></tr>
<tr><td>잠깐 미나리를 뜯노라</td><td>薄采其芹</td></tr>
<tr><td>노후가 이르시어</td><td>魯侯戾止</td></tr>
<tr><td>그 깃발 보리로다</td><td>言觀其旂</td></tr>
<tr><td>그 깃발 펄럭이며</td><td>其旂茷茷</td></tr>
<tr><td>방울소리 평화롭게 울리리니</td><td>鸞聲噦噦</td></tr>
<tr><td>작은 사람 큰 사람 할 것 없이</td><td>無小無大</td></tr>
<tr><td>공을 따라 가도다</td><td>從公于邁5)</td></tr>
</table>

위 시에 달려 있는 주자의 집주를 보면, 반수나 반궁의 명칭에 대한 설명이 좀 더 자세히 나와 있다.

> 반수는 반궁의 물인데, 제후의 학궁學宮과 향사鄕射의 집을 반궁이라 일컫는다. 그 동서남방에 물이 있어 형체가 반벽半璧과 같은데 벽옹辟雍의 반이 되기 때문에 반수라 이름하고 그 궁 또한 반궁이라 이름 지은 것이다.6)

제후의 학궁을 '반궁'이라 하고 반궁의 앞을 흐르는 물을 '반수'라고 하는데, 그 이유는 반궁이 황제의 학궁인 벽옹의 반이 되기 때문이라는 것이다. 조선시대에 성균관을 일명 '반궁'이라 부르고 성균관이 위치해 있던 지금의 명륜동 일대를 '반촌泮村'이라 하며, 성균관 유생들을 '반유泮儒', 반촌에 살며 주로 도축을 하여 고기를 팔던 생업에 종사했던 사람들을 '반인泮人'이라 한 것도 이 같은 제도에서 나온 것이다.

---

5) 『詩經』「魯頌」＜泮水＞.
6) 『詩經』「魯頌」＜泮水＞. "泮水, 泮宮之水也. 諸侯之學, 鄕射之宮, 謂之泮宮. 其東西南方, 有水, 形如半璧, 以其半於辟雍. 故曰泮水而宮亦以名也."

(1) 교원의 여러 가지 시설

처음 개성에 있던 성균관은 조선왕조의 한양천도에 따라 새 도읍지의
동북부지역인 숭교방崇教坊 부근(지금의 종로구 명륜동 성균관대학교 구내)에 터
가 정해져서 1395년(태조 4)부터 건축공사가 시작되어 3년 만에 대성전大
聖殿(단종 때 大成殿으로 개칭됨)과 동무東廡·서무西廡의 문묘文廟를 비롯하여
명륜당明倫堂·동재東齋·서재西齋·정록소正錄所·식당食堂·양현고養賢庫 등의
건물이 완성됨으로써 새로운 모습을 보이게 되었다. 이 밖에도 도서관인
존경각尊經閣과 반궁 제도의 필수적인 요소인 반수는 1478년(성종 9)에 갖
추어졌다.

벽송정 아래 명륜당	碧松亭下明倫堂
홰나무 은행나무 엄숙히 늘어서 있네	槐杏雙雙儼作行
황금색의 큰 글자 화려한 편액에 남아 있어	黃金大字留華扁
필법도 삼엄하니 주자를 보는 듯하네7)	筆法森嚴仰紫陽

명륜당 뒤편 언덕에 울창한 솔숲이 있었는데, 세칭 '벽송정'이라 불렸
다. 그 아래에 명륜당이 있고 그 앞에는 옛날 중국의 조정에서 심었던 삼
공三公의 상징인 홰나무와 은행나무가 늘어서 있다.

명륜당 아래의 동재와 서재	明倫堂下東西齋
스물 여덟 개 방의 창문이 마주보고 늘어서 있네	廿八房窓互對排
진사와 생원은 상재上齋에 거처하고	進士生員居上舍
하재下齋에는 스무 명이 함께 있다네	下齋二十自相偕

---

7) 앞으로 본고에서 인용하는 한시의 번역문은 특별한 경우를 제외하고는 『반중잡영』의 국
역서인 이민홍 교수의 『조선조 성균관의 교원과 태학생의 생활상』에서 인용함.

성균관 유생들이 거처하는 동재와 서재는 각각 14개씩 모두 28개의 방으로 구성되어 있다. 그중 동·서재의 가장 아랫방 2칸을 하재라 부르고 나머지는 상재라 부른다. 동재는 동향이고 서재는 서향이며, 하재에는 사학생四學生과 유학幼學으로 성균관에 입학한 학생들이 거주하며 한 방에 10명이 생활한다.8)

존경각에는 만 권의 책이 있는데	尊經閣貯萬牙籤
높은 벽으로 둘러싸여 엄하게 잠겨 있네	繚以崇墉鎖謹嚴
과시課試를 준비하는 제생들 마음대로 가져가니	課讀諸生隨意取
청청자아菁菁者莪의 교화에 다투어 젖어드네	菁莪樂育化爭霑

성균관의 도서관이었던 존경각을 읊은 것이다. 존경각은 명륜당 뒤에 있었는데, 위 시에 나와 있는 바와 같이 만 권의 책이 있을 정도로 규모가 대단했던 것 같다. 수강한 과목에 대해 시험을 치러야 하는 유생들이 항상 마음대로 빌려 읽을 정도로 도서관의 대출이나 열람도 자유로웠던 것으로 보인다. 성균관 안에는 공부하는 곳만 있었던 것은 아니다. 활쏘기를 통해 심신을 수양하고 문무를 겸비할 수 있는 시설도 갖춰져 있었다. 요즈음으로 말하면 인·의·예·지·체를 모두 갖춘 전인교육의 장이었던 셈이다. 다음 시를 보자.

육일각 안에는 활과 화살이 쌓여 있으니	六一閣中弓矢儲
선왕의 대사례 후에 남은 것이라네	先王大射禮行餘
앞에 있는 정록청은 훤히 트였으니	向前正錄廳空濶
글을 읽는 때때로 쉬기에도 좋구나	游詠時時好發舒

---

8) 尹愭, 『泮中雜詠』, "東西上下齋通爲二十八房, 最下各二間爲下齋. 下齋東西各十人. 東齋東向, 西齋西向. 每房後面爲廣窓, 井井相對." 참조.

　1743년(영조 19)에 대사례를 거행한 후 임금은 활을 쏘았던 각종 기구를 성균관에 보관하라고 명하였는데, 이에 호조戶曹와 병조兵曹에서 각閣을 세우고 활쏘기가 '육예六藝'의 하나이므로 '육일각'이라 명명하였다. 그 후로 육일각은 유생들의 심신수양과 체력단련의 장소로 사용되어졌다.

반교 어귀에 있는 탕평비	蕩平碑閣泮橋頭
선왕께서 남긴 수적手迹에 감탄한다	感歎先朝手澤留
소인과 군자의 공과 사를 변별하니	小人君子公私辨
편당짓지 않음과 두루하지 못하는 것이라네	周不比兮比不周

　성균관 입구에 있는 탕평비를 읊은 것이다. 주지하다시피 이 비석은 탕평책을 시행했던 영조英祖가 세운 것인데,『논어』「위정편爲政篇」에 나오는 "군자는 두루하고 편당짓지 않으나, 소인은 편당짓고 두루하지 않는다(君子周而不比, 小人比而不周)."라는 유명한 말을 바탕으로 "두루 사귀고 사사로이 무리를 짓지 않는 것은 군자의 공평한 마음이요, 사사로이 무리를 짓고 두루 사귀지 못하는 것은 바로 소인배들의 사사로운 뜻이다."라는 의미의 "周而不比, 乃君子之公心, 比而不周, 寔小人之私意"라는 20글자를 영조가 직접 쓰고 돌에 새기게 한 것이다.

(2) 석전제

　성균관에서 행해지던 행사 중 중요한 것으로 공자를 비롯한 선성先聖들에게 지내던 제사인 석전釋奠이 있다. 석전은 석채釋菜·대제大祭라고도 했는데, 매년 음력 이월과 팔월의 첫 정일丁日에 거행하였다.『반중잡영』에는 석전제를 읊은 시가 26수나 있다. 다음 시를 보자.

이·팔월 처음 정일丁日에 석채가 항상 열리는데	二八初丁釋菜恒
미리 뜰과 건물을 깨끗이 청소한다	預敎庭廡廓淸澄
묘 안의 기물들을 모두 닦고 정결히 했는지를	廟中器物渾修潔
호조 예조의 낭관이 번갈아 검사한다네	戶曹郞官遞照憑

석전을 행하기 앞서 성균관 대성전 안팎을 깨끗이 청소하는데, 심지어 호조와 예조의 관리들이 와서 검사까지 한다는 것이다.

예행연습은 항상 날이 저물 때에 하는데	肄儀恒趁日將晡
명륜당에 위패를 갖추어 설치하네	設位明倫堂上俱
악기를 헌에 걸고 일무도 추는데	琴瑟軒懸與佾舞
위엄 갖춘 용모는 모두 격식을 본뜬 것이네	儀容盡是倣形模

석전을 앞두고 행한 예행연습을 읊은 것이다. 행사의 연습은 날이 저문 시간에 했는데, 명륜당에 위패를 설치하고 바깥 뜰에서 여러 가지 동작을 연습한다. 들어오고 나가며 오르고 내려오는 갖가지 동작은 물론 음악에 맞춰 육일무六佾舞도 연습한다.

삼경일점을 알리는 북을 치면 일어나	三更一點鼓而興
세수와 양치질을 하고 사람마다 제각기 등을 켠다	盥漱人人各點燈
보내온 죽으로 요기하고 옛 전례를 이루려고	饋粥療飢成舊例
옷 단정히 입고 제사 지내려 밤을 세운다	整衣將事達宵仍

석전 당일 새벽의 모습이다. 삼경은 밤 11시에서 1시 사이이고, 일점은 한 경을 다섯으로 나눈 것이니 요즈음 시간으로 치면 24분이다. 삼경일점에 기침고起寢鼓가 울리면 모든 유생들은 자리에서 일어나 세수와 양치질을 하고 각 방마다 등불을 켠다. 그리고는 보내온 죽으로 간단히 요

기를 한 후 의관을 정제하고 제사 준비를 한다.

사경일점에 예를 거행하기 시작하니	四更一點禮行初
마당엔 횃불 찬란하여 대낮처럼 밝다네	庭燎煒煌白晝如
장보와 진신들 모두 제 자리로 가고	章甫搢紳皆就位
천천히 홀기 읽는 소리만 들리네	只聽笏記唱徐徐

새벽 1시인 사경이 되면 드디어 제사가 시작되는데, 크고 작은 횃불들
로 대성전 앞은 대낮처럼 밝다. 장보와 진신은 행사를 맡은 집사들을 의
미한다. 제4구의 "천천히 홀기 읽는 소리만 들리네"라는 말은 고요하고
엄숙한 석전의 분위기를 묘사한 것이다. 이렇게 정숙한 분위기 속에서 시
작된 석전제는 육일무로 한껏 고조된다. 다음 시를 보자.

뜰에서 육일무가 추어지니 전악이 나눈 것인데	六佾舞庭典樂分
무무武舞는 문무文舞 뒤에 춘다네	由來武舞後於文
무무는 척戚과 간干, 문무는 약籥과 적翟을 잡으니	武執戚干文籥翟
이리저리 춤추며 움직이는 모습 화려하도다	周旋蹈厲各紛紛

예로부터 천자의 나라에서는 팔일무를 추었고 제후국에서는 육일무를
추었다. 육일무는 36명으로 구성되며 장악원掌樂院 전악典樂이 여러 악생樂
生들을 나눈 뒤 문무와 무무로 나누어 추는데, 그것은 각각 문관과 무관
을 상징한다. 춤은 문무를 먼저 추고 문무가 끝난 뒤 무무를 춘다. 문무
를 출 때에는 왼손엔 피리[籥], 오른손엔 꿩의 깃털[翟]을 잡고 춘다. 무무
는 붉은 두건을 쓰고 왼손엔 방패[干], 오른손엔 도끼[戚]를 들고 이리저리
뛰어다니며 춤을 춘다.9) 어찌 보면 이 육일무야말로 석전제의 가장 화려

---

9) 尹愭, 『泮中雜詠』, "文舞武舞各三十六人, 是爲六佾. 掌樂院典樂分排衆樂生, 先爲文舞, 左執籥,

한 행사일지도 모른다. 이는 마치 요즈음의 올림픽 게임을 앞두고 치르는 전야제나 개막식의 화려한 공연과도 같은 것이라 할 수 있겠다.

(3) 신방례

신방례新榜禮는 과거에 합격해 생원이나 진사가 된 자가 성균관에 입학하여 기존의 재학생인 선배들에게 한턱내는 것을 말한다. 요즈음 행해지는 일종의 신고식이나 신입생 환영회 같은 것이다. 이것은 성균관의 공식적인 행사는 아니고 유생들 사이에서 관례상 치러지던 전통이었다. 이 신방례 때에는 여러 가지 다양한 놀이나 장난 등이 행해졌던 것 같다.10)

신방제생이 성균관에 처음 들어오면
재중에서 친한 이를 택해 거주한다네
능력에 따라 신방례를 베푸는데
옛 규범 오늘에도 여전히 남아 있네

新榜諸生入泮初
齋中必擇所親居
隨力進來新榜禮
古規今日此猶餘

성균관에 입학한 신입생은 반궁의 기숙사로 들어와서 반드시 친한 이와 함께 같은 방을 쓰도록 되어 있었다. 유생들의 거주 장소인 동·서재 중 노론계老論系 학생들은 대체로 서재에 기거하였고, 남인계南人系 학생들은 동재에 기거했던 것으로 보인다.11) 신입생들이 자기의 사비를 털어 행하는 신방례는 각자의 빈부에 따라 풍성하게도 하고 조촐하게도 했던

右執翟, 周旋俯仰. 文舞旣退, 乃爲武舞. 着赤幘, 左執干, 右執戚, 發揚蹈厲之際, 每干戚相搏有聲. 皆依鼓聲及鐘磬爲節." 참조.
10) 17세기에 활약했던 학자 愚潭 丁時翰의 문집인 『愚潭集』의 「年譜」에 보면, 성균관에 입학한 뒤 치렀던 신방례를 설명하면서, "세상에서 보통 '新來'라고 부르는데, 놀리는 장난이 매우 다양하다(世俗例呼新來, 作戲多端)."라는 기록이 보인다.
11) 이민홍, 앞의 책, 75면 참조.

것으로 보인다.12)

3. 유생들의 학습활동과 다양한 생활상

(1) 학습활동과 시험

성균관의 교과과목은 유교의 기본 경전인 사서오경을 비롯하여 시・부賦・송頌・책策과 같은 글을 짓는 방법 및 왕희지王羲之와 조맹부趙孟頫의 필법을 익히는 것 등이 있었다. 조선초에는 십삼경의 하나로 유교의 경전이었던 『주례』가 교과과목에서 빠져 있었는데, 선초의 문인 서거정은 임금께 글을 올려 유생들이 『주례』도 반드시 공부해야 한다고 주장13)했을 정도로 성균관의 교과목에 대한 지식인들의 관심은 컸던 것으로 보인다. 정주학程朱學 이외의 이단서는 학칙에도 명시되어 있는 바와 같이 철저하게 배격되었다. 그러나 유생들 중에는 남송의 학자 육구연陸九淵의 저서 등 당시 금지되었던 서적들을 구해 읽는 사람들도 있었던 것 같다. 이는 물론 성균관 유생들만의 문제는 아니고 당시 조선 지식인 사회의 단면을 보여주는 일일 것이다. 조선중기의 성리학자 기대승奇大升이 쓴 다음 글에는 성균관에서 십삼경이나 정주학 이외의 학문을 철저히 금지할 것을 제기하고 있다.

> (…전략…) 다만 사람들은 떳떳한 것을 싫어하고 새로운 것을 좋아하여, 혹 박학博學을 힘쓰고 화려함을 다투고 있습니다. 심성을 논함에 있어

---

12) 尹愭, 『泮中雜詠』, “有新榜禮, 隨其貧富以爲豊薄, 盖國朝古風也.” 참조.
13) 徐居正, 「擬成均館請於考講幷講周禮箋」, 『東文選』 권41 참조.

서는 자못 정程·주朱의 유서遺書와 배치되고, 이치를 분석함에 있어서는 육陸·양揚의 말에 물들고 있습니다. 이것은 여러 성인의 법으로 헤아려 보면 소득이 없고, 일에 시행하자니 방해가 있습니다. 부정한 학설을 막아서 인심을 바로잡아야 하는데, 세상에는 맹자 같은 분의 변론이 없고, 성인의 말씀을 업신여기며 여러 입을 놀리고 있으니 때로는 몽장蒙莊의 기풍까지 볼 수 있습니다. 이것이 실로 유식한 자들의 깊은 걱정이니, 어찌 선비들을 밝은 경계로 타이르지 않을 수 있겠습니까. 육경은 일월日月과 같으니 어찌 그 광명함을 보기 어렵겠으며, 천성千聖들은 떳떳한 법도가 있으니 또한 그 실마리를 찾을 수 있습니다.

신은 엎드려 바라옵건대, 전하께서는 큰 호령을 내리시어 빨리 혼미한 길을 돌리소서. 성인을 비난하는 책을 읽지 못하게 하면 올바른 추향趨向을 알게 할 수 있을 것이며, 괴상한 의논을 세우지 못하게 하면 마음을 온전히 보전할 것입니다. 이렇게 되면 마땅히 자신을 법도로 단속하고 선비들을 행동으로 지도할 수 있을 것입니다. 이천伊川의 간상학제看詳學制를 써서 비록 한 세대의 법도를 다 변화시키지는 못하더라도 호안정胡安定이 작신作新한 정성을 본받는다면 거의 천년의 국운을 기대할 수 있을 것입니다.[14]

당시 성균관 유생들이 『장자』나 양웅揚雄의 『태현경太玄經』은 물론이고 주자를 정면으로 비판한 육구연 같은 이들의 글을 공공연히 읽자 이를 금지하도록 임금께 글을 올린 것이다. 유생들이 학습한 내용에 대한 평가로는 매달에 한 번씩 치르는 예조월강禮曹月講과 짝수 달의 매 11일에 치르는 순두전강旬頭殿講이 있었고, 이외에도 불시에 임금 앞에 불려가 치르

---

14) 奇大升, 「擬成均館請令儒生勿觀雜書箋」, 『高峰集』 권2. "(…前略…) 第緣厭常而喜新, 或致務博以鬪靡. 論心識性, 頗戾程朱之遺書, 析理談玄, 類染陸揚之緒語. 揆諸聖而無獲, 施于事而有妨. 闢邪說以正人心, 世無鄒孟之辨, 侮聖言而鼓衆口, 時見蒙莊之風. 是固識者之深憂, 盍勅儒士于炯戒. 六經如日豈月, 難覩其光明, 千聖有範模, 亦可尋其統緒. 伏望渙發大號, 亟回迷塗. 不敢讀非聖之書, 可使知其超向, 毋或立詭常之論, 足能全其心思, 則謹當飭躬于謨, 率士以行, 用伊川看詳之制, 雖未變一代之條, 效安定作新之誠, 庶可翊千齡之運."

는 친시親試도 있었다. 다음 시는 순두전강에 대한 설명이다.

짝수 달 매 번 11일에	陰月每當十一朝
순두전강의 옛 규범을 밝히네	旬頭殿講故規昭
도기를 정서하여 입계한 후	到記正書入啓後
임금에게 낙점 받은 유생들 재주를 겨루네	自天落點首爭魁

매년 2·4·6·8·10·12월의 짝수 달 11일에 그동안 도기를 바르게 한 유생들 중에 시험을 치르고자 하는 자는 계를 올리고 낙점이 내리면 시험을 치르게 된다. 시험을 잘 치른 성적 우수자에게는 임금이 상을 내리기도 하였다.

규장각에서 합격자 방목을 크게 쓰고	大書榜目自奎垣
기록하여 와서 장원에게 하사하네	記注賫來賜壯元
책과 종이 그리고 붓과 먹을	冊子楮生兼筆墨
성적의 높고 낮음에 따라 각각 은택을 다르게 입네	高低多少各霑恩

규장각에서 응제한 유생들 중 합격자 명단을 크게 써서 임금의 하사품을 기록하여 가지고 와 장원에게 준다. 하사품은 성적에 따라 차등 지급되었는데, 책과 종이, 붓, 먹 등이었다. 임금이 불시에 유생들을 불러 모아 치르는 시험인 친시는 주로 창경궁昌慶宮 후원後苑인 춘당대春塘臺에서 치러졌는데, 유생들이 먹을 음식을 차려놓고 식사가 끝난 후 시험이 시작되었다.

식당을 파하고 강제를 갖추니	罷了食堂講製俱
올라가서는 경의 뜻을 논하고 내려와서 문장을 짓네	升論經義降操瓠
잠시 후 불러들여 바로 상을 주니	須臾呼入仍行賞

이날은 군신간에 종일토록 즐긴다네是日君臣盡日娛

식사가 끝난 후 강론과 제술을 겸하여 시행하는데, 이름이 호명되면 앞으로 나아가 경전의 뜻을 강론하고, 강론이 끝나면 자기 자리로 돌아와 글을 지어서 올린다. 잠시 후 급제자를 발표하고 불러들여 상을 주고 마친다.15) 이와 같이 치렀던 시험의 성적은 연말에 종합되어 식년시式年試와 천거薦擧에 참작되었다. 한편 성균관은 과거의 대과인 문과의 시험 준비를 위한 과업교육을 담당하는 기관이었기에, 입학규정은 엄하면서도 일정한 재학기간이나 졸업일이 없었다. 과거에 합격하는 날이 바로 졸업일이었다고 할 수 있다.

(2) 식생활과 도기

성균관 유생들은 원칙적으로 기숙사에서 전원이 공동생활을 했기 때문에 취침이나 기상 및 식당에서 식사하는 데에도 정해진 엄격한 규율이 있었다. 다음 시는 유생들의 아침 기상 장면을 읊은 것이다.

약방 창 밖에는 북이 높다랗게 걸려 있어藥房窓外鼓高懸
매일 새벽녘에 둥둥 울려 퍼진다每日鼕鼕欲曙天
'기침'이라는 한 마디 마친 후에는起寢一聲纔罷後
다시 세수하라 외치는 소리 동·서재에 전하네更呼洗手兩齋傳

성균관 유생들의 아침 기상 장면을 읊은 것이다. 약방은 성균관의 동재 위에 있는 방 이름인데, 그 서쪽 창문 바깥에 북을 걸어두고 매일같이

---

15) 尹愭, 『泮中雜詠』, "食堂旣罷, 兼行講製. 呼名則升前面講對經義, 講畢降復位製進. 有頃出榜, 呼入行賞而罷." 참조.

새벽에 두드리며 '기침(일어나시오)'이라고 외친다. 그리고 또 세 번을 치면서 '세수(세수하시오)'라고 외친다는 것이다.[16)]

식당의 예절은 지극히 절도가 있어	儀貌食堂極整齊
생원 진사로 나뉘어 동서로 들어가네	分門生進各東西
나이대로 헌에 올라 두 사람씩 마주 앉고	序齒升軒雙對坐
남반과 하재생도 서로 이어 앉았네	南班下寄亦相携

식당에 들어갈 때의 규율을 말한 것이다. 생원과 진사가 서로 다른 곳을 통해 들어갔는데, 즉 생원들은 동문으로, 진사들은 서문으로 식당에 들어갔다. 헌에 올라서는 나이순으로 마주보고 앉는데, 재미있는 것은 서출庶出로 생원이나 진사가 된 자들은 동헌이나 서헌으로 들어가지 못하고 따로 남헌을 통해서 출입하며 이들은 통칭 '남반南班'으로 불려졌다.[17)]

성균관 유생의 정원은 개국 초기에는 150인이었으나, 1429년(세종 11)에는 200인으로 증원되었다. 이 중 반은 상재생上齋生 또는 상사생上舍生이라 하여 생원·진사로서 입학한 정규생이었으며, 나머지 반은 기재생寄齋生 또는 하재생下齋生이라 하여 유학幼學 중에서 선발된 자들이었다. 성균관은 관리후보생을 양성하는 교육기관이었으므로 입학하여 유생이 될 수 있는 자격은 대체로 양반사대부 자제들에게 국한되어 있었다. 한편 유생들은 식사 때마다 자필 사인을 하였는데, 이는 요즈음의 출석부의 역할을 하였다.

---

16) 尹愭, 『泮中雜詠』, "藥房東齋最上房名, 其西窓外懸鼓, 每日未明鼓之呼起寢, 又打三鼓呼洗手." 참조.

17) 尹愭, 『泮中雜詠』, "故規, 生員由東門入東軒, 進士由西門入西軒, 相對齒坐. 東西下齋生各入其軒, 與生進下坐者, 相對號爲寄齋. 近來有庶名生進入南軒, 稱南班." 참조.

①

도기는 첫머리부터 차례로 써가니	到記從頭次次書
정자井字 칸 속에 이름과 수결手決을 함께 남기네	共留名押井間疎
조사와 색장까지 이르면	直至曹司與色掌
몇 명이 왔는지 끝부분에 적어두네	摠題幾分末端於

②

아침저녁으로 연이어 참석하면 1점이 되니	朝夕連參一點成
원점圓點 30이면 과정[18]이 된다네	點圓三十作科程
곧장 300점이 넘어선다면	直待準過三百點
해마다 다시 이름 남기려 고생하지 않는다네	不勞歲歲更留名

위 ①의 시는 도기到記에 대한 것이고, ②는 원점에 대한 것이다. 성균관 유생들은 아침·저녁 식사 때마다 식당에 비치된 명부인 도기에 서명하게 되어 있었다. 도기책에는 '정井' 자 모양의 표가 만들어져 있는데, 각 칸에 식사 때마다 이름을 쓰고 사인을 하였고, 이것은 일종의 출석부 역할을 하였다. 즉 아침·저녁으로 두 번 식당에 들어가 서명해야 원점 1점을 얻게 되었는데, 원칙적으로 이 원점 300점을 취득한 자, 즉 성균관에서 통산 300일 이상 기숙하며 공부한 유생에게만 관시館試(성균관 유생에게만 응시할 수 있는 특전을 준 문과 초시)에 응시할 자격을 주었다.

한편 유생들의 건강을 위해서 미리 정해진 날에 별미가 제공되고, 또 명절에는 별공別供이 식탁에 올려지기도 하였다. 별미는 대별미와 소별미로 나뉘는데, 대별미는 매달 끝자리가 1과 6인 날에 제공되고 소별미는 매달 끝자리가 3과 8인 날에 제공되었다.

---

18) 성균관 유생들이 치렀던 시험인 圓點科에 시험칠 수 있는 자격을 말한다.

대별미는 일·육일 아침에 올라오는데	大別味供一六朝
소 한 마리 통째로 잡으니 초라하지 않다네	全牛列鼎不蕭條
장탕 안심구이 등 여러 가지 음식들	胖湯心炙諸般品
사기그릇에 담겨 나오니 요구한 대로라네	沙碗盛來隨所要

대별미는 주방의 일을 맡아 보았던 고직庫直이 미리 유생들에게 주문을 받아 요구대로 차리는 것이 상례였기 때문에, 소고기 안심구이와 같이 풍성하고 먹음직스러웠다.19) 이에 비해 소별미는 제공되는 음식이 한 젓가락도 안 되는 매우 적은 양이고, 음식의 질도 다 식은 구이가 나오는 등 먹을 수 없을 정도였다.

소별미는 삼·팔일에 나오지만	小別味隨三八爲
유명무실한 지 오래이다	有名無實乃如斯
적은 국과 식은 구이는 젓가락에도 차지 않으니	殘羹冷炙不盈筯
말린 생선 자반을 대신 사용한다네	用代乾魚佐飯資

소별미는 고기 국이나 고기 구이로 자반을 대신하기 때문에 속칭 '별자반別佐飯'이라 불린다. 그러나 양도 적고 질도 말린 생선으로 만든 자반보다도 못하니 유명무실하다는 것이다. 그리고 매번 명절이 되면 별공別供이 제공되는데, 꽤 먹을 만했던 것 같다.

일 년에 명절을 몇 번이나 지내는가	一年名節幾相逢
붉은 칠한 밥상에 별공이 올라온다	朱漆平盤盛別供
추석과 한식을 제외하고는	除却中秋寒食外
고기 음식 차려놓고 타향살이 위로한다	每將牢具慰羈蹤

---

19) 尹愭, 『泮中雜詠』, "庫直前期遍稟於儒生, 各隨所求, 以大碗進之." 참조.

추석과 한식을 제외한 명절이면 매번 풍성한 고기로 상차림이 차려진 것 같다. 명절에 고향을 떠나 멀리 서울에서 보내는 유생들의 외로움을 음식으로라도 위로해주려는 배려였다.

(3) 기타

초하루마다 섬등지 백 묶음을	每朔剡藤百束纏
삼남지방 수령이 봉인하여 보내온다	三南方伯印封來
청모필·황모필과 먹도 모두 백 개씩	靑黃筆與墨皆百
이 법을 시작한 이 그 누구인가	是法刱時誰所裁

매번 초하루마다 질 좋은 섬등지剡藤紙 백 묶음과 청설모와 족제비 털로 만든 붓인 청모필靑毛筆 및 황모필黃毛筆 각 백 자루가 지방에서 올라오면 유생들에게 나눠 주었던 것으로 보인다. 옛날에는 종이가 매우 귀한 물건이었는데, 항상 공부를 하는 유생들에겐 종이와 붓, 먹 등이 필수품이었을 것이다.

날씨 추운 초하루에 주는 숯은 규칙이 있는데	天寒朔炭有常規
날이 따뜻해져도 여전히 약숯은 제공한다네	日暖猶然藥炭資
병이 들면 약방의 처방을 허락하니	疾痾更許刀圭濟
삼황을 제외하곤 모든 재료가 들어간다네	除却參黃無不爲

추운 겨울인 매년 10월부터 정월에 이르기까지 매달 초하루에는 숯을 제공하였고, 그 외의 달에는 약을 달이는 약숯을 제공하였다. 혹 유생이 병들면 약방의 처방에 따라 약을 조제해 주기도 하였는데, 후대에는 이를 계속하기 힘들어 삼황을 빼고 나머지 재료들을 써서 약을 만들었다.[20]

혹 유생이 죽으면	或値齋儒有死亡
상을 치르고 관을 돌려보내니 좋은 법이다	治喪返柩燦條章
모여서 조문하러 온 유생들 부조를 하니	會弔諸生仍賻助
동재의 친구들 두터운 우의는 평범치가 않구나	同齋厚誼不尋常

병이 심한 유생들은 반촌으로 나가게 되는데, 만약 사망하면 관청에서 비용을 대 상을 치르고 관을 본가로 보낸다. 그리고 유생들이나 재직齋直들은 모두 찾아가 조문을 하고 부조를 한다.

4. 유생들의 자치활동

유생들이 재학하는 동안 일상생활의 중심이 되는 곳은 그들의 기숙사인 동·서재였다. 재에서의 유생들의 생활은 규칙이 엄격하였고, 이 규칙은 유생들의 자치활동에 의하여 운영되었다. 『태학지』에 의하면 유생들의 자치기구로 재회齋會가 있었고, 그 임원으로 회장격인 장의掌議를 비롯하여 색장色掌·조사曹司·당장堂長 등이 있었다. 유생들은 내부적인 문제는 재회를 통해서 자치적으로 해결하였다. 그런데 유생들의 자치활동은 때로 대외적인 문제를 대상으로 이루어지기도 하였다.

즉 조정의 부당한 처사에 대한 시정 요구, 선대의 유신에 대한 문묘배향 요구, 이단에 대한 배척 요구 등이 있을 때는 재회를 열어 소두疏頭를 뽑고 유소儒疏를 올렸으며, 자신들의 요구가 받아들여지지 않을 경우에는

---

20) 尹愭, 『泮中雜詠』, "自十月至正月每朔納炭, 其外只許藥炭. 儒生有疾, 則隨藥方製給, 後以難繼, 不許參黃, 而餘皆依前." 참조.

권당捲堂 또는 공관空館 등의 실력행사로 맞서기도 했던 것이다.

(1) 유소

유소儒疏란 유생들이 연명하여 올리는 소를 말한다. 소는 장의나 제생들의 발론으로 올려진다.

일을 크게 의론할 때에는 원근에서 모여   大議事時會邇遐
명륜당 앞에 나란히 꿇어앉아 조용히 듣는다   倫堂列跪聽無譁
재임이 여러 소임을 뽑아서 부르면   齋任呼差諸疏任
조사가 붓을 잡고 진한 먹으로 기록한다   曹司執筆墨濃花

일단 소가 완성되면 모여서 소두疏頭 및 소색疏色·제소製疏·사소寫疏 등 여러 소임疏任을 차출하는 대의사大議事를 거행한다. 이때 조사는 뽑힌 여러 명의 소임의 명단을 기록한다. 다 완성된 소장에는 유생들이 각자 성명을 나란히 쓰고 봉하여 함에 담는다. 다음 시를 보자.

소를 감독해 정제하고 또 삼가 봉하여   治疏整齊又謹緘
붉은 보자기에 싸서 함에 담는다   覆之紅袱盛之函
한 명의 반인泮人에게 받들고 나오도록 하여   泮隸一人擎以出
계단에 이르러 크게 읽으면 모두가 조용히 듣는다   臨階大讀靜聽咸

소 아래에 유생들이 각자 사인을 하면 이어진 종이가 수백 장이나 된다. 모두 서명을 한 후에는 봉해서 함에 담아 보자기로 싼다.21) 이윽고 소가 대궐문에 이르면 따르던 유생들은 모두 열을 지어 앉는다. 소를 받

---

21) 尹愭, 『泮中雜詠』, "疏下列書儒生姓名着押, 或聯紙數百張. 寫畢封之盛以函覆以袱." 참조.

들어 올리고 비답批答이 내리기 전에는 자리를 옮기지 않는다. 그러다가 기다리던 비답이 내려오면 모두들 사배례四拜禮를 하고 매우 기뻐한다.

비답이 내려오면 읽을 사람을 정하니	承批卽定讀批人
많은 선비들은 조용히 꿇어앉아 듣는다	多士無譁跪聽均
읽기를 마치면 함께 사배례를 행하고	讀罷共行四拜禮
물러나 은총을 새롭게 입었다고 기뻐한다	退來欣荷寵恩新

궁궐에서 소를 올리고 자리도 뜨지 않은 채 엄숙히 기다리던 유생들에게 임금의 비답이 내리면 한 사람을 선택해 읽게 하고 나머지 사람들은 조용히 꿇어앉아 듣는다. 읽기가 끝나면 임금께 사배례를 행하고 새롭게 받은 은총에 크게 기뻐한다고 하였다. 이처럼 성균관 유생들의 상소는 정해진 절차에 따라 엄격히 시행되었고, 임금도 함부로 여길 수 없을 정도로 힘을 가지고 있었으니 유생들이 누리는 일종의 특권이었다고 해도 과언이 아닐 것이다.

(2) 권당 및 공재

권당捲堂은 성균관 유생들이 어떤 일에 불만이 있을 때 시위의 표시로 하는 집단행동이다. 권당의 단계에는 두 가지가 있는데, 일차적으로는 재에 거처하면서 식당에 들어가지 않는 단식투쟁이고, 그래도 진전이 없으면 재를 비우거나 관을 비우는 공재空齋·공관空館도 행하였다.

일이 있어 권당의 주장이 제기됨은	有事捲堂士論俱
공의와 절개를 펴기 위해서라네	爲伸公義與廉隅
북소리 세 번 울려도 사람들이 움직이지 않으니	鼓響三摑人不動

재 안의 분위기 전과는 판이하네   齋中氣色比前殊

    권당을 할 때에는 식당의 북이 세 번 울리더라도 식당에 들어가지 않는다. 그러면 성균관 대사성이나 동지관사가 와서 여러 유생들을 명륜당 위로 불러 그 연유를 물은 뒤에 마음속의 생각을 쓰게 한다. 이렇게 유생들이 글을 쓰면 대사성은 이에 의거하여 초기草記를 만들고 임금께 올리게 된다. 임금은 이를 읽고 비답을 내리는데 유생들은 명을 따라 권당을 풀기도 하지만, 비답의 내용이 의리에 맞지 않는다고 생각하면 재를 비우는 공재를 하기도 한다.

다른 유생들 들어가지 않으면 또 어떻게 하나   他儒不入又如何
이 사람들에게 편지풍파 일어난다네   有此人間平地波
공재에 이르면 유생들의 기개가 높아지니   轉至空齋增士氣
열조에서 배양한 선비의 기개 없어지지 않았음이라   列朝培養未消磨

    공재를 할 때에는 동·서재에서 일제히 물러나와 반촌으로 나아가 머무르게 된다. 이렇게 되면 보통 승지承旨나 예조판서禮曹判書가 와서 왕명을 공포하고 다시 성균관에 들어가도록 권면하게 된다. 그래도 들어가지 않을 경우에는 조정의 대신들이 와서 권면하기도 한다.22) 18세기의 학자 이긍익李肯翊이 쓴 『연려실기술燃藜室記述』에는 1611년(광해군 3) 일어났던 성균관 유생들의 공관 사건을 한 유생이 지은 시를 인용하여 다음과 같이 설명하고 있다.

    광해군 신해년(1611)에 태학의 여러 유생이 사건으로 인해 분격하여

---

22) 尹愭, 『泮中雜詠』, "承旨來宣溫音, 而終不入, 則禮曹判書入來勸入, 又不入則大臣入來, 期於勸入然後, 草記而出." 참조.

관관(館)을 비우고 나갔다. 한 유생이 다음과 같은 시를 지었다.

엄한 서리 4월에 청아에 내렸구나	嚴霜四月下菁莪
다만 미치고 어리석었을 뿐 어찌 다른 뜻이 있으랴	只是狂愚豈有他
반궁을 돌아보니 향불 꺼졌는데	回首泮宮香火滅
행단은 쓸쓸하고 햇빛도 기우네	杏壇寥落日初斜[23]

정인홍鄭仁弘은 광해군의 세자 시절부터 그를 지지하여 광해군이 왕위에 오르자 북인정권, 좀 더 정확히 얘기하면 대북의 영수가 되었다. 그는 권력의 핵심부에 올라 스승인 남명南冥 조식曹植의 추존사업을 적극적으로 벌이는 한편 이언적李彦迪과 이황李滉이 문묘에 배향되는 것을 저지하려 하였다. 이에 따라 1611년에 정인홍을 탄핵하는 성균관 유생들의 소가 올려지고 공관을 결행하는 사태에 이르게 된 것이다. 이 시는 당시 텅 빈 성균관의 쓸쓸한 모습을 그리고 있다. 이처럼 권당이나 공재·공관은 정치적 사건이나 문묘 배향과 관련되어 유생들의 집단 의사 표시로 자주 일어났었다.

(3) 재회

재회齋會는 성균관에서 벌어지는 여러 가지 일을 의논하기 위해 갖는 유생들의 회의로 일종의 학생회에 해당한다. 이때 장의掌議는 수복守僕을 시켜 여러 유생들에게 빨리 모이도록 재촉을 했다 하니,[24] 예나 지금이나 회의를 열면 불참하는 자들이 많았던 모양이다.

---

23) 李肯翊, 『燃藜室記述』 別集 권7, 「官職典故」 참조.
24) 尹愭, 『泮中雜詠』, "掌議入泮爲齋會, 則或使守僕先言于諸生, 使之速聚, 盖近來諸生多厭避齋會." 참조.

<table>
<tr><td>제생이 이미 모이면 장의를 인도하여 오고</td><td>諸生旣會執綱延</td></tr>
<tr><td>재직은 벼루상자 높이 받들고 나온다</td><td>齋直高擎硯匣先</td></tr>
<tr><td>수복이 소리높이 자리에서 일어나라 외치면</td><td>守僕一聲呼起坐</td></tr>
<tr><td>동서로 마주보고 읍을 하니 소매가 서로 이어지네</td><td>東西對揖袂相聯</td></tr>
</table>

여러 유생들이 모이면 나이대로 북쪽을 상석으로 하여 서쪽을 향해 무릎을 꿇고 앉는다. 이어 수복이 장의를 인도해 오면 재직이 벼루상자를 받들고 나온다. 수복이 일어나라고 외치면 제생이 모두 일어서서 장의와 읍을 한다.25)

<table>
<tr><td>당장 몇 사람과 반수를 뽑으니</td><td>堂長幾人班首行</td></tr>
<tr><td>하나·셋·다섯·일곱 그 수 일정치 않네</td><td>一三五七數無常</td></tr>
<tr><td>재임이 말을 하면 수복이 아뢰는데</td><td>齋任出言守僕告</td></tr>
<tr><td>소리에 맞춰 어지러이 손드느라 바쁘다네</td><td>紛紛擧袖逐聲忙</td></tr>
</table>

회의의 의결 모습인 듯하다. 당장은 회의 때마다 그때그때 임시로 뽑은 회의의 주관자인 셈인데, 나이가 가장 많은 순서대로 선발하였다. 반수란 모임의 최고령자를 뜻한다. 당장의 인원수는 회의에 참가한 사람들의 숫자에 따라 맞춰서 장의가 결정한다. 회의에 들어가면 일단 출석을 불렀던 듯한데, 이때 가장 연소자부터 호명하면 소매를 들어야 한다. 만약 손을 드는 시간이 조금이라도 늦으면 수복이 큰소리를 질러 손을 들게 한다. 때문에 너도나도 손을 드느라 정신이 없을 정도이다. 매번 재임이 낸 의견에 유생들이 의결을 할 때에도 이와 같이 거수를 하였다.26)

---

25) 尹愭, 『泮中雜詠』, "諸生旣來, 以年齒跪坐西向北上. 守僕乃延掌議而來, 齋直擎硯匣前導, 守僕先呼起坐, 諸生皆起立. 掌議對立於上頭, 東向與諸生相揖, 就坐." 참조.

26) 尹愭, 『泮中雜詠』, "旣定色掌, 守僕更稟. 堂長幾人則掌議定其數, 或一或三或五或七, 盖視參會者之多寡也. 自班首以下當之, 數旣定, 守僕先自其最下者, 告之則輒擧袖. 又次次泝而告之,

5. 결어

　초창기에 국가 최고의 교육기관으로 그 임무를 다했던 성균관은 조선
왕조가 안정되어감에 따라 공신·훈신의 자제들에 대한 각종 과거의 특
전이 부여됨으로써, 학문적 연구보다는 집권 양반자제들의 입신출세의
도구로 이용되었고 점차로 그 위상도 침체되어 갔다. 그 대신 주자학의
학문적 연구를 바탕으로 하는 사학私學, 즉 서원書院이 지방 양반자제들의
과거준비 교육기관으로 발흥하게 되었다. 이에 따라 고려시대의 사학으
로부터 물려받은 조선 초기 성균관의 교육 주도권은 다시금 사학인 서원
으로 돌아가게 되었다. 그러나 조선시대의 성균관은 그 관념적인 측면에
서만큼은 19세기 말 신교육제도가 실시될 때까지 최고 교육기관으로서의
위치를 면면히 지켜왔다고 할 수 있다.

　연산군의 폭정으로 한때 연락의 장소로 전락하는 수난을 겪기도 하였
던 성균관은 1592년(선조 25)에 임진왜란으로 불타버려 폐허화되고 말았
다. 그 중건공사는 전쟁이 끝난 뒤인 1601년에 시작되어 1606년까지 대
성전·동무·서무의 문묘와 동재·서재·명륜당 등의 주요 건물이 다시
세워졌고, 1626년(인조 4)에 존경각·정록청·식당·양현고 등의 부속건
물도 중건되었다. 그리고 그 뒤에 비천당丕闡堂·일양재一兩齋·벽입재闢入
齋·계성사啓聖祠·육일각六一閣 등의 새로운 시설이 건립되어 그 규모가 전
보다 확대되었다.

　조선 후기에는 성균관 자체의 교육재정이 궁핍해지고, 과업교육科業敎育
의 기능까지 담당하는 서원이 발달한 데다 성균관 유생들이 당쟁에 휩쓸

　自下達上, 則隨其聲, 紛紛擧袖, 小不及擧, 則守僕大聲, 使之擧. 每齋任出言, 皆如是. 不但文
具, 殆同兒戲.” 참조.

려 학업을 소홀히 하고, 집권층인 벌열閥閱들이 과거시험을 불공정하게 운용함으로써 성균관은 그 교육기능을 제대로 발휘하지 못하고 부진하게 되었다. 1876년(고종 13) 개항이 된 뒤에는 더욱 침체에 빠졌는데, 이에 성균관 교육의 강화를 위하여 1887년(고종 24) 성균관에 경학원을 부설하였지만, 이것은 특수 귀족학교의 성격을 가지고 있는데다 종래의 유학교육만을 답습함으로써 당시의 개화풍조에 부응하지 못하였기 때문에 큰 실효를 거두지 못하였다.

그 뒤 1894년(고종 31)에 갑오경장의 단행으로 대부분의 관제가 근대적으로 개혁되고, 과거제도의 철폐와 함께 새로운 관리등용법이 마련됨으로써 성균관은 인재양성의 교육기능을 상실한 채 학무아문學務衙門의 "성균관급상교서원국成均館及庠敎書院局"으로 변신되고 말았다. 1910년에는 일제에 의한 국권침탈과 더불어 일제의 식민지정책의 일환으로 전면적인 개혁을 강요당하여 경학원經學院으로 개칭되면서, 성균관은 최고학부로서의 교육기능을 상실당하고 석전향사釋奠享祀와 재산관리를 주된 임무로 하는 기관으로 바뀌게 되었다.

그 뒤 전국 유림들에 의한 성균관의 교육기능 회복 움직임이 크게 일어나, 1930년에 경학원 부설로 명륜학원明倫學院이 설립되었다. 1942년에는 재단법인 명륜전문학교明倫專門學校의 설립인가를 얻어 신입생을 뽑고 교육에 임하였으나, 그 다음해 태평양전쟁이 발발하여 폐교 조치되고 말았다. 1945년 광복과 함께 명륜전문학교가 부활되고, 경학원도 성균관으로 환원되었다. 그 이듬해인 1946년에는 명륜전문학교가 바뀌어 성균관대학이 설립되었고 현재에 이르게 되었다.

김삿갓 시에 나타난 비개와 표일의 정신

1. 문제제기

김삿갓(1807~1863)은 일반적으로 19세기의 대표적인 풍자시인으로 알려져 있다. 물론 이 말이 틀린 것은 아니다. 하지만 김삿갓을 단순히 풍자시인으로만 묶어두기에는 그의 시가 갖고 있는 편폭이 너무 크다. 김삿갓은 그 누구보다도 서정적이고 감성이 풍부한 시인이었다. 그리고 그는 그 누구보다도 외로웠고 고독했으며, 한편으로 그 누구보다도 따뜻하고 정감어린 시인이었다. 특히 힘없고 가난한 민초들에게는 더욱 그러하였다. 그가 남긴 많은 시편 속에서 우리는 이를 확인할 수 있다. 필자는 김삿갓을 단순히 풍자나 해학이 넘치고 말재주가 뛰어났던 시인으로 보는 데에 동의할 수 없다. 본고에서는 김삿갓 시의 정수를 '비개悲慨'와 '표일飄逸'의 시정신으로 파악하고 논의를 전개해 나가고자 한다.

그는 당대의 세도가문인 안동安東 김문金門의 후손으로, 본명은 병연炳淵이나 속칭 김삿갓 또는 김립金笠으로 더 잘 알려진 인물이다. 조선조 오백

년 동안의 수많은 시인들 중에서 김삿갓은 아마도 한국인의 뇌리 속에 가장 강렬하게 각인된 시인 중 한 명일 것이다. 지금도 각종 예술작품에 그의 시가 패러디 되고 심지어 대중가요나 드라마, 상표의 이름에까지 그의 이름이 오르내리고 있으니, 그의 삶과 문학은 여전히 유효하고 현재형인 것이다. 그렇다면 김삿갓의 어떤 점이 200여 년이 지난 오늘의 독자를 감동시키고 있는가? 본고는 이 같은 물음에 대한 답을 찾는 목적으로 집필되었다.

김삿갓 연구를 진행하는 데에는 현실적으로 많은 어려움이 따른다. 그 첫째는 텍스트 선정의 문제이다. 김삿갓은 전국 각지를 방랑하며 시를 남겼는데 그의 생전에는 단 한 권의 문집도 간행되지 못하였다. 지금 전하는 최초의 김삿갓 시집은 이응수李應洙[1]가 편찬하여 1939년에 간행한 『김립시집』이다. 이 초판본은 이응수가 전국 각지를 돌아다니며 구전되는 김삿갓 시를 수집하여 간행한 것이기 때문에 다른 이의 시가 김삿갓의 작품으로 둔갑하여 실려 있는 것도 있고, 또 김삿갓의 시들 중에 누락된 것도 있다. 초판본이 나온 이후로 최근까지 대략 20여 종이 넘는 김삿갓 시집들[2]이 간행되었지만, 김삿갓 시의 진위여부를 판가름하기란 여전히

---

1) 이응수(1909~1964)는 함경남도 고원군 태생으로 경성제대를 졸업하였다. 시인이자 문학 평론가로도 활동했으며 해방 후 북한에서 문학사 연구에 종사하기도 했다. 그러나 무엇보다도 그의 가장 큰 업적은 김삿갓을 발굴하고 자료를 정리한 최초의 인물이었다는데 있을 것이다. 그는 일찍부터 김삿갓에 관심을 가지고 전국 각지를 답사하며 김삿갓의 시를 수집하였고 또한 그 결과를 각종 신문 잡지에 발표하였다. 이응수의 연구는 1930년 『중외일보』 2월 8일자 신문에 「세계시단 3대 혁명아 휫트맨·石川啄木·김립」을 발표한 것을 시작으로, 「시인 김립의 面影」(『동아일보』, 1930. 3. 27~3. 30), 「김립과 금강산」(『동아일보』, 1930. 4. 11), 「김립시 연구」(『조선일보』, 1930. 4. 8~1930. 4. 24), 「김립시 초역」(『삼천리』, 1932. 1), 「김립의 시」(『동광』, 1933. 1·2월 합병호), 「소위 김립의 문제성」(『동아일보』, 1939. 3. 30)에 이르기까지 10여 년에 걸쳐서 많은 연구성과를 이루어냈다. 그리고 그 결실로 마침내 1939년 그동안 수집한 김립의 시를 모아 최초의 김삿갓 시집인 『김립시집』(學藝社)을 간행하기에 이르렀다.

2) 1939년 2월 15일 최초의 『김립시집』이 발간된 이후로 약 5개월 후인 1939년 7월 2일에

난제로 남아 있다.3)

    둘째는 김삿갓과 관계된 자료의 부족이다. 김삿갓은 57세로 세상을 떠났기 때문에 그의 인생이 그리 짧은 것만은 아니었다. 평생을 방랑자로 떠돌았지만 시간의 흐름에 따라 사상의 변화가 있을 수도 있다. 그의 정신적 지향점에 대한 이해가 선행된다면 그의 시세계에 대한 해석도 좀

출판사와 책의 장정을 달리하여 두 번째『김립시집』(鐘三書房)이 간행되었다. 그 2년 뒤인 1941년에 이응수는 초판본에 빠져 있던 시들을 다시 모아 증보판『김립시집』(한성도서주식회사)을 간행하였다. 특히 이 증보판은 468면에 이르는 방대한 양으로 이후 간행된 여타의 김삿갓 시집에 많은 영향을 끼친 것으로 생각된다. 증보판이 나온 뒤 5년 후인 1946년에는 申三洙에 의해『정선 김립시집』(哲也堂)이 간행되었다. 1947년에 이응수는 다시 네 번째『김립시집』(有吉書店)을 간행하였다. 1950년대에 들어 와서는 白吉順이 1952년에『김립시집』(대지사)을 간행하였고 그 1년 뒤인 1954년에는 金一湖가 각주를 붙여『각주 정해 김립시집』(학우사)을 간행하였다. 같은 해에 박오양은『김립시선』(대지사)을 펴냈고 2년 뒤인 1956년에 또다시『김립시집』(대문사)을 간행했으며, 1959년에 김일호도 다시『방랑시인 김립시집』(학우사)을 간행하였다. 1950년대에 출간된 김삿갓 시집으로 특이한 것은 이응수가 북한에서 1956년에 출판한『풍자시인 김삿갓』(평양 국립출판사)이다. 이 책은 이응수가 그간 모은 자료에 빠진 것들을 모아서 펴낸 것으로 이응수의 마지막 유작이라 할 수 있다. 그러나 분단으로 인해 그동안 남한에는 알려지지 않았다가 근자에 들어『정본 김삿갓 풍자시 전집』이란 이름으로 실천문학사에서 2000년도에 출판되었다. 이어 1968년에 김일호는『방랑시인 김립시집』(진문사)을 펴냈고, 권영수는 1972년에『방랑시인 김삿갓』(송인출판사)을, 1977년 박용구는『김립시선』(정음사)을, 1978년 박오양은『김립시집』(문원사)을 출간하였다. 신경림은 1980년에『죽장에 삿갓 쓰고 방랑 삼천리』(시인사)를, 황헌식은 1982년『김삿갓 시집』(한빛문화사)을 편역했고, 권오석도 같은 해『정해 방랑시인 김삿갓』(홍신문화사)을 간행하였다. 정경태는 1985년에『김립시선』(청석회)을, 정공채도 같은 해에 김삿갓의 생애와 시를 담은『오늘은 어찌하랴』(학원사)를 간행하였고, 황병국은 1987년에『김삿갓 시집』(범우사)을 냈다. 1991년에는 김복식·정규진이『김삿갓 평생시』(명지)를, 1994년 허문섭은『김삿갓 작품집』(뜻이 있는 길)을, 1997년 허경진은『김립시선』(평민사)을, 2000년 이명우는『방랑시인 김삿갓 시집』(집문당)을 출간했다. 2001년 권영한은『삶의 지혜 김삿갓시 모음집』(전원문화사)을 냈고, 가장 최근인 2007년에는 양동식이 국내는 물론 일본, 중국 등을 두루 다니며 수집한 고서를 참고하여『길위의 시』(동학사)라는 시집을 출간하였다.

3) 이 같은 문제 때문에 일각에서는 김삿갓 문학에 대한 연구를 지칭하면서 '김병연'이라는 본명을 쓰지 말고 통칭 '김삿갓'이라 해야 한다고 주장한다. 물론 이때 '김삿갓'이라 함은 김병연 일 개인을 가리키는 것이 아니라 삿갓을 쓰고 돌아다니며 시를 남겼던 당대 유랑시인을 통칭하는 의미로 사용한 것이다.

더 정확해질 수 있을 것이다. 하지만 시 이외에는 김삿갓이 남긴 어떤 글도 남아 있지 않다. 심지어는 그와 관련된 전기나 일화 등도 구전되는 이야기는 많지만, 문헌에 기록으로 정확히 남아 있는 것은 매우 적어서 그의 사상의 편린만을 겨우 엿볼 수 있을 뿐이다.[4)]

이와 같은 몇 가지 어려움에도 불구하고 근래에 들어서 김삿갓 시에 대한 연구 성과물이 계속해서 보고되고 있으며,[5)] 주석 또는 해설을 붙인 김삿갓 시집들도 여러 종이 상재되었다. 본고에서는 이 같은 선행 논저들

---

4) 개인 문집이나 저서 등에 공식적으로 김삿갓에 대한 기록이 남아 있는 것은 다음과 같은 것들이 있다. 申錫愚, 「記金籉笠事」, 『海藏集』; 黃伍, 「金莎笠傳」, 『綠此集』; 姜斅錫, 「金炳淵絶關西行」, 『大東奇聞』; 張志淵, 『大東詩選』; 呂圭亨, 『荷亭集』. 물론 『김삿갓방랑기』를 비롯한 각종 일화 야담이 전해지고 심지어 라디오 드라마, 소설 등도 수 종 있으나 이는 대개 해방 이후로부터 지금까지 지어진 것들로 이야기의 근거가 사실인지 확인할 길이 없다.

5) 지금까지 보고된 김삿갓 관련 연구물들을 살펴보면 다음과 같다. 정대구, 「김삿갓 시 연구」, 숭실대학교 박사학위논문, 1989; 이건호, 「김병연 시 연구」, 조선대학교 박사학위논문, 2004; 윤은근, 「김립 연구」, 고려대학교 석사학위논문, 1979; 정웅수, 「김삿갓 시 연구」, 명지대학교 석사학위논문, 1982; 박혜숙, 「김삿갓 시 연구」, 서울대학교 석사학위논문, 1984; 권순섭, 「한국 현대시의 전통성 연구 : 김립과 송욱의 시에 나타난 골계를 중심으로」, 공주대학교 석사학위논문, 1990; 신동근, 「김립 시 연구」, 단국대학교 석사학위논문, 1996; 김영준, 「김삿갓 희작시의 연구」, 성균관대학교 석사학위논문, 2001; 곽미경, 「芭蕉와 金笠의 比較 硏究」, 경상대학교 석사학위논문, 2003; 서현도, 「김삿갓의 삶과 시에 나타난 삿갓의 상징적 의미 연구」, 한국교원대학교 석사학위논문, 2003; 김규동, 「김삿갓과 한하운 시의 대비적 고찰」, 창원대학교 석사학위논문, 2005; 양동식, 「김립 시집 원전 연구」, 순천대학교 석사학위논문, 2005; 서희수, 「난고 김병연 시 연구」, 전주대학교 석사학위논문, 2007; 임형택, 「이조말 지식인의 분화와 문학의 희작화 경향」, 『전환기의 동아시아문학』, 창작과 비평사, 1985; 신익철, 「김립시의 일성격」, 『성대문학』 28집, 1992; 이창식, 「김삿갓 시의 구비문학적 성격」, 『우리말글』 21호, 우리말글 학회, 2001; 류연석 · 양동식, 「김병연 시집 번역 검토」, 『고시가연구』 15집, 한국고시가문학회, 2005; 양동식, 「전남지역과 김병연 문학의 관계」, 『고시가연구』 16집, 한국고시가문학회, 2005; 정대구, 『김삿갓 연구』, 문학아카데미, 1990; 이창기, 『김삿갓이라 불리는 사내』, 도서출판 하늘아래, 2003. 연구물 외에 김삿갓을 소재로 한 소설도 있는데, 다음의 것이 대표적인 작품이다. 정비석, 『소설 김삿갓』 전 6책, 고려원, 1988; 이문열, 『시인』, 둥지, 1991; 고은, 『김삿갓』, 풀빛, 1995.

을 참고로 하여 김삿갓 시의 정신적 측면 또는 미적 성취라는 측면에서 연구를 진행하고자 한다.

2. 삿갓의 의미와 당대의 유랑지식인

김삿갓, 즉 김병연은 김선평金宣平을 시조로 하는 안동김씨安東金氏[6] 24대손으로, 파벌로는 김상준金尙寯(1561~1635)의 후손을 중심으로 형성된 일명 '휴암공파休庵公派'[7]에 속해 있다.[8] 특히 휴암파는 17세기 후반까지는 다른 지파인 청음파·선원파 등과 거의 대등하게 문과 급제자를 배출했으나, 그 후로는 문과보다는 주로 무과를 통해 관직에 진출했던 것으로 보인다. 휴암파는 총 10명의 무과급제자를 냈는데, 김삿갓의 조부 김익순金益淳 역시 무과로 진출하여 선천부사宣川府使까지 오른 인물이었다.[9]

이로써 보면 김삿갓의 가계는 당대 최고의 벌열이었던 안동김문의 중

---

6) 안동김씨는 크게 보아 구안동김씨와 신안동김씨로 나뉘는데, 구안동김씨는 신라 경순왕의 넷째아들인 金殷說의 제2자인 金叔承을 시조로 한다. 이에 비해 신안동김씨는 김선평을 시조로 하는데, 그는 신라말에 안동성주를 지내며 고려 태조 왕건을 도와 견훤을 물리쳤던 병산전투의 주역이다. 그 후 고려가 개국하자 개국공신이 되고 벼슬이 太匡太師에 이르렀다. 김삿갓은 신안동김씨에 속한다.

7) 신안동김씨는 조선시대에 들어와 서울에 진출하여 대대로 세거했던 '京派'와 상대적으로 지방에 주로 머물렀던 '鄕派'로 나뉘게 된다. 경파의 대표적인 지파들로는 金尙憲(1570~1652)의 후손인 '淸陰公派', 金尙容(1561~1637)의 후손인 '仙源公派', 金尙寯(1561~1635)의 후손인 '休庵公派' 등이 있는데, 김삿갓은 그중 휴암공파에 속한다. 안동김문의 형성과 분파 등에 대한 자세한 것은 이경구 교수의『조선후기 안동김문 연구』(일지사 간행)를 참조할 것.

8) 김상준부터 김병연(김삿갓)에 이르는 휴암공파의 가계표를 작성해 보면 다음과 같다. 金尙寯(형조참판)—光煒(진위현령)—壽奎—盛久(생원)—時泰(황해병사)—觀行(전의현감)—履煥(경원부사)—益淳(선천부사)—安根—炳淵(김삿갓)

9) 이경구,『조선후기 안동김문 연구』, 일지사, 2007, 50~56면 참조.

심 세력이라고는 할 수 없지만, 대대로 거의 거르지 않고 문과나 무과 등 다양한 경로를 통해 관직에 진출했던 꽤나 명망 있던 집안이라고 할 수 있겠다. 그러나 주지하다시피 김삿갓은 그의 조부 김익순이 선천부사로 있으면서 홍경래의 난 때 항복한 일로 일가가 멸족의 화를 당했기 때문에 명문가의 후예답게 유복한 환경에서 자랄 수 있는 처지가 아니었다. 성인이 된 후에도 삿갓을 쓰고 전국을 떠돌았기에 그는 평생토록 본명인 '김병연' 대신 '김삿갓' 또는 '김립'으로 불렸던 것이다.

그런데 그는 왜 하필 삿갓을 쓰고 다녔을까? 김삿갓에게 있어서 '삿갓'이 갖는 중요한 몇 가지 의미가 있다. 삿갓은 떠도는 방랑 과객에게는 없어서는 안 될 필수품이면서, 또 동시에 그들의 존재를 나타내주는 상징물이었다. 그것은 농민들이 일을 할 때 쓰던, 또는 우리네 보통 사람들이 외출 시에 쓰던 일반적인 삿갓과는 본질적으로 다른 것이다. 일반적인 삿갓이 햇빛을 가리고 비를 피하기 위한 용도라면, 과객의 삿갓은 부조리한 세상과 비윤리적인 인간 군상에 대한 부정과 저항을 상징한다.

의복은 비바람과 추위를 막아주는 본래의 기능 이외에도, 사회의 구성원들 간에 어떤 상황이나 신분에 따라 지켜야 할 암묵적으로 약속된 하나의 형식과 규율이자 제도이기도 하다. 양반에게는 양반으로서 갖춰야 할 의복문화가 있었다. 그러나 김삿갓은 양반들이 입던 옷과 관을 벗어버리고 특유의 삿갓을 썼다. 김삿갓의 눈에 비친 양반들의 정제된 의관은 하나의 외식이자 가식덩어리일 뿐이었다. 이것은 '삿갓'을 읊은 김삿갓의 다음 시에 잘 드러나 있다.

속인의 의관이란 다 외식일뿐	俗子衣冠皆外飾
온 천지 비바람에도 홀로 근심 없도다	滿天風雨獨無愁[10]

---

10) 「咏笠」, 『김립시집』 한성도서주식회사, 1941, 44면(앞으로 본고에서 인용되는 김삿갓 시

김삿갓에게 갓을 쓰는 행위는 기존의 의복문화의 질서를 파괴하는 것이고, 좀 더 확대해석하면 기존의 사회제도에 대한 일종의 저항이라고 볼 수 있다.

둘째로 삿갓은 세상에 대한 단절과 수용이라는 두 가지 측면을 동시에 나타내주고 있다. 우선 삿갓의 형태적 특징을 살펴볼 필요가 있다. 삿갓을 쓰면 가려져 보이지 않는 경우도 있지만, 또 쓰지 않았을 때와 비교해 전혀 다름없이 잘 보이기도 한다. 삿갓은 일차적으로 세상과 나를 단절시키지만, 그러나 그 단절은 완전한 의미에서의 단절이 아니다. 오히려 그 삿갓을 쓰고 세상과 소통하기도 하는 것이다. 그런 의미에서 '삿갓'은 중세 가면극에 등장하는 '가면'과는 유사한 점이 있으면서도 또 다른 것이다.

셋째로 김삿갓에게 있어서 삿갓은, 양반이라는 신분적 계급적 한계를 벗어버리고 민중들에게 다가갈 수 있는 가교 역할을 해주는 도구이기도 했다. 김삿갓은 처음에 세상에 대한 좌절과 참을 수 없는 분노로 방랑생활을 시작했다. 그러나 유랑이 계속될수록 부귀영화보다 더 중요한 인생의 가치가 있음을 깨달았고, 수많은 민중 속에서 삶의 따뜻함과 진정성도 배웠다. 그는 유랑을 통해 인생의 좌절을 극복하고 온갖 욕심과 집착에서 초탈하여 갔다. 세상을 버리고 도망하고자 하는 좌절감에서 시작된 김삿갓의 방랑생활은, 오히려 세상을 만나고 만족과 행복을 느끼게 할 정도로 승화되어 갔다. '삿갓'은 그러한 변화과정을 나타내주는 상징이기도 하다.

김삿갓이 삿갓을 쓰고 전국을 유랑하던 무렵인 18~19세기에 방랑시

는 모두 이응수 선생이 한성도서주식회사에서 1941년에 펴낸 시집에 실린 것임을 밝혀 둔다. 본고에서 특별히 이 책을 저본으로 삼은 이유는, 우리나라에서 김삿갓을 최초로 소개했고 또 최초의 시집을 간행했던 김삿갓 연구의 최고 권위자인 이응수 선생이 심혈을 기울여 증보판으로 엮은 시집이 이 책이기 때문이다. 지금 전하는 각종 김립시집들도 거의 대개가 이 책을 근거로 하고 있기 때문에 가히 김립시집의 결정판이라 해도 좋을 것이다).

인이 김삿갓만 있었던 것은 아니었다. 당시에는 삿갓을 쓰고 시와 바둑이나 고담준론을 밑천으로 떠돌던 인물들이 상당수 있었다. 이들은 대개 풍수나 의술, 혹은 시·서·화에 능했고 주로 부잣집이나 양반집 사랑, 또는 서당 등을 전전했다. 일종의 '유랑지식인'이었던 셈이다. 예컨대 사립笠翁 이정우李正遇, 평량平涼 이정해李廷楷, 약립蒻笠 이생원李生員, 함경도의 한삼태기, 가짜 김삿갓 김병현金秉玄 등이 그들이다.11) 조선조 후기로 올수록 양반사회는 분화되고 소위 독서하는 교양인, 즉 '士'의 신분이면서도 사회적·경제적으로 주류집단에 편입하지 못한 지식인들이 늘어갔다. 그들 중 일부는 전국을 떠돌아다니며 자신의 지식을 생계의 수단으로 삼는 경우가 있었다. 물론 이 같은 유랑지식인은 몰락한 양반만 있었던 것은 아니다. 중인계급이나 일부 하층민도 포함되어 있었다.12)

유랑지식인 또는 방랑시인의 출현은 서양에도 있었다. 중세 서양의 방랑문인(vagans)들 역시 사회적 기반을 상실한 근대 인텔리 계층이라는 특징을 지니고 있었다. 이들은 중세의 교회나 지배계급에 대해 반항적인 태도를 가진 일종의 반역아요 자유사상가였다. 이들은 전통적이고 인습적인 터부를 거침없이 공격했으며 또 때로는 육감적인 사랑을 노골적으로 묘사하기도 했다. 이런 점에서 보자면 서양의 방랑문인들 역시 조선의 유랑지식인과 일맥상통하는 요소가 있다고 보인다.13)

남원사람 곽수태郭壽泰는 글과 글씨가 능한데도 을사년 이후로 과거에 뜻을 두지 않았으며, 무신년부터는 언사와 행동이 방약무인하여 위태롭

---

11) 조선후기 유랑지식인의 실체와 활동에 대한 것은 임형택교수의 「이조말 지식인의 분화와 문학의 희작화 경향」, 『전환기의 동아시아문학』, 창작과 비평사, 1985, 29~37면을 참조할 것.
12) 김석균, 「19세기 전반 조선 유랑지식인의 실체와 성격」, 한국교원대학교 석사학위논문, 2005, 11~19면 참조.
13) 이창기, 『김삿갓이라 불리는 사내』, 도서출판 하늘아래, 2003, 103~104면 참조.

고 패악스러운 말이 이르지 않는 바가 없었습니다. 혹은 곤양[하동]에서
처가살이를 하기도 하고, 혹은 진주에서 학동들을 가르치기도 하여 그
거처가 일정치 않았고 후에는 곽처웅郭處雄으로 이름을 바꾸었습니다.14)

위 글의 주인공 곽처웅이란 자는 양반으로 문장에 능숙한 사람이었다.
그러나 그는 무신년戊申年(1728) 이후부터는 과거에 응시하지 않고 양반들
과 교유를 끊은 채 평민과 어울려 지냈다. 원래는 남원 사람이었으나 이
후로는 거처가 일정치 않았으며 학동들을 가르치는 훈장으로 세월을 보
냈다는 것이다. 위 인용문은 하동인 조영하曹永河라는 사람의 진술인데, 사
실 곽처웅의 유랑생활은 '이인좌의 난'이라는 정치적 사건과 관련되어
있다.15) 곽처웅은 평소 스스로에 대해 "나는 평소 가난하여 매문자생賣文
資生하면서 타인의 집을 주유周遊한다"16)라고 할 정도로 몰락한 유랑지식
인의 전형을 보여주고 있다.

이 같은 몰락양반 출신의 유랑지식인들은 대체로 유랑생활 도중 향촌
에 정착하여 서당 훈장으로 살아가는 경우가 많았다. 18세기에서 19세기
에 걸쳐 발생한 유랑지식인층은 정치적으로 완전히 몰락한 처지에서 기
존의 제도에 불만을 품고 사회변혁을 꿈꾸던 자들도 끼여 있었다.17) 한
편 다음 글에 등장하는 인물은 시로써 걸식한다는 점에서 김삿갓과 매우

---

14) 『영조실록』 권35, 영조 9년 8월 辛未. "南原人郭壽泰能文能書, 自乙巳後, 不事擧子業, 戊申
   以來, 言辭動止, 傍若無人, 危言悖說, 無所不至. 或贅居昆陽, 或訓蒙于晉州, 不定厥居, 變名
   以處雄."

15) 곽처웅의 일신에 변화가 시작된 해로 거론된 1728에는 유명한 정치사건인 '이인좌의
   난'이 벌어졌다. 이인좌 사건에 연루된 이로 曺聖佐·曺鼎佐 형제가 있었는데 그들은 반
   군 측에 가담한 장군들로 뒤에 붙잡혀 죽음을 당하였다. 곽처웅은 바로 조성좌·조정좌
   형제와 同接으로 친분이 있었다. 이후로 곽처웅은 문장과 재능이 훌륭한데도 과거에 나
   아가지 않았고, 심지어 이인좌의 난을 진압하는 데에 참여한 사람과는 상종하지도 않았
   다고 한다.

16) 『推案及鞫案』 권23, 165책, 「郭處雄推案合附」, "吾素赤貧, 賣文資生, 故周遊於他人之家".

17) 김석균, 앞의 논문, 14면 참조.

유사한 점을 보여주고 있다.

> 송생원은 가난하여 집도 없다. 다만 시에 능숙했기 때문에 거짓으로 미친 척하며 돌아다녔다. 사람들이 운을 부르면 곧 대답하여 시를 짓는 것이, 북을 치면 북채로 장단을 맞추는 것처럼 능숙했다. 시 한 구절에 돈 한 푼을 받는데 손으로 주면 받고 땅에 던지면 돌아보지도 않았다.[18]

인용문의 주인공인 송생원이란 자는 시에 능숙했지만 경제적으로 매우 궁핍하였다. 그는 생계의 수단으로 자신이 갖고 있는 지식을 활용하였다. "거짓으로 미친 척하며 돌아다녔다"거나 돈을 "손으로 주면 받고 땅에 던지면 받지 않았다"는 것은 몰락한 지식인의 최소한의 자존심을 나타내주는 말이다. 이상에서 18세기 이후에 급격히 몰락양반들이 늘었고 그 여파로 각처를 떠도는 유랑지식인이 등장하여 하나의 사회현상을 이루었다는 사실을 확인하였다. 그렇다면 김삿갓의 유랑은 개인적인 불우의 환경이나 기질뿐만이 아니라, 당대 사회적 현상과도 밀접히 관계되어 있다고 볼 수 있겠다.

3. 김삿갓 시의 형식적 특징

김삿갓 시의 형식적인 특징으로는 기존의 시 형식에 대한 파괴와 새로운 시도를 들 수 있다. 물론 그가 전혀 새로운 개념의 시만 쓴 것은 아니다. 한시의 정형화된 모델인 오언·칠언절구, 오언·칠언율시 등 기존의

---

18) 趙秀三, 『秋齋記異』, "宋生員貧無室家, 顧能詩故佯狂遊戲. 人有唱韻輒對, 如鼓答枹. 句索一錢, 奉于手則受, 投諸地則不顧也."

근체시 양식을 따라 쓴 시도 많다. 또 그가 시도했던 새로운 시의 형식이 기존에 전혀 없었던 것도 아니다. 근체시 형식에서 벗어난 일종의 잡체시와 같은 형식들은 꾸준히 창작되어 오던 것들이다. 특히 이러한 잡체시의 창작은 조선후기로 올수록 많이 시도되었고 유행하였으니, 김삿갓의 시도는 그러한 문학사적 흐름과도 궤를 같이 한다고 볼 수 있다.

하지만, 그럼에도 불구하고 김삿갓의 시는 특이하다고 말할 수 있다. 그것은 일종의 실험이었다. 단순히 글자 수나 압운·평측 등의 파괴가 아닌 전혀 새로운 각도에서의 다양한 문학적 실험이 이루어졌다. 그 같은 문학적 실험의 내면에는 당대의 제도와 사회현실에 대한 일종의 저항정신이 자리 잡고 있다. 시정신이라는 측면에서 봤을 때, 김삿갓의 풍자시나 해학시 역시 이러한 형식적 파괴의 실험성과 무관하지 않다.

김삿갓 시의 형식적 특징은 구성적인 측면·표기적인 측면·해석적인 측면 등 세 가지 측면에서 살펴볼 수 있다. 우선 구성적인 측면으로는 파자시破字詩·파운시破韻詩·동자중복시同字重複詩 등을 들 수 있다. 표기적인 측면에서는 한글과 한자를 혼용한 시를 들 수 있다. 해석적인 측면에서는 주로 고유명사를 이용하여 고유명사 자체와 그 고유명사의 뜻풀이를 활용한 시·음은 같은데 뜻이 다른 글자들을 활용한 시·한자를 차용한 시 등이 있다.

(1) 구성적인 측면

파자시破字詩는 한자 자체를 분해하고 해체하여 새로운 의미가 되도록 재구성한 시를 의미한다. 가령 '친구가 나간다'의 경우 '朋出'이라고 해야 하지만, '朋'과 '出'을 파자하여 '月月山山'으로 쓰는 것이다. 파자시는 주로 직접적으로 말하기 힘든 상황에서 빗대어 표현해야 하는 경우에 많이 쓰인다. 전통적으로 참요讖謠나 참언讖言·도참설圖讖說 등에 많이 쓰였던 것이 그 예라 할 수 있겠다. 그러나 김삿갓 시에서는 도참설과 같이 무거운 의미로 사용되기보다는 주로 상대방에 대한 꾸중·욕·조롱, 또는 음담패설 등에 쓰이고 있어 풍자성이 강하게 드러난다. 다음 시를 보자.

<table>
<tr><td>동림산 아래에 봄풀이 푸르른데</td><td>東林山下春草綠</td></tr>
<tr><td>큰 소 작은 소 긴 꼬리 흔드네</td><td>大丑小丑揮長尾</td></tr>
<tr><td>오월 단오 수심으로 지냈는데</td><td>五月端陽愁裡過</td></tr>
<tr><td>다가올 팔월 추석 또한 두렵네</td><td>八月秋夕亦可畏[19]</td></tr>
</table>

이 시는 적어도 표면적으로는 소들에 대한 걱정인 것처럼 보인다. 오월 단오에 잡혀 먹힐까봐 수심 속에 지냈던 소들이 또다시 팔월 추석이 다가오니 전전긍긍하고 있다는 것이다. 그런데 사실은 시인이 이 시를 통해 하고 싶은 말이 따로 있다. 이것은 제2구를 파자해야만이 알 수 있다. '大丑' '小丑'의 '丑'은 소를 뜻하는 말이 아니고 윤씨尹氏를 지칭하는 것이다. 왜냐하면 '大丑'과 '小丑'이 긴 꼬리를 흔든다고 했으니, '丑' 자에 꼬리를 달면 '尹' 자가 되기 때문이다. 즉 '尹'을 파자하면 '丑'과 'ノ'으로 나눠진다는 말이다. 시인은 윤가尹哥들이 모여 사는 마을에 가서 윤씨 대소가들이 서로 싸우는 것을 보고 파자시로써 이를 풍자하고 조롱한 것이다.

파운시破韻詩는 근체시의 압운법의 규칙을 깨뜨린 시를 의미한다. 다음 시는 김삿갓이 어느 시골 훈장에게 하룻밤 묵기를 청하자 훈장이 김삿갓을 시험하고 또 놀리기 위해 난운難韻인 '멱覓' 자운을 네 번 써서 시를 지으라는 것에 대한 답으로 쓴 시이다.

---

19) 「辱尹哥村」, 앞의 책, 169면.

허다한 운자 중에 하필 멱자를 부르는가

앞의 멱자도 어려운데 또다시 멱자로다

하룻밤 잠자리 멱자에 달렸으니

산촌의 훈장은 다만 멱자만 아는구나

許多韻字何呼覓

彼覓有難況此覓

一夜宿寢懸於覓

山村訓長但知覓[20]

칠언절구의 근체시는 제2구와 4구에 압운을 다는 것이 원칙이나 인용 시는 제3구에도 압운을 하였다. 더욱이 압운을 할 때에는 같은 운목韻目에 속하는 다른 글자를 가지고 해야 하지만 인용 시는 '멱覓'이라는 똑같은 글자를 사용하고 있으니, 압운법에 어긋난 것이다. 자기를 골탕 먹이려는 시골 훈장에게 "다만 멱자만 아는구나"라고 시를 마무리하고 있는 데에서도 김삿갓의 재치가 드러나 있다. 다음으로 동자중복시를 살펴보자. 이는 같은 글자를 반복적으로 사용하여 쓴 시를 말한다. 다음 시를 보자.

옳은 것 옳다 그른 것 그르다 함이 꼭 옳은 것 아니요

그른 것 옳다 하고 옳은 것 그르다 함이 옳지 않은 것도 아니다

그른 것 옳다 하고 옳은 것 그르다 함 이것이 그른 것도 아니며

옳은 것 옳다 하고 그른 것 그르다 함 이것이 시비거리라네

是是非非非是是

是非非是非非是

是非非是是非非

是是非非是是非[21]

총 28자 중 '시是' 자와 '비非' 자가 각각 14번씩 나오며 다른 글자는 전혀 사용되지 않았다. 두 글자만으로도 의미를 담을 수 있게 된 것은, 기본적으로 시와 비가 각각 '옳다'·'그르다'라는 뜻 이외에도 '이것'·'아니다'라는 뜻도 지니기 때문에 가능했다. 우리는 이 시로부터 무궁한 세월의 흐름 속에서 하찮은 일을 가지고 왈가왈부하는 사소한 인간들의 모습을 읽어낼 수 있다. 그런 의미에서 이 시는 단순함 속에 심오함을 지

---

20) 「失題」, 앞의 책, 54면.
21) 「是是非非詩」, 앞의 책, 42면.

니고 있다고 해도 좋을 것이다. 한국의 문화와 문학 연구가인 리처드 러트(Richard Rutt, 1925~)라는 영국인 학자는 김삿갓 시에 대해 "선禪에 가깝다"라고 하였고, 특히 위 시에 대해서는 "성적인 암시를 받는다"고 했는데, 이러한 분석은 참신하고 또 매우 적절하여 참고할 만하다. 인용 시의 '시비'라는 발음은 우리말 '씹이'에 가깝고 '시시비비 비비시시'라는 발음도 성행위를 연상시킬 수 있는 음소들이기 때문이다.22)

네가 양반이면 나도 양반이다	彼兩班此兩班
양반이라 하면서 양반을 몰라보니 양반은 무슨 양반	班不知班何班
조선의 삼성만이 그중의 양반이요	朝鮮三姓其中班
김가가 제일가는 양반이지	駕洛一邦在上班
천 리 길 왔으니 이 달에는 손님 양반이요	來千里此月客班
팔자 좋은 너희들 지금은 부자양반 맞지만	好八字今時富班
너희 양반네들 진짜양반 싫어하는 것 보니	觀其爾班厭眞班
손님양반은 주인양반 알만 하구나	客班可知主人班23)

　이 시에서 '반班' 자는 총 13번 쓰였다. 당시 사회에서 양반은 누구나 부러워하는 선망의 대상이었다. 따라서 어줍지 않게 양반이랍시고 자신의 신분을 자랑하며 남들을 깔보는 못난 양반들도 여럿 있었다. 안동김문인 김삿갓은 신분으로만 치자면 당대 최고의 양반이었으니, 초라한 몰골만 보고 자신을 푸대접하며 거들먹거리는 양반이 좋게 보였을 리가 없다. 그래서 김삿갓은 "양반이라 하면서 양반을 몰라보니 양반은 무슨 양반"이라고 상대방의 무례함을 조소하였고, 더 나아가서는 당대 양반사회의 위선과 무능을 풍자한 것이다.

---

22) 정대구, 『김삿갓 연구』, 문학아카데미, 1990, 113면 참조.
23) 「兩班論」, 앞의 책, 181면.

(2) 해석적인 측면

김삿갓 시에는 고유명사 자체와 그 고유명사의 뜻풀이를 절묘하게 섞어서 쓴 시가 있다. 다음 시를 보자.

가련한 행색의 가련한 몸	可憐行色可憐身
가련의 문 앞에서 가련을 찾네	可憐門前訪可憐
가련한 이 뜻을 가련에게 전해주면	可憐此意傳可憐
가련은 가련한 마음 알아줄거야	可憐能知可憐心[24]

이 시에는 '가련可憐하다'라는 형용사와 '가련可憐'이라는 기생의 이름이 혼용되어 있다. '가련'이 기생의 이름인 것을 모르면 시가 해석되지 않는다. 인용 시에는 '가련'이라는 말이 모두 8번에 걸쳐 나온다. 그런데 그 중 네 번은 기생 가련을 의미하고, 또 네 번은 형용사 '가련하다'의 뜻으로 쓰였다. 제1구에 사용된 두 개의 가련은 모두 형용사이다. 반대로 제2구의 가련은 모두 기생 이름이다. 제3구의 앞의 가련은 형용사이고 뒤의 가련은 기생이다. 제4구에서는 반대로 앞의 가련이 기생이고 뒤의 가련은 형용사이다. 이렇듯 김삿갓은 사용횟수와 시어가 들어갈 위치까지도 치밀하게 계산하여 시를 쓴 것이다. 다음 시는 사람을 나타내는 고유명사와 그 사람의 이름을 활용하여 쓴 것이다.

매우 추운 한고조	甚寒漢高祖
오지 않는 도연명	不來陶淵明
진시황 아들을 치고자 하는데	欲擊始皇子
어찌하여 초패왕이 없는 것인가	豈無楚覇王[25]

---

24) 「可憐妓詩」, 앞의 책, 163면.
25) 「吟空家」, 앞의 책, 185면.

얼핏 보면 시의 번역상 그렇게 문제되는 것 같지 않지만, 아무리 읽어
봐도 시의 주제가 무엇인지 종잡을 수 없다. 이 시를 이해하기 위해서는
위에 적어놓은 식으로 읽으면 안 되고 다음과 같이 다시 읽어야 한다.

매우 추운 방 때문에	甚寒邦
잠이 오지 않는구나	不來潛
부시 불을 지피고 싶은데	欲扶蘇
어찌 부싯깃마저 없는 것인가	豈無羽

한고조의 이름은 '방'이요 도연명의 이름은 '잠'이다. 또 진시황제 아
들의 이름은 '부소'요 초패왕의 이름은 '우'이다. 아마도 시인은 추운 겨
울 불도 피지 않은 냉방에서 잠을 자고 있었던 것 같다. 너무 추워서 잠
도 오지 않을 때, 시인은 자신의 딱한 처지를 익살맞은 시로써 표현해 본
것이다. 다음은 음은 같은데 뜻이 다른 글자들을 활용한 시, 즉 동음이의
어를 활용한 시를 살펴보자.

해 뜨니 원숭이는 언덕에 나타나고	日出猿生原
고양이 지나가니 쥐는 진멸을 당하였네	猫過鼠盡死
황혼이 되자 모기가 처마에 이르고	黃昏蚊簷至
밤에 벼룩은 자리에서 쏘아대네	夜出蚤席射26)

표면적으로는 마치 동물들을 등장시킨 우화시 같지만, 사실 시인이 하
고 싶은 말은 따로 있다. 위 시의 "猿生原·鼠盡死·蚊簷至·蚤席射"는
각각 다음과 같이 다시 읽어야 한다. 猿生原 → 元生員, 鼠盡死 → 徐進士,
蚊簷至 → 文僉知, 蚤席射 → 趙碩士(또는 曺碩士). 이렇게 다시 읽어보면, 원

---

26) 「元生員」, 앞의 책, 159면.

생원은 원숭이에, 서진사는 쥐에, 문첨지는 모기에, 조석사는 벼룩에 비유하여 그 마을의 향반들을 풍자하는 시가 된다.

다음으로 우리말을 한자를 빌려서 사용한 시가 있다. 즉 한자를 차용한 시이다. 김삿갓의 시로 가장 많이 인구에 회자되는 다음 시를 보자.

스무나무 아래의 서러운 나그네에게	二十樹下三十客
망할 놈의 집에서 쉰 밥을 준다	四十家中五十食
인간세상에 어찌 이러한 일이 있는가	人間豈有七十事
차라리 돌아가 설은 밥을 먹으리라	不如歸家三十食[27]

이 시도 원시 그대로만 보면 도무지 무슨 말인지 알 수 없다. 원시의 '二十'·'三十'·'四十'·'五十'·'七十'·'三十'은 모두 우리 한글 '스물(스무)'·'설흔(서러운)'·'마흔(망할)'·'쉰'·'일흔(이러한)'·'설흔(설은; 익지 않은)'을 한자로 옮겨 쓴 것들이다. 직접적으로 말하지 않고 이처럼 굳이 하나의 시적장치를 마련하여 의미를 전달하는 것은 상대방에 대한 조롱과 풍자의 효과를 극대화시키기 위함이었을 것이다. 지금까지 살펴본 것처럼 구성적인 측면·해석적인 측면에서 김삿갓 시가 일반 한시의 형식을 파괴하는 듯한 모습을 보인 것도, 사실은 한시의 정해진 규칙에 맞추어 평범하게 쓰기에는 김삿갓의 풍자와 해학의 시적 정서가 너무나 강렬했기 때문이었던 것으로 필자는 파악하고 싶다.

(3) 표기적인 측면

지금까지 살펴본 것처럼 김삿갓은 기존의 한시 규칙에서 벗어나는 다

---

27) 「二十樹下」, 앞의 책, 47면.

양한 형태의 한시를 시도했는데, 가장 놀라운 것은 한시에 한글을 섞어 쓰는 이른바 한글혼용 한시를 지은 것이라고 생각된다.

데걱데걱 높은 산에 오르니   데걱데걱登高山(하니)
씨근벌떡 숨결이 흩어지네   씨근벌떡息氣散(이라)
취한 눈으로 몽롱히 굽어보니   醉眼朦朧굽어觀(하니)
울긋불긋 꽃들이 난만하네   울긋불긋花爛漫(이라)[28]

원시에 달려 있는 한글 현토를 빼면 정확히 칠언절구의 형태를 갖춘 시이다. 다만 각 구마다 "데걱데걱"·"씨근벌떡"·"굽어"·"울긋불긋" 등 한자가 아닌 한글이 한시에 섞여 있다는 점이 칠언절구와 다를 뿐이다. 한 가지 재미있는 것은 제3구의 "굽어"를 제외하고 나머지 1구·2구·4구에서는 모두 4음절의 부사어가 시어로 쓰였다는 점이다. 다음 시에서는 한글과 한자의 조화가 좀 더 잘 갖춰져 있다.

푸른 솔은 듬성듬성 서 있고   靑松(은)듬성담성立(이요)
인간은 여기저기 있구나   人間(은)여기저기有(라)
이른바 삐딱한 나그네지만   所謂엇뚝삣뚝客(이)
평생 쓰나다나 술이라네   平生쓰나다나酒(라)[29]

원시에 기재된 괄호 안에 표기한 한글현토를 빼면 이 시 역시 칠언절구의 형태를 갖추게 된다. 각 구마다 4음절의 한글 시어가 쓰였는데, 이를 살펴보면 "듬성담성"·"여기저기"·"엇뚝삣뚝"·"쓰나다나" 등이다. 한글 시어들은 모두 각 구에서 제3자·4자·5자·6자를 차지하고 있는

---

28) 「開春詩會作」, 앞의 책, 191면.
29) 「諺文風月」, 앞의 책, 188면.

점 또한 공통된다. 이와 같은 국문한문 혼용시는 그 유래를 찾기 힘든 것으로 개화기에 이르러 산문에서 국한혼용문이 널리 쓰였던 것을 생각해 보면, 김삿갓의 시도는 매우 실험적이고 앞선 것이었음을 짐작할 수 있다.30)

4. 김삿갓 시의 내용적 특징

내용면에서 보았을 때 김삿갓 시의 가장 큰 특징은 풍자와 해학, 냉소冷笑와 자조自嘲에 있다. 그리고 이와 같은 풍자·해학·냉소·자조의 근저에는 비개悲慨와 표일飄逸의 시정신이 자리 잡고 있다. '비개'와 '표일'은 모두 한시의 품격을 평하는 비평용어로써 예부터 자주 사용해 왔던 말들이다. 비개는 중국 당나라의 비평가 사공도司空圖가 쓴 『이십사시품二十四詩品』 중 19번째의 품격이다. 좀 더 풀어서 설명하면 "비분悲憤·강개慷慨"라고 할 수 있다. 표일은 『이십사시품』 중 22번째로 나오는 품격이다. 표일은 좀 더 풀어서 얘기하면 '표쇄飄洒'와 '한일閒逸'이다. 표쇄는 세속과 단절한 채 신선이 홀로 바람을 타고 노니는 듯한 풍치이고, 한일은 한적하게 소요하는 가운데 느껴지는 흥취이다. 또 아운雅韻·고정高情·청사淸思·묘필妙筆의 네 가지 속성이 있어야 표일의 자태가 이루어질 수 있다고 하였다.31)

---

30) 이처럼 한글한자 혼용시를 쓰던 김삿갓은 드디어 한자를 완전히 빼버리고 순전히 한글로만 이루어진, 그러나 칠언절구의 한시의 외형을 갖춘 시를 쓰기에 이르게 된다. 참고로 그 시를 살펴보면 다음과 같다. "사면기둥붉었타/ 석양행객시장타/ 네절인심고약타/ 缺句"

31) '비개'와 '표일'의 품격적 특징에 대한 자세한 사항은 하정승의 『고려조 한시의 품격

　　김삿갓이 전국 방방곡곡을 돌아다니며 살아온 자신의 한평생을 뒤돌아
보며 마치 마지막 유언처럼 써내려간 다음의 장편시에는 '비개'와 '표일'
의 시정신이 잘 드러나 있다. 다소 길지만 전문을 인용한다.

새도 둥지 틀고 짐승도 굴이 있어 모두 보금자리 있건만	鳥巢獸穴皆有居
내 평생 돌아보매 나 홀로 상심했구나	顧我平生獨自傷
짚신 신고 지팡이 잡고 떠돌던 천 리 길	芒鞋竹杖路千里
물처럼 구름처럼 사방이 내 집이었네	水性雲心家四方
사람을 탓함은 옳지 않고 하늘 원망함도 어려우나	尤人不可怨天難
세모에 슬픈 회포만이 마음 한구석에 남아 있네	歲暮悲懷餘寸腸
어릴 적엔 행복한 처지라고 스스로 말할 만도 했었지	初年自謂得樂地
한북은 내 나고 자란 고향이라네	漢北知吾生長鄉
벼슬 높았던 선조들은 부귀영화 누리며	簪纓先世富貴人
아름다운 장안 명승지에 살았었지	花柳長安名勝庄
이웃들은 옥동자 낳은 경사를 축하하였고	隣人也賀弄璋慶
머지않은 장래에 공명을 얻으리라 기대했었지	早晚前期冠蓋場
그러나 자라면서 운명은 점점 기박奇薄해져서	髮毛稍長命漸奇
멸족의 화를 입고 상전벽해 되었다네	灰劫殘門飜海桑
의지할 친척도 없이 세상인심 야박하기만	依無親戚世情薄
부모마저 돌아가시니 집안은 황폐해졌네	哭盡爺孃家事荒
남산의 새벽 종소리 듣고 짚신 한 켤레 신고 떠나	終南曉鍾一納履
우리나라 방방곡곡에 내 마음 두었다네	風土東邦心細量
마음은 이역에서 고향을 향해 머리 둔 여우와 같고	心猶異域首丘狐
형세는 또한 곤궁하여 울타리에 뿔을 받은 양과 같구나	勢亦窮途觸藩羊
예로부터 남쪽고을 떠돌이 나그네 많은데	南州從古過客多
부평초처럼 떠돌아다닌 것 그 몇 해런가	轉蓬浮萍經幾霜
머리 굽신거리는 행세가 어찌 내 본 모습이며	搖頭行勢豈本習

───────────────

연구』(다운샘 간행) 186~193면과 149~150면을 각각 참조할 것.

입을 놀려 생을 도모하는 것이 장기가 되어버렸구나	揳口圖生惟所長
세월은 점점 이렇게 흘러가 버리니	光陰漸向此中失
푸르른 삼각산 어찌 그리 아득한가	三角靑山何渺茫
온 강산에 구걸하던 문들이 너무나 많은데	江山乞號慣千門
음풍농월 벗 삼아서 행장은 텅 비었네	風月行裝空一囊
부자와 만석꾼들의	千金之子萬石君
후하고 박한 가풍 골고루 맛보았지	厚薄家風均試嘗
신세가 곤궁하니 매양 속인들의 백안시를 받았는데	身窮每遇俗眼白
해가 갈수록 편벽되어 머리털만 희어짐을 상심하노라	歲去偏傷鬂髮蒼
돌아가는 것도 어렵고 머물기 또한 어려우니	歸兮亦難佇亦難
앞으로 또 얼마나 길가에서 떠돌아야 하는지	幾日彷徨中路傍32)

인용 시는 총 34구의 장편이다. 시제의 '난고蘭皐'는 김삿갓의 호이다. "새도 둥지를 틀고 짐승도 굴이 있어 모두 보금자리 있건만/ 내 평생 돌아보매 나 홀로 상심했구나"라고 시의 처음 시작부터 비장감과 쓸쓸함이 강하게 드러나 있다. 제1구에서 6구까지는 시의 서두이자 시를 쓰고 있는 현재의 심정을 밝힌 총결이라고 해도 좋을 듯싶다. 제7구부터 12구까지는 행복했던 어린 시절에 대한 회상이다. 앞에서도 살펴보았듯이 김삿갓은 당대 최고의 벌열인 안동김문의 후손으로 태어났다. 그의 가계가 안동김문의 중심 세력은 아니었지만, 대대로 관직에 올랐었기에 다른 이들의 선망의 대상이었다.

제11구에 나와 있듯이 김삿갓은 태어날 때부터 이웃의 축복을 받았고, 본인이나 남들 모두 "머지않은 장래에 공명을 얻으리라 기대했"을 정도였다. 그러나 불행은 예기치 않게 찾아왔다. 1811년 홍경래의 난이 터졌고, 그 이듬해인 김삿갓의 나이 6세 때에 선천부사로 있던 그의 조부 김

---

32) 「蘭皐平生詩」, 앞의 책, 37면.

익순은 난을 진압하지 못한 죄로 처형되고 온 집안은 멸문의 화를 입었다. 이때의 기막힌 상황은 14구에 나온 것처럼 그야말로 "상전벽해"라고 밖에 설명할 수 없을 것이다. 온 가족들은 화를 피해 뿔뿔이 흩어졌는데, 김삿갓은 형 병하炳河와 함께 집안의 종으로 있던 사람이 거처하던 황해도 곡산으로 피신하였다. 세상인심은 야박해서 어제까지 친하게 지내던 많은 사람들이 집안이 망하자 아무도 돌아보지 않았다.

『안동김씨세보』에 의하면 그의 부친 김안근은 1825년 8월 27일에 죽은 것으로 되어 있다. 위 시 16구에서 부모가 돌아가셨다고 말한 것은 이를 지칭한다. 김삿갓은 1825년 부친 사망 후에 청운의 뜻을 품고 서울로 상경하여 집안과 연이 닿아 있던 몇 명의 유력인사들을 만났던 것 같다.[33] 그러나 떳떳치 못한 자신의 처지는 마음의 상처와 깊은 절망으로 되돌아왔을 것이다. 서울생활도 잠시, 그는 2~3년의 짧았던 서울생활을 접고 다시 귀가를 결심한다. 위 시 17구에서 "남산의 새벽 종소리 듣고 짚신 한 켤레 신고 떠나"라고 한 것은 이때의 상황을 말하고 있는 것으로 보인다.

17구 이하 32구까지는 김삿갓이 평생 겪었던 방랑생활을 묘사한 것이다. 그는 고향에 안착하지 못하는 자신의 처지를 "고향을 향해 머리 둔 여우" 또는 "울타리에 뿔을 받은 양"이라고 자조적으로 표현하고 있다. 그는 "부평초처럼 떠돌아다닌" 자기의 모습을 추억하며 온갖 사람들에게 "머리 굽신거리는 행세가 어찌 내 본 모습"이었겠느냐며 울분을 토한다. 단순한 슬픔을 넘어서 "비분강개"한 정서가 느껴진다. 한걸음 더 나아가, 이제는 "입을 놀려 생을 도모하는 것이 장기가 되어버렸"다고 하는 구절에서는 깊은 연민의 정까지 생겨난다. 평생을 떠돌아다닌 그에게 이제 남

---

33) 이에 대한 자세한 사항은 이창기의 앞의 책, 79~83면을 참조할 것.

은 것은 "음풍농월 벗 삼아" 지은 시밖엔 없고, "행장은 텅 비어" 있을
뿐이다. 마지막 33·34구 "돌아가는 것도 어렵고 머물기 또한 어려우니/
앞으로 또 얼마나 길가에서 떠돌아야 하는지"는 평생을 '표일'하게 방랑
했던 김삿갓의 '비개'를 압축적으로 표현한 말이다. 집으로 돌아가기에는
이미 너무 늦었던 것이다.

아 넓고넓은 세상 남아들이여	嗟乎天地間男兒
내 평생 지난 일을 뉘라서 알랴	知我平生者有誰
삼천리 방방곡곡 부평초같이 떠돌았고	萍水三千里浪跡
거문고 타고 책 읽은 사십년이 허사로구나	琴書四十年虛詞
청운의 꿈은 이루기 어려우니 내 원하는 바 아니요	靑雲難力致非願
누구나 오는 백발을 슬퍼함 아니로다	白髮惟公道不悲
고향 그리는 꿈에 놀라 깨어 일어나 앉으니	驚罷還鄕夢起坐
깊은 밤에 월조 울음만 남쪽 가지에서 들려오네	三更越鳥聲南枝[34]

　　우리는 일반적으로 김삿갓 하면 방랑시인으로만 알고 있지만, 그가 아
무 하는 일없이 돌아다닌 것만은 아니었음을 알 수 있다. 제4구에 나와
있듯이 김삿갓은 자신의 한평생을 "거문고 타고 책 읽은 사십년"이라고
요약하고 있다. 그는 독서하는 선비로서 평생을 산 것이다. 다만 일정한
곳에 계속 머무르지 않았을 뿐이다. 제5구의 "청운의 꿈은 힘으로 이루
기 어려우니 내 원하는 바 아니요"라는 말에서 일찍이 환로의 꿈을 버리
고 서울을 떠났던 그의 심정을 다시 확인할 수 있다. 마지막 제7·8구가
이 시의 핵심구절이다. 그는 비록 고향을 떠나 평생을 떠돌았지만 단 한
번도 고향을 잊어 본적은 없었다. 그래서 그는 깊은 밤에도 잠 못 이루고
"고향 그리는 꿈에 놀라 깨어" 자리에서 일어난다. 8구에 등장시킨 "월

---

34) 「自嘆」, 앞의 책, 40면.

조"는 남쪽 지방의 새인데 다른 지방에 가서도 고향을 그리며 남쪽 가지에 앉는다고 알려져 있다. 이 시에서는 고향에 대한 그리움을 나타내는 말로 쓰인 것이다. "자탄自嘆"이라는 제목이 붙은 시답게 떠돌이 시인의 슬픔과 고독이 잘 그려져 있다.

새벽에 일어나 온 산이 붉은 걸 보고 놀랐는데	曉起飜驚滿山紅
가랑비 속에 피었다 가랑비 속에 지는구나	開落都歸細雨中
끝없이 살고 싶어 바위 위에도 달라붙고	無端作意移粘石
가지를 차마 떠나지 못해 바람 타고 오르기도 하는구나	不忍辭枝倒上風
두견새는 푸른 산에서 슬피 울다 그치고	鵑月青山啼忽罷
제비는 진흙에 붙은 꽃잎을 차고서 그만 올라가 버리네	燕泥香逕蹴全空
번화한 봄날이 한차례 꿈처럼 지나가니	繁華一度春如夢
머리 흰 성남의 늙은이가 앉아서 탄식하네	坐嘆城南頭白翁35)

　어느 봄날 떨어지는 꽃을 보고 읊은 시이다. 자고 일어나니 갑자기 지천으로 피어 있던 봄꽃이 어느 날 갑자기 가랑비와 함께 지고 말았다. 허무한 그 모습이 어찌 보면 우리 인생을 닮아 있다. 3·4구와 5·6구는 안간힘을 써서 조금이라도 더 남고 싶어하는 봄꽃의 몸부림을 말한 것이다. 이 역시 우리와 닮아 있다. 시인은 제7구에서 번화했던 봄날을 한바탕의 꿈으로 표현하고 있다. 시인의 말처럼 어쩌면 인생은 꽃잎처럼 허무한 것이다. 그런 의미에서 보자면, 마지막 8구에서 지나간 세월을 탄식하고 있는 머리 흰 늙은이는 김삿갓 자신이기도 하지만, 바로 어느덧 늙어버린 우리 자신이기도 하다.

허름한 송반에 죽 한 그릇	四脚松盤粥一器

---

35) 「落花吟」, 앞의 책, 95면.

그곳에 하늘과 구름 그림자가 비쳐 있다	天光雲影共徘徊
주인은 아무 말 없이 무안해 하지만	主人莫道無顏色
멀건 죽에 거꾸로 비쳐오는 청산을 나는 사랑한다오	吾愛靑山倒水來[36]

시의 내용으로 보아 어느 가난한 농촌 마을의 한 집에 들어간 김삿갓이 구걸을 하자 집주인이 허름한 소반에 죽 한 그릇을 담아 내온 것 같다. 달리 먹을 것이 없었던 집주인은 손님 대접을 제대로 못한 것에 대해 차마 말도 못하고 무안해한다. 하지만 멀건 죽 그릇에 비친 하늘과 구름 그림자를 보고, 김삿갓은 짠한 마음을 이길 수 없었다. 그래서 시인은 "멀건 죽에 거꾸로 비쳐오는 청산을 나는 사랑한다오"라고 고백할 수밖에 없었던 것이다. 김삿갓은 때로는 당대의 거들먹거리는 못난 양반들을 풍자하고 조롱하기도 했지만, 가난하고 착한 민초들에게는 한없는 애정을 가지고 있었다. 위 인용 시에는 떠돌이 시인과 가난하고 순박한 민초 사이에 오고가는 따뜻한 인간미가 감동적으로 잘 그려져 있다.

짙푸른 산길 따라 구름 속으로 들어가니	緣靑碧路入雲中
숲 속 누각이 시인의 지팡이 멈추게 만든다	樓使能詩客住筇
용의 조화는 눈발 날리는듯한 폭포를 머금었고	龍造化含飛雪瀑
칼의 정신은 솟구친 산봉우리를 깎아서 꽂아놓았네	劍精神削揷天峰
하얀 선금은 몇 천년을 묵은 학인듯	仙禽白幾千年鶴
물가의 푸른 나무는 삼백 길의 소나무로구나	澗樹靑三百丈松
스님은 나의 봄 꿈을 알지 못하고	僧不知吾春睡腦
홀연히 정오를 알리는 종만 무심히 치고 있다	忽無心打日邊鐘[37]

이 시는 어느 봄날 금강산으로 들어가면서 주위에 펼쳐진 아름다운 경

---

36)「無題」, 앞의 책, 47면.
37)「入金剛」, 앞의 책, 120면.

치를 읊은 것이다. 산길 따라 펼쳐진 너무나 아름다운 풍광에 시인의 발걸음은 멈춰질 수밖에 없었다. 제3구에서 6구까지는 각각 산속에서 만난 폭포·산봉우리·학·소나무를 읊조린 것이다. 멋들어진 풍경 속에 취해 시인은 아마도 잠시 봄날의 낮잠을 즐기고 있었던 듯한데, 스님의 종소리에 그만 깨고 말았다. 봄 날 산사山寺의 여유와 한적함이 돋보인다. 특히 8구의 종소리는 1구에서 7구까지 이어지고 있는 금강산의 고즈넉함을 단번에 깨뜨리는 효과를 가져다준다. 김삿갓의 시 짓는 솜씨를 짐작할 수 있다. 그리고 이 시에서 혈혈단신으로 자유롭게 떠도는 방랑시인의 표일한 정취를 읽어내는 것도 독자의 중요한 몫이다.

5. 결어

김삿갓은 비운의 시인이다. 당대 최고의 벌열인 안동김문의 후손으로 태어났으나 홍경래 난에 연루된 조부의 죽음으로 온 집안이 멸문의 화를 당하고 벼슬길을 포기한 채 평생을 방랑으로 떠돌았다. 그러나 어찌 보면 그 같은 비운의 삶이 김삿갓을 시인으로 만들었는지도 모르겠다. 명문가의 후손으로 과거급제를 하고 출세가도를 달리는, 소위 말하는 엘리트 코스를 걸어갔다면 그는 결코 김삿갓이 되지 못했을 것이다. 마른하늘에 날벼락처럼 전혀 예기치 못하게 찾아온 극도의 고난이 한 명의 위대한 시인을 만들었다. 그런 의미에서 역설적이지만, 김삿갓은 행복한 시인이다.

누구나 시인이 될 수 있는 것은 아니다. 온갖 부귀영화를 다 누리고 편안하고 안락한 삶을 즐기면서 좋은 시를 쓸 수 있을까? 필자는 그것은 불가능하다고 본다. 동서고금을 막론하고 우리가 알고 있는 대부분의 좋은 시인들은 극적인 삶을 살았던 인물들이다. 시는, 특히 좋은 시는, 남들도 다 하는 평범한 느낌, 평범한 사고, 평범한 관찰, 평범한 인생에서는 나올 수 없다고 본다. 하늘이 부여해준 천부적인 감수성과 평생을 그 무엇에도 속박됨 없이 바람처럼 떠돌면서 보고 느낀 경험이 김삿갓을 좋은 시인으로 만들었다.

김삿갓 시의 미학은 비개와 표일의 정신이다. '비개'는 슬픔이다. '표일'은 방랑이다. 저항할 수 없는 운명을 등지고 그는 평생을 살았다. 처음에는 마땅히 올라야 할 벼슬길을 포기할 수밖에 없었던 분노와 슬픔 속에서 그는 세상을 냉소했고 조소했다. 세상에 파묻히기에는 그의 재주가 너무 컸던 것이다. 그러나 아이러니하게도 세상에 묻혀서 이곳저곳을 떠돌았기에 그의 시적 재주는 드러나게 되었다. 나그네 길에서 만난 수많은 민중들의 지난한 삶을 목도하고 난 뒤, 그의 슬픔과 방랑은 마침내 '비개'와 '표일'의 시적 정서로 승화되었다.

마지막으로, 김삿갓이 어느 마을을 지나며 길 위에서 죽은 걸인의 시체를 보고 그 영혼을 위로하며 쓴 만시輓詩로써, 김삿갓을 추억하는 나의 마음을 달래보고자 한다.

그대의 성도 이름도 모르니
그대 고향은 이 청산 어느 곳인가
아침엔 파리떼 썩은 몸에 달려들어 시끄럽더니
저물무렵 새들이 외로운 영혼을 부르며 조문한다
짧은 지팡이는 그대가 남긴 유물이요
몇 되 남은 쌀은 빌어먹던 양식이구나
마을 여러분들에게 부탁하나니
한 삼태기 흙으로 바람 서리나 막아주오

—「路上見乞人屍」

제4부

유배시의 면모와 미적 특질

어말선초 사대부의 운남 유배와 유배시의 미적 특질
―김구용과 정총을 중심으로―

1. 문제제기

유배지는 일상을 이탈한 공간이다. 물론 인간의 생존을 위한 의식주 등의 기본 요소는 유배지에도 어느 정도 갖춰져 있을 터이고, 또 독서나 글쓰기 등의 사대부 문인의 일상적인 활동 등도 유배지라고 해서 갑작스레 중단될 리는 없다. 하지만 유배자의 몸과 정신은, 분명, 평소와는 다른 부자유와 불편함, 그리고 말할 수 없는 고독·상실감·그리움 등으로 가득 차 있다. 특히나 그 유배지가 고국이 아닌 머나먼 이국의 땅, 거기에서도 사람의 발길이 드문 험난한 절역絶域이라면, 그 유배자의 심정이 어떠했을까? 본고의 대상으로 삼은 김구용金九容과 정총鄭摠은 우리나라 역사에서 쉽게 찾아보기 힘든 체험을 했던 사람들이다. 두 사람 모두 고려 말엽의 격변기를 살다 갔으며, 고려 혹은 조선의 사신으로 명나라에 갔다가 중국 황제 주원장朱元璋에 의해 유배를 당하였고 결국 적소謫所인 운남성雲南省 대리위大理衛로 가는 도중에 숨을 거두게 되었다.[1]

우리 문학사에서 유배문학은 주로 유배지에서 임금을 그리워하는 '충신연주지사忠臣戀主之詞'이거나, 또는 유배의 부당함이나 자기의 결백을 주장하는 내용이 주를 이룬다.[2] 그리고 그 장르 역시 가사를 비롯한 시가 중심이다. 물론 한시의 경우에도 유배지에서 느끼는 시인의 여러 가지 정서를 시화詩化한 유배시가 없는 것은 아니나,[3] 그것이 한국한시사에서 중심적인 역할을 차지하고 있다고 규정하기에는 무리가 있다. 그럼에도 불구하고 본고에서 대상으로 삼은 김구용과 정총의 유배시는 다음 몇 가지 점에서 그 문학적 의의가 있다고 여겨진다.

첫째, 두 사람의 유배지는 국내가 아니라 중국 황제의 명에 의해 중국에서도 험준한 운남성 대리위 변방이었다는 특이점이다. 필자가 과문한 탓인지는 몰라도, 우리 역사에서 중국에 사행을 갔다가 질병이나 사고로 죽음을 당한 경우는 있었으나, 그곳에서 유배를 당하여 적소로 가는 도중에 죽음을 당했던 일은 이 사건 외에는 좀처럼 없었던 것 같다. 이처럼 흔치 않은 일을 경험하고 그 체험을 시로 형상화했기 때문에, 이들의 시를 분석함으로써 유배시 또는 유배문학의 한 단면을 파악할 수 있을 것이다.

둘째, 두 사람의 유배는 공히 여말선초의 복잡하고 불안했던 대명對明

---

1) 김구용이나 정총 모두 明 太祖에 의해 雲南省 大理衛로 유배를 가게 되었고, 유배지로 가는 도중에 죽음을 맞이하였다. 즉 김구용은 1384년(禑王 10년, 明 太祖 17년) 1월 15일 왕명을 받아 고려 조정의 行禮使로 요동에 갔다가, 명 태조의 노여움을 사 수도인 南京으로 압송되었고, 다시 운남성 대리위로 유배 가는 도중 四川省 남쪽 瀘州 永寧縣 江門站에서 47세의 나이로 病死하게 된다. 정총은 조선조 개국 초기인 1395년(태조 4년, 명 태조 28년) 11월에 조선 태조의 誥命과 印章을 청하러 明에 사행을 갔다가 表辭가 불손하다는 이유로, 賀正使로 明에 먼저 와 있던 柳珣・鄭臣義와 함께 구류되었고, 유구와 정신의는 풀려나 귀국하였으나 정총은 1397년 운남성 대리위로 유배 가는 도중 숨을 거두게 되었다.

2) 최상은,『조선 사대부 가사의 미의식과 문학성』, 보고사, 2004, 335~338면 참조.

3) 예컨대 문학사에서 많이 언급되는 流配詩로는 沖庵 金淨이나 秋史 金正喜, 西浦 金萬重 등의 작품을 들 수 있겠다.

외교관계의 산물이었기에, 이들의 시와 또 시가 지어진 여러 가지 주변정황을 통해 당시 외교상황의 행간을 읽어내는 보조 자료로 삼을 수 있다.

셋째, 이들의 시에는 이국의 유배지에서 느끼는 향수와 고독감 또는 그 비극성이 여타의 다른 시들에 비해 훨씬 더 심화되어 있다. 즉, 부당한 또는 피할 수 없는 운명에 맞서 한 개인이 겪게 되는 고통과 내적갈등, 염원 등 다양하고 복잡한 정서들이 이들의 유배시에 잘 드러나 있기 때문에, 공룡과도 같은 거대한 세계의 폭력 앞에서 아무런 저항도 하지 못하는 왜소한 인간의 고독을 이들의 시편을 통해 읽을 수 있는 것이다. 명나라 유배시에 나타나는 이러한 비장감 또는 절대고독의 경지는, 김구용의 경우, 1375년의 여흥 유배기에 지어진 시들과 비교해보면 더욱 두드러진다. 그는 1375년부터 1381년까지 약 7년간 경기도 여흥驪興에 유배되었는데, 이 시절에 지어진 시편들에는 운남 유배기의 시들에 비해 그 절박함과 간절함이 훨씬 약하다. 이것은 곧 운남 유배기에 김구용이 겪었던 심적 고통이 얼마나 컸던 것인가를 보여주는 것이라고도 할 수 있겠다.

본고에서는 특히 김구용과 정총의 유배시에 나타난 비극성에 주목하여 이들 시의 미적 특질을 주로 의경과 품격적인 측면으로 접근하여 그 구체적 양상과 특징 및 미학적 의미를 규명하고자 한다. 이를 위해 필자는 연구의 대상이 되는 각 개별시의 내용은 물론 당시의 정치사회적 배경 및 무엇보다 시인의 정신적·심리적 상태 등을 분석해볼 것이며, 또 필요할 경우 이들의 시와 비슷한 경향을 띠고 있다고 판단되는 다른 시인들의 시도 검토할 것이다. 그리고 이러한 종합적 분석을 토대로 기타 시화집 등에 나타난 평을 참조하여, 이들 시의 주된 정서인 비극성이 시의 의경意境 및 품격品格과 어떻게 연결되는지를 살펴볼 것이다.

2. 김구용과 정총의 운남 유배 경위

척약재 김구용과 그의 중국 유배에 대한 경위는 이미 학계에 많이 알려져 있기에 본고에서는 간략하게 정리하여 소개하는 정도로만 언급하겠다.[4] 다만 정총의 생애와 1395년의 사행 및 유배의 경위에 대한 것은 역사적으로 중요한 의미를 지니고 있고, 또 조선조의 여러 책들에서 이 문제에 대해 많은 언급을 했음에도 불구하고 아직까지 우리 학계에서 크게 주목받지 못했던 것으로 보인다. 필자가 보기에는 당시 정총 사행단에 벌어졌던 조선과 명나라 간의 외교비화는 고려말부터 계속된 불안정한 명나라와의 관계와 동일선상에 있는 것으로 그 진상을 정확히 파악할 필요가 있다. 특히나 본고의 주제인 정총의 유배시를 이해하기 위해서라도 정총 일행의 유배를 검토해야 하기 때문에, 이 문제에 대해서는 아래에서 비교적 자세히 다뤄 보기로 하겠다.

(1) 척약재의 생애와 유배의 경위

김구용(1338년, 충숙왕 복위 7~1384년, 우왕 10)은 자가 경지敬之, 호가 척약재惕若齋, 본관은 안동이며 초명은 제민齊閔으로 충렬왕 때의 명장 김방경金方慶이 그의 고조부가 된다. 부친은 김앙金昻이고 모친은 고려후기에 익재

---

4) 김구용의 생애와 운남 유배 및 그의 문학에 대한 대표적인 연구 성과로는 다음과 같은 것들이 있다. 성범중,『척약재 김구용의 문학세계』, 울산대학교출판부, 1997; 유성준,「척약재 김구용의 생애와 시」,『한국한문학연구』5, 한국한문학회, 1981; 김진경,「김구용 시의 현실인식과 풍격」,『한국한시연구』5, 한국한시학회, 1997; 유호진,「김구용 시의 청정의상에 내포된 정신적 의미」,『한국한문학연구』30, 한국한문학회, 2002; 하정승,「척약재 김구용 시의 품격 연구」,『한문교육연구』15, 한국한문교육학회, 2000; 하정승,「척약재 김구용 시의 일고찰—여흥 유배기의 시를 중심으로」,『한문학보』1, 우리한문학회, 1999.

이제현과 더불어 큰 존경을 받았던 급암及菴 민사평閔思平의 따님이었으니, 부계와 모계가 모두 당대의 저명한 집안이었던 셈이다. 이러한 훌륭한 가문적 배경을 바탕으로 그는 어려서부터 외조부인 급암에게 수학하였고 당시 급암의 집을 출입하던 여러 문사들과도 안면을 익히게 되었다. 척약재는 18세 되던 1355년(공민왕 4)에 과거에 합격, 환로에 오르기 시작하여 1367년(공민왕 16) 성균관이 중건되고 목은 이색이 대사성으로 국학을 진흥시키고자 하였을 때, 정몽주鄭夢周 · 박상충朴尙衷 · 이숭인李崇仁 등과 함께 뽑혀 학관學官이 되었다. 이 시절에 만나 같이 활동했던 정몽주 · 이숭인 등과는 평생의 지기가 되었다.

1375년(우왕 1) 7월에는 삼사좌윤三司左尹으로 있으면서 북원北元의 사신을 물리칠 것을 주장하다가 당시 권력자였던 이인임李仁任에 의해 배척을 당하고 정몽주 · 정도전 · 이숭인 등과 함께 유배를 당하였는데, 어쩌면 이것이 그의 인생에서의 첫 시련이었는지도 모르겠다. 이후 경기도 여흥驪興에서의 7년간의 유배생활 동안 한거閑居하면서 스스로를 '여강어우驪江漁友'라 자호하고 많은 시편을 창작하였다.5) 그 후 1381년(우왕 7)에 해배解配되고 이듬해에는 성균관 대사성이 되었다.

1384년(우왕 10)은 그의 인생 여정의 마지막 해가 되었다. 당시 고려는 원나라와 명나라 사이에서 양단외교를 펼치고 있었기에, 명나라와의 외교관계가 원만하지 못하던 때였다. 그는 1월 15일 행례사行禮使로서 명나라로 가던 중 사교私交를 했다는 죄목으로 요동遼東에서 붙잡혀 당시 명의 수도인 남경으로 압송되었고, 명 태조 주원장에 의해 운남 대리위에 유배되었는데, 동년 7월 11일 유배지로 가는 도중 사천四川 노주瀘州의 객사에서 병사하게 되었다.6)

---

5) 이 시기의 척약재 시에 대해서는 하정승의 「척약재 김구용 시의 일고찰―여흥 유배기의 시를 중심으로」(『한문학보』 1집, 우리한문학회, 1999)를 참조할 것.

(2) 복재의 생애와 유배의 경위

정총(1358, 공민왕 7~1397, 태조 6)은 자가 만석曼碩, 호는 복재復齋, 시호諡
號는 문민文愍이며, 본관은 청주淸州로 조부는 설곡雪谷 정포鄭誧요 부친은
원재圓齋 정추鄭樞이다. 주지하다시피 설곡은 충혜왕忠惠王 시절의 유명한
문인이고 원재 역시 공민왕恭愍王과 우왕대禑王代에 걸쳐 활약한 문인이었
으니, 할아버지에서 손자에 이르는 3대가 모두 문장으로 이름을 날린 고
려후기의 대표적인 문인·학자 집안이었던 셈이다.7) 뿐만 아니라 정총의
동생 정탁鄭擢은 개국공신으로 세종 때 우의정을 지내기까지 하였고, 게다
가 정포의 8대손이요 정총의 6대손은 조선중기의 큰 학자였던 한강寒岡

---

6) 척약재의 사행과 유배 경위는 『고려사』 권104 「김구용 열전」과 허균의 『성수시화』에 비
교적 자세히 나타나 있다. 참고로 『성수시화』의 관련 기사를 살펴보면 다음과 같다. "일
찍이 回禮使가 되어 폐백을 가지고 遼東에 도착하자, 都司 潘奎가 체포하여 京師로 보냈다.
그 咨文에 말 '50필'이라 할 것을 '5천 필'이라 잘못 적었기 때문이다. 明의 高皇帝는 우리
나라와 遼東伯이 私交한 것에 대해 성을 내고 또 말하기를, '말 5천 필이 오면 풀어서 돌
아가게 해 주겠다.'고 했다. 그때 李廣平[李仁任]이 國政을 맡고 있었는데 평소에 공의 무
리들과 사이가 나빠 끝내 말을 바치지 않았으므로 황제가 공을 大理로 유배시켰다."
7) 이 세 사람은 현재 모두 문집이 전해지는데, 鄭誧는 『雪谷集』, 鄭樞는 『圓齋集』, 鄭摠은
『復齋集』이다. 『설곡집』은 1376년에 정추가 유고를 모으고 이제현·이색의 서문을 받아
간행한 2권 1책의 목판본이다. 현재 성암고서박물관에 소장되어 있다. 『원재집』은 정추
의 아들 鄭擢이 권근·하륜의 서문을 받아 1418년에 간행한 3권 1책의 목판본으로 현재
고려대 만송문고에 소장되어 있다. 『복재집』은 정총의 仲子인 鄭孝忠이 蒐集·編次하여
1446년에 목판으로 처음 간행되었다. 현재 이 초간본은 澗松미술관에 소장되어 있다. 그
이후 저자의 동생인 鄭擢의 『春谷集』과 그 아들인 鄭孝文의 『判牧公集』, 曾孫인 鄭永通의
『寺正公集』을 함께 附集하여 후손 鄭崐壽가 1585년 2권 2책의 木板으로 중간본을 간행하
였다. 현재 이 중간본은 국내에는 전하지 않으며 日本 內閣文庫에 소장되어 있다. 한편
1607년에 정포의 제8대손인 寒岡 鄭逑가 鄭誧의 『雪谷集』, 鄭樞의 『圓齋集』과 合集하여
『西原世稿』로 간행하기에 이르렀다. 이것이 유명한 서원세고본으로 현재 계명대학교 중
앙도서관에 소장되어 있다(이상의 서지사항은 민족문화추진회에서 발간한 『한국문집총
간해제』를 참고하여 작성하였다). 고려시대 문인들의 문집이 많이 전해지지 않고 있는
현실에 비추어 볼 때, 정포·정추·정총 3대가 모두 문집을 전하고 있다는 것은 매우 특
이한 경우이며, 더욱이 이들은 모두 당대의 저명한 문인들이었으니, 이들의 문집은 고려
후기 문학사 연구에 중요한 자료라 할 수 있겠다.

정구鄭逑이니, 가히 당대를 대표할만한 명문가 중 하나라고 불러도 괜찮을 것이다.8)

정총은 1376년(우왕 2)에 홍중선洪仲瑄이 주시主試한 진사시進士試에 급제하였고, 사예司藝를 거쳐 1389년(공양왕 1)에 32살의 나이로 병조판서가 되었다. 1391년(공양왕 3)에는 왕이 구재救災의 방도로 구언求言하는 교서를 내리자 관작官爵의 공평성과 불교의 폐단 등에 대하여 아뢰었다. 당시 공양왕대의 고려조정은 이색·정몽주를 중심으로 하는 온건세력과 이성계·정도전을 중심으로 하는 급진세력 간의 정치적 대결이 한창이었는데,9) 정총은 목은의 문하생이었으면서도 정도전 진영에 참여하여 이성계의 조선조 개창을 적극적으로 도왔다. 이와 관련하여 허균의 『성수시화惺叟詩話』에 다음과 같은 재미있는 기사가 보인다.

> 후에 문정공[李穡－필자 주]이 외지에 유배되면서 아들 종학種學·종선種善도 모두 먼 곳에 귀양가게 되자 문인 정총鄭摠·정도전鄭道傳이 도리어 문정공을 여지없이 공격하였다. 그러자 공이 시를 지어 이르기를,
>
> 송헌松軒[이성계]이 나라 맡자 나는 귀양가게 되니
> 꿈속엔들 이런 생각 어찌 한 번 해봤으리
> 두 정鄭이 게다가 대의大議에 참여한다니
> 한 집안이 완전히 모일 날이 그 어느 때이랴
>
> 라고 하였다. 첫 구는 비록 가긍可矜하나 뜻은 심히 거만하다.10)

---

8) 참고로 설곡 정포에서부터 한강 정구에 이르기까지의 가계도를 작성해보면 다음과 같다.
鄭誧(雪谷) → 鄭樞(圓齋) → 鄭摠(復齋) → 鄭孝忠(上護軍) → 鄭沃卿(司憲府執義) → 鄭胤曾(鐵山郡守 贈吏曹判書) → 鄭應祥(司憲府監察 贈承政院左承旨) → 鄭思中(贈吏曹判書) → 鄭逑(寒岡)

9) 이에 대한 사항은 하정승, 「정몽주 문학에 나타난 성리학적 사유체계와 그 실천양상」(『한문학보』 13집, 우리한문학회, 2005)을 참조할 것.

10) 許筠, 『惺叟詩話』(『詩話叢林』 수록), 아세아문화사, 1973. "後文靖流竄于外, 子種學種善俱

인용된 위의 목은시는 정도전과 정총이 이성계를 도와 정권을 잡고 스승인 자신을 귀양 가게 만들었을 뿐만 아니라, 심지어 아들 두 명까지도 유배를 보낸 것에 대한 인간적인 안타까움과 서운함을 탄식하고 있는 것이다. 목은과 이성계는 오래 전부터 아주 가깝게 지내오던 사이였으니, 꿈에선들 친구와 제자가 자기를 공격하게 될 줄을 상상이나 했겠느냐는 의미이다.[11] 위 글은 기본적으로 목은의 시를 인용하여 기술한 것이기에, 그 내용이 목은의 반대편에 섰던 정도전 일파를 공격하는 것으로 되어 있지만, 어떠한 역사적 관점을 갖고 보느냐에 따라 평가는 달라질 수 있을 것이다. 어쨌든 이러한 기사를 통해 정총의 정치적 노선이 정도전과 동궤였음을 알 수 있다. 조선조 창업의 공로로 정총은 개국과 동시에 개국공신 1등에 녹훈되었고, 이때 그의 동생 정탁 역시 이성계의 추대를 제일 먼저 발의한 공로로 형과 함께 개국공신 1등에 책록되었으니, 집안이 모두 조선조의 개창에 큰 역할을 한 셈이다.

전 왕조와 마찬가지로 새 왕조에서도 정총이 맡은 임무는 주로 학술·문화 사업과 관련된 분야였다. 그 대표적인 사업이 바로『고려사』를 편찬하는 일이었다.『고려사』는 태조 원년 10월에 전 왕조의 역사책을 만들라는 왕의 지시에 따라 수찬修撰 작업이 시작되었다. 정총은 당시 예문관 학사藝文館學士의 자격으로 조준趙浚·정도전 등과 함께 수찬에 참여하였다.

遠謫, 而門人鄭摠鄭道傳反攻之, 不遺餘力. 公作詩曰, '松軒當國我流離, 夢裡何曾有此思, 二鄭況聞參大議, 一家完聚更何時.' 首句雖可矜, 而意則甚倨."

11) 이와 관련된 기사는『성수시화』외에 李肯翊이 쓴『燃藜室記述』(권1, 「太祖朝故事本末」, <이색>)에도 보이는데, 그 내용은 다음과 같다. "목은공이 일찍이 지은 시에, '松軒이 국정을 맡았는데 나는 유리되니/ 꿈속엔들 어찌 이럴 줄을 알았으랴/ 더구나 二鄭이 국가대사에 참여하였다 하니/ 우리 가족은 어느 때 다시 모일꼬' 하였다. 송헌은 태조의 堂號이다. 태조가 공과 더불어 가장 친하고 의가 두터워서 평일에 많이 추천하여 주었으므로, 앞 시의 첫째 둘째 구절에 말한 것이다. 鄭摠과 정도전은 공의 문인이면서 도리어 공을 배척하는 데 힘을 다하여 종학과 종선이 모두 멀리 귀양을 가게 되었다."

이들의 작업은 1395년(태조 4)에 총 37권의 『고려국사』가 완성됨으로써 그 빛을 발하게 되었다. 사실 이 사업은 정도전과 정총이 책임을 지고 예문관의 여러 신하들이 그 실무를 담당하였는데, 이들은 기존의 사서인 이제현의 『사략史略』, 이인복李仁復·이색의 『금경록金鏡錄』, 민지閔漬의 『본조편년강목本朝編年綱目』 등의 체재를 참고하면서, 역대 고려의 실록과 고려말의 사초史草를 기본 자료로 삼아 작업을 진행하였다. 이후 『고려국사』는 수정 보완을 거쳐 1451년(문종 1)에 『고려사』로 재탄생하게 되었다. 다음 『해동잡록』의 기사는 『고려사』의 특징과 아울러 이를 편찬한 정총·정도전의 학문적 성격을 단적으로 말해주고 있다.

> 고려 원종 이전에는 참람된 일이 많았다. 정총·정도전 등이 역사를 편찬할 때 '종宗'이라 일컫던 것을 '왕王'이라고 고쳐쓰고, '절일節日'이라 일컫던 것을 '생일生日'이라고 쓰고, '조詔'를 '교教'로 쓰고, '짐朕'을 '여予'로 썼으니 명분을 바로잡은 것이다. 정총·정도전 등은 『고려사』를 편수할 때에, 『금경록』에 말미암아서 지었다.[12]

정총과 정도전 등은 『고려사』를 편찬할 때, 기존의 역사서와는 달리 모든 용어들을 '존화양이尊華攘夷'의 성리학적 세계관에 입각하여 고쳐 나갔다. 예컨대 '宗'·'節日'·'詔'·'朕'과 같은 용어들을 각각 '王'·'生日'·'教'·'予'로 바꿨다는 것이다. 이것은 정총과 정도전 등이 주자학을 자신들의 사상적 기반으로 삼고, 중국 중심의 세계질서에 조선을 껴 넣으려 했던 배경에 기인한 것이다.

1395년(태조 4)은 정총에게는 운명과 같은 해였다. 왜냐하면 이 해 겨울

---

12) 權鼈, 『海東雜錄』 권6, 「鄭摠」. "高麗自元宗以上, 事多僭擬. 鄭摠鄭道傳等撰史時, 稱宗者書王, 稱節日者書生日, 詔書教, 朕書予, 所以正名也. 鄭摠·鄭道傳等修高麗史時, 因金鏡錄而撰之."

에 사행을 떠난 뒤 그는 영원히 고향으로 돌아오지 못하는 불귀의 몸이 되고 말았기 때문이다. 1395년 11월부터 1397년까지 계속된 조선과 명나라와의 외교비화는, 마치 숨 막히는 긴장과 갈등 구조 속에 진행되는 한 편의 드라마를 보는 것처럼 극적으로 전개되었다. 사건의 전말이 상당히 복잡하고 여러 사람이 등장하며 또 관계된 자료도 실록을 비롯 워낙 다양하기 때문에, 이 사건을 총정리해서 요약할 필요가 있다. 왜냐하면 이 사건의 진상이 정확히 파악되어야 정총 유배시의 특징을 규명할 수 있기 때문이다. 따라서 조금은 길고 번잡한 이 사건의 경위를 『태조실록』을 비롯한 여러 관련 자료를 근거로 다음과 같이 재구성해 본다.

1395년은 조선이 나라를 연 지 어느덧 4년째가 되는 해이고, 명 태조 주원장은 황제의 자리에 올라 나라를 다스린 지 28년째 되는 해였다. 이 해 11월에 정총은 예문춘추관대학사의 자격으로 태조 이성계의 고명誥命 및 인신印信을 줄 것을 청하러 명나라에 사신으로 파견되었다가,[13) 명나라 황제에게 표사表辭가 불손하다는 트집을 잡혀 구류되었다. 이때 정총보다 한 달여 먼저 입조한 유구柳珣[14)와 정신의鄭臣義[15) 일행도 함께 억류되었으니, 이들은 다음 해 새해 아침을[正朝] 하례하기 위해 파견된 하정사賀

---

13) 『太祖實錄』(『CD-ROM 국역 조선왕조실록』 수록, 서울시스템 발행. 이하 본고에서 인용하는 조선왕조실록은 모두 이 자료를 인용한 것임) 4년 11월 11일(辛未), 「명나라에 국왕의 고명과 조선국의 인장을 내려달라고 청하는 글」 참조.

14) [1335~1398]. 본관은 晉陽. 시호는 靖平. 知靈光郡事 惠方의 아들이다. 문과에 급제한 뒤 慶尙道按廉使, 밀직부사, 예문관대제학 등 여러 요직을 역임하였다. 조선이 개국된 후에는 完山府尹을 거쳐 1395년에 原從功臣으로서 進表使가 되어 명나라에 갔는데, 表箋文의 글귀가 문제가 있다고 하여 억류되었다가 다음 해인 1396년 11월에 귀국하였다. 1397년에 예문춘추관대학사가 되었고, 그 다음해에 죽었다.

15) 생몰년 미상. 고려 말 조선 초의 문신. 1395년 10월 한성부윤으로서 정조사인 藝文春秋館大學士인 柳珣의 부사가 되어 명나라에 파견되었다가 이듬해 11월 유구와 함께 귀국하였다. 이에 앞서 1396년 6월 特恩으로 烏川君에 봉작되었다. 1398년 8월 鄭道傳 등이 靖安君(태종) 일파에게 살해되면서 그 당파로 간주되어 寧海鎭에 유배되기도 하였다.

正使였다.16) 당시 지어진 표문表文의 불손에 대해서는 다음 자료의 글을 통해 좀 더 구체적으로 파악할 수 있다.

> 명태조明太祖 29년에 하정賀正할 때에, 청성군淸城君 정탁鄭擢이 표문表文을 지었고, 광산군光山君 김약항金若恒이 전문箋文을 지었으며, 서성군西城君 정총鄭摠과 길창군吉昌君 권근權近이 윤색하였는데, 황제가 표문과 전문에 쓰인 말이 희롱과 모멸을 범했다고 노여워하여 정총·김약항·권근 등을 불러 힐책하였다. 권근은 용서를 받아 돌아왔으나, 정총 등은 억류되어 돌아오지 못하였다.17)

인용문은 서거정이 쓴 『필원잡기』의 기사이다. 내용을 요약하자면 1395년(태조 4) 11월에 명으로 사행을 떠났던 정총은 1396년 새해를 맞아 황제에게 새해를 축하하는 표전문을 바쳤다. 이 표전문은 조선에서 지어온 것인데, 표문은 정총의 아우 정탁이 지었고 전문은 김약항18)이 지었으며 정총과 권근이 그 문장을 다듬었다. 그러나 황제에게 올린 표전문은 희롱과 업신여기는 어구가 있다는 트집이 잡혀 정총을 비롯한 사행 일행은 구류되고 만다. 참고로 당시 조선에서 중국 황제에게 올리는 표문의

---

16) 『太祖實錄』 4년 10월 10일(庚子), 「태학사 유구와 한성윤 정신의를 하정사로 보내다」 참조.

17) 徐居正, 『筆苑雜記』 권1. "我太祖高皇帝二十九年賀正, 淸城君鄭擢撰表, 光山君金若恒撰箋, 西城君鄭摠吉昌君權近潤色之. 帝怒表箋語涉戲侮, 徵摠若恒近詰責. 近蒙宥以還, 摠等被留不還."

18) 김약항의 호는 惕若齋로 공교롭게도 본고에서 살펴 본 김구용의 호와 같다. ?~1397(태조 6). 고려 말 조선 초의 문신. 본관은 光山. 자는 久卿으로 아버지는 鼎이다. 1371년 (공민왕 20)에 문과에 급제하여 司憲掌令, 江原道廉問計點事, 司憲執義 등을 거쳤다. 조선이 개국되자 判典校寺事가 되고, 1395년(태조 4)에는 명나라에 들어가 억류된 사절 柳玽 등을 송환시키는 데는 성공하였으나, 명태조에 의해 억류되었다. 뒤에 다시 다른 일로 인해 揚子江으로 귀양 갔다가 1397년 유배지에서 사망하였다. 태종 때에 이르러 의정부 찬성사로 추증되었다.

성격에 대해 간단히 살펴보자.

①

사대事大의 표문表文과 전문牋文은 모름지기 정밀하고 간절하여야 한다. 고려 때에 요인遼人들이 압록강을 넘어 국경을 삼으려 하니, 참정參政 박인량朴寅亮이 진정표陳情表를 지었는데, 말을 다듬고 사건을 기술한 것이 명백·간절하였으므로 요제遼帝가 그 의논을 정지시켰다.[19]

②

명나라 태조 고황제高皇帝가 우리나라에 조서詔書를 내려 표문과 전문에 회피하고 쓰지 말아야 할 글자를 반포하였는데, '傾覆·頹敗·滅絶·夭短' 등의 글자는 뜻이 흉하니 피하는 것이 옳으나, '億載無疆·有道·生知·名哲' 등의 글자 같은 것은 어찌 회피하라고 하는 것인가? 근래 기호부祁戶部 순順이 사명을 받들고 왔기에 내가 회피해야 하는 글자를 보이며 말하기를, "중국에서도 이 제도를 그대로 시행합니까?" 하니, 답하기를, "아닙니다. 비록 해내海內 각국 제후의 표전이라 해도 쓰지 않고 있으니, 이것은 필연코 귀국에서만 시행할 뿐일 것입니다." 하였다. 나의 생각에는 홍무洪武 연대에 황제가, 김의金義가 명나라 사신을 죽이고 오랑캐인 원에 붙은 것을 노여워하여, 드디어 표문의 말이 간절하지 않은 데에 죄를 돌려 당시의 문신 정총과 김약항 등을 불러 죄를 주고, 이내 회피하여야 할 글자를 반포한 것이다. 이는 황제의 일시적인 명령에서 나온 것이니, 후세에서 반드시 행할 필요는 없는 것이다.[20]

---

19) 徐居正, 『筆苑雜記』 권1. "事大表牋, 要須精切. 高麗時, 遼人欲過鴨綠江爲界, 朴參政寅亮修陳情表, 立語用事, 明白懇切, 遼帝寢其議."

20) 徐居正, 『筆苑雜記』 권2. "太祖高皇帝, 詔頒表箋回避字樣, 其傾覆頹敗絶滅夭短等字, 意兇可回避, 如億載無疆有道生知明哲等字, 何以回避? 近祁戶部順奉使來, 予以回避字樣示之曰：'中朝亦用之乎?', 曰：'無. 雖海內諸侯表箋亦不用, 此必但行於貴國而已.' 予意, 洪武年間, 帝怒金義殺使附胡元, 遂歸罪於表詞不切, 徵文臣鄭摠金若恒等抵罪, 仍頒回避字樣. 此出於皇上一時之命, 不必行於後世也."

인용문 ①은 표문이나 전문 같은 국가의 외교행사에 쓰는 글들을 짓는 방법에 대해 말한 것이니, 즉 표전문의 미덕은 요지가 명백하고 문장이 간결한 데에 있다는 것이다. 그러면서 모범적인 표전문 작성의 사례로 고려전기 박인량의 「진정표」를 들고 있다. 인용문 ②는 명태조가 조서를 반포하여 표전문에서 쓰지 말아야 할 글자를 지정한 것에 대한 서거정의 반론이다. 서거정은 명태조가 다른 제후국에서 지키지 않는 이러한 원칙을 유독 우리나라에만 제정한 이유는, 고려 말 김의가 명의 사신을 죽이고 원에 붙었던 사실을 괘씸하게 여겼기 때문이라고 말하고 있다. 그러면서 그 희생자의 예로 정총과 김약항을 소개하고 있다.

이듬해인 1396년 명나라 조정에서는 표전문을 지은 사람을 붙잡아 오라고 조선에 알리게 되니, 이에 조선에서는 표전문을 지은 정탁과 김약항을 보내려 했으나, 마침 정탁은 풍질에 걸려 김약항 만을 동년 2월 15일에 경사京師로 보내게 되었다.21) 사실 정도전 또한 표전문 작성에 직접적인 관여를 했지만, 정도전은 병을 핑계로 보내지 않았다. 이에 명나라 조정에서는 중국에 잡혀 있는 조선 사신들의 가족들까지 모두 잡아들이라는 요구를 하기에 이르렀고, 조선은 어쩔 수 없이 이 요구를 수용하여 사신들의 가족을 명으로 보내고 남아 있는 가족을 위해 쌀과 콩을 하사하였다.22)

하지만 동년(1396) 6월에 또다시 표전문 작성에 관여한 자 중에 아직 보내지 않은 정도전과 정탁을 압송하라는 명나라의 요구가 있었다. 이에 조선에서는 권근과 정탁, 경흥부敬興府 사인舍人 노인도盧仁度를 압송하였고, 하륜河崙을 사건의 전말을 보고하는 사신으로 함께 보내게 되었다.23) 정

---

21) 『태조실록』 5년 7월 19일(甲戌), 「표문과 전문 지은 권근·정탁 등을 남경으로 보내며 시말을 주달한 글」 참조.
22) 『태조실록』 5년 4월 13일(庚子), 「경사에 구류된 사신과 일행의 집에 쌀과 콩을 내리다」 참조.

도전은 당시 정탁이 지은 글을 교정해야 하는 위치에 있었지만, 종묘를 옮겨 모시는 일로 그 다음 책임자인 정총과 권근이 표문을 교정하였기 때문에 이 일과 관계가 없으며, 또 복창腹脹을 앓고 있어 보내지 못하고, 노인도는 그때 교정을 청한 실무자였기에 보내게 되었다.24) 이 해 11월 에는 처음 사행의 일원이었던 유구·정신의가 뒤에 입조한 정탁·하륜 등과 함께 귀국하였고,25) 이듬해인 1397년 3월에는 권근도 귀국하였지 만,26) 정총·김약항·노인도 등은 귀국이 허락되지 않았고 오히려 억류 되어 유배를 가게 되었다.

권근이 처음에 중국에 갔을 때 황제가 그와 이야기를 나눠보고는 학식 이 있음을 알고 제목을 주어 시 24편을 짓게 하였다. 권근이 모두 지어 올리자, 황제가 기뻐하며 상을 주고 권근과 정총 등에게 문연각文淵閣에 나가 여러 선비의 강론을 듣도록 하였다. 이에 황제의 노여움이 조금씩 풀려서 사신 일행을 돌려보내려고, 옷을 주고 사흘 동안 돌아다니며 구경 하게 한 뒤 제목을 주어 시를 짓게 하였다.27) 하직할 때 권근은 하사받 은 옷을 입었으나 정총은 현비顯妃의 상喪28) 때문에 흰옷을 입고 있자, 황 제가 노하여 권근만 돌려보내고 금의위錦衣衛에 지시해 정총 등을 국문하 게 하였다.29) 이로 인해 정총·김약항·노인도는 각각 머나먼 오지인 운

---

23) 『태조실록』 5년 6월 11일(丁酉), 「중국 사신 우우 등이 오다. 표문 지은 정도전 등을 보 내라는 예부의 자문」 및 『태조실록』 5년 7월 19일(甲戌), 「표문과 전문 지은 권근·정탁 등을 남경으로 보내며 시말을 주달한 글」 참조.

24) 이에 대해서는 『燃藜室記述』 권2, 「太祖朝故事本末」, <태조조의 文衡>을 참조할 것.

25) 『태조실록』 5년 11월 4일(戊午), 「계품사 하윤과 표문을 지은 정탁이 가지고 온 예부의 자문」 및 『태조실록』 5년 11월 6일(庚申), 「요동 백호 하질이 죽게 된 경과를 추궁하는 명 좌군 도독부의 자문」 참조.

26) 『태조실록』 6년 3월 8일(辛酉), 「안익·김희선·권근 등이 황제의 칙위 조서, 선유 성지, 어제시, 예부의 자문을 받들고 오다」 참조.

27) 이에 대해서는 앞의 주 26)의 『태조실록』 기사를 참조할 것.

28) 현비는 태조의 계비인 神德王后 康氏를 말한다. 그녀는 1396년 8월 13일(戊戌)에 환관 李得芬의 집에서 운명하였다.

남으로 유배를 가게 되었다.30)

이에 조선 조정에서는 태조의 특명으로 1396년 6월에 정총을 비롯하여 명나라에 피류被留중인 김약항·정신의 등을 각각 서원군西原君·광산군光山君·오천군烏川君에 봉군封君하였다. 구류된 인물들 중 유구는 훨씬 후대인 인조 2년(1624)에 가서 진주군晉州君으로 봉하여졌다. 억류되었다가 풀려나 먼저 고국으로 귀국한 권근은, 명나라에 두고 온 동지들에 대한 안타까움과 미안함, 그리고 석방에 대한 염원을 하늘에 간절히 호소한다. 다음 글을 보자.

이웃 나라와 외교를 맺는 데에는 도가 있으니 모름지기 사신들의 왕래에 의지해야 하는 것입니다. 중생을 빠짐없이 제도하는 것은 다 부처님의 자비하신 보호를 힘입어야 하기에, 간절한 정성을 다하여 붙들어 주시기를 감히 비옵니다.

생각컨대 우리 작은 나라는 일찍부터 중국을 섬기어, 항상 세시의 절기를 당할 때마다 반드시 조빙朝聘의 사행을 보냈습니다. 게다가 지금의 우리 임금은 더욱 천조天朝를 높이는 생각에 독실하사 대신大臣을 파견하여 조공朝貢의 의식을 행하였습니다. 이미 정조正朝를 하례하고 또 고명誥命을 청하여 그 정성스러운 뜻이 알려지기를 기대하였는데, 어찌 희롱하고 업신여기는 말이 있었겠습니까? 그런데 뜻밖의 견책이 더해지고 오랫동안 구류를 당하게 되었습니다. 이에 정성을 다해 기도 드리오니 액을 벗어나 속히 돌아오기를 원합니다. 이 겨자씨 같은 조그마한 정성이지만 부처님의 거울에 비춰지소서. 엎드려 바라옵건대, 재앙과 허물이 모두 풀리

---

29) 『태조실록』 6년 11월 30일(戊寅), 「정총·김약항·노인도가 명나라에서 죽었다는 소식을 정윤보가 전하다. 정총·김약항의 졸기」 참조.

30) 태종 2년(1402)에 중국에 사신으로 갔다 귀국한 溫全의 말을 참고하자면, 이들은 함께 운남으로 유배를 떠났으나, 정총과 노인도는 병사하였고 김약항은 운남에서 娶妻까지 하며 살다가 후에 다시 또 다른 사건에 연루되어 양자강 유역으로 유배 당해 죽었던 것으로 보인다. 이에 대한 사항은 『태종실록』 2년 10월 16일(丙寅) 기사인 「사신 온전 등이 상왕과 대군 이화 등을 방문, 김약항·정총 등의 소식을 말하다」를 참조할 것.

고 복과 경사를 거듭 더해 주시어 곧 돌아옴을 얻어, 속히 와서 황제의
덕택德澤을 펴게 하고, 더욱 번창하여 길이 수복壽福을 누리게 하소서.31)

하지만 이 같은 바람에도 불구하고 정총 일행은 명나라에 억류된 지
1년이 다 되어가는데도 풀려나지 못하였고, 드디어 1397년 운남 대리위
로 유배 도중에 정총은 숨지고 말았다. 이때가 그의 나이 40세였다. 이
당시 명에서 죽은 사신으로는 정총 외에 김약항도 있었다. 김약항은 정총
과 더불어 운남 유배를 갔다가 일시적으로 구류상태에서 풀려나기도 했
지만, 또다시 어떤 사건으로 인하여 다시 양자강 유역으로 유배를 가는
도중 죽음을 맞이하였다. 김약항에 대한 것은 권근이 쓴 다음 글을 통해
좀 더 자세히 파악할 수 있다.

　　광산군 김약항은 전조前朝의 사헌중승司憲中丞으로서 태조께서 개국하실
처음에, 추대推戴한 신하들 중에 그의 친구가 많았으므로 거사를 도모하
는데 참여할 것을 권유하였으나, 끝내 신하의 절개를 지켜 고집하고 응
하지 않았습니다. 명의 천자께서 표사表辭가 불공하다 하여 우리나라를
죄주려 하자, 태상왕의 명을 받들고 경사에 입조하였습니다. 국문鞫問을
당할 때 고문拷問이 매우 심했지만 끝내 굴복하지 않았으므로 황제는 그
를 가상히 여겨 죄를 용서하고 석방하였습니다. 후에 다른 일로 해서 끝
내 돌아오지 못하였습니다만, 이 사람의 절의도 또한 가상하오니, 이 두
사람[김약항과 정몽주-필자 주]에게는 마땅히 봉작을 더하시고, 그 자
손을 녹용錄用하시어 후인들을 장려하소서.32)

---

31) 權近, 『陽村先生文集』 권28, 「使臣柳玽, 鄭摠, 鄭臣義等速還本國之願 使司行」. "交隣有道,
須憑使節之往來, 濟物無遺, 悉賴佛慈之攝護, 庸殫悃愊, 敢丐扶持. 念我小邦, 嘗事中國, 每當
歲時之節, 必通朝聘之行. 況今我王, 益篤畏天之念, 爰遣宰輔, 恭修執壤之儀. 旣賀正朝, 又請
誥命, 冀以達精誠之志, 何緣有戲侮之辭? 不圖譴責之加, 以致拘留之久. 茲殫懇而祈禱, 願脫厄
以回還. 倘此芥緣, 格彼菱鑑. 伏願災咎頓釋, 福慶遄加, 言旋言歸, 速來宣於德澤, 俾昌俾熾,
永得享於壽康."

이 글은 권근이 태종에게 올린 상서上書인데, 명에서 죽은 김약항과 고려의 충신 정몽주의 충성과 절의를 높이 기려서 그들에게 봉작을 더해주고 그들의 자손을 후대하라는 내용이다. 이에 태종은 김약항을 의정부 찬성사로 추증하고 자손을 등용하라고 명하였다. 그의 사후로부터 2년 후인 1399년(정종 1)에는 '문민文愍'의 시호가 내려졌다. 생전에 국가의 각종 외교문서를 담당했던 그의 전력 및 표문의 내용이 공손하지 못하다는 이유 때문에 먼 이역만리의 유배지에서 근심과 고통속에 죽어간 그의 생애를 단적으로 나타내주는 시호라 하겠다. 당시 명나라는 정총과 김약항의 죽음을 조선 조정에 정확히 알리지 않은 것 같다. 『태조실록』6년 11월 30일(戊寅) 기사에는 다음과 같은 언급이 나온다.

> 정총・김약항・노인도의 처들이, 정총 일행이 명나라에서 죽었다는 정윤보鄭允輔의 말을 듣고 발상發喪하려고 하니, 이를 임금이 듣고 말하기를, "황제가 만일 총 등을 죽였으면 예부禮部에서 반드시 자문咨文이 있을 것이다. 따라서 윤보의 말을 믿을 수 없다." 하고 금하게 하였다.33)

정총의 죽음이 한참 지난 후에도 조선 조정에서는 이들 일행의 죽음에 대해 전혀 파악하지 못하고 있었음을 알 수 있다. 사정이 이렇다 보니 정총과 김약항의 사후 그들의 시신은 수습조차 되지 못하고 있었다. 그들의 죽음이 국내에 알려진 후에도 바로 시신을 찾지 못하다가, 이후 훨씬 시간이 경과된 1411년(태종 11) 11월에야 정총의 아들 정효문鄭孝文이 중국에

---

32) 權近, 『陽村先生文集』 권31, 「壽昌宮災上書」. "光山君金若恒, 在前朝爲司憲中丞, 當太祖開國之初, 推戴之臣多其親友, 誘以建義之謀, 乃守臣節, 固執不應. 及皇明假以表辭不恭, 將罪我國, 受太上王命, 入朝京師. 被其鞫問, 搒掠甚苦, 終不屈服, 帝用嘉之, 以釋其罪. 後以他故, 竟不得還. 是其節義亦可尙也, 此二人者, 宜加封贈, 錄其子孫, 以勵後人."

33) 『태조실록』6년 11월 30일(戊寅). "鄭摠金若恒盧仁度之妻, 以鄭允輔之言發喪, 上聞之曰: '帝若殺摠等, 禮部必有咨, 允輔之言, 未可信.' 令禁之."

입조하여 유골을 거두려 하였지만, 이마저도 여의치 못해 경사에는 도달
하지도 못한 채 초혼招魂만 하고 귀국하게 되었다.34) 김약항의 죽음 역시
가족들에게 씻을 수 없는 상처를 남겼는데 다음 글에 그들의 비통함이
잘 나타나 있다.

> 김처金處는 광산군 김약항의 아들이다. 판관 김처는 그의 아버지가 이
> 국에서 죽은 것에 대해 상심하고 슬퍼한 나머지 광질狂疾에 걸렸다. 정신
> 이 혼몽하고 일을 헤아리지 못하니, 비록 어린애나 어리석은 부녀자들이
> 여러 가지로 속여도 모두 믿고 좇아 의심치 않았다. 또한 항상 집안의
> 한 종을 두려워하여 그 지휘에 따르는데, 몸을 굽히고 펴는 것도 마음대
> 로 못하며 무엇을 하려 하다가도 만약 종이 꾸짖으면 두려워하고 위축되
> 어 움직이지 못하였다. 판관은 낮에 대부분 잠을 자고 이따금 깨는데, 깨
> 면 「관동별곡關東別曲」을 부르며 소매를 떨치고 춤도 추는데 춤이 끝나면
> 큰 소리로 울었다. 밤에는 시구를 길게 읊조리며 처량스럽게 혼자 거니
> 는데, 혹은 깊은 산에 들어가기도 하고 혹은 울타리를 뚫기도 하며 잠시
> 도 쉬지 않았다. 하루는 산속에 병자가 누워 있는 것을 보고 판관이 불
> 쌍히 여겨 물을 갖다 먹였는데 마침내 병이 옮아 죽었다.
>
> 부정副正 김허金虛도 또한 광산군의 아들인데, 성품이 지극히 효성스러
> 웠다. 어머니가 돌아가시어 여막에 있을 적에 『효경』의 「상친장喪親章」을
> 벽에다 써놓고 날마다 벽을 보고 읽으며 읽고 난 뒤에는 흐느껴 우는데,
> 흐르는 눈물을 가누지 못하기를 3년 동안 조금도 쉬지 않았다. 사람됨이
> 울기를 잘하였고 곡하는 소리가 처량하고 슬프고 처참하여서 듣는 사람
> 이 눈물을 닦지 않는 이가 없었다.35)

---

34) 『태종실록』 11년 11월 7일(甲子), 「정총의 아들 정효문이 아비의 시신을 찾고자 입조를
   청하매 그를 타각부로 제수하다」 참조.
35) 成俔, 『慵齋叢話』 권3. “金處, 光山金若恒君之子. 金判官處, 以其父死於異國, 傷痛得狂疾. 昏
   憒不省事, 雖小兒愚婦, 百計欺之, 皆信從不疑. 常畏家中一奴, 隨其指揮, 而俯仰不得, 有所作
   爲, 奴若叱之, 則畏縮不能動. 判官晝則多睡小醒, 醒則自唱開東別曲, 拂袖而舞歌, 舞畢則大聲
   而哭. 夜則長吟詩句, 踽踽獨行, 或入深山, 或穿籬落, 不暫休. 一日見病者臥山中, 判官憐之,

김약항의 유배로 그의 큰아들인 김처는 정신 이상으로 결국 죽게 되고, 부인도 오래 살지 못했던 것 같다. 김약항의 부인이 죽자 그의 둘째아들 김허는 시묘를 하며 3년 동안 하루도 빠지지 않고 울었다니, 이는 아마도 어머니의 죽음과 아울러 아버지의 억울한 죽음에 대한 정신적 공허감과 안타까움이 표출된 것이라고 여겨진다. 일설에 의하면 김약항이 명나라에서 죽은 후, 그의 부인이 이를 절통하게 여겨서 머리를 풀어 얼굴을 상하고 자손들에게 다시는 벼슬하지 말 것을 경계했다고 한다.[36]

이를 통해 정총과 김약항의 죽음이 얼마나 비참한 일이었는가를 알 수 있으며, 그 가족들에게 얼마나 큰 비극이었는지를 짐작할 수 있다. 특히 김약항의 부인이 자손들에게 벼슬길에 오르지 말라고 경계했다는 것을 통해 그 정신적 상처의 깊이를 헤아릴 수 있다. 14세기 후반기에 일어났던 김구용·정총·김약항 등 우리 사신들이 중국에서 유배를 당하고 숨진 일련의 사건은 모두 명태조 주원장과 관계된 것이었다. 각각 그 시점과 사건의 경위는 조금씩 다르지만, 결국 이 사건들은 모두 고려말부터 불거진 명과의 불편한 외교관계가 가져다준 산물이었다. 또한 이들의 죽음은 한 개인의 죽음에서 그친 것이 아니라 결국 가족사의 비극을 초래하게 되었으니, 어쩌면 이들의 죽음은 우리 민족 모두의 비극이었는지도 모르겠다.

持水而飮之, 遂染疾而死. 金副正虛, 亦光山之子, 性至孝. 喪母居廬, 書孝經喪親章於壁, 日日對壁而讀, 讀畢嗚咽流涕不自勝, 三載不小休. 爲人善哭, 哭聲淸亮哀慘, 聞者莫不抆淚."
36) 이에 대한 사항은 若齋先生事蹟顯彰會에서 1971년에 발간한 『若齋先生實記』를 참조할 것.

3. 유배시에 나타난 의경과 품격

(1) 고단절박한 의경과 고형의 품격

남용익南龍翼의 『호곡시화壺谷詩話』에서는 김구용의 시를 고형苦夐하다고 평하였다.37) '고형'은 외롭고 절박한 상황에서 어떤 생각이나 소망이 간절하게 끝없이 계속되는 것을 의미한다. 척약재惕若齋가 요동遼東에 행례사行禮使로 간 것은 1384년 1월 15일이었고 그가 운남 유배 도중 사천성四川省 노주瀘州에서 병으로 객사한 것이 그해 7월 11일이었으니, 요동에서 남경으로 압송된 날짜를 계산하면 그의 운남 유배는 채 6개월이 못되는 기간이었는데, 이 기간에 쓰인 시로 문집에 남아 있는 것은 대략 45수38) 정도 된다. 척약재 시에서 고형한 품격의 작품들은 운남 유배기에 쓰인 것들이 대부분을 차지한다. 운남 유배기는 뜻하지 않은 외교적 사건으로 머나먼 오지에 유배 간 것이기에, 이 시기 작품들 가운데 고향에 대한 그리움과 해배解配에 대한 간절한 소망이 나타난 고형한 품격의 시가 많은 것이다. 조선시대 시화집에서 척약재 시에 대해 언급하고 있는 많은 부분 역시, 운남 유배기의 작품들이다.39) 이것은 물론 척약재의 운남 유배 가 정치·외교적으로 쟁점이 될 만한 사건이었기도 하지만 또한 이 시기 시들이 갖고 있는 문학적 성과 때문이기도 하다.40)

---

37) 南龍翼, 『壺谷詩話』(『詩話叢林』收錄). "余以臆見, 妄論勝國與本朝之詩曰 (…中略…) 金惕若九容之苦夐."

38) 『惕若齋學吟集』卷下의 「將赴雲南沂江而上寓懷錄呈給事中兩鎭撫三位官人」부터 卷下의 「望歸卅城」까지가 雲南 流配期의 작품인데 총 45수이다.

39) 예를 들어 許筠의 『惺叟詩話』에서는 雲南 流配期의 작품들중 「感懷」("死生由命奈何天/ 東望扶桑路渺然/ 良馬五千何日到/ 桃花門外草芊芊")와 「武昌」("黃鶴樓前水湧波/ 沿江簾幕幾千家/ 釀錢沽酒開懷抱/ 大別山靑日已斜") 詩를 소개하고 있고, 李睟光의 『芝峯類說』 역시 「感懷」 詩를 소개하고 있다.

척약재의 운남 유배시의 경우에도 초기에 지어진 시들은 유배조차 임금의 덕이라고 말하는 한국 유배문학의 전형성을 띠고 있다. 남경에서 운남으로 유배를 떠나며 지은 다음 시를 보자.

①

사면을 받아 서쪽 극지로 유배된 것은	遇赦流西極
바로 관대하신 황제의 은혜를 입은 것이지	便蒙聖主寬
구류할 적에는 작은 □을 징계하셨고	拘留懲小□
압송에는 높은 관리를 명해 주셨네	押送命高官
곳곳에서 자주 술을 보내오고	處處頻歸酒
때때로 반드시 안부를 묻네	時時必問安
요사이는 은혜가 뼈에 사무쳐	邇來恩到骨
오직 붉은 마음만 있을 뿐이네	唯有寸心丹

②

신의 죄는 마땅히 죽어야 하는데도	臣罪當誅戮
천왕은 성명을 더하였네	天王盆聖明
천둥의 위력은 이미 사라지고	雷霆威已霽
우로의 은택은 이름 붙이기 어렵네	雨露澤難名
꿈은 서여의 나라41)를 감싸는데	夢繞胥餘國
몸은 대리성에 유배되었네	身流大理城
중화와 동이가 바야흐로 하나로 섞여 있으니	華夷方混一
어느 땅인들 편안히 살지 못하랴	何地不安生42)

인용한 두 수의 시는 총 5수의 연작시 중 각각 첫 번째와 네 번째 작

---

40) 하정승, 『고려조 한시의 품격 연구』, 다운샘, 2002, 241면 참조.
41) 胥餘는 箕子의 이름이므로 '서여의 나라'란 곧 우리나라, 즉 고려를 의미한다.
42) 「將赴雲南泝江而上寓懷錄呈給事中兩鎭撫三位官人」, 『惕若齋學吟集』 卷下.

품이다. 시제에도 나와 있다시피, 장차 운남으로 떠나기 위해 자신의 호송을 맡은 급사중給事中과 진무鎭撫 등 세 명의 중국 관인에게 적어준 시로, 운남 유배를 막 시작하는 당시의 척약재의 심정을 읽을 수 있다. "사면을 받아 서쪽 극지로 유배된 것은/ 바로 관대하신 황제의 은혜를 입은 것이지"라고 하면서 자신을 죽이지 않고 운남 유배를 보낸 준 것에 대해 오히려 감사하고 있다. 그러기에 자신을 압송하는 관리를 높은 품계의 사람으로 보내준 것도 감사하고, 또 곳곳에서 술을 보내주고 안부를 묻는 것도 감사한 일이다. 그래서 시인은 "요사이는 은혜가 뼈에 사무쳐/ 오직 붉은 마음만 있을 뿐이네"라고 고백한다. ②시에서는 감사하는 마음이 한걸음 더 나아가 모든 만물이 우로의 은택을 입어 화육化育이 되듯이, 황제의 은혜로 중화와 동이가 하나가 되었다고 찬양한다. 하지만 경련에서 "꿈은 서여의 나라를 감싸는데/ 몸은 대리성에 유배되었네"라고 함으로써 조금씩 고국에 대한 그리움, 또는 유배에 대한 불안감을 드러내고 있다. 사실 유배에 대한 불안감은 일차적으로 다음 두 가지 요소에 기인하는데, 첫째는 운남으로 가는 험난한 여정이요, 둘째는 홀로 있음에 대한 두려움 때문이다. 다음 시를 보자.

열 폭의 높은 돛은 한줄기 바람에 의지하여 가는데	十幅雲帆一信風
강산이 모두 그림 속에 있구나	江山都是畵圖中
누가 알겠는가 만리 서쪽으로 먼길 가는 나그네	誰知萬里西征客
그 마음은 푸른 물결따라 항상 동쪽으로 흘러가는 것을	心與滄波日夜東[43]

이 시에는 운남으로 유배 가는 도중에 마주친 경치를 통해 느낀 감회와 멀리 두고 온 고국에 대한 그리움이 구체적으로 드러나 있다. 시인을

---

43) 「感懷」, 『惕若齋學吟集』 卷下.

태운 범선은 그림같이 아름다운 강산을 지나 서쪽으로 흘러가는데, 시인의 마음은 온통 그 반대편 동쪽 고국에 가 있다. 배가 흘러가면 갈수록 시인의 그리움도 커져간다. 고국에 대한 그리움은 다음 시에서는 고향과 가족에 대한 간절함으로 그려진다.

영욕은 취한 꿈 사이에 오르고 잠기는데	榮辱昇沈醉夢間
누가 옷을 떨치고 티끌같은 세상을 벗어나려 하겠는가	拂衣誰肯出塵寰
농어와 순채는 고향이라야 맛이 나는 것이요	鱸魚蓴菜鄕中味
밝은 달과 맑은 바람은 물외에서 한가롭네	明月淸風物外閑
세상은 뜬 구름과 같아 정착할 곳이 없고	世與浮雲無着處
내 몸 지친 새와 같아서 산으로 돌아가고 싶네	身如倦鳥欲還山
황려강 가에는 조각배가 있으리니	黃驪江上扁舟在
어느 날에야 낚시줄 드리우고 얼굴 한 번 보리요	何日垂綸一展顔[44]

제3구는 진晉나라 장한張翰의 고사를 인용한 것이다. 장한은 낙양에서 관직생활을 하다가 가을바람이 불어오자 고향땅 송강松江에서 나는 농어회와 순채국 맛을 견딜 수가 없어서 벼슬을 버리고 귀향했다는 것이다. 그 어디인들 농어회와 순채국이 없으랴마는 그 맛은 고향의 맛과는 다른 것이니, 이 시에서 "농어"와 "순채"는 결국 가족과 고향에 대한 그리움을 상징하는 말이라 할 수 있다. 더구나 경련의 표현처럼 "세상은 뜬 구름과 같아 정착할 곳이 없"는 것이기에 시인은 자신을 "지친 새"에 비유하여 "산으로 돌아가고 싶"다고 말한다. 물론 여기의 "산"은 가족이 있는 고향을 의미한다. 마지막 미련에서 시인은 외가가 있는 여흥驪興(지금의 경기도 여주) 황려강黃驪江을 추억한다. 전술했다시피 척약재는 외조부 민사평 댁에서 나고 자랐기에 여흥은 척약재에게 고향과 같은 곳이다. 지금쯤 여주

---

44) 「贈李仲正」, 『惕若齋學吟集』 卷下.

황려강에는 조각배 타고 낚싯줄 드리운 친구가 있을 텐데, 어느 때에야 그와 함께 얼굴 마주하고 낚시할 날이 올 것인가라고 시인은 쓸쓸하게 탄식한다. 이러한 고향과 가족에 대한 그리움[45]은 자연스럽게 해배에 대한 소망으로 연결된다.

죽고 삶은 운명에 말미암으니 천명을 어찌하리요	死生由命奈何天
머리 돌려 부상을 바라보니 아득하기만 하네	回首扶桑一惘然
좋은 말 오천 필은 어느 날에야 오려나	良馬五千何日到
도화관 밖에는 풀만 우거져 있네	桃花關外草芊芊[46]

고려 조정의 신하로 명나라 왕에 의해 멀고 먼 타국 땅에서 유배를 당한 시인의 넋두리와도 같은 시이다. 명태조는 고려에서 외교문서에 적은 대로 말 5천 필을 보내와야 김구용을 풀어 주겠다고 하였다.[47] 때문에 시인은 제3구에서 "좋은 말 오천 필은 어느 날에야 오려나"라고 하면서 속히 고국에서 말 5천 필이 와주기를 고대한다.[48] 하지만 이러한 기다림

---

45) 이 같은 고향과 가족에 대한 그리움을 나타낸 또 다른 시로는 다음 「新月」이 유명하다. "집은 송악산 아래에 있는데/ 배는 강가로 나아가네/ 황혼의 한 조각 초생달/ 두 곳의 사람들 나누어 비추네(家在松山下/ 舟行江水濱/ 黃昏一片月/ 分照兩鄕人)"

46) 「感懷」, 『惕若齋學吟集』 卷下.

47) 明 太祖는 惕若齋가 말 五十匹을 五千匹로 잘못 기록한 외교 문서를 가져오자 고려 조정에 실제로 말 오천 필을 보내야 사신을 놓아주겠다고 하였다. 이때 고려의 권력을 잡고 있던 李仁任은 親元派의 대표적인 인물로서, 惕若齋와는 정치적으로 다른 입장에 있었기 때문에 끝내 말을 보내지 않았다.

48) 말을 기다리는 시로는 다음과 같은 작품도 있다. "험난한 關門의 나그네 길 이미 반년인데/ 늙으신 어버이는 아름다운 색동옷 기대하기 어렵네/ 강산은 이르는 곳마다 勝景이라 하지만/ 사람과 달은 어느 때에야 함께 둥글어질까/ 天上의 학을 타지 못함이 한스러운데/ 그 누가 땅으로 가는 신선과 짝해 주리요/ 오천 필 준마는 소식 없으니/ 王良을 보내어 서둘러 채찍 잡도록 해야겠네(客路艱關已半年/ 老親難待彩衣鮮/ 江山到處雖云勝/ 人月何時得共圓/ 恨我未乘天上鶴/ 知誰好伴地行仙/ 五千駿馬無消息/ 須遣王良早著鞭)"(「潘家磧驛二首」, 『惕若齋學吟集』 卷下). 이 시에서 척약재는 解配에 대한 기대와 의지를 강하게 드러낸다. 1~2구는 老萊子의 고사를 끌어다 늙으신 어버이를 봉양하지 못하는

은 곧 쓸쓸한 체념과 허망함으로 바뀐다. 제4구의 "풀만 우거져 있네[草萋萋]"는 '草'··'萋萋' 등의 시어를 잘 활용하여 매우 적막하고 쓸쓸한 의상을 창출해 내었고, 이는 곧 시의 전반적인 의경을 고단절박孤單切迫하게 만들고 있다. 고향에 대한 그리움과 해배에 대한 기대는, 때로는, 어쩌면 영영 유배에서 풀려나지 못할 것이라는 걱정이나 또는 해배가 쉽게 이뤄지지 않는 현실에 대해 숙명으로 받아들이고 체념하는 듯한 운명론적 태도로 나타나기도 한다.

이미 사람을 허물하지 않는데 어찌 하늘을 원망하랴	已不尤人肯怨天
예부터 천명을 아는 사람이 곧 인현이었네	古來知命是仁賢
반초는 옥문관 밖에서 칼을 잡았고	班超杖劍玉關外
소무는 북해 가에서 양을 돌보았네	蘇武看羊北海邊
맛있는 술과 안주는 모름지기 빚을 져야 하는데	美酒嘉餚須有債
맑은 바람과 밝은 달은 돈을 따지지 않는다네	淸風明月莫論錢
멀리 떠나 비록 평생의 뜻을 이룬다 해도	遠遊雖遂平生志
봉래산 아득한 것이 한스럽구나	恨殺蓬萊隔杳然49)

　아무리 기다려도 해배의 소식은 전해지지 않는다. 그러나 이제 시인은 아무도 원망하지 않는다. 시인은 오히려 "예부터 천명을 아는 사람이 곧 인현이었네"라고 자신의 억울한 유배와 해배의 소식까지 그 모든 것을

자기의 신세를 간접적으로 나타내었다. 3~4구는 아름다운 강산에 떠 있는 달은 때가 되면 차고 기우는데, 流配 떠난 자신의 신세는 둥글어지지는 않고 항상 초생달처럼 기울어 있다는 것이다. 아무리 기다려도 기쁜 소식이 들려오지 않는 암담한 현실을 말하고 있다. 7~8구는 明 太祖가 고려에서 말 오천 필을 보내오면 풀어준다는 약속을 상기하면서, 아무리 기다려도 말이 도착하지 않으니 春秋時代의 王良같은 훌륭한 마부를 시켜서라도 말을 끌어와야 되겠다는 것이다. 고사를 끌어다 解配에 대한 소망을 잘 나타내었다.

49) 「贈李仲正」, 『惕若齋學吟集』 卷下.

천명으로 돌린다. 그러면서 시인은 한나라의 반초와 소무를 떠올린다. 그 옛날 소무는 흉노匈奴에게 19년간이나 억류되었으면서도 고국에 대한 불평 없이 스스로의 절개를 지켰고, 반초는 서역을 평정하러 옥문관 밖 사막에까지 나아가 목숨을 걸고 싸웠던 것이다. 그들에 비하면 자신의 처지는 오히려 나을지도 모른다고 스스로 자위하고 있는 듯하다. 하지만 척약재는 운남성에 이르는 관문인 귀주성에 이르러서도 고향으로 돌아갈 것에 대한 소망의 끈을 놓지 않는다.

어둑어둑 외로운 성은 물가를 누르고	杳杳孤城壓水湄
그림 같은 층진 봉우리에 성가퀴가 빛나네	層巒一畫女墻輝
근심 속에 우연히 새 시구를 얻었는데	愁中偶得新詩句
나그네 길이라 탁주잔을 만나기도 어렵네	客裏難逢濁酒盃
골짜기의 새들은 안다는 듯 바야흐로 다시 소리를 내고	谷鳥有知方更響
뱃사람은 떠나고자 괴롭게 서로 재촉하네	舟人欲適苦相催
가고 오는 것과 소멸되고 자라는 것이 헛된 일이 아닐진대	往來消長非虛事
행차가 귀주50)에 도달했으니 참으면 돌아갈 수 있으리	行到歸州耐可歸51)

『척약재집』에 실려 있는 운남 유배시가 대체로 유배의 여정을 따라 순차적으로 써졌음을 감안할 때, 이 시는 유배시의 가장 마지막 수이므로, 이제 척약재의 유배여정도 막바지에 다다랐음을 알 수 있다. 물론 척약재는 귀주에서 숨진 것이 아니라 지금의 사천성 노주에서 병사하였으니 위 인용 시를 쓰고 난 뒤 바로 숨지지는 않았을 것이다. 시인은 미련에서 "가고 오는 것과 소멸되고 자라는 것이 헛된 일이 아닐진대/ 행차가 귀주

---

50) 중국에서 '귀주'는 '貴州'와 '歸州' 두 곳이 있는데, '貴州'는 호남성과 운남성 사이에 있고, '歸州'는 발해 시대에 있었던 흑룡강성 근처의 땅이다. 이 시에서 '귀주'는 유배의 여정을 고려할 때, 중국 남부의 '貴州'로 봐야 할 것이다.

51) 「望歸州城」, 『惕若齋學吟集』 卷下.

에 도달했으니 참으면 돌아갈 수 있으리"라고 한 가닥 희망의 끈을 끝까지 놓지 않고 있다. 하지만 불행하게도 고향으로 돌아갈 수 있으리라는 시인의 소망은 끝내 이뤄지지 않았다. 그는 1384년 7월 11일에 유배 도중에 얻은 병으로 사천성 노주의 한 객관에서 운명하였다.52) 유배를 떠난 것이 1384년 1월 15일이었으니, 약 6개월간의 운남유배는 그렇게 끝이 나버렸다. 그의 나이 47세였다.

이 같은 고단절박한 의경과 고형의 품격53)은 복재시에도 나타난다. 다음 시는 명나라 남경에서 유배지로 가는 도중에 양자강을 지나면서 쓴 것이다.

두 언덕의 봄 깃발이 술집에 즐비한데	兩岸春旗簇酒樓
몇 마디 노젓는 소리 내며 바다를 지나가네	數聲柔櫓過滄洲
백구는 세상일 잊은 나그네를 알아보고	白鷗也識忘機客
일부러 날아와 조각배를 가까이 하네	故故飛來近葉舟54)

시인은 지금 배를 타고 강을 건너면서 양쪽 언덕 위에 잔뜩 줄지어 서 있는 술집을 바라보고 있다. 몸은 배 안에 있지만 시선은 술집을 응시한다. 그의 시선이 가는 곳에 그의 마음도 가 있다. 여기에서 '배'는 현재의 상태를 상징하고, '언덕'은 그가 바라고 희망하는 앞날의 상태를 상징한

---

52) 이에 대한 사항은 惕若齋의 아들 金明理가 쓴 「先君惕若齋世係行事要略」(『惕若齋學吟集』 卷首) 참조.

53) 意境이 개별 시인들에 의해 개성화되었을 때, 그것은 品格과 아주 밀접한 관계를 갖게 된다. 그러므로 古人들은 시의 품격을 평할 때면, 대체로 대상 시의 意境에 착안하여 말하였던 것이다. 따라서 意境은 어떤 특수한 형상이 만들어낸 무궁한 미감을 갖춘 일종의 독특한 審美品格이라고 할 수 있다. 이상의 의경의 개념과 품격과의 관계에 대해서는 하정승, 「도은 이숭인 시의 의상과 미의식의 표출양상」(『동방한문학』 27, 동방한문학회, 2004, 10~11면)을 참조할 것.

54) 「過楊子江」, 『復齋集』 卷上.

다고 볼 수도 있다. 이 말은 곧, 그의 몸은 현재 유배의 신분이지만, 그의
마음과 생각은 줄곧 세상에 가 있다는 말에 다름 아니다. 하지만 그에게
다시 현재의 상태를 깨우쳐 주는 것이 있었으니, 곧 '백구'이다. 백구가
"일부러 날아와 조각배를 가까이 함"으로써 그는 다시 현실의 모습을 자
각하게 되는데, 그와 동시에 시인의 시선도 언덕 위 술집에서 다시 조각
배가 떠있는 강물 위로 이동하게 되는 것이다. 현실의 고단절박함과 해배
와 귀국을 바라는 내일에 대한 희망이 동시에 나타나 있다고 하겠다.

(2) 애상비개한 의경과 처완의 품격

① 척약재 시의 경우

운남으로 가는 여정은 멀고도 험한 길이었다. 첩첩산중의 험한 봉우리,
끝없이 흘러가는 강물과 여울에 보이는 것은 구름과 산새뿐이다. 척약재
를 괴롭힌 것은 우선 험한 유배 여정이었다.

가파른 산은 다함이 없고	崔屼山無盡
깊고 일렁이는 물은 끝이 없네	汵淪水不窮
높은 벼랑은 어지러운 성가퀴를 감싸고	高崖圍紛堞
절벽은 높은 보루를 둘렀네	絶壁繚崇墉
나무는 천년토록 무성하고	樹木千年茂
구름과 노을은 만고토록 막혀 있네	雲霞萬古封
땅이 깊어 사람은 적막하지만	地幽人寂寞
간혹 갑자기 서로 만나기도 하네	往往忽相逢[55]

가파른 산과 깊은 여울은 가도가도 끝없이 이어져 있다. 이곳은 태고

---

55) 「入峽」, 『惕若齋學吟集』 卷下.

의 원시림이라 천년 된 나무들이 무성하고 구름과 노을조차 오랜 세월 동안 갇혀 있던 곳이다. 하지만 시인을 더욱 괴롭게 만든 것은 행로의 어려움도 어려움이지만, 그보다도 사람 한 명 보이지 않는 데에서 오는 고독감이었다. 그는 지금 사람에 대한 그리움에 목말라 있다. 마지막 미련의 "땅이 깊어 사람은 적막하지만/ 간혹 갑자기 서로 만나기도 하네"는 그의 이러한 그리움을 표현한 것이다. 다음 시에는 인적이 끊긴 깊은 산속을 끝없이 계속해서 가야만 하는 외로움이 우회적으로 그려져 있다.

산은 점점 주위를 둘러싸고 물은 점점 맑아지는데	山漸周圍水漸淸
거슬러 오르는 배가 빨라지니 물결 꽃이 일어나네	泝流船疾浪花生
무성한 숲 잘 자란 대나무 사람이 없는 곳에서	茂林脩竹無人處
때때로 그윽한 새소리가 한두 마디 들려오네	時聽幽禽一兩聲56)

대협곡의 거센 물결을 가로지르는 배 위에서 보이는 것은, 오로지 저홀로 자라난 무성한 대숲뿐이다. 이곳은 태고의 신비를 간직한 채 인간의 출입을 허용치 않는 곳이다. 이곳에서 보거나 들을 수 있는 것은 단지 새들이 이따금 울어대는 한두 마디 외침뿐이다. 그러나 그 소리는 더 이상 시인에게 즐거운 노랫소리가 아니다. 그것은 정적을 깨치고 시인의 고독을 일깨우는 파열음인 것이다.

행차가 강릉에 이르러 중선57)을 추억하는데	行到江陵憶仲宣
「등루부」의 말이 지금까지 전해지네	登樓賦語至今傳
하늘 끝에 유락한 것을 누가 알겠는가	天涯流落知誰甚
운남을 향해 머리 돌린 사람이 가장 가련하구나	回首雲南最可憐58)

---

56) 「帆急」, 『惕若齋學吟集』 卷下.
57) 魏나라 王粲의 字.
58) 「荊州」, 『惕若齋學吟集』 卷下.

척약재의 여정은 이제 호북성湖北省 강릉현江陵縣에 이르렀다. 그는 여기에서 삼국시대 위魏나라 왕찬王粲을 생각한다. 왕찬은 동탁董卓을 피하여 형주荊州의 유표劉表에게 의지하고 있었는데, 당시 그는 고향 생각이 날 때마다 누대에 올라 고향땅을 바라보곤 하였다. 이때 지은 작품이 「등루부」이다. 따라서 제1구의 "중선을 추억"한다는 말은 곧 고향에 대한 그리움을 뜻하는 것이다. 그러면서 시인은 먼 오지에 귀양 와 있는 자신에게 그 누가 관심을 갖겠는가라고 자문한다. 세상에서 가장 비극적인 인생은 자기를 알아주거나, 자기에게 관심을 갖거나, 혹은 자기를 추억하는 사람마저 한 명도 존재하지 않는 사람일 것이다. 그렇다면 지금 척약재야말로 가장 비극적인 인생이다. 왜냐하면 적어도 척약재 스스로가 느끼기에는, 지금 그가 머나먼 이국 절역의 땅으로 유배 가고 있다는 사실을 아는 사람이 아무도 없기 때문이다. 그래서 그는 "운남을 향해 머리 돌린 사람이 가장 가련하구나"라고 독백하고 있다.

술이 다해도 한잔 권하는 사람도 없는데	艾酒無人勸一盃
나그네 길의 수심과 번민이 어느 때에야 풀리려나	客中愁悶幾時開
오늘 아침에 비로소 강 언덕에 올라가서	今朝始得登江岸
맑은 물결과 함께 하고 싶어도 재주 없음이 부끄럽네	欲共淸流愧不才[59]

자신이 이 세상에서 버려진 고아처럼 느껴질 때 우리는 어떻게 하는가? 척약재는 홀로 술을 마신다. 그러나 그는 술을 마시면서도 너무나 고독하다. 그에겐 한잔 술을 같이 마셔줄 사람도, 또 술 한잔 권해 줄 사람도 없다. 그래서 그는 홀로 술을 마시고 그래서 더욱 고독하다. 끝이 보이지 않는 이 기나긴 여정의 마지막은 어디인가? 시인은 "나그네 길의

---

59) 「贈石首縣尹」, 『惕若齋學吟集』 卷下.

수심과 번민이 어느 때에야 풀리려나"라고 자탄한다. 여기에서 척약재는
자신의 고독하고 처량한 마음을 "수심[愁]"과 "번민[悶]"이라고 직접적으
로 표현하고 있다. 이 "수심"과 "번민"이야말로 척약재 유배시의 의경을
이루는 핵심요소이다. 다음 시를 보자.

대리성은 어디에 있는가	大理城何在
삼한 땅이 점점 멀어지네	三韓地漸遙
강과 산에 사람의 얼굴 야위어가고	江山人面瘦
바람과 달에 나그네의 혼 움추러드네	風月客魂銷
술 얻어 수심과 번민 물리치고	得酒排愁悶
시 지어 적료함 없애보네	裁詩遣寂寥
성은으로 가는 유배 그 얼마일까	聖恩流幾日
머리돌려 구름 낀 하늘 바라보네	回首望雲霄[60]

척약재의 유배지인 대리大理는 중국 서남부 운남성에 위치했던 대리국大
理國의 수도였다. 운남성은 중국에서도 험준한 고산준령이 즐비해 있는 오
지중의 오지이다. 운남으로 가는 길은 험하고 멀었을 뿐만 아니라, 요동
으로의 사행과 남경으로의 뜻하지 않은 압송에 이미 척약재의 육체와 정
신은 쇠약해져 있었다. 끊임없이 밀려오는 수심과 번민, 그리고 고독감을
잊을 수 있는 길은 음주와 작시밖에는 없다. 마지막 미련에는 수심으로
인해 구름 낀 하늘을 바라보며 한숨짓는 시인의 모습이 잘 그려져 있다.
여기에서 "구름 낀 하늘"은 앞으로 펼쳐질 유배 여정에 대한 시인의 암
담한 심정이 투영된 말일 것이다.

만 리 밖 돗대에는 까마귀가 밤낮으로 날고　　　　　　萬里檣烏日夜飛

---

60) 「將赴雲南泝江而上寓懷錄呈給事中兩鎭撫三位官人」, 『惕若齋學吟集』 卷下.

뱃사람은 오히려 순풍이 적어지기를 바라네	舟人猶欲順風微
어버이 그리워 눈물 흘리지만 어느 때에나 볼 수 있으랴	思親淚落何時見
임금 그리는 정이 깊어도 돌아갈 수 없네	戀主情深未擬歸
누각이 높으니 빼어난 경치임을 알겠고	樓閣嵒嶢知勝景
산천이 머니 비낀 해를 한탄하네	山川悠遠恨斜暉
나그네 길에 수심을 깨치고 능히 병을 없앨 수 있다면	客中愁破能無病
술집 근처에서 한 번 옷을 저당잡히리	賣酒家邊一典衣[61]

고국에서 만 리나 떨어진 이곳에서 시인은 어버이가 그리워 눈물 흘리고 임금이 그리워 애타한다. 하지만 부모님을 뵐 기약은 전혀 없고 임금 곁으로 돌아갈 기미도 보이지 않는다. 그래서 시인은 나그네 길에서 수심에 차 있다. 그러므로 척약재의 수심과 번민은 가족에 대한 그리움과 임금에 대한 충성심에 기인한 것이라 할 수 있다. 특히 여기에서 제1구의 "까마귀", 5구의 "높은 산[嵒嶢]", 6구의 "비낀 해[斜暉]" 등은 시인이 느끼는 수심을 극대화하도록 만들어준다. 즉 시의 의경이 '애상·비개'해지도록 도와주는 보조도구로 쓰이고 있는 것이다.

달빛 가득한 장강에 물은 절로 흐르고	月滿長江水自流
뱃사람은 단잠에 빠졌고 밤은 아득하네	舟人睡熟夜悠悠
서늘하고 맑은 날씨는 흡사 가을 날 같은데	凄淸恰似秋天日
언덕을 두른 벌레 소리는 나그네의 수심을 조문하네	繞岸蟲聲弔客愁[62]

어느 깊은 밤에 시인은 홀로 깨어 있다. 밤의 공기는 너무나 서늘하고 맑아[凄淸] 흡사 가을날 같다. 이때 강언덕 이곳저곳에서 울어대는 벌레들이 고요한 밤의 정적을 깨뜨린다. 하지만 시인은 벌레들의 소리가 싫지

---

61) 「將赴雲南泝江而上寓懷錄呈給事中兩鎭撫三位官人」, 『惕若齋學吟集』 卷下.
62) 「夜」, 『惕若齋學吟集』 卷下.

않고 오히려 반갑다. 왜냐하면 너무나 적막하여 홀로 있는 외로움이 몸서리치게 느껴졌는데, 벌레들이 울어줌으로써 그 무서운 고독을 잠시나마 잊게 해주었기 때문이다. 그래서 시인은 제4구에서 "언덕을 두른 벌레 소리는 나그네의 수심을 조문하네"라고 말한다. 여기 쓰인 "조문하네[弔]"라는 말은 쉽게 쓸 수 있는 표현이 아니다. 나그네가 느낄 수 있는 수심의 극한을 경험한 사람만이 토해 낼 수 있는 말이다. 지금 척약재는 오랜 여정으로 몸과 마음이 너무나 지쳐 있고, 또 앞날에 대한 불안감과 조금씩 다가오는 죽음의 공포 속에서 깊은 고독과 수심에 잠겨 있다. 이러한 수심은 곧 비애감으로 연결된다.

여울이 험하여 배가 올라가기 어렵고	灘險舟難上
봉우리가 높아 길이 더욱 혼미하네	峯高路更微
자던 구름은 비를 머금은 채 떠나고	宿雲含雨去
더딘 해는 산을 돌아서 옮겨가네	遲日轉山移
석 잔 술에 취하고	酩酊三盃酒
한 수 시에 슬퍼하네	悲涼一首詩
뱃전을 두드리며 길게 읊고 휘파람 부니	打舷吟嘯永
강 새가 갑자기 놀라서 날아가네	江鳥忽驚飛[63]

  시인이 느끼는 비애감은 일차적으로는 험난한 유배 여정과 그로 인해 찾아오는 정신적 고독감과 육체적 피곤함에 기인한다. 시인은 지금 배를 타고 커다란 협곡과 여울을 지나고 있다. 하지만 여울이 너무 험하고 봉우리는 높아서 배를 타고 오르기가 여간 힘든 게 아니다. 이 협곡은 너무나 험하여 구름도 자고 가고, 해도 돌아갈 정도이다. 더욱이 지금 시인은 여행이나 유람을 온 것이 아니다. 외교관으로 중국에 사행을 왔다가 머나

---

63) 「大峽灘」, 『惕若齋學吟集』 卷下.

먼 오지로 유배를 가는 중이다. 이제 시인이 할 수 있는 일은 "석 잔 술
에 취하고/ 한 수 시에 슬퍼하"는 것밖엔 없다. 시인은 자신의 이러한 처
지를 "슬프고 처량하다[悲涼]"라고 말한다. 이러한 비애감은 때로는 죽음
에 대한 두려움과 공포로 극대화되기도 한다.

백 명이 와서 이웃이 되었는데	一百人來爲結隣
나그네 길이라 한 해의 봄이 초췌하네	客中憔悴一年春
지금 병으로 죽은 사람이 이미 대여섯 명이니	如今病歿已五六
바로 운남에 도달한들 몇 명이나 남을까	直到雲南餘幾人[64]

시제에 나타나 있듯이 유배 여정에 죽은 사람들을 애도하는 시이다.
그 사람들은 아마도 김구용을 압송하는 일에 참여하고 있는 하급 군인들
이거나 인부들일지도 모른다. 어찌됐던 처음 유배의 여정에 참여했던 사
람들 중에 지금 죽은 사람이 벌써 5·6인이나 되니, 이러한 상태로 유배
지인 운남까지 간다한들 몇 명이나 살아남겠느냐는 것이 척약재의 걱정
이다. 이것은 척약재 자신조차도 어쩌면 유배지까지 가기도 전에 병들어
죽을지 모른다는 두려움과 근심에서 나온 말이기도 하다. 옛사람들이
"시를 통해 조짐을 알 수 있다"[65]라고 했던가? 척약재는 자신이 시에서
걱정한 대로 적소謫所에 채 이르기도 전에 병사하고 말았던 것이다. 시인
의 이러한 근심과 걱정은 '처완'한 심정으로 발전한다.

오월의 강촌에서 한선의 울음을 듣고	江村五月聽寒蟬
뱃속에서 놀라 일어났다가는 종일토록 잔다네	驚起舟中盡日眠

---

64) 「悼亡」, 『惕若齋學吟集』 卷下.
65) 소위 詩讖에 대한 글은 여러 시화집에서 언급되어 있으니, 예를 들어 洪萬宗의 『小華詩
評』, 李睟光의 『芝峯類說』, 李濟臣의 『淸江詩話』 등을 들 수 있겠다.

본래 타향에서는 감개함이 많은 것이니	自是異鄕多感慨
원래 제철의 물건이 아니어서 처연하게 만드네	元非節物使悽然[66]

1384년 5월의 어느 날에 지어진 시이다. 척약재가 사천성 노주에서 병사한 것이 그해 7월 11일이었으니, 대략 죽기 두 달 전의 작품이다. 뭔가 모르게 시에서 느껴지는 분위기가 그전의 시들보다도 더욱 어둡고 답답하기까지 하다. 시인은 뱃속에 누워 있으면서 들려오는 매미 소리에 깜짝 놀라 일어난다. 그리고는 "본래 타향에서는 감개함이 많은 것이니/ 원래 제철의 물건이 아니어서 처연하게 만드네"라고 자위한다. 이 말은 곧 객지를 여행하면 작은 사물에도 느낌이 많아지는 법인데, 가을이 되어 더 이상 울지 않아야 하는 한선寒蟬이 울어서 깜짝 놀랐다는 것이다. 제1구에 쓰인 "한선"은 본래 가을철이 되어 추위를 느끼고 더 이상 울지 않는 매미를 가리키는 말이다. 그런데 이 시의 제1구에서 "오월의 강촌"이라고 하고 또 "한선"이라 말한 것은 무엇 때문일까? 5월은 분명 한여름철이 맞지만, 시인이 가고 있는 땅이 워낙 고산준령의 험한 땅이어서 가을이 일찍 찾아왔을 수도 있을 것이다. 어쨌든 이 시는 척약재가 지금 별 것 아닌 소리에도 깜짝깜짝 놀랄 정도로, 극도로 예민해져 있음을 보여주고 있다. 그리고 그 시인의 예민함은 근원적으로는 다가오는 죽음에 대한 불안감과 연결되어 있다. 시인은 어쩌면 머지않아 죽게 될 자신의 처지를 예지하고, 가을이 되면 사라질 매미에게 자신을 비유했는지도 모르겠다. 그리고 그 매미가 자신을 "처연하게 만든"다고 함으로써 시의 의경을 애상·비개하게 만들고 품격을 처완하게 해 준다.[67] 애상哀傷·비개悲慨한

---

66) 「蟬」, 『惕若齋學吟集』 卷下.

67) 사실 哀傷·悲慨한 의경과 悽惋한 품격은 매우 밀접한 관련이 있다. 悽惋은 哀怨·哀傷한 시의 品格이다. 司空圖의 『二十四詩品』 중 19번째의 品格이 悲慨인데, 이는 悽惋과 같은 계열의 詩品이다. 『詩品集解』 「淺解」에서는 悲慨를, "悲痛하고 慨歎스러운 것이다."라

의경과 처완悽惋한 품격은 대체로 유배시에서 흔히 나타나는 미적 특질이
다. 가령 도은 이숭인의 다음 시를 살펴보자.

비파로 한곡조 정과정곡 타니	琵琶一曲鄭過庭
남은 소리 처연하여 차마 못 듣겠네	遺響凄然不忍聽
생각해보니 예나 지금이나 한이 많아	俯仰古今多少恨
성근 비 속에서 주렴 내리고 이소경離騷經을 읽네	滿簾踈雨讀騷經(68)

이 시는 고려 예종 때 동래東萊에 귀양 가 살면서 임금을 연모하여 지
었다는 정서鄭敍의 「정과정곡鄭瓜亭曲」을 생각하며 쓴 것이다. 『동시화東詩
話』에서는 이 시를 '처원가송悽怨可誦'이라고 평하였다. 명나라의 이동양李東
陽은 『유장경집劉長卿集』을 평하기를, "처완청절悽惋淸切하여 나그네와 원망
에 찬 사람의 생각을 다 드러내었다."고 하였는데, 이는 여러 차례에 걸
쳐 폄적貶謫을 당한 유장경劉長卿의 삶과 무관치 않다. 위의 도은시 역시
귀양살이 도중에 지은 것이기에 처완한 품격을 이루게 되었다. 특히 결구
에서 처완한 품격의 대표적인 작품인 굴원屈原의 「이소경離騷經」을 읽는다
고 함으로써, 이 시의 처연凄然한 분위기를 마무리 짓고 있다. 이상에서
살펴본 굴원의 「이소경」, 정서의 「정과정곡」, 이숭인의 시들은 모두 유배
기에 지어진 것으로, 유배문학의 대표적인 작품들이다. 이처럼 애상·비
개한 의경과 처완한 품격은 유배시가 가지는 미적 특질이라고 할 수 있

고 풀이하였다. 曺伸의 『謏聞鎖錄』에서는 목은 이색의 시 「寄省郞諸兄」을 인용하면서 牧
隱이 晩年에 정치적으로 매우 불우하여 長湍, 咸昌, 衿川, 驪興 등지로 流配를 당하고 떠
돌았는데, 인용 시는 牧隱이 가장 불우했던 시절의 작품으로 悽惋한 品格에 해당된다고
설명하고 있다. 요컨대 목은의 인용 시는 인생에서 불우했던 유배시절에 겪은 좌절감을
哀切하고 悲痛하게 그린 것이다. 悽惋한 品格은, 이같이 시인의 슬픔과 한탄을 표현한
哀傷·悲慨한 意境을 바탕으로 하는 시에서 나타난다고 할 수 있겠다.
68) 「秋日雨中有感」, 『陶隱集』 卷3.

다. 그리고 이러한 애상·비개한 의경은 때로는 시인을 극단적으로 허무하게도 만든다.

세상일은 모두 운명으로 말미암지만	世事皆由命
뒤집어 생각하면 모두 헛되다네	翻思摠是虛
새옹은 참으로 말을 잃은 것이요	塞翁眞失馬
장자가 어찌 물고기를 알겠는가	莊叟豈知魚
천 리를 가야 할 신발에 밀랍을 칠하지 못하고	未蠟千山屨
만 리를 떠날 수레를 꾸미기가 어렵네	難巾萬里車
성인께서도 도리어 횡액이 있었으니	聖人還有厄
진·채에서의 횡액을 없애지 못하였네	陳蔡不能除[69]

이제 시인은 "세상일은 모두 운명으로 말미암지만/ 뒤집어 생각하면 모두 헛되다네"라고 극단적인 허무감을 표출한다. 세상을 이처럼 허무한 관점에서 바라보면 모든 것이 허무한 것이다. 그리고 이러한 허무는 기존의 사고방식에 대한 부정을 가져온다. 누구나 '새옹지마'의 노인이 잃어버린 말로 인해 아들이 전장에 끌려가지 않고 살게 된 것을 행운으로 여기지만, 척약재는 "새옹은 참으로 말을 잃은 것이요"라고 결론짓는다. 또 제4구는 장자가 혜자惠子와의 논쟁에서 "'자네가 나에게 어찌 물고기의 즐거움을 알겠는가?'라고 말한 것은, 이미 내가 그것을 안다고 여겨서 물은 것이네"라는 장자의 발언에 대한 부정이다. 이것은 척약재가 지금 허무에 빠져 있고, 기존의 질서와 가치에 대해 철저히 부정하는 태도를 견지하고 있음을 말해준다. 이러한 허무는 앞날에 대한 불안감에서 출발하는 것으로, 결과적으로 시의 의경을 더욱 애상적으로 만들어주고 그로 인해 시의 품격은 처완해지는 것이다. 다음 시에는 앞날에 대한 두려움과

---

69) 「遣興」, 『惕若齋學吟集』 卷下.

죽음에 대한 공포, 그리고 허무의 감정까지, 이 모든 시인의 정서가 겉으로 드러나지 않고 잔잔하게 녹아 있다.

황학루 앞에는 물결이 솟구치는데	黃鶴樓前水湧波
강가를 따라 늘어선 주렴과 장막은 몇 천 집인가	沿江簾幕幾千家
돈을 거두어 술을 사서 회포를 푸니	釀錢沽酒開懷抱
대별산은 푸르고 해는 이미 기울었네	大別山靑日已斜70)

허균은 『성수시화』에서 이 시를 척약재의 대표작으로 소개하고 있을 정도로 널리 알려진 작품이다. 어떻게 보면 단순히 황학루 앞의 주점에서 여러 일행들과 함께 술을 나눠먹고 회포를 푼 시로 읽을 수도 있지만, 그렇다면 허균이 이 시를 그렇게 높게 평가했던 이유가 없을 것이다. 필자는 이 시의 매력을 제4구로 본다. 유배 도중 거나하게 한잔 술로 회포를 풀고 바라본 푸르른 산과 이와는 전혀 대조적인 황혼의 붉은 노을, 그리고 취기로 상기된 시인의 검붉은 얼굴빛은 유배지의 고독과 쓸쓸함이 진하게 묻어 있다. 시에는 '고독'이나 '슬픔' 따위의 시어가 전혀 쓰이지 않았지만, 그 어떤 시보다 시의 의경을 애상·비개하게 하여 독자로 하여금 애상감을 느끼도록 만들어 주고 있다. 처완한 품격의 시가 지닐 수 있는 비장미를 보여주고 있다고 여겨진다.

② 복재 시의 경우

정총의 문집인 『복재집』71)에는 모두 150제 170여 수의 시가 실려 있

---

70) 「武昌」, 『惕若齋學吟集』 卷下.

71) 본고에서 저본으로 삼은 『復齋集』은 1585년 원주에서 간행된 중간본으로, 2권 2책의 목판본이다. 상권에는 詩가 하권에는 文이 실려 있는데, 詩體별로는 칠언절구가 60여 제로 가장 많으며 칠언율시와 오언율시가 각기 30~40수이고 그 외에 약간의 오언절구·칠언배율·사언시로 이루어져 있다.

는데, 본고에서 대상으로 삼은 유배시는 10수 정도이다. 명의 수도인 남경에 도착한 후 쓴, 즉 사행의 초기에 지어진 시는 대체로 천자의 덕을 칭송하고 황도皇都의 아름다움을 찬양하는 여타의 다른 연행시들과 별반 다름이 없다.

달빛은 고을의 밤안개에 기대어 있는데 月倚觚稜宿霧收
향긋한 이슬방울 살구나무 가지 끝에 맺혀 있네 露華香滴杏梢頭
군왕은 새벽 일찍 금란전에 앉아 계시는데 君王曉坐金鑾殿
만국의 벼슬아치 면류관에 배례하네 萬國衣冠拜冕旒[72]

남경의 봉천전奉天殿에서 보았던 화려하고도 장엄한 풍경을 중국 시인들의 명구名句를 집구集句하여 지은 시이다. 제1·2구의 "달빛"·"밤안개"·"살구나무" 등은 3·4구의 분위기를 화려하고 신비롭게 해주는 촉매 역할을 한다. 이 시의 중심은 역시 3·4구인데, 이른 새벽부터 금란전金鑾殿에 도열해 있는 신료들의 모습이 장엄하고 전아하다. 하지만 전술했다시피 명태조 주원장이 조선 사신들이 가지고 온 표전문을 문제 삼으며, 사신들을 구류하고 조선 조정에 표전문을 지은 사람을 압송하라고 요구한 사태가 일어난 뒤에 지어진 시부터는 분위기가 사뭇 달라진다. 다음 시는 정총이 남경에 오랫동안 억류되어 있으면서 지은 시이다.

복사꽃 다 떨어지고 버들개지 흩날리며 桃花落盡柳花飛
제비는 날아오기 시작했는데 나그네는 돌아가지 못하네 燕子初來客未歸
그 누가 말했는가 금릉이 아름다운 땅이라고 誰道金陵佳麗地
어버이 생각에 매일같이 눈물로 옷을 적신다 思親無日不沾衣[73]

---

72) 「宮詞集句, 想奉天殿作」, 『復齋集』 卷上.
73) 「金陵卽事」, 『復齋集』 卷上.

정총이 사행을 떠난 것이 1395년 11월이었고, 그 후 1년여 동안 금릉[南京]에 구류되었다가 1397년에 운남 유배도중 사망하였으니, 이 시는 아마도 1396년이나 혹은 1397년 어느 봄날에 지어졌을 것이다. 시인은 때가 되면 복사꽃도 떨어지고 강남 갔던 제비도 다시 돌아오는데, 유독 나그네 된 자신만이 고국으로 돌아가지 못하고 있다고 탄식한다. 그래서 그는 "금릉이 아름다운 땅이라"는 세상 사람들의 말을 믿을 수 없다. 시인에게 있어서 금릉은 매일같이 부모님과 가족 생각으로 눈물짓게 만드는 시련의 땅이요 아픔의 땅일 뿐이다. 다음 시에는 가족에 대한 그리움이 더욱 구체적으로 드러나 있다.

<table>
<tr><td>관서 땅의 한두 아이는 이해하겠지</td><td>解道關西一兩兒</td></tr>
<tr><td>돌아가는 늙은이가 복재의 시부터 전해주는 까닭을</td><td>復翁先傳復齋詩</td></tr>
<tr><td>아이는 죽마 타고 문밖에서 기다리다가</td><td>家童竹馬候門外</td></tr>
<tr><td>애비의 늦은 귀가를 응당 괴이히 여기겠지</td><td>應怪乃翁歸太遲[74)</td></tr>
</table>

복재는 고향의 가족들에게 소식을 전하기 위해 먼저 귀국하는 인편을 통해서 시를 전해 달라고 부탁하였던 것 같다. 아마도 그 인편은 함께 구류되었다가 1396년 11월에 먼저 고국으로 돌아간 유구와 정신의 일행일 수도 있고, 아니면 또 다른 어떤 사신일 수도 있다. 그러면서 그는 집에 두고 온 어린 자식을 생각한다. 집을 떠나온 지 수개월이 지났지만, 왠지 아이가 문밖에서 죽마를 타며 아직도 자신을 기다리고 있을 것 같은 생각이 든다. 생각이 이에 이르자, 그 아이가 애비의 너무나 늦어버린 귀가를 괴이히 여기면 어떡하나라는 걱정이 생기기까지 한다. 특히 3·4구는 시적 표현이 너무나 회화적이다. 마치 영화나 드라마의 한 장면을 보는

---

74) 「金陵卽事」, 『復齋集』 卷上.

듯하다. 그리고 그 화면은 지극히 정적으로 멈춰져 있다. 카메라의 앵글은 죽마를 타고 있거나, 또는 우두커니 서 있는 어린아이의 덤덤한 눈빛에 고정되어 있다. 정총 역시 그러한 아이의 모습을 머릿속으로 그려가면서 이 시를 썼을 것이다. 이 시에 사용되고 있는 이러한 보여주기 기법은 '그리움' 같은 단어를 한 마디도 쓰지 않았지만, 정총의 유배를 통해 단란했던 가족이 겪게 되는 고난의 모습을 보여줌으로써, 독자에게 무한한 슬픔과 동시에 감동을 안겨준다. 그리고 그것은 이 시가 애상·비개의 의경을 통해 비장미라는 미학적 성과를 거두었음을 말해주는 것이기도 하다.

벼슬살이에 얽매인 생각은 온통 슬프기만 하고	宦情羈思共悽悽
질펀한 요동 벌판에 떨어지는 해는 뉘엿뉘엿	遼野漫漫落日遲
서북쪽의 하늘은 창해와 더불어 광활하고	西北天兼滄海闊
동남쪽의 산은 흰구름과 더불어 나란하네	東南山與白雲齊
고향 땅 소식 전할 기러기는 오지 않고	故園音信無來雁
나그네 행장엔 단지 상심한 나귀만	遊子行裝秪寒驢75)

이 시는 운남 유배중에 쓴 것은 아니고 명으로 사행을 가던 도중에 요동을 지나며 쓴 것으로 보인다. 지금 시인은 광활한 요동벌판에 뉘엿뉘엿 지는 해를 바라보며 큰 슬픔에 빠져 있다. 시인을 이처럼 슬픔에 빠뜨린 원인은 근본적으로는 벼슬에 얽매인 생각 때문이기도 하지만, 보다 직접적인 이유는 고향에 대한 그리움과 나그네로서 느끼는 객창감 때문이다. 그러면서 시인은 상처받은 자신의 영혼을 표현하여 "나그네 행장엔 단지 상심한 나귀만"이라고 말하고 있다. 여기에서 쓰인 "한려寒驢"라는 시어는 일반적으로 "건려蹇驢"와 더불어 자아의 상실감을 표현할

---

75) 「遼東途中」, 『復齋集』卷上.

때 쓰는 말이다. 그렇다. 지금 시인은 상한 가슴을 움켜잡은 "한려"요 바로 걷지 못하고 다리를 절 수밖에 없는 "건려"인 것이다. 시인의 이 같은 불안하고도 쓸쓸한 자의식은 또한 시적 의경을 애상·비개하게 만드는 주요한 원인이라고 할 수 있다. 다음 인용 시는 김약항의 것이다.

여관은 어찌 그리 쓸쓸한고 　旅舘何寥落
풍연으로 들밖이 침침하다 　風烟野外昏
객지에 회포가 사나우니 　客中懷抱惡
베개 위에 꿈만 어수선하네 　枕上夢魂翻
땅이 궁벽하니 사는 백성이 적고 　地僻居民少
해가 기우니 새들만 지저귀네 　日斜飛鳥喧
타향에 봄이 적적하니 　異鄕春寂寂
온갖 근심에 홀로 난간에 기대었노라 　百慮獨憑軒76)

이 시 역시 중국에서 유배를 가는 중에 쓴 것은 아니고, 김약항이 1496년 2월 명 태조의 부름에 의해 중국으로 가는 도중 평안도 안주관安州舘에 이르러 쓴 시이다. 지금 시인의 심정을 한마디로 요약하면 "온갖 근심[百慮]"이라고 할 수 있다. 그도 그럴 수밖에 없는 것이 명나라에 억류되어 있는 정총·유구·정신의 일행을 도우러 가는 매우 어렵고도 위험한 사행 길이기 때문이다. 그래서 시인은 "객지에 회포가 사나우니/ 베개 위에 꿈만 어수선하네"라고 말한다. 시인으로 하여금 베갯머리의 꿈을 어수선하게 만든 그 객지의 회포라는 것은 바로 위에서 말한 "온갖 근심"이다. 시인의 심정이 이와 같기에 그가 묵는 여관은 "쓸쓸하고", 아름다운 봄날조차도 "적적"할 수밖에 없는 것이다. 유배시의 애상·비개한 의경은 바로 온갖 근심으로부터 파생되는 이러한 쓸쓸함과 적적함에

---

76) 李肯翊, 『燃藜室記述』 권2, 「太祖朝故事本末」, <太祖朝名臣>.

기인한다.

이상으로 유배시의 의경과 품격을 고찰해 보았다. 물론 본고에서 다룬 척약재와 복재의 유배시 이외에 조선조의 많은 연행시편에서도 이러한 의경과 품격을 찾을 수도 있을 것이다. 하지만 본고에서 특히 척약재와 복재의 시편을 주목한 이유는 그들의 처한 상황이 조선시대의 일반적인 사행단과는 전혀 다른 것이었기 때문이다. 실제로 결국 그들은 영영 고국으로 돌아오지 못한 채, 먼 이국땅에서 쓸쓸하게 죽어간 불귀의 몸이 돼 버리고 말았다. 바로 이 점이 다른 연행시에서 상투적으로 반복하여 말하는 외로움이나 그리움, 여행의 어려움과는 근본적으로 다른 이유인 것이요, 척약재나 복재시의 의경과 그 미학적 의미를 높여주는 원동력이 되었던 것이다.

4. 결어

자기의 실수나 잘못으로 인해 야기된 것이 아니라, 전혀 예상치 못했던 뜻밖의 고난을 만나게 되었을 때, 더구나 그 고난이 사지로 가는 형극의 길이고, 또 그에 맞서 저항할 수 있는 아무런 힘도 자신에게 없다면, 그 인간은 얼마나 비극적인가!

김구용과 정총은 각각 고려말 조선초의 복잡하고 불안한 대외 정세 속에서 명나라에 사행을 떠났다가, 중국 황제에 의해 현지에서 유배를 당하고, 적소로 가는 도중에 죽음을 맞이하였다. 그들의 인생은 마치 드라마의 주인공처럼 비극적이다. 가장 두렵고, 가장 고독하고, 가장 절박한 상황에서 그들은 모두 시를 썼다. 때문에 그들의 유배시에는 때로는 비장감이 흐르고, 때로는 긴박하며, 또 때로는 너무나 슬퍼서 오히려 아름답기까지 하다. 그들에게는 거대한 세계에 맞서 대항할 조그만 힘조차 없었다. 그래서 그들은, 산새조차 길을 잃는다는 운남의 험산준령에서 고국을 바라보며 시를 쓴다. 그들에게 있어서 시 쓰기는, 어쩌면, 자신의 존재를 확인하고 삶을 지탱하게 해주는 유일한 끈이요 희망이었는지도 모르겠다. 역설적이게도 그들의 유배시에 나타난 이러한 비극성 또는 비장미가 그들의 시를 읽히게 만든다. 척약재의 경우 현전하는 그의 시 500여 수 중에서 운남 유배기에 창작된 시는 45수 남짓인데, 그 유배시야말로 김구용의 시인으로서의 면모를 유감없이 보여주는 것이라 생각된다.

본고에서는 여말선초라는 비슷한 시기에, 운남성이라는 비슷한 지역에 유배당한 두 명의 시인을 중심으로 그들의 유배경위와 당시 국내외의 상황, 이와 직·간접적으로 관계된 인물들, 그리고 이들의 중국 유배와 죽음으로 인해 남겨진 가족들의 고통을 살펴보았고, 또 그들이 남긴 유배시의 미적 특질을 고구考究하였다. 일찍이 조선 중종 때 기묘사화己卯士禍의 화를 입고 36세의 나이로 생을 마친 충암沖庵 김정金淨은 제주도 쓸쓸한 유배지에서 다음과 같은 처절한 시구를 남긴 바 있다. "천석고황泉石膏肓의 병을 함께 앓는 나그네/ 하늘과 땅 사이를 떠도는 부평초 같은 신세로다/ 성긴 빗속에서 꺼져가는 등불은 차갑기만 한데/ 술잔을 드니 멀리 바닷소리만 들리는구나" 제주도 황량한 어촌에 불어대는 바닷바람 소리와 파도 소리, 그리고 창밖에서 들리는 빗소리가 귀에 생생하다. 시인이 마시는 한잔 술에는 그의 외로움과 슬픔이 녹아 있었을 터이다. 잘 지어진 유배시에서 느낄 수 있는 이 같은 비장미·비개미야말로 유배시의 의미를 높여주는 최대의 미학적 성과이다. 기회가 된다면 유배지라는 제한된 공간에서 시인의 원초적 비극성을 잘 형상화한 여타 시인들의 유배시들도 분석해 보고 싶다. 이는 차후의 과제로 남긴다.

척약재 김구용의 여흥 유배시

1. 문제제기

　지금까지 고려시대의 한시연구는 이규보를 비롯하여 익재 이제현, 목은 이색 등 소수의 몇몇 시인들에 치우친 감이 없지 않았다. 그러나 근래에 이르러서는 좀더 다양한 여러 작가들에게로 연구의 폭이 점차 확장되어 가고 있다.

　척약재 김구용(1338~1384)도 1990년대 중반에서야 본격적인 연구가 이루어지고 있다.1) 현재 전하여지는 척약재의 시는 대략 540수이다.2) 그중

---

1) 필자가 조사한 바 현재까지 이루어진 惕若齋 관련 연구 성과는 다음과 같다. 유성준, 「척약재 김구용의 생애와 시」, 『한국한문학 연구』 5, 1981; 임종욱, 「김구용의 시문학론」, 동국대학교 석사학위논문, 1990; 성범중, 「척약재 김구용의 운남유배시 연구」, 『울산어문논집』 10, 1995; 성범중, 「척약재 김구용의 한시연구」, 『한국한시작가연구』 2, 1996; 성범중, 『척약재 김구용의 문학세계』, 울산대학교출판부, 1997; 김진경, 「척약재 김구용의 시세계 연구」, 고려대학교 석사학위논문, 1996; 김진경, 「김구용 시의 현실인식과 풍격」, 『한국한시연구』 5, 1997.

2) 金九容의 文集인 『惕若齋學吟集』은 1973년에 성균관대학교 대동문화연구원에서 간행한

척약재가 1375년부터 1381년까지 여흥에 유배 가 있을 동안에 쓴 시는 190수 가량이다.3)

척약재 시의 전체적인 모습을 살펴보면, 첫째 청운의 꿈을 품고 처음 환로에 올랐을 때의 시, 둘째 중국에 사행 간 기간에 쓴 시, 셋째 여흥유배기의 시, 넷째 재등용되어 관직에 있으며 쓴 시, 다섯째 운남유배 도중 숙소에서 객사하기까지 쓴 시 등 다섯 가지로 나눠볼 수 있다. 이 중 본고에서 다루고자 하는 것은 여흥 유배기의 시이다.

여흥 유배중 시인은 정치적 포부를 펼칠 수 없는 자기의 불우한 처지로 인해 계속 갈등하고 고뇌하였다. 이 시기에 쓰인 시 중 상당수의 작품이 유배지의 자연공간을 다룬 산수시山水詩이다. 척약재는 여흥의 자연을 통해서 위로를 받으며 삶에 대한 의지와 꿈을 유지할 수 있었다. 그러나 자연의 위로가 모든 것을 덮어줄 수는 없었다. 척약재는 자기의 불우한 처지로 인해 계속 갈등하고 고뇌하였다. 요컨대 그의 몸은 아름다운 여흥의 산수 속에 있었지만, 그의 마음은 서울의 조정에 가 있었다.

이에 필자는 첫째, 척약재가 여흥의 자연을 바라보는 태도를 통해 척약재 유배시에 나타난 자연의 의미와 여러 양상을 살피고자 하였다. 둘째, 유배라는 현실적 제약과 그로 인한 갈등과 고뇌가 어떤 모습으로 시에 나타나 있는지에 주목하며 본고를 작성하였다. 시 분석에 앞서 먼저 척약재가 여흥유배를 가게 된 경위에 대해 살펴보기로 하자.

『高麗名賢集』 4卷에 실려 있다. 그 후 민족문화추진회에서 발간한 『韓國文集叢刊』 6卷에도 들어가 있다. 惕若齋의 詩는 그의 文集인 『惕若齋學吟集』 외에도 『東文選』과 『新增東國輿地勝覽』 및 同時代의 다른 이들의 文集, 예를 들면 惕若齋와 가장 교유가 활발했던 李集의 『遁村雜詠』 등에도 실려 있다. 또, 後代에 나온 각종 詩選集이나 詩話集에도 惕若齋의 詩가 실려 있으나 대부분 『惕若齋學吟集』의 내용과 일치된다.

3) 『惕若齋學吟集』은 대략 金九容이 詩를 쓴 순서대로 짜여져 있다. 詩의 내용을 생각해볼 때 『韓國文集叢刊』 6卷 所在 『惕若齋學吟集』 卷上 20면부터 卷下 36면까지를 驪興流配期에 지어진 詩라고 볼 수 있다.

신우辛禑 원년(1375)에 삼사좌윤三司左尹이 되었는데 이때에 북원北元이 사자를 보내 말하기를, "伯顔帖木兒王(恭愍王)이 우리를 배반하고 명나라에 돌아가므로 너희 나라가 왕을 시해한 죄를 사면한다." 하니 이인임李仁任·지윤池奫이 그를 맞이하고자 하거늘 김구용은 이숭인·정도전·권근 등과 더불어 도당都堂에 상서上書하기를, "만약 이 사신을 맞이하면 한 나라의 신민이 모두 난적의 죄에 빠질 것이니 훗날 무슨 면목으로 현릉(恭愍王)을 지하에서 뵙겠는가?" 하니 경복흥·이인임이 그 글을 물리치고 받지 않았다. 간관諫官 이첨李詹·전백영全伯英 등이 상소하여 이인임의 죄를 논하고 그를 죽이기를 청하니 이인임이 간관을 장류杖流하고 또 김구용·이숭인 등이 자기를 모해한다 하여 함께 유배보냈다. 김구용은 죽주竹州에 유배되었다가 얼마 후 여흥으로 옮기니, 강호에 방랑하여 매일 시주로써 자락하고 그 거소에 '육우당六友堂'이라는 편액扁額을 달았다.[4]

위의 기록을 보면 공민왕이 원나라를 멀리하고 명나라를 가까이하다 시해당하자, 당시 권력을 쥐고 있던 이인임 일파는 원의 사신을 맞이하려 하였고, 김구용은 이숭인, 정도전, 권근 등과 함께 그 불가함을 상소하다 유배 가게 되었다. 즉, 그의 유배는 공민왕 사후에도 친명정책을 일관적으로 유지하려 했던 김구용 등 신흥사대부들의 정치적 패배에 기인한 것이었다.

김구용은 1375년 유배 이후 1381년 좌사의대부가 되어 해배되기까지 약 7년 동안 자신이 성장했던 모향母鄕인 여흥에서 유배생활을 한다.[5] 그

---

4) "辛禑元年, 拜三司左尹, 時北元遣使來曰, 伯顔帖木兒王, 背我歸明, 故赦爾國弑王之罪. 李仁任, 池奫欲迎之, 九容與李崇仁鄭道傳權近等, 上書都堂曰, 若迎此使, 一國臣民, 皆陷亂賊之罪, 他日何面目, 見玄陵於地下乎? 慶復興仁任却其書不受, 諫官李詹全伯英等, 疏論仁任罪, 請誅之, 仁任杖流諫官, 又以九容崇仁等, 謀害己, 並流之. 九容竄竹州, 尋移驪興放跡江湖, 日以詩酒自娛, 扁其所居曰六友堂."(『高麗史』 卷104,「列傳」 卷17)

5) 『高麗史』 및 惕若齋의 아들 金明理가 쓴「先君惕若齋世係行事要略」에 의하면 惕若齋는 1375年 7月에 竹州(지금의 경기도 안성군 이죽면 죽산리)로 流配되었다가 얼마 지나지 않아 母鄕인 驪興(지금의 경기도 여주)으로 옮긴 것으로 되어 있다.

는 유배생활을 거의 매일같이 술을 마시고 시를 쓰는 것으로 보내었다.
이제 그의 시를 살펴보기로 하자.

2. 유배기 시의 두 양상

(1) 자연에 대한 관심

옛 사대부들은 관직에 있으면서도 틈만 나면 으레 '귀거래歸去來'를 이
야기했다. 김구용 역시 관직에 있으면서도 고향에 돌아가기를 소망했다.
그러던 그가 비록 타의에 의한 유배생활이지만, 고향에 돌아오게 되었다.
척약재는 여흥유배 기간중 자기가 거처하는 집에 '육우당'이란 편액을
달고 '여강어우驪江漁友'라 자호하며 7년을 보냈다.6) 여기서 '육우'란 송나
라의 철학자 소옹邵雍이 말한 '사우四友'(雪·月·風·花)에 강과 산을 더한
것이다.7)
척약재는 육우당에 거처하면서 자연을 벗 삼으며 시를 쓰게 되었다.
그래서 이 기간의 그의 시는 자연친화적 성격이 매우 짙다. 척약재에 있
어서 유배지의 자연은 고독과 괴로움으로부터 벗어날 수 있는 기쁨이었
다. 유배생활 동안 여흥의 자연은 척약재의 친구가 되어 시인을 위로하였
다. 이제 그 자연이 어떤 모습으로 시로써 형상화되는지 살펴보기로 하겠

---

6) 鄭道傳,「惕若齋學吟集序」,『惕若齋學吟集』. "例徙居母鄉驪興郡, 自號驪江漁友, 扁其所居堂曰
六友, 以樂四時之景凡七年."
7) 惕若齋가 자기가 거처하는 집을 '六友堂'이라 한 내력은 李穡이 쓴 「六友堂記」에 자세히
설명되어 있다. 참고로 살펴보면 다음과 같다. 李穡,「六友堂記」,『牧隱藁』. "其在驪興也,
以書來曰, 今之在吾母家也, 江山之勝, 慰吾於朝夕, 非獨雪月風花而已. 故益之以江山曰六友, 先
生其有以敎之."

다. 다음 시를 보자.

버들 그늘 단풍 그림자 낀 강에 가을 그윽한데	柳陰楓影滿江秋
한 곡조 어부가漁父歌 일엽편주에서 울려퍼지네	一曲漁歌一葉舟
낚시를 마치고 돌아와도 인적은 적막해	釣罷歸來人寂寞
달 밝은 밤에 오히려 갈매기 모래톱에서 자네	月明還宿白鷗洲[8]

유배기간 동안 척약재가 가장 즐겨하던 것 중의 하나가 낚시질이었다. 단풍이 짙게 물든 가을강에 일엽편주를 띄우고 하루종일 낚시질을 한다. 낚시를 하다 심심하면 '여강어우'란 자호답게 한 곡조 어부가를 불러댄다. 저녁이 되어 낚시를 마치고 돌아와도 그를 맞아줄 사람은 아무도 없다. 오직 밝은 달만이 그의 곁에서 친구가 되어 줄 뿐이다. 그는 집에 들어가지 않고 여강의 강가에 있는 여강루에서 잠을 잔다.

이 시에서 흥미로운 것은 제2구의 '漁歌'와 제3구의 '寂寞'이다. 아무도 없는 적막한 가을강에 울려 퍼지는 어부가는 고요함을 깨뜨린다기보다는 쓸쓸한 가을강의 분위기와 오묘한 조화를 이루어낸다. 시인은 자연의 일부가 되어 자연 속에 깊이 들어가 있다. 다음 시에는 세속의 부귀영화를 벗어버리고 자연과 만나는 시인의 모습이 나타나 있다.

일찍이 갈매기와 바닷가에서 늙기로 맹세했더니	早與鷗盟老海天
한평생의 행동거지가 더욱 표연해진다	一生行止更飄然
공명과 부귀는 모두 부질없는 일이라	功名富貴渾閑事
버리고 나니 허물 벗은 매미와 같네	棄置會同脫殼蟬[9]

---

8) 「寄朴諫議」, 『惕若齋學吟集』 卷上 25면(이하 본고에서 인용하는 척약재의 시는 모두 민족문화추진회에서 발행한 『한국문집총간』 권6 소재 『惕若齋學吟集』의 面數임).

9) 「三陟沈中書以詩見寄次韻奉呈」, 『惕若齋學吟集』 卷上 22면.

유배지의 자연 속에서 사는 시인에게 세속의 부귀공명은 한갓 매미의 허물과 같은 것일 뿐이다. 세속의 껍데기를 벗어버리고 자연 속에서 살아갈 때 인간의 행동거지는 더욱 자유스러워진다.

세상에서 우리를 얽어매고 있는 모든 가식과 영욕을 벗어버리고 마치 허물 벗은 매미와 같이 되었을 때 인간은 자연과 만나게 된다. 척약재는 이러한 자연과의 만남을 통해 유배생활의 고독과 괴로움을 일시적으로나마 잊을 수 있었다. 단조로운 유배생활의 일상이 지루해질 때 척약재는 깊은 산속의 암자를 찾는다. 일상의 단조로움을 자연에서 극복하려는 것이다.

덤불 헤치며 길 찾아 단암을 방문하니	披蓁覓路訪丹崿
송죽 그늘 속에 한 채의 조그만 암자	松竹陰中一小菴
삼일을 머물러도 오히려 부족하니	三日留連猶未足
꿈속의 혼도 응당 푸르른 산기운에 둘러 있네	夢魂應繞翠烟嵐[10]

시제詩題의 단암이 어떤 인물인지는 확실치 않다. 덤불을 헤치며 산길을 찾아 나서야 할 정도로 그는 깊은 산속에 산다. 소나무 숲속의 조그만 암자는 온통 푸르른 남기嵐氣에 둘러싸여 있다. 하지만 이곳은 삼일동안 머물러도 지겹지 않을 정도로 새롭고도 신선한 휴식처이다. 그것은 물론 단암이라는 인물을 대하는 기쁨 때문이기도 하지만, 새로운 자연공간을 만나 안식하는 즐거움 때문이기도 하다. 척약재는 또 종종 깊은 산속의 절간을 찾기도 하였다. 다음의 짧은 오언절구에는 세속을 초월한 경지가 극적으로 형상화되어 있다.

---

10) 「呈丹崿」, 『惕若齋學吟集』 卷上 23면.

산꼭대기 절간은 조그마한데	山頂招提小
창밖으로 구름 흘러가는 방안에서 하룻밤 자네	雲窓一夜眠
달은 밝고 종소리 풍경風磬소리도 끊어지니	月明鐘磬絶
몸과 세상이 둘 다 아득해지네	身世兩茫然[11]

절은 산꼭대기에 있어서 창밖으로 구름의 흐름이 보일 정도이다. 위치가 높은 만큼 밤하늘의 달과 별도 가깝게 느껴질 것이다. 사방이 칠흑같이 어두울수록 달은 그만큼 밝게 빛나기 마련이다. 밤이 되어 종도 울리지 않는 고요의 시간에 바람마저 불지 않아 풍경소리도 들리지 않는다. 이 무서운 침묵과 정적의 세계에서 시인은 세상만사가 아득히 잊혀짐을 깨달을 뿐 아니라, 자기 자신의 육신에게도 얽매이지 않게 된다. 제4구의 "몸과 세상이 둘 다 아득해지네"는 바로 이것을 표현한 것이다. 여흥의 자연은 유배중인 척약재에게 커다란 안식처였다. 자연과의 새로운 만남을 통해서 유배의 고통을 견뎌나갈 수 있었던 것이다.

(2) 세속에 대한 미련

척약재는 7년 동안의 유배생활 내내 세속에 대한 미련을 떨쳐버리지 못했다. 비록 사람 한 명 찾아오지 않는 자연 속에 파묻혀 지냈지만, 그는 역시 임금을 도와 국가와 백성을 위해 자신의 경륜을 펼치고자 하는 유학자였다.

말하자면 그는 몸은 산수에 들여놨지만, 마음은 서울의 조정에 가 있었고 그로 인해 유배기간 내내 끊임없이 갈등하고 괴로워했다. 세속적인 욕망은 관직에 재직하고 있을 때보다 오히려 훨씬 컸을지도 모른다. 이

---

11) 「題圓通蘭若」, 『惕若齋學吟集』 卷上 27면.

같은 경향의 시는 그 내용에 따라 다음 몇 가지로 세분해 볼 수 있다.

① 환로에 대한 미련

유배기간 중 그를 가장 괴롭혔던 것은 관직에 대한 집착이었다. 다음 시에는 청운의 꿈을 안고 처음 벼슬을 시작했던 때의 포부와 유배를 당하여 영락해 있는 처지가 잘 대비되어 있다.

어린시절에는 부지런히 고인을 사모하여	早歲孜孜慕古人
장차 유술로써 임금과 백성에게 다하려 했네	欲將儒術致君民
지금은 유락하여 강촌 속에서	如今流落江村裏
한결같이 세월에 늙은 내 몸 맡길뿐	一任光陰老我身[12]

주지하다시피 척약재는 고려후기의 명문집안이었던 안동김씨로, 그의 고조는 당시 큰 권세를 휘둘렀던 김방경이다. 뿐만 아니라 당대에 시문과 학문으로 존경을 받았던 급암 민사평이 그의 외조부였다.

이런 훌륭한 가문적 배경 속에서 성장한 그는 어려서부터 학문에 힘써 장차 유학으로 세상을 다스려보겠다는 커다란 포부를 갖고 있었다. 실제로 척약재는 1355년 나이 18세에 과거에 합격한 이래로 정몽주·박상충·이숭인 등 당대 최고의 젊은 지식인들과 함께 학문연구에 몰두하였다.

그러던 그가 1375년 나이 38세 때 유배를 당하여 7년 동안 고향 여흥의 자연 속에 파묻혀 지냈던 것이다. 꿈이 클수록 좌절감도 심한 것이어서 척약재가 7년 동안 겪었던 내적 갈등과 상처는 그의 시 곳곳에 표출되어 있다. 하지만 유자로서의 기본 바탕까지 잃은 것은 아니었다. 따라

---

12) 「漫成」, 『惕若齋學吟集』 卷上 16면.

서 그는 유자의 기본적인 목표인 '경세제민'의 꿈을 접을 수가 없었으며,
이를 실천하기 위해 관직에 계속적으로 미련을 갖게 되었다. 다음 시에는
환로에 대한 미련과 서울생활에 대한 그리움이 잘 나타나 있다.

저녁에는 달빛 비치는 강에서 낚시하고	暮釣滄江月
아침에는 구름 낀 들에서 밭을 가네	朝耕綠野雲
홀연히 서울꿈에 놀라는 것은	忽驚京輦夢
아직도 임금을 잊지 못하기 때문	猶自未忘君13)

유배지의 하루는 아침에 일어나 밭을 가는 것으로 시작하여 저녁에 낚
시질하는 것으로 끝난다. 물론 여기에서 '밭을 간다'는 것은 본격적으로
농사일을 시작했다는 의미는 아닐 것이다. 이렇게 그럭저럭 하루하루를
소일하고 있는데, 갑자기 서울 꿈을 꾸게 된다. 임금과 관직 및 서울 생
활에 미련을 갖고 있다는 것을 간접적으로 표현한 것이라 할 수 있다.

환로宦路에 대한 이러한 미련은 선정에의 다짐으로 나타난다. 선정을
위해서는 무엇보다 먼저 국가의 인재를 제대로 선발하는 것이 필수적이
다. 다음 시는 인재선발의 중요성을 말하고 있다.

상공의 어진 덕은 배휴14)와 같아서	相公賢德似裵休
밝은 시절 조정15)에서 우두머리 되었네	明日巖廊定作頭
인재를 품평하는 일 공公의 손에 들어 있으니	題品人材方入手
많은 선비들로 하여금 고향산천에 머물게 하지 마소서	莫敎多士故山留16)

---

13) 「偶題」, 『惕若齋學吟集』 卷上 22면.
14) 裵休는 唐나라 사람으로 善政을 많이 베풀었다.
15) 巖廊은 朝廷을 뜻한다.
16) 「奉答栢亭相國」, 『惕若齋學吟集』 卷上 25면.

이 시는 칠언절구로 된 3수의 연작시 중 첫째 수이다. 척약재 자신은 비록 인재를 선발할 수 있는 재상의 반열에 올라 있지 못하지만, 조정의 우두머리에게 시로써 인재선발의 중요성을 역설하고 있는 것이다.

제4구의 "많은 선비들로 하여금 고향산천에 머물게 하지 마소서"는 중의적 의미를 내포하고 있다. 즉, 실제로 당시의 젊은 인재를 빠짐없이 선발하여 고급인력이 사장되는 것을 막아달라는 것과 척약재 자신이 인재의 몸으로 쓰이지 못하고 있으니 자기를 중용해 달라는 뜻으로 볼 수 있다. 환로에 대한 미련과 아쉬움은 백성들에 대한 걱정을 통해서도 나타나 있다.

수많은 바위에 눈이 쌓이고 바람은 급히 불어대며	千巖積雪風吹緊
수많은 골짜기에 구름 겹치고 해는 더디게 뜨는구나	萬壑層雲日出遲
애석하도다, 산에 사는 백성 토착해 살면서도	可惜山民猶土着
나물국과 나물밥으로 아침의 굶주림 달래는구나	菜羹蔬飯慰朝飢[17]

이 시에는 목민관으로서의 척약재의 모습이 잘 그려져 있다. 제1구의 눈과 바람, 제2구의 구름 등은 백성들에게 시련과 좌절을 주는 요소로 설정되어 있다. 이 땅의 백성들은 아무리 열심히 농사를 지어봤자 맛있는 쌀밥과 고기를 배부르게 먹을 수 없다.

척약재는 비록 유배의 몸이지만 이러한 백성들의 실정을 이해하고 앞으로 자신이 재등용되면 바르게 고쳐 나가겠다는 마음속의 다짐을 했을 것이다.

---

17) 「松溪下院」, 『惕若齋學吟集』 卷上 23면.

② 유배의 고독과 자조

한창 자신의 뜻을 펼쳐가야 할 나이에 유배된 척약재는 그 울분을 이기지 못하고 술로 세월을 보냈다. 그는 다음과 같이 자신을 조롱하고 있다.

두 사람이 소매 맞대고 은대[18]를 걸으니	兩君連袂步銀臺
만리의 청운이 다리 밑에서 펼쳐지네	萬里靑雲脚底開
미친 서생은 때가 불우함을 우스워하며	堪笑狂生時不遇
바람 불고 달 뜬 강산에서 홀로 술잔을 드네	江山風月獨含盃[19]

척약재가 대언 벼슬을 하고 있는 김도와 안중온에게 준 시이다. 척약재는 현재 김도와 안중온과는 완전히 대조되는 처지에 놓여 있다. 자신은 영락하여 유배의 처지에 있는 반면에 그들은 조정에서 대언 벼슬을 지내며 청운의 꿈을 펼치고 있다.

이런 상황에서 척약재가 할 수 있는 일은 강산과 풍월을 벗 삼아 술을 마시는 것뿐이다. 그는 불우한 자신을 '미친 서생[狂生]'이라는 지극히 자조적인 말로 표현하고 있다. 유배생활에 적응하지 못하고 그 울분을 해결하지도 못하자 자조라는 방법을 선택하게 된 것이다. 자조는 자신을 유배 보낸 이인임 일파에 대한 간접적인 저항이라고 볼 수도 있을 것이다. 유배에 대한 안타까움과 불만으로 척약재는 정신적으로 안정을 찾지 못하고 이리저리 떠돌게 된다.

평생의 명리가 한 오라기 터럭처럼 가벼운데	百年名利一毫輕
호수와 산에 낭자한 자취 야정에 걸맞구나	浪跡湖山稱野情

---

18) 銀臺는 高麗時代에 王命의 出納을 맡은 기관을 말함.
19) 「寄金濤安仲溫兩代言」, 『惕若齋學吟集』 卷下 28면.

도리어 바람에 날리는 쑥처럼 정착할 곳 없으니	却似飄蓬無處着
북에서 오고 남에서 가며 다만 횡행할 뿐	北來南去只橫行[20]

유배에 대한 불만과 안타까움은 그의 마음을 안정시키지 못하게 만든다. 그는 바람에 날리는 쑥처럼 여흥유배지에 뿌리박지 못하고 이곳저곳 떠돌게 된다. 시인은 이제 자신을 고독하고 잠 못 이루는 나그네라고 표현하고 있다.

비·그치고 구름 걷히니 가을달은 밝은데	雨絶雲收秋月明
밤 깊도록 외로운 나그네 홀로 정을 머금네	夜深孤客獨含情
긴 배는 높은 누대 아래에 고요히 매여 있는데	長船靜繫高樓下
어느 곳에서 옥적 소리를 함께 들을까	何處同聞玉笛聲[21]

이 시에는 유배지에서 겪는 시인의 고독이 잘 형상화되어 있다. 시인의 곁에는 아무 사람도 없다. 때마침 비는 그쳐서 가을달은 눈부시게 밝다. 밝은 달은 시인을 더욱 처량하고 고독하게 만든다. 시인은 외로움과 유배에 대한 안타까움으로 잠을 이루지 못한다. 그는 스스로를 "외로운 나그네"라고 말한다. 시인은 지금 마치 누대 아래에 매여 있는 배처럼 혼자이다. 이 시는 '추월명楸月明'이라는 시각적 시어와 '옥적玉笛'이라는 청각적 시어를 적절히 배합시켜 가을밤의 외로움을 형상화시키는 데 성공하였다.

③ 벗에 대한 그리움

척약재 유배시의 특징 중 하나는 벗과 주고받은 화답시가 많다는 점이

---

20) 「將向嶺南奉答栢亭相國贈別之什」, 『惕若齋學吟集』 卷上 23면.
21) 「病中聞裵廉使與交州宋廉使同登樓以詩爲寄」, 『惕若齋學吟集』 卷下 30면.

다. 다음 시를 살펴보자.

누추한 문 띠집도 깃들일만한데	衡門茅屋可棲遲
가을색 산빛이 모두 눈부시게 아름답네22)	秋色山光共陸離
종일토록 찾아와 똑똑 문 두드리는 이 없어	終日無人來剝啄
창에 기대어 한가롭게 호연23)의 시를 이야기하네	倚牕閑話浩然詩24)

이 시는 척약재가 둔촌 이집이 보낸 시에 차운하여 쓴 것이다. 전체 11수 중 다섯 번째 작품이다. 시간적 배경은 가을이다. 가을 산은 눈부시게 물들어 아름답다. 띠집도 비록 누추하지만 가을 산과 조화를 이루고 있다. 하지만 찾아와 문 두드리는 이 아무도 없다. 절대고독의 상황이다. 이때 시인은 시를 쓰고, 시를 이야기한다. 둔촌과의 교유는 척약재로 하여금 유배지의 고독을 이겨내도록 하는 데 큰 힘이 되었다. 포은 정몽주에게 보낸 다음 시를 살펴보자.

강어귀의 봄물은 정말로 도도히 흐르는데	江頭春水正溶溶
낚싯대 잡고 한가롭게 버드나무 그늘에서 읊조리네	抱釣閑吟柳影中
서로의 생각을 천 리 바깥으로 보내고 싶지만	欲寄相思千里字
도리어 편지가25) 서로 통하지 않을까 두렵네	却嫌雙鯉未能通26)

포은 정몽주는 척약재와 더불어 1375년 북원의 사신을 맞아들이지 말 것을 주장하다가 언양彦陽에 유배되었다. 그러나 포은은 척약재가 7년간

---

22) 陸離는 빛이 눈부시게 아름다운 모양.
23) 浩然은 遁村 李集의 字이다.
24)「遁村寄詩累篇次韻錄呈」,『惕若齋學吟集』卷下 30면.
25) 雙鯉는 便紙·書札의 뜻.
26)「燕灘上寄達可」,『惕若齋學吟集』卷上 21면.

유배생활을 한 것과는 달리 1377년에 해배된다. 이 시가 정확히 몇 년도에 지어졌는지 알 수 없지만, 척약재와 포은이 각각 여흥과 언양에 유배되어 있을 때 지어진 것으로 짐작된다.

이 시의 핵심은 제3구와 4구이다. 서로 보고 싶고 그리워하여 상대방에게 편지를 부쳐보고 싶지만, 유배의 몸인데다 거리가 너무 멀어서 제대로 전달될지 모르겠다는 의미이다. 포은에 대한 척약재의 각별한 정을 짐작할 수 있다.

임영27) 옛 마을은 가장 풍류스러운 곳	臨瀛古邑最風流
그해 고삐 잡고 나가28) 어느 누각에서 취하였던가	攬轡當年醉何樓
함께 맹세한 수염 기른 부사에게 말하노니	寄語同盟鬚府使
만약 날아갈 수 있다면 그대와 함께 노닐텐데	若爲飛去共君遊29)

강릉의 부사 벼슬을 하고 있는 사람이 누구인지 정확히 알 수는 없다. 하지만 제2구의 내용으로 보아 척약재와 더불어 처음에 출사길에 같이 나왔던 사람으로, 출사 이후에도 뜻이 맞아 계속 교분을 맺어온 것으로 보인다. 지금 옛 친구는 강릉의 부사로 있고, 자신은 여흥 땅에 유배되어 있기 때문에 보고 싶지만 이룰 수가 없다. 제4구는 친구에 대한 우정을 극단적으로 표현한 것이다. 현실적으로 만날 수 없지만 너무 그립기에 "날아갈 수 있다면"이라고 가정해 보는 것이다.

유배기의 척약재 시에는 벗에 대한 그리움을 토로하고 있는 것들이 유난히 많다. 그것은 척약재가 처해 있는 현실적 공간이 너무나 외롭고 고통스럽다는 반증이 될 수 있다. 어쨌든 유배기간 내내 척약재는 고독할

---

27) 臨瀛은 江陵의 옛 이름.
28) 攬轡는 큰 뜻을 품고 처음 벼슬길에 나가는 것을 의미함.
29) 「寄江陵李府使」, 『惕若齋學吟集』 卷上 22면.

때마다 친구를 그리워하는 시를 썼고, 그것을 통해 외로운 유배생활을 견
뎌나갈 수 있었던 것으로 보인다.

④ 병마의 괴로움

유배지의 고독이 정신적 괴로움이었다면, 갖은 병마는 육체적 괴로움
이었다. 김구용은 만성적인 소갈병消渴病을 앓고 있었는데, 유배지에서 더
욱 악화되었던 것 같다. 다음의 두 시에는 병으로 괴로워하는 척약재의
모습이 드러나 있다.

①

한 바구니의 포도가 마유 빛인데	一籠葡萄馬乳光
평범한 사람이 하늘의 음료 마시니 도리어 부끄럽다	骨凡還愧享天漿
요즈음은 병이 마치 사마상여의 소갈병과 같으니	年來病似相如渴
당장 뿌리를 육우당에 옮겨 심고 싶다	直欲移根六友堂30)

②

다시 요숭의 질병이 생기니	復作姚崇疾
사마상여의 소갈병을 견디기 힘드네	難堪司馬渴
누가 능히 수정 포도를 보내어	誰能送水晶
나의 가슴속을 시원하게 해주리요	使我胸中豁31)

①은 소갈병을 앓고 있는 척약재에게 권주權鑄가 포도를 보내준 것에
감사하며 쓴 시이다. 옛날 사마상여가 앓았던 것과 같은 소갈병을 치료하
기 위해서라도 평범한 사람이 먹기 어려운 흑포도를 재배하고 싶다는 시
인의 심정이 잘 나타나 있다. 소갈병의 고통과 병마에서 벗어나고픈 척약

---

30) 「葵軒送黑葡萄以詩爲謝」, 『惕若齋學吟集』 卷下 35면.
31) 「寄民望大卿廉廷秀」, 『惕若齋學吟集』 卷下 35면.

재의 간절한 소망을 느낄 수 있다.

②의 시는 소갈병을 다시 앓기 시작하며 괴로워하는 시인의 모습을 그린 것이다. 육체가 목이 마르니, 정신이라도 시원하게 해줄 수 있는 것이 무엇일까 생각하다 포도를 선택한 것이다. 소갈병은 유배기간 전체를 통하여 척약재를 끈질기게 괴롭힌 고통의 상징과도 같은 것이었다. 세속에 대한 미련으로 인한 정신적 갈등과 방황, 그리고 소갈병과 같은 병마로 인해 척약재의 육체와 정신은 날로 쇠약해져만 갔다.

3. 결어

척약재 김구용은 1375년(우왕 1)부터 1381년(우왕 7)까지 여흥에 유배가 있었다. 이 기간에 쓰인 시는 200여 수를 약간 밑돈다. 본고는 '유배생활이라는 특수한 체험을 그가 어떻게 시로써 형상화해 내었을까?'라는 의문을 가지고 시작하였다.

유배기의 척약재 시는 크게 두 가지 모습으로 그려져 있다. 하나는 유배의 고독과 좌절을 자연을 통해 위로받는 것, 또 하나는 세속에 대한 미련으로 인한 정신적 갈등과 상처를 다룬 것이다. 척약재는 유배기간 내내 관직에 대한 미련을 버리지 못하고, 계속해서 갈등하며 괴로워한다. 몸은 자연 속에 파묻혀 있었지만, 마음은 세상에 가 있었던 것이다. 이 같은 불안정한 자세가 바로 그의 유배 생활 속에서 갈등양상을 일으키는 주요인이 되었다. 이는 결국 여흥유배기 척약재 시의 성격을 규정짓게 된다.

찾아보기

ㄱ

가야산 81, 82
가정稼亭 이곡李穀 16, 20, 22, 27, 149
간관諫官 199
간문제簡文帝 47
간상학제看詳學制 248
간이 최립 75, 97, 99
감각미 191
감각적 의상 187, 189
감각적 이미지 164
강릉 194
강릉현江陵縣 322
강서시파江西詩派 16, 17, 19, 21, 30,
　37, 38
강효석姜斅錫 266
개자추介子推 33
개주판관蓋州判官 126, 149
객창감 193
거리두기 221
건려蹇驢 333
견직狷直 141

경계境界 79
경복흥 205, 231, 339
경지敬之 296
경천흥慶千興 204
계림 181
계성사啓聖祠 261
고갱 166
고단절박孤單切迫 317, 319, 320
고란도孤蘭島 126, 135
『고려국사』 301
『고려도경高麗圖經』 236
『고려사高麗史』 57, 103, 114, 119,
　124, 139, 203, 300, 301
『고려사절요高麗史節要』 103, 109, 110,
　114
고만도高巒島 136, 138
고성군 221
고용후高用厚 51
고운 111
고형苦甇 312, 319

고흐   166
『곡량전穀梁傳』   237
공관空館   256, 257, 259
공권公權   198
공민왕恭愍王   237, 298
『공양전公羊傳』   237
공자孔子   48, 116, 118, 120, 141
공재   257, 258, 259
공치工緻   92
과정科程   252
곽소우郭紹虞   201
곽수태郭壽泰   270
곽처웅郭處雄   271
「관동별곡關東別曲」   147, 168, 310
「관동와주」   151
『관동와주關東瓦注』   147, 148, 151, 152, 168
관시館試   252
관조   198, 221, 225, 226, 232
관중管仲   185
관찰   221, 224, 226, 228, 230
광기狂氣   207
광달曠達   202
광산군光山君   303, 307
광해군   259
교가역交柯驛   227
구양수歐陽脩   215
구졸九拙   119
국문한문 혼용시   281
『국어國語』   237
국자감   236, 237, 238

국학國學   235, 237
국한혼용문   281
굴원屈原   328
궁이후공窮而後工   215
궁정문학   47
궁체宮體   45, 47
권국경   139
권귀비權貴妃   54
권근權近   119, 120, 298, 303, 306, 309, 339
권당捲堂   255, 257, 258
권문해權文海   172
권오복權五福   21
권응인權應仁   50
권주權鑄   351
권필權韠   50
귀거래歸去來   157, 182, 183, 218, 340
귀주성   318
규장각   249
근궁芹宮   238
『근재집謹齋集』   147, 148, 151, 153
금강산   287
『금경록金鏡錄』   301
금란전金鑾殿   331
금릉金陵   331, 332
금언체禽言體   16
금의위錦衣衛   306
급암及菴 민사평閔思平   110, 297, 344
기대승奇大升   247
기로회耆老會   108
기묘사화己卯士禍   336

기심機心 212

길창군吉昌君 303

『김거사집金居士集』 171, 172

김구용金九容 293~296, 311, 316, 326, 335, 339, 340

김극기金克己 164, 169, 171, 173~189, 192~196

『김극기유고』 172

김극성金克成 21

김달상金達祥 204, 205

김도 347

김란金蘭 204

김려金鑢 47, 53

김립金笠 263, 268

『김립시집』 264, 269

김만중金萬重 294

김방경金方慶 296

김병연 265, 267, 268

김빈金鑌 119

김삿갓 263~274, 276, 277, 279, 281~289

김상용金尚容 267

김상준金尚寯 267

김상헌金尚憲 267

김서정金瑞庭 118

김선평金宣平 267

김숙승金叔承 267

김승언金升彦 152

김시습 53

김안근 284

김안로金安老 21

김앙金昂 296

김약항金若恒 303, 305, 306, 308, 309, 311, 334

김의金義 304, 305

김익순金益淳 267, 268, 283

김정희金正喜 294

김종직金宗直 87, 92, 102

김처金處 310, 311

김태준 171

김허金虛 310, 311

김흥락金興洛 119

Ⅲ ㄴ

낙빈왕駱賓王 42

낙이불음樂而不淫 66

난고蘭皐 283

남강南江 164

남경 331

남명南冥 259

남반南班 251

남용익南龍翼 90, 171, 312

남인계南人系 246

낭만성 97

냉소冷笑 281

녕손묵寧孫默 42

노가재老稼齋 김창업金昌業 202

노래자老萊子 316

노론계老論系 246

노봉老峯 171

노수신盧守愼　21

노인도盧仁度　305, 306, 309

노자　131

노조린盧照鄰　42

노주瀘州　297, 312, 318, 327

노중련魯仲連　181

녹균루綠筠樓　193, 194

『논어論語』　236, 237, 243

『농은집農隱集』　103, 104, 145

||| ㄷ

다산茶山 정약용丁若鏞　27, 52, 53

단암　342

담암淡庵 백문보白文寶　149

당장堂長　255, 260

『대동운부군옥大東韻府群玉』　172

대리국大理國　323

대리성　314, 323

대리위大理衛　293, 294, 297

대별미　252, 253

대별산　330

대북　259

대사례　242

덕개德介　54

도기　249, 252

도연명陶淵明　88, 182, 214

도은陶隱 이숭인李崇仁　75, 76, 86, 88,
　97, 99, 150, 164, 167, 328

『도은집陶隱集』　75, 87

도참설圖讖說　274

동계東谿　42

『동국문감東國文鑑』　102

『동국여지승람』　172

『동문선東文選』　104, 145, 172

동방삭東方朔　111

『동시화東詩話』　328

동심결同心結　67

『동악집東岳集』　172

동암東庵 이진李瑱　20, 108

『동인시화東人詩話』　21, 171

『동인지문東人之文』　102, 145

동인홍動人紅　54

동자중복시同字重複詩　273

동탁董卓　322

두목杜牧　49, 203

두보杜甫　31, 102, 187, 213, 229

둔촌遁村 이집李集　98, 349

등고登高　229

「등루부」　322

||| ㄹ

리처드 러트(Richard Rutt)　276

||| ㅁ

만각재晩覺齋 이동급李東汲　202

만석曼碩　298

만시輓詩　289

만천　111

매성유梅聖兪　31

「매성유시집서梅聖兪詩集序」　215

매월당梅月堂 김시습金時習　50

매창梅窓 이성윤李誠胤　51

매화락梅花落　193

맹자　121, 122

『맹자孟子』　30

명륜당　241, 244, 258, 261

명륜전문학교明倫專門學校　262

명파역明波驛　221

『모시毛詩』　236, 237

목릉성세穆陵盛世　21, 50

목민의식　153, 155, 169

목은牧隱 이색李穡　20, 38, 75, 76, 90,
　　93, 97, 99, 198, 211, 297, 300, 337

몽와夢窩 김창집金昌集　202

무무武舞　245

묵졸默拙　119

문무文舞　245

문민文愍　298

『문선文選』　236

문성　169

『문심조룡文心雕龍』　78

문연각文淵閣　306

문일지십聞一知十　107

문장가　106

문정공　299

문천　181

물아일체　164

미적향수美的享受　221

민사평閔思平　104, 110, 111, 145, 315

민종현閔種顯　238

민지閔漬　301

‖‖ ㅂ

박기영　230

박상충朴尙衷　297, 344

박은朴誾　21

박인량朴寅亮　304, 305

박진록朴晉祿　204

반교　243

반궁泮宮　238, 239, 240, 246

반림　239

반수泮水　239, 240, 260

반악潘岳　174

반유泮儒　240

반인泮人　240, 256

『반중잡영泮中雜詠』　238, 239, 243

반초　318

반촌泮村　240, 255, 258

방랑문인(vagans)　270

방랑시인　270, 285

방악方岳　19

방종불구　203, 219

방탕불기放蕩不羈　200, 202, 203, 219

배휴裴休　345

백광훈白光勳　51

백락伯樂　32

백락천白樂天　31

『백운소설』　171

백정白珽　19

백졸百拙　119

법고法古　131

법당法唐　22

법송法宋　19

벽송정　241

벽옹辟雍　239

벽옹辟廱　240

벽입재闢入齋　261

별자반別佐飯　253

보산역寶山驛　192

『보한집』　171, 195

「복산자卜算子」　64

복재復齋　298, 332, 335

『복재집復齋集』　298, 330

복희씨　214

『본조편년강목本朝編年綱目』　301

봉래산　85

봉천전奉天殿　331

불구不拘　200, 202, 232

비감각적 이미지　164

비개미悲慨美　146, 192, 193, 195, 336

비개悲慨　263, 281, 282, 285, 289,
　324, 327, 328, 330, 333, 334

비극성　336

비애감　325, 326

비장감　335

비장미　330, 333, 336

비천당丕闡堂　261

ㅅ

사공도司空圖　201, 208, 281

사대부　116, 118, 153, 168, 178

『사략史略』　301

사령운謝靈運　88

사립옹簑笠翁 이정우李正遇　270

사마상여司馬相如　31, 351

사모　227

사무사思無邪　93

사배례四拜禮　257

사소寫疏　256

사암思庵 박순朴淳　90

사우四友　340

사자산獅子山　103, 127

『사정공집寺正公集』　298

사천성四川省　297, 312, 318, 327

사학私學　261

사학생四學生　242

『산곡정수山谷精粹』　20

『산곡집山谷集』　19, 20

산수시　90, 160, 338

『산해경山海經』　17, 18, 19, 26, 35

『삼국지』　32

삼당시인三唐詩人　22, 39, 51

『삼선생세고三先生世稿』　148

삼연三淵 김창흡金昌翕　202

『삼창三倉』　237

삼척　164

『삼한시귀감三韓詩龜鑑』　102

삼황參黃　254

『상서尙書』 236, 237

상촌象村 52, 129

「상친장喪親章」 310

새옹지마 329

색장色掌 255

색채의상 173, 189, 191, 192, 195, 196

색채이미지 173

서거정徐居正 21, 29, 171, 247, 303, 305

「서경별곡」 61

서긍徐兢 236

서릉徐陵 46, 47, 48

서부영화 190

서성군西城君 303

서악상舒岳祥 34

서원군西原君 307

서원書院 261

『서원세고西原世稿』 298

서정성 97

석전釋奠 243

석주石洲 50

석탄石灘 206

선원공파仙源公派 267

설곡雪谷 정포鄭誧 110, 199, 205, 298, 299

『설곡집雪谷集』 298

『설문說文』 237

설요薛瑤 54

섬등지剡藤紙 254

섬부贍富 211

성균감 237

성균관 235~240, 242, 243, 246, 250, 251, 257, 261, 262, 297

성균학관成均學官 103

성령설性靈說 79

성명체星名體 16

『성수시화惺叟詩話』 76, 90, 102, 171, 298, 299, 300, 312, 330

성임成任 21

성현成俔 21, 104, 171

소갈병消渴病 351

소강절邵康節 33

소광 128

소두疏頭 255, 256

소명태자昭明太子 47

소무 318

『소문쇄록謏聞鎖錄』 92

소별미 252, 253

소부巢父 185

소색疏色 256

소세양蘇世讓 22

소수림왕 235

소수인小水人 54

소식 19, 38

「소악부小樂府」 57, 61

소야疏野 198, 200, 201, 202, 203, 208, 219, 232

소약란蘇若蘭 63

소옹邵雍 340

소임疏任 256

『소화시평小華詩評』 171, 326

송강松江　315

『송계만록松溪漫錄』　50

송곡노인松谷老人　52, 53

송생원　272

송순宋純　21

송인宋寅　21, 50

송헌松軒　299

수묵화　168

수미음체首尾吟體　33

수선지지首善之地　238

수인守仁　19

숙조지선생宿鳥知先生　91

순두전강句頭殿講　248

『순자荀子』　30

숭교방崇教坊　241

숭교사崇教寺　143

숭교崇教　143

숭교원崇教園　143

숭교원崇教院　143

스타일리스트　165, 169

『시경詩經』　19, 26, 27, 30, 32, 44, 48,
　71, 150, 151, 153, 239

시능궁인詩能窮人　215

시마詩魔　215, 216

시중유화詩中有畫　77, 97, 196

시참詩讖　326

『시품詩品』　202

『시품집해詩品集解』　201

식년시式年試　250

식산息山　238

신광한申光漢　21

신돈辛旽　124, 203, 204, 205, 231

신래新來　246

신방례　246

신석우申錫愚　266

신숙주申叔舟　21

신식申湜　119, 129

신운설神韻說　79

신흠申欽　52, 129, 130

신흥사대부　105, 106, 114, 145, 339

심미품격審美品格　80

심양瀋陽　192

『십오가사十五家詞』　42

‖ ㅇ

안당지　110

안동김씨安東金氏　267

안동김문　283, 288

『안동김씨세보』　284

안보安輔　148, 152, 153

안숭선安崇善　148

안영晏嬰　184, 185

안주관安州舘　334

안중온　347

안진安震　152

안축安軸　104, 109, 110, 126, 145,
　147~150, 152~156, 158~160,
　162, 164, 168, 169

안평대군安平大君　20

안향　153

암둔岩遁　218

애민의식　153, 155, 169

애상　324, 327, 328, 330, 333, 334

애이불상哀而不傷　66

애정시愛情詩　42, 43, 48, 49, 50, 71

애한愛閑　124, 125

약립蒻笠 이생원李生員　270

약명체藥名體　16

약방　250

약숯　254

『약재선생실기若齋先生實記』　311

양만리楊萬里　19

양웅揚雄　248

양자강　319

양주　95

양촌　119

양평군　225

양현고養賢庫　241, 261

양형楊炯　42

양희梁喜　119

어부가漁父歌　137, 341

어숙권　171

엄우嚴羽　45, 79

엄흔嚴昕　22

에고이스트　113

여강어우驪江漁友　297, 340, 341

여규형呂圭亨　266

여말삼은麗末三隱　75

여흥驪興　295, 297, 315, 337, 338, 339, 343, 344, 350, 352

『역옹패설櫟翁稗說』　102

『연려실기술燃藜室記述』　127, 258, 300

연산군　261

연아체　15, 16, 17, 18, 28, 34, 37, 38

연출이아演出爾雅　35

연합적 상상력　164

염복閻復　149

염정시艷情詩　42, 43, 44, 46～50, 53, 54, 55, 59, 66, 70

염정풍　53

영무자　116

영물시　26

영흥永興　158

『예기禮記』　236, 237

예산농은猊山農隱　139

『예산은자전』　139

예조월강禮曹月講　248

『예포힐여秇圃纈餘』　42

오세재吳世才　105

오십천五十川　164

오천군烏川君　307

『옥대신영玉臺新詠』　45, 47

옥대체　47, 48

옥대향렴체玉臺香奩體　47, 53

옥봉玉峯　51

온유돈후溫柔敦厚　48

온정균溫庭筠　49, 51, 54

왕국유王國維　79, 87, 88

왕량王良　317

왕묵　203

왕발王勃　42

왕사정王士禎　79

왕세무王世懋 42

왕세정王世貞 42

왕유王維 52, 76, 90, 196

왕지환 187

왕찬王粲 322

왕창령王昌齡 78

왕희지王羲之 247

요동遼東 297, 312, 333

요수姚燧 149

요순 183

요숭姚崇 351

용만龍灣 179

「용사가龍蛇歌」 33

용재容齋 이행李荇 22

『용재총화慵齋叢話』 104, 171

용졸당用拙堂 119

용졸재用拙齋 129, 131

우담愚潭 정시한丁時翰 246

『우담집愚潭集』 246

우돌于咄 54

『우서당집尤西堂集』 52

우왕禑王 211, 298

우임금 229

우통尤侗 52

우화시寓話詩 27

우흥寓興 162

운남 297, 306, 308, 312, 314, 322,
　　323, 326, 332, 333, 336, 338

운남성雲南省 293, 294, 318, 323, 336

울주蔚州 199

웅혼雄渾 211

원굉도袁宏道 42

원매袁枚 79

원송수元松壽 204, 205, 231

원재圓齋 정추鄭樞 198, 298

『원재집圓齋集』 298

원점 252

월계원月溪院 225

월계천 225

월조 285

월트 휘트먼 173

위응물韋應物 52, 88

유구柳呴 294, 302, 306, 332, 334

유랑지식인 271

유몽인 216

유방 135

유방선柳方善 34

유배문학 294, 313, 328

유배시 294, 296, 313, 318, 323, 328,
　　335, 336, 337

유소儒疏 255

유승단兪升旦 171, 174, 176, 178

유신庾信 45, 47

유영순柳永詢 119

유장경劉長卿 76, 77, 90, 328

『유장경집劉長卿集』 328

유종원柳宗 88

유표劉表 322

유학幼學 242, 251

유협劉勰 78

유호인兪好仁 20, 21

육구연陸九淵 247, 248

육기陸機　88

육예六藝　243

육우당六友堂　339, 340, 351

육의六義　26, 150

육일각六一閣　242, 243, 261

육일무六佾舞　244, 245

윤기尹愭　238

윤신걸尹莘傑　121, 122

윤안지尹安之　152

율곡 이이　48, 202

은계　155

은대銀臺　347

음소자약吟嘯自若　199

음풍농월吟風弄月　152

응시　221, 223, 224, 226, 228, 230

『의례儀禮』　237

의주　179, 180, 181, 185, 186

이곡李穀　16, 103, 108, 110, 139, 152

이규보李奎報　19, 20, 164, 169, 171,
　　195, 215, 337

이긍익李肯翊　127, 258, 300

이담지李湛之　171

이덕무李德懋　53

이동양李東陽　328

이만부李萬敷　238

이미저리　165

이미지스트　165, 169

이미지즘　150

이상은李商隱　42, 49, 51, 54

이색李穡　152, 153, 195, 204, 211,
　　231, 232, 299, 301

이서우李瑞雨　53

이성계　299, 300, 302

「이소경離騷經」　328

이수　135

이수광李睟光　51, 76, 90, 171, 312,
　　326

이수李守　126

이순인李純仁　21

이숭인李崇仁　297, 328, 339, 344

이식李植　52

『이십사시품二十四詩品』　201, 202, 281

『이아爾雅』　17, 18, 26, 237

이안눌李安訥　172

이안중李安中　47, 53

이암頤庵　50

이언적李彦迪　259

이연수李延壽　192

이연종李衍宗　109, 110, 126, 152

이옥李鈺　47, 53

이유원李裕元　152

이율곡　162

이응수李應洙　264, 269

이인로李仁老　19, 171

이인복李仁復　152, 301

이인임李仁任　297, 298, 316, 339

이인좌의 난　271

이임종李林宗　139

이제신李濟臣　326

이제현李齊賢　20, 57, 61, 102, 104,
　　108, 111, 127, 145, 149, 151, 195,
　　211, 296, 301, 337

이존오李存吾　124, 203～206
이주李胄　21
이첨李詹　339
이춘부李春富　204
이충작李忠綽　119
이해수李海壽　21
이행李荇　21
이화진李華鎭　119
이황李滉　259
『익재난고益齋亂藁』　127
인상파　166
인주麟州　187
일양재一兩齋　261
임단역林丹驛　154
임영臨瀛　350
임춘林椿　105
『임하필기林下筆記』　152
임현林顯　204
임형수林亨秀　22

ㅈ

자기응시　228
『자림字林』　237
자아성찰　228
『자양字樣』　237
자연自然　202
자연친화　164
자조自嘲　281
잠삼　187

잡체시　26, 38
장량張良　135
장사감무長沙監務　124, 126, 136, 137, 144, 206
장선張瑄　113
장악원掌樂院　245
장의掌議　255, 259, 260
장자莊子　29, 131, 329
『장자莊子』　30, 32, 248
장지연張志淵　266
장한張翰　315
장흥고사長興庫使　103
재회齋會　255, 259
적취헌積翠軒　206
전백영全伯英　339
전아典雅　211
전오륜全五倫　86
전원시　160, 164, 168
점철성금點鐵成金　30
정경세鄭經世　21, 33
정공권　203, 204
「정과정곡鄭瓜亭曲」　328
정관적 상상력　164
정구鄭逑　231, 298
정국경鄭國俓　103
정도전鄭道傳　76, 297, 299, 300, 305, 339
정록소正錄所　241
정록청　242, 261
정몽주鄭夢周　297, 299, 309, 344
정사룡鄭士龍　21

정서鄭敍　328

「정석가」　61

정수강鄭壽崗　21

정신　332, 334

정신의鄭臣義　294, 302, 306

정양생鄭良生　148

『정언묘선精言妙選』　162, 202

정영통鄭永通　298

정윤보鄭允輔　309

정인홍鄭仁弘　259

정재물鄭載物　140

정주학程朱學　247

정중동靜中動　161

정책鄭憤　199, 230, 231

정총鄭摠　230, 231, 293~296, 298~
　301, 303, 306~309, 311, 330, 332,
　334, 335

정추鄭樞　198, 199, 203, 205, 207,
　210, 211, 212, 214, 216, 219, 22
　1~224, 230, 231, 298

정탁鄭擢　298, 300, 303, 305

정포鄭誧　199, 230, 231, 298

정해鄭瑎　199, 230, 231

정효문鄭孝文　298, 309

정효충鄭孝忠　298

제과制科　109, 149

제민齊閔　296

제소製疏　256

<제위보>　57

조귀명趙龜命　42

조맹부趙孟頫　149, 247

조사曹司　255, 256

『조선한문학사』　171

조성기趙聖基　119

조성좌曹聖佐　271

조순趙盾　184

조식曹植　259

조신曹伸　92

조영하曹永河　271

조운흘趙云仡　102

조위한趙緯韓　18, 19, 26, 35

조정좌曹鼎佐　271

조준趙浚　300

조현명趙顯命　22

존 러스킨(John Ruskin)　164

존경각尊經閣　241, 242, 261

존화양이尊華攘夷　301

『졸고천백拙藁千百』　104, 145

졸박　127~130, 132, 146

졸박미　118

「졸부拙賦」　130

『졸수요결拙守要訣』　119

졸수재拙守齋　119

졸암拙菴　119

졸옹拙翁　119, 149

졸재拙齋　119, 120

종영鍾嶸　202

『좌전』　237

주돈이周敦頤　130

『주례周禮』　237, 247

『주역周易』　78, 236, 237

주원장朱元璋　293, 297, 302, 311, 331

주자　240, 248

주자학　237

주탁周倬　93, 98

죽계　153

「죽계별곡竹溪別曲」　147, 168

죽주竹州　339

중국영화　190

중선　321

지백支伯　181

『지봉유설芝峰類說』　51, 76, 90, 171,
　　312, 326

「지붕에 오르기」　229, 230

지윤池奫　339

직관적 상상력　164

진기陳起　19

진녕관鎭寧館　193

진대陳代　121

진덕여왕　54

진문공晉文公　33

진사도陳師道　16, 19,　21, 22, 38

진시황　135, 278

진식陳植　19

진저陳著　19

「진정표陳情表」　304, 305

진주군晉州君　307

진주眞珠　164

ㅣㅣㅣ ㅊ

참언讖言　274

참요讖謠　274

창경궁昌慶宮　249

『창랑시화滄浪詩話』　45

채팽윤蔡彭胤　22

처연悽然　195

처연凄然　328

처완悽惋　155, 169, 320, 328, 329

척약재惕若齋 김구용金九容　98, 296,
　　312, 313, 318, 320, 322, 323, 325~
　　327, 329, 335, 337, 338, 340, 342~
　　344, 346~350, 352

『척약재학음집惕若齋學吟集』　318, 337

천거薦擧　250

천석고황泉石膏肓　181, 336

『청강시화淸江詩話』　326

『청구풍아靑丘風雅』　87, 102

청기靑奇　88

청모필靑毛筆　254

청성군淸城君　303

청신　88

청음공파淸陰公派　267

『청장관전서靑莊館全書』　53

초당사걸初唐四傑　42

『초사楚辭』　19

초패왕　278

최백륜崔伯倫　126, 135

최석정崔錫鼎　22

최석항崔錫恒　42

최승로崔承老　62

최안도崔安道　115, 116

최연崔演　21, 22

최영숙崔暎淑 104

최예산崔猊山 102

최우崔瑀 172

최유엄崔有渰 126

최자崔滋 19, 171

최치원崔致遠 104, 105

최항崔恒 20, 21, 28

최해崔瀣 102~111, 113, 114, 116~
　　119, 121, 123~126, 128, 129, 132,
　　134, 135, 137~142, 144~146, 152

『춘곡집春谷集』 298

춘당대春塘臺 249

『춘추좌씨전春秋左氏傳』 236

「춘헌호기春軒壺記」 103

출새곡出塞曲 186

충담소산沖澹蕭散 48

충렬왕 199

충선왕 149

충신연주지사忠臣戀主之詞 294

충암沖庵 김정金淨 294, 336

ㅋ

카타르시스 151

쾌헌快軒 김태현金台鉉 102

ㅌ

탁물우흥託物寓興 16

탄헌촌炭軒村 175

탈태환골奪胎換骨 30

탕윤적湯允勣 19

탕평비 243

『태재집泰齋集』 34

『태조실록』 302, 309

태학감太學監 235

『태학성전太學成典』 238

『태학지太學志』 238, 255

태학太學 235, 238

『태현경太玄經』 248

택당澤堂 52

토령 181

토아도兎兒島 192

퇴계 48

ㅍ

파운시破韻詩 273, 274

파자시破字詩 273

『파한집』 202

『판목공집判牧公集』 298

팔일무 245

『패관잡기』 171

팽손휼彭孫遹 42

평담平淡 34, 131

평량平凉 이정해李廷楷 270

평산 192

포은圃隱 정몽주鄭夢周 63, 98, 157,
　　349

포정庖丁 32

포조鮑照 88

표일飄逸 202, 263, 281, 282, 285, 289

풍자 281

『필원잡기』 303

▦ ㅎ

하륜河崙 298, 305

하정사賀正使 302

『학산초담鶴山樵談』 51

학자녀學者女 54

한강寒岡 정구鄭逑 231, 298, 29

한검상韓檢詳 52

한고조 278

한글혼용 한시 280

한려寒驢 333

한림원 178, 183, 184

한림학사翰林學士 178

한미청적閑美淸適 162, 163, 202

『한비자』 32

한삼태기 270

한선寒蟬 326, 327

한악韓偓 45~49, 54

한응인韓應寅 119

한적閑適 162, 169

한퇴지 213

함순咸淳 171

합관요蓋寬饒 111

합환선 67

해금강 222

해동강서시파海東江西詩派 21

『해동잡록』 301

해운대 113

해좌海左 정범조丁範祖 52

해학 281

「향렴집香奩集」 45, 46, 47

향렴체香奩體 42, 43, 45~53, 71

향촌香村 188

허균許筠 51, 76, 90, 102, 171, 298, 299, 312, 330

허급지許及之 17

허성許筬 50

허유許由 185

현관賢關 238

현비顯妃 306

혜자惠子 29, 329

혜진惠眞 119, 120

호고好古 124, 131

『호곡시화壺谷詩話』 90, 171, 312

호수濠水 29

호음湖陰 21

홍경래의 난 268, 283, 288

홍만종洪萬宗 171, 326

홍성민洪聖民 119

홍언박洪彦博 211

홍중선洪仲瑄 299

『화간집花間集』 47

화주和州 158

화중유시畵中有詩 77

황동규 229

황려강黃驪江 315

황령산荒嶺山 206

황모필黃毛筆 254

황산곡黃山谷 18, 21

황오黃伍 266

황정견黃庭堅 16, 19~22, 26, 34, 37,
  38

「황조가」 71

황지준黃之雋 42

황학루黃鶴樓 330

『회남자淮南子』 30

회문시回文詩 63, 69

회화성 195, 196

횡취곡 193

『효경孝經』 236, 237, 310

『후산집后山集』 21

『후한서後漢書』 31

휴암공파休庵公派 267

흉노匈奴 318

흥취설興趣說 79

희작시戱作詩 26, 38